Evelyn Waugh

Brideshead Revisited

故园风雨后

[英] 伊夫林 · 沃 / 著

王扬 / 译

湖南文艺出版社 HUNAN LITERATURE AND ART PUBLISHING HOUSE 博集天卷 CS-BOOKY

献给　劳拉

我不是我；你，亦非他或她：
他们，并非他们。
E.W.

Main figure table 主要人物表

查尔斯·赖德 – 主人公，也是故事的叙述者

塞巴斯蒂安·弗莱特 – 主要人物，查尔斯·赖德的好友，外貌惊艳，气质出尘，后因家庭的束缚远走他乡

茱莉娅·弗莱特 – 塞巴斯蒂安的妹妹，后与查尔斯相爱

马奇梅因夫人 – 塞巴斯蒂安的母亲，极其虔诚的天主教徒，掌控着全家

雷克斯·莫特拉姆 – 茱莉娅的丈夫，交游很广，极富手段

安东尼·布兰奇 – 查尔斯和塞巴斯蒂安在牛津时的好友

桑格拉斯先生 – 牛津大学历史讲师，企图讨好马奇梅因夫人并从中获利，后被赶走

西莉亚·赖德 – 查尔斯的妻子，博伊·马卡斯特的妹妹，后与查尔斯离婚

马奇梅因勋爵 – 塞巴斯蒂安的父亲，早些年逃离了家庭，居住在威尼斯

布赖兹赫德（布赖德） – 塞巴斯蒂安的哥哥，性格怪异

科迪莉亚 – 塞巴斯蒂安最小的妹妹

堂兄贾斯珀 – 查尔斯的堂兄，在牛津时经常教育查尔斯

卡拉·希克斯 – 马奇梅因勋爵的情人

“我”的父亲（内德·赖德） – 查尔斯的父亲，与查尔斯不和

博伊·马卡斯特 – 查尔斯和塞巴斯蒂安在牛津时的朋友，查尔斯妻子的哥哥

麦凯神父 – 为马奇梅因勋爵做临终忏悔的神父，深信天主教徒临终时都会进行忏悔

贝丽尔·马斯普拉特 – 布赖兹赫德的妻子

库尔特 – 塞巴斯蒂安在突尼斯认识的德国人，一直受到塞巴斯蒂安的照顾，后死于军营

布伦达·钱皮恩 – 雷克斯的情人

范妮·罗丝康芒 – 马奇梅因家的亲戚

阿洛伊修斯 – 塞巴斯蒂安的小熊

胡珀 – 战争时期查尔斯的部下

Contents 目录

第二部　故园凋敝

第三部 拉动命运之线

再版序[1]

这部作品此次再版，做了不少小的补充，同时进行了一些实质性的删减。它令我渐渐失去了以往在同代人中所享有的尊重，引我走向了一个陌生的世界，那里充斥着来自书迷的信件和各类报刊摄影记者的围追堵截。它的主题——天恩对一群命运截然不同却紧密相连的人之作用——也许宏大得有些刻意，但我无意为此致歉。让我不甚满意的是它的表现形式，这其中明显的缺陷，大概要归因于写作时的自身境遇。

1943 年 12 月，我在跳伞训练时受了轻伤。这反倒成了一件幸事，让我有机会在服役的过程中休养。随后，这难得的空闲期又因一位富有同情心的指挥官而延长，让我可以等到 1944 年 6 月这

[1] 本书于 1945 年首次出版，此序为 1960 年再版时所作。

部作品完成时，才回归部队。创作这部作品时，我时常感到一种陌生的激情，同时又伴随着对重返战场的渴望。对我而言，那是一段现时的穷困与令人惶恐的灾难彼此交织的阴暗时光——大豆与基本英语[1]填满了生活里所有的缝隙。这使得整部作品对美酒、美食、仍在眼前的往日繁华和精致华丽的语言风格都充满了饥渴之感。但这些令现在已不再贫乏的我有些倒胃口。我已经对那些粗俗的段落进行了修改，却无法清除干净，因为它们是这本书不可或缺的部分。

我一直对茱莉娅犯下大错后的彻底爆发，以及马奇梅因勋爵去世前独白的处理举棋不定。这些片段当然无法如实记下当时真实发生的言语。但它们的写作手法确实不同，就像早期查尔斯与他父亲之间的场景。我本无意把这种手法运用在这部竭力逼近真实的作品之中。但在这里我执意原样保留它们，因为就如同勃艮第（Burgundy，好多书都把这个词拼错）美酒和月光一般，它们都是全然于心情的书写；也因为读者喜欢它们——虽然这并非我要考虑的头等大事。

1944 年的春天，还没人能预料到英国老式乡间别墅当下受到的狂热追捧。在那时，这些先辈留下的、可以代表我们国家艺术美感的建筑，似乎难逃衰败和被抢掠的厄运，就像 16 世纪的修道院一样。于是我才辅以热忱，将其安置在作品之中。布赖兹赫德

[1] 基本英语（Basic English），一种人造语言，它基于英语的一种简化版本而产生，选取了 850 个英语单词作为基本用词，由英国哲学家、语言学家查尔斯·凯·奥格登（Charles Kay Ogden）创造。在“二战”期间及之后一段时间内风行。

庄园现今已向游客开放，其中的珍宝也经由专家之手重新排布，庄园的建筑甚至比马奇梅因勋爵时期保存得更加完好。英国的贵族们在某种程度上保有了自己的身份，这在当时看来似乎也绝无可能。类似胡珀式的行军也在一定程度上被制止。因此这本书从某个角度看像是对空棺材唱出的颂词。这些内容，倘若不被彻底毁掉，就绝无可能符合今日之情状。这本书其实是写给年青一代的读者们的，作为一份来自第二次世界大战的纪念品，虽然它表面上写的是 20 世纪 20 年代和 30 年代的故事。

伊夫林·沃

于库姆弗洛里

1959 年

序幕
故园风雨后

当爬上山头，来到 C 连驻地的边界时，我停下来，回头望了望山下的营房。透过清晨的薄雾，整片驻地一览无余。那是我们就要离开的日子。三个月前，当我们进驻这里，地面上还白雪皑皑，而此时，初春的第一片绿叶已经展露枝头。那时我便想，无论再怎样荒凉的场景出现在我眼前，都不会比此刻更加残忍。直到现在，我也丝毫找不出任何有关这里的美好回忆。

我与军队之间的爱，其实早已死去。

这里是电车线路的尽头，从格拉斯哥回来的醉汉可以一直在座位上打盹儿，等着到终点时被人叫醒。从电车站到营地还有四分之一英里的路程，他们可以趁这段时间，在经过警卫室前扣好上衣扣子、整理好军帽。这四分之一英里本是水泥路，现在却长满了野草。这里是城市的尽头，鳞次栉比的居民区与霓虹闪烁的电影院在此终结，穷乡僻野由此开始。

营地所在的地方，不久前还是牧场与耕地。农舍依旧处于小山的怀抱之中，不过已经被改造成营地办公室；常春藤仍旧爬满围墙，围墙庇护的地方曾是一片果园，现在也仅剩下半亩破败的老树，立在我们的洗衣房后面。在军队进驻之前，这里本已计划要被夷为平地。也就是说，如果再有一年的和平，这里就不会有农舍，不会有围墙，也不会有苹果树。光秃秃的河岸间，五英里半的马路已经建成。马路旁纵横交错的明渠，说明市政承包商已经着手设计排水系统。再有一年和平，这里就会成为近郊的一部分。现在，我们冬天时住过的小屋正在等待被拆除。

路对面有一幢建筑，时常招来许多闲言碎语和冷潮热讽。那是一所疯人院，即便在冬天也被树木半掩着。这幢建筑无论是坚固的围栏还是庄严的大门，都让我们的营地相形见绌。在暖和的日子里，我们会看到一些患者在整齐的碎石小路与美丽的人工草坪间漫步、跳跃。这群幸福的叛国者，放弃了力量悬殊的抗争，抛却所有质疑，扔下一切责任，以这个文明世纪的法定继承人的身份，安然享受着这份遗产。当我们经过时，士兵们常常会冲着围栏那边喊："老兄，帮我把被窝焐热吧，我用不了多久就会过去！"不过我们新来的排长胡珀，却很嫉妒这些人的优越生活。"要是希特勒来了，准会把他们统统扔进毒气室，"他说，"我觉得我们也可以跟他学学。"

我们在隆冬时节进驻此地，那时我带来的还是一群生龙活虎又心怀希望的士兵。当我们从沼泽迁移到这片港口区域时，我们最终要前往中东的消息已经传开。可日子一天天过去，我们只是每天扫雪、整理阅兵场地，我看着他们从失望变成无奈地顺从。他们贪婪地捕捉着空气里炸鱼店的气味，竖起耳朵听着熟悉的、和平时期工厂传出的汽笛声和舞厅乐队的音乐声。休息日，他们会无精打采地站在街角，在军官走过来时偷偷溜掉，生怕敬礼的样子会让自己在新任情妇面前丢脸。在营地办公室，有一大堆申请小额补贴和假期调用的条子等待批复。仅仅是在半战斗状态下，每天一大早迎接我的，却都是装病者的哀号，以及满腹牢骚的士兵一张张哭丧着的脸和呆滞的眼神。

而我，本该担负鼓舞他们的责任，但我已自顾不暇，又怎么帮他们呢？原先把我们整编起来的那位少校，现在已经提干离开了。继任者来自其他团，年轻一些，但不那么友善。战争爆发时招募来的那批在食堂工作的志愿兵，现在已经所剩无几。他们离开的原因五花八门，反正已经走得差不多了：一些自行退出，一些晋升到其他部队，一些进了参谋部，还有一些志愿当了特工；有一个在射击场自杀，还有一个上了军事法庭——他们的位置被那些应征入伍的士兵取代。如今，广播不停地在前厅播放，晚饭前就被喝光的啤酒也越来越多。这里不比以前了。

在这里，不过三十九岁，我就明显觉得自己老了。每到夜晚，僵硬和倦怠都会侵袭我的身体，让我不愿走出营房。我开始养成固定的习惯，只坐那几把椅子，只看那几份报纸。我每顿晚餐前都要喝上三杯杜松子酒，不能多也不能少。我听完九点钟新闻就立刻上床睡觉。我总会在清晨起床号吹响前一小时醒来，躁郁不安。

在这里，我最后的爱死去了，死得悄无声息。某天，就在离开营地前不久，在起床号吹响前，我醒了过来，独自躺在营房里，凝视着全然的黑暗，旁边还有四位呼吸深沉、偶尔嘟囔几句的同伴。我开始琢磨这一天要做什么，是不是已经写下了要参加武器训练课程的两个下士的名字？这批请假回去的士兵中，是不是又是我的手下逾期回来的最多？我可以放心让胡珀带新兵班出去勘察地形吗？躺在黑暗里，我惊讶地发现，心里一些长久以来令我厌烦的东西已经悄然死去，就像一位丈夫时常有的感受：在结婚第四年突然意识到，自己对那个曾经爱过的妻子不再有渴望、温存和尊重；无法从她的陪伴中体会到快乐，不再想取悦她，也不再对她的言行及所思所想感到好奇；不再期望让一切重回正轨，也不再为这不幸的境况自我苛责。我了解这一切，当婚姻幻灭，一切都变得单调乏味。我们曾紧密相连——军队与我，从第一次强行求爱直到现在，此刻却什么也不剩，除了法律、责任和习俗带来的冰冷联结。我演绎了这个家庭悲剧的每一幕场景，发觉早期的争吵来得愈加频繁，眼泪越发无用，和解渐渐换不来甜蜜，直到双方的情感变得淡漠，指责愈加冷酷，错不在己而在对方的想法越发根深蒂固。我抓住她话语中的每处错误，并且学会在她犯错时表现得忧心忡忡。我从她的眼神里读出因无法理解而产生的空洞与愤恨，从她紧抿的嘴角上找出有关自私与一意孤行的蛛丝马迹。我了解她，就像一个人必须了解日复一日和他共同生活了整整三年半的那个女人一样。我了解她的邋遢、魅力与技巧，了解她的妒忌心和追逐私利的热情，以及说谎时手指上不自觉的小动作。此刻她已经魅力全失，不过是个志趣不合的陌生人，而我却曾在某个愚蠢的时刻，不顾一切地与她拥抱。

因而，在我们开拔的当天，我对目的地毫不关心。我会继续完成我的工作，但除了默许一切，我什么都不会多做。我们接到的命令是在九点一刻于附近的铁路支线上车，带上装有未过期口粮的帆布背包。这就是我需要知道的所有事情。副连长已经随一支先遣小队离开。连队物资前一天已经打包停当，胡珀已经提前查看了路线，连队在早上七点半列队集合，士兵们的背包都堆在营房前。1940 年的一个令人兴奋的早晨，我们也是这么集合，误以为自己要被派往法国，前去为加来[1]而战。在那之后，又有过许多次这样的集合，一年要换三四次驻地。这一次，我们的新指挥官下达了一个不寻常的"安全"演练指令，甚至还要求我们拿掉一切制服和运输装备上表明身份的徽章，令人不胜其烦。他说这是"战时条件下有价值的训练"，"如果我发现有营妓在那头等着我们，就说明这次秘密行动已经暴露了"。

伙房的炊烟升起，融于薄雾之中，消散在营房之间。一排排营房宛如一片漫不经心搭建起来的简易迷宫，又好似一个巨大的、尚未完成的建筑群落，刚刚才被一群考古学家发掘出来。

这处波洛克[2]式建筑群的发掘，把 20 世纪的"公民–奴隶"群体结构，与其衍生而来的部落无政府状态联系在了一起。它向

[1] 加来（Calais），法国北部重要港口，1940 年 5 月被德军攻占，1944 年 9 月被盟军收复。

[2] 指杰克逊·波洛克（Jackson Pollock，1912—1956），美国画家，抽象表现主义运动的主要力量，以其独创的"滴画"闻名。

我们展示了一个有能力规划排水系统、建设永久性高速公路的先进文明，被一个最低等级的野蛮民族占领的历史。

我想未来世界的考古专家大概会像我这样来描绘眼前的这番景象。我转过头，询问连队的军士长："胡珀先生来过了吗？"

"今天一早上都没见过他，长官。"

我们一起走到已经废弃的营地办公室，我发现有一扇窗子刚刚被打破，而营地设备损坏记录这会儿已经做完了。"晚上风刮的，长官。"军士长告诉我。

（所有的设备损坏都会被归于此类原因，或者是"工兵演习"。）

胡珀来了。他是个面色蜡黄的年轻人，头发向后梳，额前没有分缝，说话带着单调的英国中部口音。他来这里已经两个月了。

部队上的人都不大喜欢他，因为他对自己的本职工作并不在行，有时还会单独点名某个士兵完成他的指令，比如"乔治，稍息"。但我倒是有点喜欢他，很大程度上是因为他刚来的晚上，在饭堂发生了一件事。

当时，新上校刚来不到一周，我们还没有摸清他的脾气。那天晚上，他在前厅喝了几杯杜松子酒，有几分醉意。他第一次看到了胡珀。

"那个年轻的军官是你们连队的，对吧，赖德？"他对我说，"他的头发该剪了。"

"没错，长官。"事实如此，我说，"我会尽快处理的。"

又几杯酒下肚，上校开始盯着胡珀看，并且大声说道："上帝啊，看看他们现在送过来的这些军官！"

那天晚上，胡珀似乎成了上校眼里的一个大麻烦。吃过了晚饭，他突然又大声地说："在我之前的那个团里，要是有年轻军官这副样子，其他下属早就动手帮他把头发剃了。"

没人对他说的事情感兴趣。我们的无动于衷似乎激怒了他。"你，"他对A连一个面相正派的小伙子说，"去找把剪刀来，替这位年轻的长官把头发剪了。"

"这是命令吗，长官？"

"这是你指挥官的愿望，据我所知，那就是最好的命令。"

"是，长官。"

于是，在一片充满寒意的尴尬气氛中，胡珀坐在椅子上，脑后的剪刀有一下没一下地忙碌着。理发一开始，我就离开了前厅，随后才找到胡珀，为他所受到的"欢迎"表示歉意。"这个团不常发生这种事情。"我说。

"哦，没什么大不了的。"他说，"我经得起这点玩笑。"

胡珀对军队并没有什么幻想——或者说，他并不觉得这里和他所了解的那普通又迷雾重重的世界有什么分别。为延期参军做出所有能做的微薄努力之后，他被迫来到部队服役。他认命了，他说："这就像得麻疹。"胡珀身上没有半点浪漫主义，孩提时代便不曾随鲁珀特亲王[1]的战马驰骋，也从未置身于桑索斯河畔[2]的篝火旁边。在我除了聆听诗歌——那些学校会推荐多愁善

[1] 鲁珀特（Rupert），疑指鲁珀特亲王（Prince Rupert of the Rhine，1619—1682），英国内战期间王党军队统帅，一生颇多传奇。

[2] 桑索斯河畔（Xanthus-side），"桑索斯"系河流名，位于小亚细亚吕西亚境内，向南流入地中海；亦是古希腊神话中河神的名字。

感的少年们阅读的、歌颂坚忍的印第安诗歌——鲜少流泪的年纪，胡珀却常常哭泣，但既不是为亨利在圣克里斯平日的演讲[1]，也不是为温泉关墓志铭[2]。他不大记得历史上那些重大战役，却对体现人道精神的立法举措与新近的工业革新了如指掌。加利波利、巴拉克拉瓦、魁北克、勒班陀、班诺克本、龙塞斯瓦列斯、马拉松，以及西边的战场——像亚瑟王陨落的地方，成百上千个昔日战场的号角声，即便在我此时这般万念俱灰、无所依凭的状态下，依旧让我无法抗拒，带我回到思维清晰、生机蓬勃的少年时代。但胡珀对此始终无动于衷。

他很少抱怨。虽然他很难让人放心交给他哪怕最简单的任务，但他自己十分看重效率，并且有时会以自己有限的商业经验，对部队的开支与供给状况评头论足："要是在生意场上，这么做准会遇到麻烦。"

当我清晨从烦躁中醒来，他却睡得很香。

我们相处的这几周里，我觉得胡珀就是新一代英国年轻人的代表。所以每当有人发表公共言论宣称未来社会需要怎样的年轻人、世界又亏欠了他们什么的时候，我就把"胡珀"代入这些泛指的言论中去，以检验它们的合理性。因此在起床号响起前的黑暗时光里，我有时会琢磨"胡珀集会""胡珀旅社""国际胡珀

[1] 指英王亨利五世在使法国人重创的阿让库尔战役之前进行的演讲。在莎士比亚的剧作《亨利五世》中有相应的描写。圣克里斯平日（St Crispin's Day），基督教传统纪念日，为每年的10月25日。

[2] 温泉关墓志铭（the epitaph at Thermopylae），指公元前480年的温泉关战役后，希腊诗人西摩尼得斯写给在温泉关长眠的斯巴达战士墓碑上的铭文。

合作”以及“胡珀的宗教”这些东西。他是所有这些复合概念的试金石。

这些日子他也确实有些改变。和在军官学校学院训练队时相比，他更不像个军人了。这天早晨，他背着全副装备，看上去更没个样子。他就像跳着鬼步舞一般走过来，把带着羊毛手套的手掌举在额前，算是向我敬礼。

“军士长，我有话要和胡珀先生说……你这家伙，到底去哪儿了？我让你去检查路线的。”

“我迟到了？对不住啊，我一直在忙着收拾行李。”

“那是你勤务兵的事。”

“嗯，严格来说是的。不过你也知道，他有自己的事要做。像这些家伙，你要是不好好待他们，他们就会在其他方面找你麻烦。”

“好吧，现在赶紧去检查路线。”

“好——嘞。”

“看在基督的分上，别说‘好——嘞’。”

“对不住，我确实在注意了，刚才是顺嘴了。”

胡珀转身走了，正好军士长回来。

“指挥官正往这边走，长官。”他说。

我过去迎接他。

指挥官猪鬃般的红色小胡子上还带着水珠。

“嗯，东西都点清了吗？”

“是的，我想是的，长官。”

“你说‘你想’？你应该说‘你确定’。”

他的目光落在了打破的窗子上。“这个，记入损坏记录了吗？”

“还没有，长官。”

“还没有？我倒很想知道，要是我没看见，它什么时候能被记上去。”

和我相处，他会觉得不自在，他的咆哮也仅仅源于胆怯。不过我却觉得，这样的状况再好不过。

他带我往木屋后面走，来到把我们与运输排隔开的栅栏前面。他迅速跳过去，走向杂草丛生的沟渠与堤岸，这里曾是农场的边界。他开始用手杖刨地，像一只找松露吃的猪，不一会儿就发出心满意足的嚎叫声。他刨出了一个“垃圾坑”，那是热爱整洁的列兵们的最爱，里面有扫帚头、旧炉盖、生锈的水桶、一只袜子、一块面包，它们连同香烟盒与空罐子一起，被埋在酸模和荨麻下面。

“看看这里，”指挥官说，“这就是我们留给接管这里的团的美好印象啊。”

“这真糟糕。”我说。

“这是个耻辱。在你们离开之前，记得把这些东西都烧干净。”

“好的，长官。军士长，去转告运输排吧，告诉布朗上尉，指挥官先生希望这条沟渠可以清理干净。”

我好奇上校会不会容忍我这次抗命。他容忍了。他站了一会儿，犹犹豫豫地用手杖戳了戳沟里的脏东西，然后以后脚跟为轴，转过身，大踏步走开了。

“您不该这样做，长官，”军士长对我说，自打我进入连队，他就一直给我建议和支持，“您真的不该这样。”

“那并不是我们的垃圾。”

“也许不是，不过您要明白，您要是得罪了上级军官，他们就会在其他方面找您麻烦。”

我们走过疯人院时，两三个上了年纪的疯子在围栏后面，客客气气、叽叽咕咕地说着些什么。

“再见啦，老伙计，我们会回来看你们的。”“我们不会离开太久。”“一直笑到我们下次见面吧。”士兵们回应道。

我和胡珀走在先行排的前头。

“我说啊，你知道我们要去哪儿吗？”

“不知道。”

“你觉得这次当真要去打仗吗？”

“不。”

“又是白折腾？”

“对。”

“人人都说我们要去打仗了，我真不知道该怎么想。经过了这么多次训练和演习，要是从没真的打一仗，那实在是太蠢了。”

“我倒不犯愁。时候到了，会有很多仗给大家打的。”

“哦，我可不想打那么多仗。只要够我去和别人说‘我打过仗’就行了。”

一列老旧的火车，由一位铁路运输官负责，正在铁路的支线上等着我们。一支杂役队正把最后一批行李从卡车上卸下来，搬到行李车上去。我们用半个小时做好了出发的准备，但一个小时后火车才开动。

我和我的三个排长单独享有一节车厢。他们吃着三明治和巧克力，抽着烟睡着觉。谁也没带一本书。最开始的三四个小时里，列车常常会停在两站之间，他们便趁这个机会把头探出窗外，记下镇子的名字。后来他们对此丧失了兴趣。中午和夜晚，会有人来给我们的杯子倒上一些不冷不热的可可。火车慢吞吞地向南行驶，沿途都是铁路干线那种单调又乏味的风景。

当天主要的事，是指挥官的“命令下达会”。一个传令兵召集我们在指挥官的车厢里集合，指挥官和他的副官头戴钢盔，全副武装。他说的第一件事情是：“这是一次命令下达会，我希望你们在出席的时候可以着装得体。当然，实际上我们刚好在火车上，但这并不是你们放松自己的理由。”我觉得他正打算把我们打发回去，不过盯着我们看了一会儿后，他说：“坐下。”

“营地那边的状况可真让人难堪。不管我走到哪儿，都能发现玩忽职守的军官。部队撤离后的营地状态，最能说明一个团级军官的能力。而一个营与其指挥官的声誉也就靠这个。而且，”——下面的话，他确实是这么说的，还是我通过他愤怒的声音与眼神为他配上的台词呢？我想它其实并没有说出口——“我不想我的职业声望被几个临时军官的懈怠毁掉。”

我们坐在一边，笔和本子都已就绪，等着记录接下来的工作细节。一个较为敏感的人此时大概已经意识到自己的表现不够出色了。也许他已经察觉，所以才用暴躁如学校校长一般的语气补充道：“我只要忠诚的合作。”

随后，他翻开笔记本，念道：

“命令。

“情报。本部正在从A地到B地的途中。这里是C地的主干线，易受敌军的轰炸和毒气攻击。

“目标。准备前往 B 地。

“方式。火车约在二十三点十五分到达目的地……”

…………

重点出现在会议尾声的“管理”一项。C 连抽出一排人，其余的人负责在列车到达支线时，将车上的货物卸下来，那里等候着三辆载重三吨的卡车，它们会把这些货物运到新营地的物资临时堆放处。士兵们需要一直工作到任务完成，而剩下的一个排则要前往那里担任守卫，在周边站岗放哨。

“有问题吗？”

“可以给执行任务的士兵发点可可喝吗？”

“不能。还有问题吗？”

当我把这些命令告诉军士长时，他说：“可怜的老 C 连又遭殃了。”我心知肚明，这是对我违抗命令施加的处罚。

我向排长们传达了命令。

“我说，”胡珀抱怨，“这可让咱的小伙子们有的受了。他们估计要发脾气了。指挥官好像总派咱们去干脏活。”

“你去做警卫。”

“好哇。不过我说，我怎么才能在黑灯瞎火的时候，找到我该去哪儿做警卫呢？”

熄灯后不一会儿，我们就被一个传令兵搞出的动静惊醒了。他闷闷不乐地走过车厢，还发出吱吱嘎嘎的声响。一个经验丰富的中士喊道：“第二轮来啦。”

“敌人正在向我们喷洒液态芥子气，”我说，“务必保证窗户全都紧闭。”然后我写了一份简单的报告，说明我们这里无人员伤亡，也没有设备被污染。在卸车之前，一队士兵将被派下车，对列车外部进行清理。指挥官似乎对这个报告很满意，因为我们再没听到他的指令。夜深之后，我们都睡下了。

最终，在入夜很深的时候，我们才抵达支线。安全作战行动训练要求我们，执行任务时需避开车厢及站台。黑暗中，大家从正在运行的列车车厢跳到煤渣跑道上，这给我的部队造成了一定的混乱和破坏。

“在路堤下面的路上集合。你们C连真是一如既往地行动迟缓啊，赖德上尉。”

“是的，长官。我们在用漂白剂的时候遇到了一点麻烦。”

“用漂白剂？”

“清理车厢外部，长官。”

“哦，你们干得非常认真，我信了。别干了，进行下一项吧。”

直到这会儿，我那些半梦半醒、心怀怒气的士兵才在路上噼里啪啦排起队来。又过了一会儿，胡珀那个排出发了，消失在夜色中。我发现了几辆卡车，旁边排成队的士兵正在手递手把货物从陡峭的路堤上运下来。当这些士兵发觉自己正在做目的明确的事情时，他们便愉快了不少。最开始的半小时，我和他们一起传递货物，随后我停下来，去迎接随第一辆返回的卡车一起回来的副连长。

“那营地还不算糟，”他汇报说，“是一幢很大的私人宅子，还有两三个湖。运气好的话也许还会逮到几只鸭子。村里有一家酒吧，还有一个邮局。附近没有镇子。我已经想办法给咱们俩搞到了一间屋子。”

早上四点，运送货物的工作完成。我坐上最后一辆卡车，穿过幽深的小路，路旁垂悬下来的树枝不断抽打着风挡玻璃。而后我们离开了小路，驶上私人车道。再然后，我们来到两条车道交会的空地，那里有一串防风标志灯，标记着临时堆放处的位置。我们就在这里卸了货，最终在向导的指引下，来到我们的新住处。此时天上星光暗淡，还下起了蒙蒙细雨。

我一直睡着，直到勤务兵过来叫醒我，才疲惫地起身，默默穿上衣服，刮好脸。走到门口我才问副连长：“这地方叫什么名字？”

他告诉了我。这一瞬间，仿佛有人关掉了脑子里的无线电，那个在我耳畔、在无数个日子里不停愚蠢地大喊大叫的声音也突然间随之消失。无边无际的沉默接踵而至，起先是空虚，但渐渐地，随着我的外在感官重新振作，那甜美的、纯真的、久已忘却的声音开始在耳畔回荡。他说起的那个名字于我而言是如此熟悉，这个有魔力的名字，具有古老的力量；因此仅凭声音，那些幽灵一般的昔日岁月的记忆，便已在我周围翩然飞舞了。

我呆呆地站在小屋外面。雨已经停了，但天空依旧乌云密布，压得人喘不过气来。此刻仍是清晨，不远处炊烟直直升起，飘散在铅灰色的天空中。眼前的车道，起先是一条碎石路，后来荒草密布，现在则满是车辙，到处是烂泥。它依着山坡的轮廓延伸，最终消失在山丘下面。道路两旁，一些波纹状屋顶的铁皮小屋四处散落，里面吱吱嘎嘎、喋喋不休地传来口哨声和嘘声，以及一个营的士兵发出的嘈杂声，这动物园一般的声音，昭示着一天的开始。在我们的前面和周围，有一片我更加熟悉的美丽树林。这是一个与世隔绝的地方，被一个蜿蜒的山谷所环抱。我们营驻扎在一个缓坡上，正对面的原野尚未被侵染，径直将我们的视线引向邻近的地平线。这中间有一处水源，名为“新娘河”。它发源于不到两英里外一处名为“新娘泉”的农场，我们过去常常步行去那里喝茶。新娘河的下游水量很可观，最终汇入埃文河[1]。埃文河在这里被水坝拦截，形成了三个湖泊——其中一个不过一片芦苇荡大小，但另两个湖面要宽广许多，映衬出云朵与种植在湖边的大山毛榉。这里的树林里生长着橡树和山毛榉，橡树灰白且光秃，山毛榉则因新萌出的嫩芽而有几分绿意。它们与绿草地和广阔的林间空地一起构成了既简单又设计精心的图案。这里还有小鹿来吃草吗？像是生怕人们的目光无可停驻，水边还立着一座多利安式的神殿。另有一座爬满了常春藤的拱门，横跨在连接起来的堰堤最低处。所有这一切，都在一个半世纪之前被设计和建造，因此到今天，也许正是它们成熟的时刻。从我站的地方看过去，房屋正好被一处绿色的小山尖阻挡，但我知道它们在什么地方，以什么样的方式矗立。它们就藏在一片菩提树后，宛如一只伏在凤尾草丛中的雌鹿。

这时胡珀凑了上来，向我打招呼。他打招呼的方式多半是学来的，别人却都无法模仿。因为守夜，他的脸有些发灰，而且还胡子拉碴。

[1] 英国中部一河流。另因它流经大文豪莎士比亚的故乡埃文河畔的斯特拉特福而十分著名。

“B 连的人接了我们的班，我已经打发小伙子们去洗漱了。”

“好。”

“房子就在上边，拐角的地方。”

“没错。”我说。

“下周旅部的人才会过来。这地方当兵营可是够宽敞了。我刚刚在周围侦察了一圈，不得不说，这地方真是非常华丽。古怪的是，这里还有一座天主教堂。我进去看了看，里面还在进行礼拜——只有一个随军牧师，还有一个老头子。我觉得很尴尬。这档子事你比我在行。”也许是我看上去漫不经心，为了激发我的兴致，他打算做最后的努力，因此又说道：“这里还有一座大到吓人的喷泉，就在台阶前面，全部用岩石砌成，上面还雕了各种各样的动物。你一定没见过这样的东西。”

“不，胡珀。我见过。我以前来过这里。”

这句话似乎因为小屋的房顶回音而显得更响亮，在我耳边回荡。

“哦，好吧，这里的一切你都知道。我也要去洗漱了。”

我来过这里。我知道这里的一切。

第一部　我也曾在阿卡狄亚生活[1]

[1] “我也曾在阿卡狄亚生活”（Et in Arcadia ego），原文为拉丁文，法国古典主义画家尼古拉斯·普森的画作题目。阿卡狄亚，古希腊伯罗奔尼撒半岛中部地区，在希腊、罗马和文艺复兴时期等的文学作品中被誉为世外桃源。也有引申含义，即“田园牧歌式的生活”。

第一章

初遇塞巴斯蒂安·弗莱特——以及安东尼·布兰奇——初访布赖兹赫德庄园

第一章

“我以前来过这里。”我说。我以前来过这里。二十多年前，六月里一个晴朗无云的日子，塞巴斯蒂安第一次带我来。当时，沟渠旁还簇拥着淡黄的绒线菊，空气中充满夏天的丰盛气息。我一直记得，那一天特别晴朗，尽管我后来造访得愈加频繁，每次心情也不尽相同，但最后一次故地重游的时候，我忆起的还是初次来这儿的情景。

那一天，我同样对自己即将抵达的目的地一无所知。当时是八人划船周[1]，在牛津——这个像昔日的雷昂尼斯[2]一样、眨眼间被滔天洪水淹没的地方。不过那时，它还是一座精雕细琢的小城。在她宽敞又安静的街道上，人们行走议论，宛如身处纽曼[3]的年代。她秋日的雾霭、灰白的春光，以及呈现在夏日的稀有光彩——就像那一天，栗树的花正在盛放，清晰的钟声在辽阔的天空飘荡，轻而易举就翻越山墙与圆屋顶，散发出几个世纪以来的青春气息。正是这种幽深的寂静，让我们的欢笑回响，静谧而欢愉，穿行于喧闹之中。每逢八人划船周，总会有一群闹哄哄的女人来到这里，竟有好几百人之多。她们喊喊喳喳、摇摇晃晃地走在鹅卵石小路和石阶上，参观、玩乐、喝冰镇红酒、吃黄瓜三明治。她们还会撑船，让她们的方头平底船聚拢在大学生们的驳船周围。她们在《伊希斯》[4]杂志社和辩论社彼此问候，不时来上一段古怪、轻浮、令人无比困扰的“吉尔伯特与沙利文”[5]式玩笑，还以她们独特的大合唱在学院的礼拜堂里引人侧目。回音与不速之客充斥着每一个角落，而我们的学院却没有回响，因

[1] 八人划船周（Eights Week），牛津大学每年夏季举行的一项传统划船比赛，每条船由八人操控，故称“八人划船周”。

[2] 雷昂尼斯（Lyonnesse），凯尔特神话中沉入海中的数个神奇国度之一，也是圆桌骑士特里斯坦（Tristan）的故乡。

[3] 纽曼，此处应指英国教育家约翰·亨利·纽曼（John Henry Newman，1801—1890），他毕业于牛津大学三一学院，后成为牛津大学教授、神学家和圣公会牧师。

[4]《伊希斯》（*Isis*），牛津大学学生杂志，创办于1892年。

[5] 吉尔伯特与沙利文（Gilbert-and-Sullivan），指维多利亚时代幽默剧作家威廉·S. 吉尔伯特（William S. Gilbert）与英国作曲家阿瑟·萨利文（Arthur Sullivan）的合作。两人在1871年到1896年25年间共同创作了14部喜剧。

为这里正是所有吵闹的源头。我们当时正在举行舞会。我住在前院，窗前的空地上此时已经铺好了地板，搭上了帐篷，棕榈叶和杜鹃花包围着门房。最糟糕的是，我楼上住的那个胆小如鼠的自然科学学院学监，竟在这段时间把他的房间租给女士们做衣帽间——关于这一骇人听闻的事件的告示，此时正挂在距离我的橡树大门正上方不到六英尺的地方。

所有人里，对此反应最强烈的就是我的校工。

“没有女伴的绅士们，在接下来这几天里被要求尽可能外出用餐。”他沮丧地宣布，“您在学校里用餐吗？”

“不，伦特。”

“他们说，这是给仆人们的机会。得了吧！我还得去给女士衣帽间准备一个针插垫。她们为什么要跳舞？我看不出什么名堂。以前划船周的时候从没有什么舞会，纪念舞会另当别论，可它是在假期里，也不会和划船周一起进行。这些人就像是茶喝不够、船划不够似的。要是你问起我，先生，我觉得这都赖那场战争。要是没有战争，这一切都不会发生。”那时是1923年，对伦特和其他成千上万的人来说，他们没法再像1914年时那样过日子了。“现在晚上喝酒，”他继续说，同时像他平时习惯的那样，人在门口，身子一半在里面，一半在外面，“约上一两个绅士一起共进午餐，这是应该的。但根本不该有什么舞会。这都是那些从战场上回来的家伙带回来的东西，那些人又老又无知，还不愿意学习。真是这样。还有些人甚至跑到城里的共济会去跳舞，不过学监会抓到他们的，你看着吧……啊，塞巴斯蒂安少爷来了，我不该站在这儿说话，还有针插垫等着我去准备呢。”

塞巴斯蒂安走了进来。他穿着纯灰色法兰绒上衣，白色双绉裤子，打着一条夏尔凡[1]领带，上面是邮票图案，刚好和我的那条很像。“查尔斯，你们学院到底怎么了？有马戏团来表演了？就差没看到大象了。我得说，整个牛津突然变得好古怪。昨天晚上，这里居然挤满了女人。你得马上走，这地方太危险。我刚好有台车、一篮草莓和一瓶佩拉庄园葡萄酒——别装了，这酒你肯定没尝过。它和草莓相配极了。”

“我们要去哪儿？”

“去见个朋友。”

“谁啊？”

“一个姓霍金斯的。带上点零钱，以备我们一会儿遇上想买的东西。这台摩托车是一个叫哈德卡斯尔的人的，待会儿我要是摔死了，记得把这玩意儿还给他——我不大会开摩托。”

穿过大门，在曾是传达室的冬季花园外，正停着一辆莫里斯-考利双座汽车。塞巴斯蒂安的泰迪熊正端坐在方向盘上。我们把他放在我俩中间，“照看好，别让他着凉了”，然后出发。圣玛丽教堂钟敲九下，我们差点撞上一个牧师，他戴着一顶黑草帽，留着白胡须，正不紧不慢地在高街[2]上逆行。莫里斯-考利穿过卡尔法克斯，途经车站，很快来到博特利路，身旁就是开阔的田野。那时候，人们总是毫不费力就可以抵达乡下。

“天还早呢，对吧？”塞巴斯蒂安说，“女士们还在做那些

[1] 夏尔凡（Charvet），1838 年创立于巴黎的高级服装定制品牌。

[2] 高街（High street），牛津的一条街道，东西走向，西到卡尔法克斯（市中心），东到莫德林桥。

女人们下楼前要做的事呢。懒惰真是毁了她们。我们逃出来了，愿上帝保佑哈德卡斯尔。”

“那个哈德卡斯尔到底是谁？”

“他本打算和我们一起来，不过懒惰毁了他。瞧吧，我跟他说好约在十点见的。他在我们学院念书，是一个阴郁的人。可他应该过着双重生活，至少我这么觉得。毕竟他也不能成天扮哈德卡斯尔，白天也这样，黑夜也这样，总是一张脸，对吧？不然他早就死于无趣了。他还说他认识我父亲，但那是不可能的。”

“为什么呢？”

“没人认识我老爸，社交圈里人人都想避开他。你没听说过吗？”

“真可惜，我们俩都不会唱歌。[1]”我说。

到斯温登，莫里斯-考利身下便不再是平整的马路了。等到太阳终于爬上山顶，我们来到一片干燥的石墙与长条石屋中间。这会儿已经将近十一点，塞巴斯蒂安突然把车开进了一条小路，然后停了下来。天气很热，我们不得不去找个阴凉的地方休息。在一个覆盖着被羊群啃食过小草的山丘上，我们找到了一片榆树林。在树下，我们吃草莓，喝葡萄酒——正如塞巴斯蒂安所许诺的，这两样东西的确很般配。酒足饭饱，我们点上土耳其粗雪茄，仰面躺在草地上。塞巴斯蒂安注视着头上的树叶，我则望着他的侧影。四下无风，蓝灰色的烟雾升起，一直飘进蓝绿色的树荫之中。

[1] 此处指塞巴斯蒂安的前一句“没人认识我老爸，因为人人都怕他。”（“No one knows papa. He’s a social leper.”）押韵，可做歌词。

雪茄的香气，混合了夏日的芬芳，再加上那上等佳酿的绵长余韵，让我们仿佛离开地面，悬浮在这草地一指之上。

“这地方真适合埋金子，”塞巴斯蒂安说，“我要在每一个让我觉得快乐的地方，都埋上一件宝贝。这样等到我又老又丑、满心绝望时，就可以回来，挖出宝贝，想起那些好时光。”

这是我大学入学的第三个学期，但我的牛津生活，其实直到第一次遇见塞巴斯蒂安，才算真正开始。那是一个很偶然的机会，当时学期已经过半。我们来自不同的中学，在牛津又分属不同学院。所以要不是某天晚上他在我们学院喝得烂醉，而我又刚好住在前院一楼的房间，恐怕上完这三四年大学，我都不会遇见他。

我的堂兄贾斯珀曾警告过我住这类房子的种种危险。当时，我初来乍到，只有他一个人觉得我会是个能够听从悉心指导的对象。我的父亲就从没给过我任何建议。他一如往常，在跟我相处时小心翼翼地避开所有严肃的话题，直到我出发的前夜，父亲才提到大学这个话题。他十分谨慎又含糊地对我说：“我一直在谈你的事呢。我在雅典娜俱乐部那边遇见了你未来的院长，我想谈谈伊特剌斯坎人[1]对不朽的看法，他倒想说说在工人阶层推广学术讲座的事情，所以我们折了个中，谈了谈你的事情。我问他该怎样安排你的生活费，他说‘一年三百镑，别给再多了，大多数人拿的都是这个数’。我觉得这个答案不怎么好，我上学的时候，

[1] 伊特剌斯坎人（Etruscan），是古代意大利西北部伊特鲁里亚地区古老的民族。

生活费就比其他人要多那么一点，而在我的经验里，无论何时何地，一个人手里多几百镑的现钱，总会让他在众人面前显得更体面，也更受欢迎。想到这个，我打算一年给你六百。”他说着，不时还在觉得自己很风趣的时候抽抽鼻子，“不过我又想，一旦你们院长听说了这件事，他恐怕会觉得我是有意冒犯他。所以我决定，给你五百五十镑。”

我谢过他。

“嗯，这确实是一种娇惯。不过，你知道，这些都来自家里的存款。我想，现在是该给你些建议的时候了，不过我自己就从没收到过任何建议，除了你的远房亲戚阿尔弗雷德。你知道吗，那个夏天，我出门闯荡之前，他骑着马专程赶到鲍顿来，只为了给我一点建议。你知道他的建议是什么吗？‘内德，’他说，‘有件事我求你一定要照办，就是上学的时候，每到周日都要戴礼帽。这比什么都重要，看你体不体面——人家不看别的，就看这个。’而且你知道吗，”我父亲继续说，同时深深地吸了一下鼻子，“我总是戴着我的礼帽。其他人有的会戴，有的压根儿不会，我也看不出他们有什么不同，也没听过有人议论，但我总戴着礼帽。这只表明了在恰当的时机，一个谨慎的建议会带来怎样的影响。我希望我也可以告诫你点什么，但很可惜，我没什么建议给你。”

我的堂兄贾斯珀弥补了这一缺憾。他是我父亲一个哥哥的儿子，我父亲曾不止一次半开玩笑地称他是“家族之首领”。他今年上四年级，预计要不了多久就可以穿上牛津划船队的蓝色队服。他是坎宁俱乐部的秘书，同时还是学生活动室的总管，在学院中颇有声望。在我来学校的第一周，他便前来正式拜访，还留下来喝下午茶。他吃了很多东西：蜂蜜面包、鳀鱼吐司、富勒牌核桃仁蛋糕，然后点上烟斗，瘫坐在我的柳条椅里，给我拟订行为准则。他的建议覆盖了方方面面，甚至直到今天我还记得他说的大部分话，那些翻来覆去的言语："……你在读历史？那真是门令人尊敬的学问。这个学校里最糟糕的科目要数'英国文学'，'现代经典'次之。学习的时候，你要么拿'优'，要么就混个及格，任何中间等级的成绩都是没有意义的。费了功夫，成绩却只是'中等偏上'，那时间可就算是白白丢掉了。你应该去听最好的讲座，比如阿克赖特讲德摩斯梯尼。不要去管那些讲座是不是你们学院的。关于衣着，要穿得像你在乡下的时候那样好。永远不要穿粗花呢的外套和法兰绒的裤子——永远都要穿成套的衣服。去伦敦找一个裁缝，那里的裁缝手艺好，而且赊账期也长。至于俱乐部，现在就要加入卡尔顿，等二年级一开始就去'烤架'。如果你想加入辩论社——那也不是什么坏事，不过你得先在外面有点名声，比如先去坎宁或者查塔姆活动活动，最好再在报纸上写点文章……远离野猪山……"此时晚霞映在对面的墙上，再过一会儿天就完全黑了。我往壁炉里添了煤，然后打开灯，贾斯珀在伦敦定做的宽大运动裤和利安德领带[1]显得愈加气派。"别把导师当成你以前学校的校长，应该把他们当成你在家时的教区牧师……明年你就会发现，你要用上半年时间，才能甩掉那些第一年结交的不合适的朋友……提防那些天主教徒，他们都是些口音难听的鸡奸佬。

[1] 利安德领带（Leander tie），利安德系英国赛艇俱乐部的名字，成立于1818年，是世界最早的赛艇俱乐部之一，1858年开始从牛津和剑桥大学招募成员，粉色领带是其标志。

事实上，你应该跟所有宗教组织撇清关系，它们什么用处都没有，只会招来祸害……”

最后，在临走前，他说：“最后一件事，记得换个房间。”我的房间很宽敞，有深深的凹窗和来自 18 世纪的镶板画。作为一个新生，我很庆幸自己能拥有这样的房间。“我看到有太多人，都毁在这前院一楼的房间里了，”我堂兄语气凝重地说，“人们不断造访，他们会把自己的长袍留在这里，然后等要去饭堂前再来这里换上。出于礼节，你得给他们递上一杯雪利酒。转眼间，你这里就会变成一间酒吧——而且还是免费的。所有学院里的不良分子，都会在这里蹭吃蹭喝。”

我不知道我是否有意无意地听从了他的哪条建议。不过，我是肯定不会换房间的。我的房间窗户下面还有一片紫罗兰，每到夏天，窗前都花香四溢。

人回忆过去时，很容易给青年时代的自己贴上或过分成熟或过分天真的虚假标签，篡改自己的成长历程。我应该想一下——而我也确实想过——用莫里斯[1]的作品或阿伦德尔的画作装点自己的房间，书架全放上 17 世纪的对开本大书，以及有着俄罗斯皮革及波纹丝绸装帧的第二帝国时期的法国小说。但这都不是真的。在第一个下午，我得意扬扬地在壁炉上挂了一幅凡·高《向日葵》的复制品，还找来一扇屏风，上面是罗杰·弗赖[2]的普罗旺斯风

[1] 威廉·莫里斯（William Morris，1834—1896），英国设计师、作家、画家、空想社会主义者。

[2] 罗杰·弗赖（Roger Fry，1866—1934），英国画家和艺术评论家，受形式主义和唯美主义影响很深。

光——它是我在欧米茄工坊清仓处理时便宜买来的。我还在墙上贴了麦克奈特·考弗的海报和一张来自诗歌书店的韵律示意表。最不堪回首的，是我在壁炉架上的两根黑色蜡烛之间，摆放了一个波莉·皮切[1]的瓷质人偶。我的藏书贫乏而单调：罗杰·弗赖的《视觉与设计》，美第奇出版社出版的《什罗普郡少年》《维多利亚名人传》《乔治王朝诗选》《罪恶之街》，以及《南风》。我在大学里最早交到的几个朋友，大致也是这种风格：来自公立学校的柯林斯，他天生就是要当老师的，拥有丰富的阅读量和孩童般的幽默感；还有一个由本学院知识分子组成的小圈子，他们处在过分华丽的“唯美主义者”和住在大学路、惠灵顿广场公寓里致力于“实事求是”的无产阶级学者之间，极力保持着“文化中立”。只有在这样的圈子里，第一学期的我才有了被接纳的感觉。他们可以提供我在中学时所享受的那种陪伴，而中学时代又刚好使我形成了接纳他们的性格。不过即便在牛津最初的日子——牛津的大学生活本身，以及拥有自己的房间和支票簿——令我愉悦，但我心里仍觉得，牛津可以给我的，不止这些。

随着塞巴斯蒂安的到来，这些灰色人物就纷纷淹没于背景之中，消失不见了，就像是薄雾中的高地绵羊。柯林斯曾向我揭露现代美学的谬误之处：“……所有关于‘有意味的形式’的论证成立与否，全要看体积。如果你想让塞尚在他的二维画布上表现三维空间，你就得同时允许兰希尔[2]笔下的忠诚之光，闪现在西

[1] 波莉·皮切（Polly Peachum），英国18世纪歌剧《乞丐歌剧》中的角色。
[2] 兰希尔（Landseer，1802—1873），英国画家与雕塑家，以善画动物著称。

班牙猎犬的眼睛里……”不过直到塞巴斯蒂安慵懒地翻阅着克莱夫·贝尔[1]的《艺术》，念叨并议论说“‘会有人对一只蝴蝶、一朵花，怀有和对一座大教堂、一幅画同样的情感吗？’是的，我会”的时候，我才豁然开朗。

其实在认识他之前，我就已经见过他了。那是无法避免的事情，因为从开学第一周起，他那迷人的外貌和仿佛从未听闻过任何世俗规范一般的怪异举止，就已经令他成为这一年最引人瞩目的新生。我第一次见他，是在杰默理发店里，当时最令我惊讶的倒不是他的样貌，而是他带着一只巨大的泰迪熊。

“那位，”刚一坐下，理发师便对我说，“就是塞巴斯蒂安·弗莱特少爷。他真是个有趣的年轻绅士。”

“显然如此。”我附和道。

“他是马奇梅因勋爵的二少爷，他的哥哥是布赖兹赫德伯爵，上学期刚离校。那位可不太一样，是位安静的绅士，安静得像个老人。可你猜猜刚才这位塞巴斯蒂安少爷想要什么？他想给他的泰迪熊要一把毛刷，毛刷的毛得很硬的才好。而且这位少爷还说，这刷子并不是用来刷毛，而是用来在他生气时，打屁股、吓唬那只熊的。他买走了一把上好的、象牙镶背的毛刷，还在上面刻了‘阿洛伊修斯’——那只熊的名字。”一个男人，到他这个年纪，本该早已对学生们的种种空想感到厌倦，可他却对此如此着迷。不过此时，我仍对塞巴斯蒂安心存厌恶。等到后来见他乘双轮小马车，

[1] 克莱夫·贝尔（Clive Bell，1881—1964），英国艺术批评家，形式主义美学代表人物。上文提到的“有意味的形式”即他提出的美学理论。

以及带着假胡子在乔治餐厅用餐的情形，都没能改变我对他的印象，尽管柯林斯此时在读弗洛伊德，并且可以用其理论对他的怪异之处进行合理解释。

直到我们真正见面，那仍然不是什么令人愉快的场景。三月初的一个晚上，将近午夜，我正用热红酒招待学院的知识分子们。火在壁炉里熊熊燃烧，整个屋子弥漫着浓重的烟气和香料味，而我也听腻了无休止的形而上学。我打开窗子，此时前院外面传来了不寻常的响声：是醉汉们的痴笑，掺杂着跌跌撞撞的脚步声。一个声音说“停下”；另一个则说“来吧”；又一个说“反正时间足够……回学院……等‘汤姆’不响了再说”；还有一个比它们都清楚的声音说“不知道为什么，我感觉有点不舒服，我得离开你们一分钟”，然后就跑到了我的窗前。我认出那正是塞巴斯蒂安，可眼前这张脸，和我之前见过的生气勃勃、充满欢乐的面孔截然不同。他无神的眼睛盯着我看了一会儿，然后身子前倾，把头探进我的房间。他吐了。

以这样的方式结束一场宴会是很寻常的事情。这里有一份公认的价目表，方便我们邀请校工来处理这种情况。至于喝酒，我们也都一路试错，不断学习。而塞巴斯蒂安，在那样窘迫的状况下，他选择了一扇打开的窗户，多少也体现了他的疯狂与可爱。可这毕竟是一次不吉利的会面。

他的朋友把他送到了门口。几分钟后，宴会主人、一个与我同年级、和蔼可亲的伊顿毕业生，回来向我道歉。他同样醉醺醺的，解释起来颠三倒四，最后还眼泪汪汪。“他喝了太多种酒了，”他说，“这并不是酒的数量或者质量问题，而是因为他是混着喝的。

你得知道这个，知道这个才算是理解了问题的关键。你得知道，人若理解一切，就能宽恕一切。”

“是的。”我说。可等到第二天伦特数落我的时候，我又变得牢骚满腹了。

“五个人，喝了两大壶热红酒，”伦特说，“这里没法不变成这样，甚至都来不及去窗子外面解决，是吧？人哪，要是做不来什么事情，就不要勉强。”

“这并不是我们聚会时弄的，是别的学院的人。”

“好吧，不管是谁弄的，把这摊东西弄干净都是件恶心的差事。”

“餐柜上有五先令。”

“我看到了，谢谢你，但任何一个早上我都宁愿不要这钱，也不想看到这烂摊子。”

我拿上长袍出门，留下伦特继续完成他的工作。那些日子我还常常去上课，直到十一点后才回房间。一回房间，我就看到房间里摆满了鲜花，事实上，那场景就像是整个花卉市场一整天的存货全被塞进了我房里每一个可以当容器的东西里。伦特正在把剩下的花用牛皮纸包起来，准备一会儿带回家。

“伦特，这是怎么回事？”

“昨晚的那位绅士送来的，先生。他还留了张字条给你。”

字条上的字是用孔泰粉蜡笔[1]写的，占满了我一整张上好的

[1] 孔泰粉蜡笔（Conté crayons），法国著名粉蜡笔品牌，多为专业绘图人士使用。

沃特曼绘图纸：我非常懊悔。阿洛伊修斯拒绝和我说话，除非亲眼看见我得到原谅，所以请来参加今天的午宴。塞巴斯蒂安·弗莱特。我后来回想，这的确是他的风格——毫无来由就假定我知道他的住处。不过那时，我也确实知道。

“真是位有趣的绅士，我确信为他打扫是一种荣幸。我看你要在外面吃午饭了，先生。我已经告诉柯林斯先生和帕特里奇先生了。他们本打算和你一起去食堂用餐。”

“是的，伦特。我出去吃。”

那个午宴——事实证明，它就是聚会——成了我人生新的开始。

我内心犹豫不决，因为那个地方很陌生，同时我耳畔似乎还传来了微弱、自负的警告，像是柯林斯的语调，劝我不去为好。可这些日子里，我一直都在寻找一种情感上的慰藉，又对那里满怀好奇，同时怀着淡淡的、莫名的恐惧，可也总觉得自己能在墙上找到一扇矮门，虽然我知道其他人会比我先到。那扇门后，就是一座封闭而令人迷醉的花园。它位于这灰色城市的中心，从整座城市哪一个窗口，都无从窥见它的样貌。

塞巴斯蒂安住在基督教会学院主楼的高处。我到的时候还只有他一个人，正在剥鸻鸟蛋。桌子正中央有一个铺满苔藓的鸟窝，鸟蛋正是那里取出的。

“我刚刚数过了，”他说，“每人五颗，还剩两颗，所以这两颗归我。不知怎么的，我今天饿极了。昨晚后来我一直待在‘多比尔和古多尔’药店，因为实在是醉得不行。我现在还觉得那时发生的一切都好像是在做梦。请不要叫醒我。”

他如此迷人，散发着不属于任何性别的柔美。这种美属于极致的青春，令其可以肆意歌唱爱情，可一旦寒风来临，便会很快香消玉殒。

他的房间里有各种各样奇怪的摆设：一台哥特式的小风琴、一个做成象脚样子的废纸篓、一堆蜡质水果、两只过于巨大的塞夫勒[1]细瓷花瓶，还有几张镶了框的杜米埃[2]作品，再加上房间里原有的朴素家具却配着一张大型午餐桌，令这一切显得更加不协调。他的壁炉架上还摆满了伦敦的小姐夫人们送来的请柬。

“那个野蛮人霍布森，把阿洛伊修斯带到隔壁去了，”他说，“这样或许也好，因为这里的鸟蛋也没他的份。你知道吗，霍布森讨厌阿洛伊修斯。我希望也能有一个像你住处那儿那样的校工。今天早上他待我很和善，这种事要是换了其他人，说不定就是另一副脸色了。”

客人到齐了。其中有三位来自伊顿的新生，温和、优雅、落落寡合。他们前一晚刚在伦敦参加了一场舞会，但谈论起这件事，却像是在说一场互不相熟的亲戚的葬礼。每个人一进来都直奔鸟蛋而去，随后才注意到塞巴斯蒂安，再看看我这边，礼貌但漠然地打招呼：“我做梦也不敢如此冒昧地提醒您，我们这是第一次见面。”

“今年头一次吃鸟蛋。”他们说，“你从哪里弄到的？”

---

[1] 塞夫勒（Sèvres），法国著名的瓷器品牌。

[2] 杜米埃（Honoré Daumier，1808—1879），法国讽刺漫画家、油画家和雕塑家。

“妈妈从布赖兹赫德寄过来的。那里的鸟儿总是早早就为她下蛋。”

等到我们把鸟蛋都吃光，开始享用奶油龙虾块的时候，最后一位客人才姗姗来迟。

“哦，我亲爱的，”他说，“我先前脱不开身。我刚刚在和我那荒……荒……荒唐可笑的导师共进午餐。我要走的时候他还很意外呢，我告诉他我要回去换衣服，踢……踢……踢足球。”

这个人很高，很瘦，皮肤有一点黑，有一双漂亮的大眼睛。我们其余人都穿着粗花呢衣服和皮鞋，他则穿了一套光滑的巧克力棕色西装，上面的白色条纹很是扎眼。脚上是一双绒面鞋子，还戴着一个大大的蝴蝶结领结。一进屋，他就脱下了他的黄色耐洗革手套。他有点像法国人，又有点像美国佬，也许还有那么点犹太味，总之浑身上下充满了异国情调。

这位不必说，正是安东尼·布兰奇，“唯美主义者”的杰出代表人物之一。在所有查韦尔艾奇和萨默维尔[1]的女学生中间，他都是罪恶的代名词。走在街上时，人们常常把他指出来给我看，而他总是一副神气十足、趾高气扬的样子。在乔治教堂，我还曾听过他对陈规旧习提出的质疑。而现在，在塞巴斯蒂安的魅力之下，亲眼得见，我发觉自己正贪婪地欣赏着他。

午宴用罢，他站起身，来到阳台上，手里拿着一个在塞巴斯蒂安房间一堆古董中意外出现的扩音喇叭，向下面低着头、穿着

[1] 查韦尔艾奇（Cherwell Edge），牛津供天主教女学生住宿的宿舍；萨默维尔（Somerville），牛津大学学院名，是牛津大学最早的女子学院。

运动衫往河边走的人们深情款款地朗诵《荒原》：

“我，提瑞西阿斯，早已受尽了苦难。”他啜泣着从威尼斯式的拱门向下面的人群喊道。

“就在这张沙……沙发或床上扮演过。

“我，曾在底比斯的墙下坐过。

“又曾在最卑……卑贱的死人群中走过……”

然后，他轻快地走进房间。“看我让他们多惊讶！所有划……划船的小伙子都是我的格蕾丝·达林[1]。”

我们坐在一起，小口啜着君度酒。最温柔也最漠然的那个伊顿学生伴着自己的手风琴，唱起了“她的武士被人抬进了屋”。

直到下午四点，人们才陆续离开。

安东尼·布兰奇第一个离开。他轮流向我们每个人致以正式又恭维的告别。对塞巴斯蒂安，他说：“我要在你身上射满带倒刺的箭，让你变成一个小针……针插垫。”然后对我说：“塞巴斯蒂安发现了你，真是太完美了。你原本藏在哪里呢？我要钻进你的地洞里，把你像一只老白……白鼬一样赶……赶出来。”

不久之后其他人也都离开了。我起身想和他们一起走，却被塞巴斯蒂安的话拦住：“再喝点君度酒吧。”于是我留下了。过了一会儿他说：“我得去一趟植物园。”

“去做什么？”

“去看看常春藤。”

[1] 格蕾丝·达林（Grace Darling，1815—1842），维多利亚时代的女英雄，曾拯救过许多遭遇海难者的生命。

这似乎是个不错的理由，所以我和他一起去了。当我们走到默顿学院墙下时，他挽起了我的胳膊。

“我之前从未去过植物园。”我说。

“哦，查尔斯，看看你还有多少东西要学！那儿有一个美丽的拱门，还有各种各样的常春藤，比我知道的还多。要是没有这植物园，我简直不知道自己该去哪里。”

最后，我回到了我的房间，发现它还是我早上离开时的样子。我忽然发觉自己被前所未有的空虚包围，这熟悉的氛围从未如此令我恼怒。出了什么问题？除了金色的水仙花，似乎没有什么是真实的。是屏风的缘故吗？我把它掉转方向，看不到上面的图画，多少让我好过了一点。

这是那扇屏风的末日。伦特一直都不喜欢它，所以没过几天就把它搬走，放到了一个不起眼的角落——楼梯下面，那里面堆满了水桶和拖把。

那天也是我与塞巴斯蒂安友谊正式开始的日子。所以也就有了后来，六月的那个上午。在榆树荫下，我躺在他身边，看着他唇间吐出的烟雾袅袅升起，飘进枝叶的缝隙。

我们继续上路，一个小时后就饿了。我们在一家小旅馆前停了下来，它的另半边是个农场。我们吃了鸡蛋和培根，还吃了腌核桃和奶酪，喝的是啤酒。整间餐厅没有阳光，旧挂钟在暗处嘀嗒作响，一只猫趴在空荡荡的门口，睡得正香。

我们再一次出发，在下午早些时候到达了目的地。熟铁大门对开着，乡间草坪上坐落着两座传统风格的林间小屋，另有一条林荫路连接着更多大门和开阔的公园。行过一处拐角之后，一片全新的、私密的景观突然呈现在眼前。我们身处山谷之上，脚下大约半英里的地方，灰色与金色相间的灌木丛宛如屏风，映衬着一栋老宅的圆顶和石柱。

“怎么样？”塞巴斯蒂安一边说，一边把车停下来。距圆屋顶稍远的地方，有一条河向远处延伸，直至消失在视野中。周围还有几个低矮的小山丘，安然静候着，如护卫一般。

“怎么样啊？”

“住在这儿一定很棒！”我说。

“你一定要去看看前面的花园和喷泉，”塞巴斯蒂安俯身向前，把摩托车发动起来，“这是我家人住的地方。”尽管当时我忙于欣赏美景，可从他的话里，我仍隐约感受到一种不祥的寒意——他说的不是“我家”，而是“我家人住的地方”。

“不过别担心，”他接着说，“他们都走了，你不必去见他们。”

“可我很乐意见见他们。”

“好吧，不过你见不到。他们都在伦敦呢。”

我们驶过房前，来到一侧的庭院。“所有地方都上了锁，我们最好走这条路。”开过仆人居住区的过道，那里像座堡垒，石头铺地，石头做顶，“我要带你去见霍金斯婆婆，她曾是我们家的奶妈。我们来这儿就是为了见见她。”他带我爬了一段没铺地毯却也一尘不染的榆木楼梯，楼梯之上是一条宽木板打底、中央铺着细长的厚地毯的通道，接下来则是铺着油布的过道，然后是许多小楼梯，还有几排深红色和金黄色的救火水桶，指明了楼梯井口的位置。我们走上最后一段楼梯，来到一扇门前面。那圆顶是假的，为的是模仿香波堡[1]的穹顶。里面只是多一层楼，被隔成了许多小房间。这里是育婴室。

霍金斯婆婆坐在敞开的窗子旁，喷泉就在她眼前，远处还有湖泊和神殿。在目力所及的最后一个小山尖上，有一座闪闪发光的方尖石碑。她双手摊开，放在膝上，两手间搭着一条念珠。她睡得很熟，经过了努力工作的青年时期、经历丰富的中年时期，此刻她所拥有的安宁与无忧无虑，都写在那布满皱纹的慈祥的脸上。

“哎哟，”她醒了，说道，“真让人没想到。”

塞巴斯蒂安亲了亲她。

“那是谁呀？”她看见了我，问道，“我觉得我没见过他。”

于是塞巴斯蒂安给我们互相介绍了一下。

“你回来得正是时候，茱莉娅要在这儿待一天。他们都过得很开心，这里没有他们可没意思得很。只有钱德勒夫人和她的两个小女孩，还有老伯特陪着我。过些日子他们也要放假走了，八月份的时候就连烧锅炉的都得离开，你也要去意大利看望老爷，还有其他朋友那边要去做客，直到十月份我们才能在家里安定下来。不过我还是觉得，茱莉娅一定要像其他年轻女孩一样，到外面玩。虽然我还是不太理解为什么他们要丢弃这里的花园风景最好的季节，一起去伦敦。周四的时候，菲普斯神父来过这里，我也和他说了完全相同的话。”她如此补充道，好像这样就能为自

[1] 香波堡（Chambord），法国著名古堡，文艺复兴时期建筑，融合了法国中古时代和古典意大利风格。

己的观点增添一些权威性。

“你说茱莉娅在这里？”

“是啊，亲爱的，你们一定是刚好错过她了。她去保守党妇女组织那边了。本该是夫人亲自去的，不过她身体不太好。茱莉娅不会待很久的，一讲完话她就会回来，估计茶都不会喝。”

“我恐怕我们还会错过她。”

“别担心，亲爱的，见到你们她会很惊喜的，虽然她理应等到她们给她上茶。我告诉过她，那个保守党妇女组织就是为此成立的。说说你吧，和我讲讲，有什么新鲜事吗？你认真读书了吗？”

“我恐怕并没有，婆婆。”

“啊，我猜你是成天打板球去了，和你哥哥一个样。不过他能找到时间学习。从圣诞节开始他就没回来，不过我想他会回来看农业展览会的。你看到报纸上那篇关于茱莉娅的报道了吗？她还把报纸带回来给我看了。虽然不算特别好，不过报上说的倒也算不错。‘可爱的马奇梅因小姐在这个社交季闪亮登场……她很机智，打扮也很入时……是最受欢迎的新面孔。’看吧，这说得并不过分，虽然她真不该剪头发。她本来的头发多好看啊，就像夫人的一样。我曾跟菲普斯神父说，这不够自然，可他告诉我，修女们也这样做。然后我说：‘好吧，确实，可是神父大人，你不是也想让茱莉娅做修女吧？真会出主意！’”

塞巴斯蒂安和老太太相谈甚欢。这房间很可爱，因为圆屋顶的缘故，整个房间奇形怪状。墙壁上装饰着一系列丝带图案和玫瑰花。角落里有一匹木马，壁炉上挂着一幅圣心的石印油画。空空的壁炉，被蒲苇束和芦苇遮住；衣柜顶部打扫得很干净，上面摆放着许多小物件，都是她的孩子们在不同时期从世界各地为她带回来的礼物，有贝壳和火山岩的小雕刻、印花皮革、木质漆器、瓷器、沼泽橡木、带有镶嵌花纹的银器、萤石、蜡石、珊瑚，还有各种节日的纪念品。

不久之后，婆婆说："摇摇铃吧，亲爱的，我们叫点茶喝。我以前都是下楼去钱德勒太太那边喝，不过今天我们就待在上面吧。平常照顾我的那个女孩今天也和其他人一起去了伦敦。新来的这个又是刚从乡下来，什么也不知道。不过她学得很快。摇铃吧。"

但塞巴斯蒂安说我们要走了。

"也不见见茱莉娅？她要是听说了会很难过的。她见到你会很开心的。"

"可怜的婆婆，"离开了育婴室，塞巴斯蒂安说，"她的生活太无趣了。我本来好心想让她来牛津和我一起住，可又怕她会一直劝我去教堂做礼拜。我们得赶紧走了，我妹妹马上就回来了。"

"有什么见不得人的？是我，还是你妹妹？"

"是我自己，"塞巴斯蒂安突然很严肃，"我不想让你和我的家人走到一起。他们有着致命的魅力。从小到大，我生活里的所有东西都被他们一件件夺走了。要是他们把你迷住，你就会成为他们的朋友，而不再是我的朋友了。我不允许这样的事发生。"

"好吧，"我说，"我很满意这样的解释。可是我能不能再看看这栋宅子的其他房间？"

"所有地方都锁上了，我们是来见婆婆的。等到亚历山德拉王后日，任何人只要花上一先令就可以来参观。要是你想看，就那时候来吧……"

他带着我穿过一扇羊毛毡门，走进一条漆黑的走廊。我隐约可以看到头上有一个镀金的檐口，还有一片拱形的灰泥。然后，他打开一扇沉重但开合自如的红木门，带我走进一个昏暗的大厅。光线透过百叶窗的缝隙照射进来。塞巴斯蒂安拔掉窗闩，打开窗扇，顷刻间，午后的阳光洒了进来，大厅中的一切一览无余：光秃秃的地板、一对巨大的大理石壁炉、装饰以古典神祇与英雄壁画的穹顶、镀了金边的镜子和仿云石的壁柱，以及群岛一般被罩起来的几件家具。这一切不过是匆匆一瞥得到的印象，好像是从正在行驶的公交车顶层，望见路旁灯火通明的舞厅。很快塞巴斯蒂安就把窗子放下了。“你看，”他说，“这里的房间都差不多。”

从我们在榆树荫下喝过酒，在路上转过那个弯，然后他问我“怎么样”之后，他的心情就跟之前不一样了。

“这里没什么好看的。有些东西我确实想带你瞧瞧，等下次吧——现在不是时候。不过那边有一个小教堂，你一定要看看，它可是新艺术主义的典型代表。”

最后一位在布赖兹赫德工作过的建筑师，为整栋宅子增加了一个石柱廊，还在侧翼加了几处建筑，其中之一就是小教堂。我们从公共门廊走进去（另一扇门通往主屋），塞巴斯蒂安把手指浸在圣水钵中，在胸前画了个十字，然后屈膝跪拜。我也照样做了起来。“你为什么要这样做？”他有点生气地问。

“出于礼貌罢了。”

“你不必这样，你只是来参观的。这里怎么样？”

小教堂里面一度破败不堪，不过通过精心修整，现在呈现出了19世纪最后十年的艺术工艺风格[1]。穿着印花罩衫的天使、攀缘蔷薇、野花烂漫的草地、活泼的羔羊、凯尔特字体写就的文本、身负甲胄的圣人，这些复杂的图案以清晰、明亮的色彩呈现在墙壁上。有一组三联的浅色橡木木雕，形状有些奇怪，像是通过黏土模子制作出来的。圣灯和所有金属器物都是由青铜制成的，它们布满斑点的表面经由手工打磨，泛着一层绿色的光泽。圣坛的台阶上铺着草绿色的地毯，上面落满白色和金色的雏菊花瓣。

“天哪。”我说。

“这是爸爸送给妈妈的结婚礼物。要是你看够了，咱们现在就走吧。”

我们在路上遇到了一辆劳斯莱斯，车窗紧闭。开车的是雇来的司机，后排人影模糊，不过应该是一位少女，正透过窗子看着我们。

“是茱莉娅，”塞巴斯蒂安说，“我们刚好躲过了她。”

我们还停下来和一个骑自行车的人说了一会儿话。“那就是老伯特。”塞巴斯蒂安说。然后我们一路驶出大铁门，路过小屋，踏上了回牛津的马路。

“我很抱歉，”过了一会儿，塞巴斯蒂安说，“恐怕这个下午我表现得不够友好。布赖兹赫德总让我不开心，但我一定得带你见见婆婆。”

为什么呢？我很想知道，却没问出口。塞巴斯蒂安的生活几

[1] 艺术工艺风格（arts-and-crafts style），强调精细手工及实用主义，反对盲目复古及机械美学。

乎是通过这种“必须要做”的事情进行下去的：“我必须得有一件邮筒红的睡衣”“我得躺在床上，直到太阳围着窗子转上一圈”“我今晚必须得喝一杯，必须得喝香槟”——除了事后这句，“香槟让我感觉很糟”。

长时间的沉默之后，塞巴斯蒂安面有愠色地说：“我又没有喋喋不休地打听你的家人。”

“我也没有。”

“可你看起来很想刨根问底。”

“好吧，那是因为你把他们搞得太神秘了。”

“我希望我的‘所有事情’都保持神秘。”

“也许我是很想了解别人家里的事——因为我对这种事情并不了解。我们家里就只有我和我父亲。曾有个姑妈照顾过我一段时间，可后来我父亲把她送出国了。我妈妈在战争中死去了。”

“啊……真难以置信。”

“她那时随红十字会去了塞尔维亚。从那时起，我父亲的脑子就有点不灵光。他独自住在伦敦，不和朋友来往，只顾着自己收集一些东西。”

塞巴斯蒂安倒是有点羡慕。“你不知道这省了多少事。我们家倒是人丁兴旺，你可以去《德布雷特贵族年鉴》上查查看。”

塞巴斯蒂安的心情好了不少。我们离布赖兹赫德越远，他看起来就越发远离自己的不安——似乎有一种隐秘的忐忑和焦躁一度侵入了他的心灵。一路上，太阳就在我们的身后，所以看上去，我们就像在追逐自己的影子。

“五点半了，我们还来得及去哥德斯托[1]吃晚饭，然后去鲑鱼酒馆喝酒，顺便把哈德卡斯尔的车留下来还掉，然后在河边散步回去。这安排是不是很棒？”

这就是我第一次简短拜访布赖兹赫德的全部情形。那时的我怎会预料，未来某一天，一个中年步兵上尉还会回想起这段经历，并因它而眼含热泪呢？

[1] 哥德斯托（Godstow），英国小镇，位于牛津西北约 2.5 英里处。

第二章

堂兄贾斯珀的“大抗议书”——对魅力的警告——牛津的周日早晨

第二章

这个夏季学期末，我迎来了堂兄贾斯珀的最后一次拜访，他还带来了他的“大抗议书”[1]。我的课业刚刚告一段落，前一天下午已经提交了最后一篇历史论文。贾斯珀似乎还处在学期末的焦虑之中——他穿了件暗色的外套，还打了条白色领带，这是学院期末考试时对学生的古怪着装要求。他的神色中明显带有疲惫与怨恨，大概是担心自己无法在关于“品达[2]的俄耳甫斯主义”的论文里充分发挥自己的才能。仅仅是出于责任，他才在如此繁难的时刻大驾光临。而他的光顾同样也对我产生

[1]《大抗议书》（*Grand Remonstrance*），原是英国国会反对封建专制主义的法案，下院列举了当时执政的查理一世的所有不当行为。

[2] 品达（Pindar），公元前5世纪时古希腊抒情诗人。

了困扰，尤其是他偏偏赶在我刚要出门为我当天要主持的晚宴做最后安排的时候，把我堵在了屋子里。宴会的主题是安慰哈德卡斯尔——他常常需要安慰，而这一次的任务就落在我和塞巴斯蒂安身上，毕竟是我俩把他的摩托车丢在了外面，害他在学监那里惹了麻烦。

贾斯珀并不愿意坐下来。这可不是一场轻松愉快的谈话，他背对着火炉，用他的话来说，“像个叔叔”那样，对我训话。

“一两周前，我试着与你取得联系。可实际上，我觉得你一直在躲我。倘若果真如此，查尔斯，我也不意外。

“你也许会觉得这不关我的事，可责任感却让我无法弃你不顾。你也知道，我是从你的——好吧，从战争时期就开始关心你了，毕竟你父亲从那时起就不大关注他身边的其他人，只活在自己的世界里。我不想待在一边，看你犯错——犯下那些本来适当时机的一句话就能挽救你的错误。

“我知道你在第一学年时会犯错。我们都会这样。我当时也和一群令人不快的牛津基督教学生会的学生混在一起，一整个假期都在给摘啤酒花的工人传教。但是你，我亲爱的查尔斯，无论你是否已经意识到，你正在疾速堕落，完完全全成了这学校里最差的那部分学生。你也许觉得，我住在宿舍里，根本不会知道学院里发生的事情，但我听得到。实际上，我听到的太多了。因为你，我成了晚餐俱乐部里的笑柄。那个叫塞巴斯蒂安·弗莱特的小家伙简直跟你形影不离。他怎么样我不知道，他哥哥布赖兹赫德倒是个正常人，但你的这个朋友在我看来可有点奇怪，关于他的传闻也不少。当然，他们一家本来就很怪，马奇梅因夫妇从战争一开始时就分居了，你知道的。不寻常的是，所有人都曾觉得他们是一对恩爱夫妻。随后马奇梅因勋爵去了法国，率领他的义勇骑兵团作战，之后就再也没回国。听说他已经死了。马奇梅因夫人是个罗马天主教徒，所以她没法离婚，或者我猜她是不想离婚。在罗马，只要有钱就可以为所欲为，而他们家显然极其富有。弗莱特也许没什么问题，可那个安东尼·布兰奇，他可绝对不是什么正经人。”

“其实我也不太喜欢他。”我说。

“嗯，可他总是在你这儿闲逛，学院里那些硬派分子都不喜欢他。他在学院里一出现他们就受不了。听说昨晚他又被丢进水星喷泉里了。你交往的这些人，在他们自己的学院里都没什么分量，而交朋友看的，又刚好应该是这个人的地位如何。你的这些朋友总觉得自己有大把钞票可以挥霍，所以他们才这样为所欲为。

“而另一件事情就是，我不知道我叔叔给了你多少生活费，但我敢打赌你肯定花了双倍。所有这些。”他边说，边用手扫了一遍他眼中我挥霍无度的证据。那没错，我的房间早已脱下了它朴素的冬装，现今正如春天降临一般五彩斑斓了。“这个付过钱了吗？”（餐柜上的一盒一百支的帕塔加斯雪茄[1]）“这个呢？”（桌上一堆毫无营养的新书）“那这个呢？”（一套拉立克[2]玻璃酒具）“还有这个古怪又讨人厌的东西？”（一颗

[1] 帕塔加斯雪茄（Partagas），世界顶级雪茄品牌，原产于古巴。
[2] 拉立克（Lalique），法国玻璃制造品牌，主要出产艺术玻璃制品。

刚从医学院买回来的人类头骨，盛在一只放有玫瑰花瓣的碗里，那时是我桌上主要的装饰物。它的前额上刻着“我也曾在阿卡狄亚生活”。）

“这个付过钱了，”我因为能消除这项指控而有点开心，“它得付现钱。”

“现在还不是你赚钱工作的时候。钱现在还不是问题，尤其是你正在做一番事业的时候——但是你在做吗？你参加了辩论社，还是去过其他俱乐部？你跟杂志社有过联系吗？或者你是否尝试过在牛津的戏剧协会占据一席之地？还有你的衣服！”我的堂兄继续说，“你刚来的时候，我建议你像在乡下别墅时那样穿衣服，可看看你的打扮，就好像是把去梅登黑德参加晚会的正装和去乡下花园参加合唱比赛的戏服混搭在了一起。

“还有喝酒。一个人在一个学期里醉上一两回没人会介意，实际上，在某些场合这样做完全合理。可我听说，人们常常在下午三四点就看见你醉醺醺的。”

他停了下来，似乎责任已尽。期末考试的阴影又一次在他心头笼罩。

“很抱歉，贾斯珀，”我说，“我知道这样说一定会冒犯你，可我就是喜欢这样糟糕的状态。我喜欢在午餐的时候喝醉，况且我并没有花掉双倍的生活费，不过到学期结束我肯定可以花完。这个时间我通常会喝上一杯香槟，你要不要也来一杯？”

于是我亲爱的堂兄贾斯珀绝望了。后来我才知道，他把我种种放浪形骸的事迹写信告诉了他的父亲，他的父亲又转达给了我的父亲，我父亲却对此无动于衷。一方面是因为他这六十多年都不大喜欢我这个叔叔；另一方面，也正像贾斯珀所说的，自从妈妈去世后，他就一直活在自己的世界里。

就这样，贾斯珀大致概括了我第一年大学生活中那些较为突出的特征。还有一些细节，可以以同样的方式添加进来。

我早些时候答应过柯林斯和他一起过复活节假期。不过只要塞巴斯蒂安有所表示，我就会毫无愧意地食言，把我的老朋友丢在一边。可他并没有。于是我就和柯林斯一起去了拉韦纳[1]，在那里度过了一段既节俭又健康的时光。来自亚得里亚海的冷风在小城巨大的坟墓间呼啸，在一个可能更适合在温暖季节入住的客房里，我给塞巴斯蒂安写了几封长信，然后每天给邮局打电话，询问是否有他的回信。他回了两封，每一封都来自不同的地址，丝毫没有正正经经谈及自己的近况，因为他的信总是带着一种缥缈梦幻的风格："……妈妈和两个随行的诗人得了三次糟糕的伤风，所以我来到了这里。正值锡亚蒂拉的圣尼哥底母之盛节[2]，他因头顶被钉上山羊皮而殉道，于是就成了所有秃子的守护神。这个你得告诉柯林斯，我觉得他一定会在我们之前秃顶。这里人山人海，可却有一个人——赞美上帝！他带了助听筒，这让我始终心情不错。而现在，我必须设法抓到一条鱼。不过把它寄给你实在路途遥远，所以我会把它的脊椎留给你的……"这种信看了只能让人心烦。柯林斯为一篇小论文做好了笔记，指出原始镶嵌工艺图案拍摄成照片后的缺陷。这是他丰饶一生最初的收

[1] 拉韦纳（Ravenna），意大利北部港口城市，历史悠久。

[2] 锡亚蒂拉（Thyatira），土耳其城市阿克希萨尔的旧称；尼哥底母（Nicodemus），罗马天主教和东正教的圣徒。

获。很多年后，他出版了自己关于拜占庭艺术研究巨著的第一卷，而这部作品直至今天仍在撰写之中。那本书还让我很是感动，因为我在它礼貌的致谢词中看到了我的名字："……感谢查尔斯·赖德，正是在他那洞悉一切的眼光的帮助下，我才得以第一次见到加拉·普拉西提阿陵墓[1]和圣维塔莱教堂[2]……"

有时我想知道，如果不是遇上塞巴斯蒂安，我会不会和柯林斯一样，走上那条漫长又卓绝的文化研究之路。我父亲年轻时也曾参加过牛津万灵学院[3]的考试，激烈竞争了一整年却不得不铩羽而归。随后纵然有其他的成功与荣誉等待他去争取，可早年的失败却给他烙下了极深刻的印记，这种印记最终也传递给了我，令我产生了一种错误认识，即理智的生活有一个与生俱来的恰切目标，而我也会毫无疑问地陷入失败，但失败之后，我可能会进入其他较为容易的领域，继续我的学术生涯。即便可以想象，但我却仍然认为，生活始终无法像从地底深处喷薄而出的温泉一般，凭借岩石也无法压抑的力量，冲进阳光里——直至在渐渐冷却的蒸汽中，化作一道彩虹。

结果，这个复活节假期就成了贾斯珀预言的险峻下坡路上的一个平缓的路段。堕落还是爬升？在逐条习得成人世界法则的同时，我却似乎越发幼稚了。我的童年与少年时光都很孤独，始终

[1] 加拉·普拉西提阿陵墓（Mausoleum of Galla Placidia），位于拉韦纳的罗马时期古建筑。

[2] 圣维塔莱教堂（San Vitale），著名的拜占庭风格建筑，位于意大利城市拉韦纳。

[3] 万灵学院（All Souls），牛津唯一一个没有本科生的学院，也是牛津最富有的一个学院。

被战争与丧亲之痛所包围。而除了青春期难挨的英式单身生活、过早产生的自尊心、学校制度的权威压迫，我自身伤感而冷峻的性格也让日子更加艰难。可这个与塞巴斯蒂安共度的夏季学期，却像是一道简单的咒语，带给了我此前未从拥有过的快乐童年般的享受，尽管这“童年”的玩具是丝绸衬衫、甜酒和雪茄，淘气过了头会被定以重罪，虽有婴儿般的单纯，却丝毫感受不到天真的愉悦。这个学期末，我参加了第一次学位考试，唯有通过我才能继续留在这里，所以那一周我禁止塞巴斯蒂安进入我的房间，每晚都靠着冰镇黑咖啡和黑炭饼干熬到深夜，填鸭式地记下了那些遗漏的课文。我现在已经完全记不起那些内容，但我这个学期收获的更古老的学问，却会以这样或那样的方式陪伴我，直到生命的最后一刻。

“我就是喜欢这样糟糕的状态，喜欢在午餐的时候喝醉。”那时我有这些就够了。而现在呢，我需要更多吗？

二十年后的此刻，回首过去，我觉得没什么事是我后悔去做，或后悔以那样的方式去做的。我如同一只不肯退让的飞鸟与堂兄贾斯珀斗鸡般的成熟匹敌。我可以向他表明，那时他口中关于我的种种劣迹，如同人们掺进杜罗河区纯葡萄汁的酒精，是令人兴奋的黑暗成分。它会令青春期更加充实，同时也延阻了它的进程，像是酒精在葡萄酒发酵过程中的作用一般，先令其无法入口，唯有置放于暗处，年复一年，待其足够成熟，方能现身于桌案之上。

我还可以告诉他，去了解并深爱一个人，是人世间所有智慧的源泉。可当我面对我的堂兄贾斯珀，面对他因品达而起的苦苦挣扎，面对他的暗灰色外套、白领带，面对他的学者长袍，聆听着他语调庄重的言辞，窗外盛放的紫罗兰却传来阵阵沁人心脾的香气，我已经感到，这种诡辩其实并无必要。我保有秘密，当然也有防御措施，就像是人们胸前总佩戴着护身符，在危险时刻可以紧紧攥住。所以尽管我声称那个时间我通常会喝一杯香槟，并邀请他也加入，可那毕竟不是事实。

在收到贾斯珀的“大抗议书”的第二天，我又收到了另一份训诫，措辞不同，训诫者的身份也出人意料。

整个学期，我见到安东尼·布兰奇的次数超出了我的期望。我现在和他的朋友生活在一起。不过我们之间的频繁见面，更多是出于他的邀请，而他邀请我的原因，则是我对他十分敬畏。

就年龄而言，他只比我大一点，看上去却似背负着流浪的犹太人的沉重包袱。他倒确实是一个无国籍的流浪者。

童年时，为了让他成为一个英国人，他被送去伊顿待了两年。但在战争期间，他不顾潜艇的威胁，为了回到阿根廷探望母亲，于是这个聪明又大胆的中学生加入男女仆人、两个司机、一条哈巴狗和一位结过两次婚的男子的行列。他油头粉面，宛如贺加斯[1]笔下的邪恶书童，与他们一起穿行在这纵横交错的世界。等到天下太平，他们回到了欧洲，前往一个个酒店、高档温泉别墅、

[1] 贺加斯（William Hogarth，1697—1764），英国著名版画家、讽刺画家、漫画家，作品以写实为主，富于批判精神。

赌场以及海水浴场。十五岁时，作为一个赌注，他扮成女孩，在布宜诺斯艾利斯的赛马俱乐部演出。他和普鲁斯特、纪德共进晚餐，与科克托和佳吉列夫来往密切。弗班克送给他好几部自己的小说，上面还有热烈的题词。[1]他在卡普里岛引发了三场无可调和的争执。按他自己的说法，他还在切法卢修习过黑魔法，并在加利福尼亚戒掉了毒瘾，在维也纳根除了自己的俄狄浦斯情结。

有时候，在他身边我们都像是孩子——多数时候，但也并非总是如此，因为安东尼所保有的疯狂和热情，已经被我们其他人遗失在悠闲的青春期时光中，遗失在运动场上和教室里。他的恶行，与其说是为了寻欢作乐，倒不如说只是为了让人大吃一惊。他精彩的表演，常常会让我想起在那不勒斯遇到的一个顽童。他蹦蹦跳跳，却用下流又明确的姿态嘲弄一群英国游客。当他谈及自己在赌桌前无数个夜晚的经历时，人们从他不断转动的眼珠便可以猜出他当时是怎样偷偷摸摸盯着他继父越发缩小的筹码堆。而当我们还在足球场上嬉打翻滚，用松脆的圆饼填饱肚子时，安东尼就已经在亚热带的沙滩上，为美女涂防晒油，在漂亮的小酒吧里小口抿着开胃酒了。所以所谓的野蛮，即便在我们身上已经被驯服，可仍然会在他身上兴风作浪。安东尼很残忍，就像一个行事荒唐、

[1] 普鲁斯特（Marcel Proust，1871—1922），法国小说家，代表作《追忆似水年华》；纪德（André Gide，1869—1951），法国作家；科克托（Jean Cocteau，1889—1963），法国诗人、剧作家、艺术家；佳吉列夫（Sergey Diaghilev，1872—1929），俄国戏剧家、艺术活动家，1909 年在巴黎成立了“俄罗斯芭蕾舞团”；弗班克（Ronald Firbank，1886—1926），英国小说家。

热衷于残害昆虫的小孩子。他像个小男生般无所畏惧，只顾叫嚷，头也不抬，向班长挥舞着小拳头。

他要请我吃晚饭，当我发现只有我们两个人时，我有点不安。“我们要去泰晤士镇，”他说，“那边有一家宜人的酒店，而且布灵顿[1]的人刚好对它不感兴趣。我们可以喝几杯莱茵白葡萄酒，想象我们……在别的什么地方。反正不是和乔……乔罗克斯[2]一起去远……远足就对了。不过在那之前，我们得来点开胃酒。”

在乔治酒吧，他招呼侍者：“四杯亚历山大鸡尾酒，谢谢。”等侍者端上来，他把酒都摆在自己面前，大声叫着“哎哟——哎哟”，引得众人侧目，对他分外不满。“我想你大概是更喜欢雪利酒的，不过今天呢，我亲爱的查尔斯，我不许你喝雪利。瞧瞧这个，它们不是也很美味吗？你不喜欢？那我替你喝掉好了。一，二，三，四，顺着我的喉咙，全都下肚啦。看看那些学生，他们怎么都盯着我呢！”然后他带我出门，坐上了正等在门口的汽车。

“我希望我们不会遇上学校里的人。现在我对他们可是好感全无。你听说周四的时候他们对我做了什么吗？他们太淘气了。还好那晚我穿的是最旧的一套睡衣裤，天气也很闷热，不然我真的会发脾气的。”说话的时候，安东尼总喜欢把脸凑到别人跟前，呼吸里还散发着奶油甜鸡尾酒的味道。我只好侧身躲进出租车的

[1] 布灵顿（Bullingdon），牛津著名餐饮俱乐部。

[2] 乔罗克斯（Jorrocks），英国小说家罗伯特·瑟蒂斯（Robert Surtees，1803—1864）作品中的滑稽人物形象。

角落里。

“亲爱的，想想我吧——独身一人，又刻苦用功。我刚刚买了本《滑稽的圆舞》，一本很可怕的书。我发觉我得在周日，也就是去嘉辛顿[1]之前把它读完，因为人们会在那里谈到它，要是说没看过可就太没品啦。如果你确实没看过的话，我倒是也可以不去嘉辛顿，可这一刻之前我还没想出这个主意。所以呢，我亲爱的，我准备了一个煎蛋卷、一只桃子，还有一瓶维希[2]矿泉水，穿好睡衣，静下心来好好读书。我得说我已经走神了，可还在不停地翻页。观赏光线在佩格瓦特旁逐渐变暗是很不寻常的经历。当黑暗慢慢降临，地面和墙壁的石头似乎会在眼前慢慢地腐烂。这让我想起了马赛旧港一些建筑表面的鳞状石块。突然间，一阵你从没听过的呜哇乱叫打断了我的思绪。在那小广场下，我看到了一群可怕的小伙子，有二十多个，你知道他们在唱什么吗？‘我们想要布兰奇，我们想要布兰奇’，还是连祷文的唱腔。这简直就是在公开叫板！好吧，看来今晚我关于赫胥黎先生的计划算是泡汤了。而且，我得说，在我感到厌倦的时候，任何不速之客都会受到欢迎。这些怪叫惊扰了我，可你知道吗，他们越是大声，就越是害羞。他们继续说：‘博伊在哪里？’‘他是博伊·马卡斯特的朋友。’‘博伊一定带他来了。’你当然见过这个博伊吧？

[1] 嘉辛顿（Garsington），牛津一庄园名，当时一些重要的作家和艺术家常在该地举行派对，出席者包括 D.H. 劳伦斯、弗吉尼亚·伍尔夫和奥尔德斯·赫胥黎等。

[2] 维希（Vichy），法国水疗和度假城镇。

他总在亲爱的塞巴斯蒂安的房间里蹦来跳去，在我们这些外国佬眼里，他是英国贵族的标准模样。我敢保证，他是个理想的结婚对象，伦敦所有的年轻女士都钟情于他。人家告诉我，他对女士们不屑一顾，可我知道，他那是吓呆了。大笨蛋，马卡斯特除此之外呢，他还是个下流胚。复活节的时候他来勒图凯[1]，我破例让他留了下来，结果他玩牌的时候输了个小数目，就赖着让我给他结账——好吧，马卡斯特也是他们一伙的。我看见他笨拙地从楼下走过，听见他说：'不行，他出门了，我们回去再去喝点吧。'于是我把头伸出窗外，对他说：'晚上好啊，是你吗，老酒鬼马卡斯特？你这个老马屁精，怎么躲在一群小蠢货中间了？你是来还我钱的吗？为了你在赌场搭上的小婊子，我才借你那三百法郎。可这点钱也解决不了她的麻烦，人家麻烦大着呢，马卡斯特。快上来还钱，你这穷鬼！'

"我的这番话，好像把他们惹毛了。他们咔嗒咔嗒一股脑都跑上楼来。大约有六个人进了我的房间，剩下的则在门口怪里怪气地胡言乱语。他们刚刚结束了某个可笑的俱乐部晚餐，穿着各种颜色的燕尾服——像是某种用人制服。'我亲爱的——们，'我对他们说，'你们就像是一群无法无天的服务生。'此时其中一个颇为诱人的小家伙上前，指责我那做作的恶习。'亲爱的，'我回应道，'或许我喜欢男人，可我绝非不知餍足。等只有你一个人的时候再回来找我吧。'这之后，他们就开始用令人震惊的

[1] 勒图凯（Le Touquet），法国北部海滨小镇。

方式辱骂我，我当然非常生气。‘说真的，’我心想，‘一想起我十七岁时的那些惊人事迹，德尚樊公爵（当然是老阿尔芒，而不是菲利普）因为我与公爵夫人（当然是斯蒂芬妮，而不是波佩老太婆）的精神恋爱要与我决斗，不过我向你保证，我们之间绝不止精神恋爱。一想起这些，我就没法忍受这些还长着粉刺、醉醺醺的小处男在我面前撒野……’所以我放弃了轻松、诙谐的口吻，让自己也多一点点攻击性。

“然后这些家伙就开始叫嚷：‘抓住他，把它丢进水星喷泉。’你晓得的，我有两件布朗库西[1]的作品，还有几样漂亮物件，我可不想他们突然发疯，于是我平和地说：‘亲爱的小土包子们，要是能懂一点性心理学，你们就会明白，没有什么能比你们这些鲜嫩多汁的小男孩施加于我的暴行更能让我愉悦的了。那是最龌龊的狂欢技艺。所以你们中任何一个想要成为我的玩伴，就过来抓住我吧。相反，如果你们只是想享受一点点说不清道不明的性满足，只是想看我洗个澡，那就闭上嘴，跟我过来——亲爱的孬种们，来喷泉这边。’

“你知道吗？这些家伙听完我的话全都傻眼了。我和他们一起下楼，却没有一个人敢靠近我。然后我就走进了喷泉里，那里的水还挺清凉的，所以我就在里面玩了一会儿，摆了几个造型，直到他们转过身，悻悻地离去。这时我还听到马卡斯特说：‘不管怎样，我们把他丢进了水星喷泉。’你看吧，查尔

[1] 布朗库西（Constantin Brancusi，1876—1957），罗马尼亚裔法国雕塑家，现代主义雕塑先驱。

斯，这种话他们恐怕要唠叨上三十年。等他们都娶了一个母鸡一样的黄脸婆，又生下了几个像他们一样蠢的猪儿子时，他们还会不会穿得五颜六色在同一家酒吧里买醉。到那时他们提及我的名字，还会不会说‘有一天我们把他丢进了水星喷泉’，他们的女儿则会在院子里暗自偷笑，想着自己的父亲也曾有过的风光，而现在却成了这么无聊的老家伙。啊，乏善可陈的北方佬！”

据我所知，这已经不是安东尼第一次被人撵进水里了，但他似乎对这一次耿耿于怀，以至于吃晚餐的时候他又提了一次。

“你没法想象这样不愉快的事情发生在塞巴斯蒂安身上。你能吗？”

“不，我不能。”我说。这确实没法想象。

“没错，塞巴斯蒂安很有魅力，”他举起盛有白葡萄酒的酒杯，对着烛火重复道，“很有魅力。你知道吗，我第二天去找塞巴斯蒂安了。我觉得昨晚的冒险故事能让他开心。可你知道除了他那有趣的泰迪熊，我还看到了什么吗？马卡斯特和他昨晚同来的两位密友也在那里。而塞巴斯蒂安呢，他就像《笨……笨……笨拙》杂志上的庞……庞……庞森比·德汤金斯夫人[1]一样镇定，说道：‘你当然认识的，这位马卡斯特勋爵。’然后那傻子说：‘哦，我们只是来拜访阿洛伊修斯先生的。’因为觉得那玩具熊跟我们同样有趣，甚至说，还更有趣一点？接着他们

[1]《笨拙》（*Punch*），英国老牌讽刺杂志，创刊于 1841 年。庞森比·德汤金斯夫人（Mrs. Ponsonby de Tomkyns），英国小说家、插画家乔治·杜莫里埃（George du Maurier，1834—1896）创造的经典形象。

都走了。然后我说：‘塞……塞……塞巴斯蒂安，你是否知道那些马……马……马屁精昨天晚上侮辱了我，要不是天气暖和，我怕是要得重……重……重感冒的。’然后他说：‘可怜的家伙。我猜他们那时一定是喝醉了。’瞧吧，他会替每个人说好话，他就是这样有魅力。

“我看得出，他已经完全把你迷住了，我亲爱的查尔斯。我一点也不意外。当然，你没我认识他的时间久，我们中学的时候就是同学了。你大概不会信，那时候人家都叫他小婊子，只有几个那么不友善的小伙子算是跟他合得来。伊顿精英社团[1]倒是人人都喜欢他，教员们也是如此。我猜是因为大家都很羡慕他。他看起来就像是永远也不会卷入麻烦。我们常因为很无聊的理由就被狠打一顿，他就不会。他是我们宿舍唯一一个从没挨过打的人。我现在还记得他十五岁时的样子——纯净无瑕，当其他男孩满脸痘痘的时候。博伊·马卡斯特的脸都快烂了，塞巴斯蒂安却一颗痘也没有。也许有那么一两颗，长在脖子后面的什么地方。现在我是这样觉得。他是那喀索斯[2]，长着一颗痘痘的那喀索斯。我和他都是天主教徒，过去经常一起去做弥撒。那时他总要在忏悔室里待上很久。我一度很好奇他在忏悔什么，毕竟他从不犯错，从来没有，至少没受过惩罚。也许在那格子间里待一会儿，就会

[1] 即“Pop”，在伊顿，每年会从最高年级的学生中产生二十余位精英，成为“Pop”的一员。

[2] 那喀索斯（Narcissus），古希腊神话中的美少年，他有一天在水中发现了自己的影子，爱慕不已，难以自拔，终于有一天赴水求欢，因而溺水死亡，死后化为水仙花。故那喀索斯与水仙均成为“自恋”的代名词。

让他魅力大增吧。我在一团阴云的笼罩下离开了这里，我不知道自己为何有这种感觉。它就像是一道刺眼的强光。这些不快中还包括我与我的导师之间一系列可怕的会面，因为我越发觉得这位温和的老人，其实有着惊人的洞察力。他知道那些关于我的事情，我还以为除了塞巴斯蒂安之外没人知道。我到底应该吸取什么教训，永远不要相信态度温和的老头，还是不要相信充满魅力的公学男孩？

“我们再来一瓶这种酒，还是来点别的什么？来瓶不太一样的、要命的老勃艮第，嗯？你看吧，查尔斯，我完全了解你的口味。你一定要和我去法国，一起去喝葡萄酒。我们要在秋天葡萄收获的时候去，我带你住德尚樊公爵家。我已经跟他们和解了，他那里有法国最好的葡萄酒。他和伯特隆亲王的葡萄酒都是最棒的——我也会带你去见他的。我觉得你见到他们会很开心，他们当然也会喜欢你。我想把你介绍给我的很多朋友。我已经跟科克托提过你，他迫不及待想要和你见一面。你看，亲爱的查尔斯，你是多么难得的一件宝物，一位艺术家。千万别觉得难为情。在冷酷的、英式的、镇定的外表下，你是个艺术家。我欣赏过你藏在自己房间里的几幅小画。它们都很精致。至于你，亲爱的查尔斯，要是你能懂我，你并不是一个精致的人，所有艺术家都不是精致的人。而我，还有塞巴斯蒂安，就某种程度而言，是精致的。可艺术家是永恒的、坚固的、目标明确的、精于观察的——并且，在这一切之下，也有似……似……似火的热情，嗯，查尔斯？

“可有谁赏识你呢？前几天我和塞巴斯蒂安说起了你，我说：‘可你知道查尔斯是个艺术家，他画的就像年轻时的安格尔[1]。’你知道塞巴斯蒂安他怎么说吗？‘没错，阿洛伊修斯画画也很可爱，而且他画得更现代一点。’多么迷人，多么有趣。

“当然，那些有魅力的人并不真的需要脑子。斯蒂芬妮·德尚樊在四年前真的让我很愉快。亲爱的，那时我甚至用和她同样的指甲油涂过脚指甲。我像她一样说话，用和她一样的方法点烟，打电话时也用和她一样的语调，还让公爵大人一直以为我是她，跟我说了好多情话。这很大程度上要归因于他的旧习惯——心思全在舞刀弄枪上。我继父觉得这对我来说是极好的教育，觉得这能让我从他所谓的‘英式习惯’中抽离出来。可怜的家伙，他是个绝对意义上的南美人……我从没听过有人说公爵夫人一句坏话，除了公爵本人：‘她呢，我的天，绝对是个白痴。’”

一提及他那无比深邃的旧日恋情，安东尼连口吃的毛病都抛到了九霄云外。不过几杯咖啡和利口酒下肚，他就又开始结结巴巴了。“真正的绿……绿……绿查特[2]，都是在僧侣被驱逐之前酿造的。当它流过舌尖，你会同时感受到五种不同的味道，像是吞下了一张光……光谱。你希望塞巴斯蒂安和我们一起来吗？你当然想。我呢？我不知道。我们没法不去想那迷人的小东西。我想你一定是让我对你着迷了，查尔斯。我带你来这里，可是花了

[1] 安格尔（Jean-Auguste-Dominique Ingres，1780—1867），法国画家，代表作《泉》。

[2] 绿查特（Green Chartreuse），一种著名的利口酒。

好大的代价，只是想谈谈我自己，但我发现除了塞巴斯蒂安，我压根儿什么都没谈。这很奇怪，因为他身上并没有什么古怪，除了生在一个罪恶的家庭。

“我不知道你是否了解他的家庭。我猜他不会让你见到他们。他太聪明了。他的家人非常非常可怕。你不觉得塞巴斯蒂安也有一点点吓人吗？没有？那也许是我想象出来的。只是他偶尔看起来很像他的家人，偶尔那样。

“他的哥哥，布赖兹赫德，是个古代人，像是被埋了好几个世纪才从洞穴里挖出来的一样。他的脸就像是阿兹特克的雕刻家为了塑造塞巴斯蒂安而做的试验品。他是个博学的顽固分子、彬彬有礼的野蛮人，还是个困在风雪之中的喇嘛……好吧，反正是什么都行。茱莉娅，你见过她。有什么办法呢？她的照片出现在报纸上的频率堪比比彻姆药片[1]的广告。她的脸就像15世纪佛罗伦萨的艺术品一样完美无瑕。漂亮人儿似乎都会对艺术感兴趣，可茱莉娅却是个例外。她很时髦，就像——好吧，我得说，她就像公爵夫人一样时髦，从不会穿一身‘红配绿’招摇过市。她愉悦，举止得体，又清新自然。我想知道，她私底下是不是和很多人暧昧不清，我怀疑这一点。她对权力充满渴望，简直应该设立一个宗教裁判所把她烧掉。他们家好像还有一个小妹妹，在外面上学。我只知道她的女家庭教师前不久发了疯，投水自杀了。我敢肯定那也是个令人不悦的家伙。所以你瞧，在这样一个家庭，除了甜美迷人，差不多也没给可怜的塞巴斯蒂安剩下什么别

[1] 比彻姆药片（Beecham’s Pills），一种促消化的药物，在当时颇受欢迎。

的东西。

“当一个人谈及父母，就像是掉进了一个无底洞。我亲爱的，像那样的一对。马奇梅因夫人是怎样做到的呢？这是那个时代的问题。你见过她吗？非常非常漂亮。虽然头发已经开始变灰，可她丝毫没有遮掩，而是优雅地展示那几缕银丝；脸色苍白，不施粉黛；她还有一双非同寻常的大眼睛，眼睑上的蓝色静脉清晰可见，那光泽，非得有人用手指蘸上油彩才描摹得出；她的那些星形珠宝也很出众，多是祖传之物，都有些年头了；她的嗓音轻柔而有力，像是时时都在祷告。而马奇梅因勋爵，好吧，他身形有点发福，却也非常有型，一副威尼斯贵族的派头，也是个酒色之徒，有几分拜伦风格。但他也很无趣，身上的慵懒仿佛会传染给别人，见过之后总会印象深刻。可是，我亲爱的，他现在已经完全被那个在赖恩哈特[1]戏剧里扮演修女的女演员给毁了。他那张紫红色的脸膛再也不敢贸然出现在公众面前。他是历史上最后一个被逐出上流社会的人士。布赖兹赫德不会见他，女儿们或许也一样。塞巴斯蒂安倒是愿意见他，当然了，他毕竟是个讨喜的人。唉，去年九月马奇梅因夫人去了威尼斯，住在福格利埃宫。说真的，她在那里倒有几分可笑。她当然从不会靠近利多岛[2]，但她常常在运河上乘船游玩，和艾德里安·波森

[1] 赖恩哈特（Max Reinhardt，1873—1943），奥地利戏剧导演。
[2] 利多岛（Lido），意大利威尼斯附近的一个小岛，著名的游乐地。

爵士一起——那样子，像极了雷加米埃夫人[1]。有一次我遇见了他们，还看到了福格利埃的船夫。那个船夫我是认识的，他冲我意味深长地使了个眼色。她穿着薄如蝉翼的纱裙，游走在各个聚会之间，就像是凯尔特戏剧里的角色，又像梅特林克[2]作品里的女主角。她还会去教堂——在意大利的威尼斯，人们可都是不去教堂的。不管怎样，她在那一年可是个逗乐的人物。然后你猜，谁出现在了莫尔顿的游艇上？只能是可怜的马奇梅因勋爵。他在那边租了个小宅子，但人家会让他上游艇吗？莫尔顿勋爵本来把他跟他的仆人安排在救生艇上，准备把他送到港口，他可以在那里坐汽船去里雅斯特。他甚至没带情妇，那时她正在独自度假。没人知道他们怎么会听说马奇梅因夫人在那里。你知道吗，整整一周，莫尔顿勋爵见人就躲着走，好像干了什么见不得人的事。他也确实丢了人。福格利埃亲王夫人开舞会的时候，莫尔顿勋爵和那天在游艇上的宾客们没一个接到邀请——连德帕诺赛斯也一样。那么马奇梅因夫人是怎么做的呢？她让全世界相信，马奇梅因勋爵才是那个恶人。而真相是什么呢？他们结婚十五年之后马奇梅因勋爵上了战场，一去不回，还跟一位才华横溢的舞蹈家好上了。这种事情毫不稀奇。她拒绝离婚，因为她是个十分虔诚的基督徒。以前也有过这样的状况。人们通常会同情那位出轨者，

[1] 雷卡米埃夫人（Julie Récamier，1777—1849），19 世纪初法国上流社会中一位银行家的太太，她的沙龙成为政治和文艺头面人物聚集的场所，在当时的法国文化界有着较高的地位。

[2] 莫里斯·梅特林克（Maurice Maeterlinck，1862—1949），比利时剧作家、诗人、散文家。

但马奇梅因勋爵却没有这样的待遇。你会觉得这个老恶棍吃定了她，窃取她的家产，把她扫地出门，然后把她的孩子穿成串放在火上烤，撒上佐料吃掉，再把所多玛和蛾摩拉[1]的花扎成花环，戴在脖子上出门风流快活——不然呢？他通过她得到了四个漂亮的孩子，还把布赖兹赫德庄园跟位于伦敦圣詹姆斯区的马奇梅因宅邸都丢给了她，她得用她所有的钱才能承担这里面的种种开销。可他却穿着雪白的衬衫，跟一个气质不凡的中年女演员一起坐在拉鲁餐厅上好的座位上，颇有爱德华时期的风格。这个女人还养了一批受她奴役的瘦弱囚徒，专供自己享乐。她吸他们的血。艾德里安·波森洗澡的时候，你能瞧见他肩膀上的牙印。这个波森，我亲爱的，可是当世最伟大的诗人。他被榨干了，什么也不剩。还有五个年纪性别不一的人，幽灵一般围绕在她周围。一旦她的牙齿咬进肌肤，他们根本逃不掉。这是巫术，没有别的解释。

“有时塞巴斯蒂安整个人都有点缺乏生气，我们千万不要怪罪他——不过你也不会的，对吧，查尔斯？在那样阴郁的环境下，除了摆出一副单纯迷人的面孔，他又能做什么呢？尤其是在他的脑子也不太灵光的前提下。我们没有理由责怪他，怎么能呢，我们还这么爱他。

“坦白告诉我，你听过塞巴斯蒂安说过任何能让你能记住超过五分钟的话吗？我一听见他说话，脑子里就会浮现出那幅

[1] 所多玛和蛾摩拉，《圣经》中两座因充满罪恶被天火焚毁的城市，是罪恶的代名词。

令人作呕的《吹泡泡》[1]。对话就像杂耍，球和盘子被抛入空中，一件接着一件，上上下下，在舞台灯光下闪烁着，万一没接住，掉下来也是砰的一声。可咱们的塞巴斯蒂安说起话来，就像从一根老陶管里吹出一小片肥皂泡，到处都发出彩虹般的光泽，接着——噗——破了，不见了。什么都没留下，什么都没有。”

随后，安东尼谈起了一个艺术家该有的经历，那些会从朋友那里收获的赞赏、批评和激发灵感的东西，以及追求情感表达所要承担的风险，一件又一件，而我已经昏昏欲睡，思绪也开始游离。我们开车回家，当我们路过莫德林桥时，他的话让我回想起我们晚餐的主题。“好吧，亲爱的，我敢说你明早醒来第一件事就是跑到塞巴斯蒂安身边，告诉他我说的关于他的一切。我要告诉你两件事：首先，你那样做并不会让塞巴斯蒂安对我的印象有任何改变；其次就是，我亲爱的——就是，虽然我已经烦得要让你睡着了，但你得记住我说的话——他一定会时时谈起他那只可爱的泰迪熊。晚安。安心睡一觉吧。”

可是我睡得一点也不安心。最初的一个小时，我在床上翻来覆去，然后又醒了过来，头还是昏沉沉的，又渴又躁，身上冷一阵热一阵，还莫名地兴奋。我喝了很多，我把酒掺起来喝，喝绿查特，吃马弗罗达夫尼酒做的蛋糕，一反常态地整晚沉默呆坐，

[1]《吹泡泡》（*Bubbles*），英国画家约翰·埃弗里特·密莱司（John Everett Millais，1829—1896）的经典画作，后因被皮尔斯肥皂公司买下用作该公司的广告而颇具争议。

而非像平时那样小狗似的到处胡乱打闹，以散掉浑身的酒气。而以上所有，都不是这痛苦之夜的源头所在。我并没怎么做梦，将晚上听来的事扭曲成骇人的画面。我睡意全无，头脑清醒。我回想安东尼说过的话，静静地回忆着他长篇大论里的独特口音与抑扬顿挫的语调。我一闭上眼就看到他苍白的脸在晚餐的餐桌前晃来晃去。我一度起身，在黑暗中走到客厅里，取出画册，坐在一扇打开的窗子前，打开灯，漫无目的地翻看。院子里一片黑暗，死气沉沉，只有钟声每隔一刻会翻过山墙传进来。我喝着苏打水，抽着烟，一直烦躁不安，直到灯光因晨曦愈加破碎，阵阵微风不时在窗畔呢喃，我才回到床上。

我醒来时，伦特正站在门口。“我让你多睡会儿，”他说，“反正你也不打算去领圣餐吧？”

“你说得没错。”

“大多数新生都去了，还有不少二三年级学生，都是冲着新来的牧师去的。以前从没有过这样的集体圣餐礼，都是看个人需要，或者礼拜、晚礼拜的时候才领圣餐。”

这是这学期最后一个礼拜日，也是这一年的最后一个。我去洗澡，院子里挤满了穿着学士服和白袍子[1]的学生，熙熙攘攘地从小教堂走向饭堂。等我洗完，他们又站在院子里了，三五成群地抽着烟。我还看见，贾斯珀正骑着自行车从宿舍出来，融进人群里。

[1] 白袍子（surplice）是指教会助手以及唱诗班成员的穿着。

我走过空荡荡的宽街，像往常一样，在周日早上去巴利奥尔学院对面的茶点店吃早点。空气里充满了从周边教堂塔尖上传来的钟声，阳光明媚，建筑物在开阔的空地上投下长长的影子，驱走了夜晚的恐怖。茶点店如图书馆一般寂静，当我走进店里，只有几个穿着拖鞋的学生抬头看了看我，然后又继续埋头苦读周日的报纸。他们大概是巴利奥尔和三一学院的学生，都是独自一人。凭着年轻人才有的即便一夜没睡也不会受影响的好胃口，我配着柑皮果酱吃下了一整份炒鸡蛋。我点上一根烟，坐了一会儿，看着巴利奥尔和三一学院的学生一个一个起身，结账，慢吞吞地走出门，拖着脚懒洋洋地穿过大街，回到他们的学院。我走的时候已经将近十一点。走在路上，原本错落有致的钟声已经停了下来，整个镇子换了一种调子，提醒人们礼拜即将开始。

这种日子里似乎只有做礼拜的人才会出门：本科生、研究生带着他们的妻子，还有商人，都以那种准确无误的“英式教堂步伐”，正不疾不徐地走在路上，手里拿着半打不同教派的黑羔羊皮和白色赛璐珞封面的祈祷书。他们去往圣巴拿巴、圣科伦巴、圣阿洛伊修斯、圣玛丽、蒲塞会堂、黑衣修士会，还有一些天晓得叫什么名字的教堂。他们还去修复了的诺曼式教堂和重建的哥特式教堂，去滑稽可笑的仿威尼斯式和雅典式教堂，人们在夏日的阳光下赶着去他们自己的教堂。四个骄傲的异教徒径自宣示着自己的异见，那四个印度人穿着洗净的白色法兰绒裤子、熨烫整齐的宽松外套，头戴雪白的头巾，胖乎乎的棕手中拿着彩色坐垫、野餐篮子，还有萧伯纳的《不愉快的戏剧》，往河边走去。

在玉米市场街，一群游客正站在克拉伦登酒店的台阶上跟司机讨论手中的地图。而街对面，穿过金十字酒馆[1]的古老拱门，我向一群同学院的学生打招呼，他们刚在那里吃过早饭，这会儿正抽着烟斗，在爬满常春藤的院子里消磨时光。我还看见了一群童子军，他们也要去教堂做礼拜，身上挂着颜色鲜亮的缎带和徽章，以不太规范的队列从我身边跑过。在卡尔法克斯，我遇到了市长和他的随从，穿着缀着金链的猩红色袍子，走在去市教堂接受布道的路上。人们像往常一样注视着这支由仪仗队打头的队伍。在圣阿尔德斯大街上，我还看到一队唱诗班的孩子，衣领浆得笔挺，戴着奇特的帽子，向汤姆门和大教堂走去。就这样，我穿过虔诚的世界，来到塞巴斯蒂安的住处。

可他出门了。我读了他随手放在书桌上的信件，看不出什么。我还仔细看了他壁炉架上的请柬，也看不出什么。我只好坐下来读《淑女变狐狸》，直到他回来。

“我去了旧宫，”他说，“我一个学期都没去那边，贝尔蒙席[2]上周曾两次叫我去吃晚饭，我知道他的打算。肯定是妈妈给他写了信。所以做弥撒的时候我砰一声坐在前排，让他非能看到我不可，结束的时候还故意扯着嗓子大唱‘万福马利亚’。你跟安东尼的晚餐怎么样？你们都聊了些什么呢？”

“嗯，他确实说了不少。我问你，你在伊顿的时候认识他

[1] 金十字酒馆（Golden Cross Inn），一间中世纪时便已开张的小酒馆。
[2] 蒙席（Monsignor），是天主教对高级神职教士的尊称。

吗？”

“他在我一年级时就被开除了。我大概见过他吧。他总是个引人瞩目的人物。”

“他和你一起去过教堂吗？”

“我觉得没有。为什么问这个？”

“他见过你的家人吗？”

“你今天好奇怪啊，查尔斯。没有，我觉得没有。”

“也没在威尼斯见过你妈妈？”

“我想她确实提过这个，可我记不得她具体说了什么。她当时大概和我们的意大利表亲福格利埃一家在一起，而安东尼也跟他的家人一起住进了那家旅店。福格利埃一家组织了几场宴会，但本来并没有邀请他们。我告诉妈妈安东尼是我朋友的时候，她确实跟我提了几句。我想不出他们为什么要去福格利埃的宴会——那位亲王王妃对自己的英国血统很是自豪，一整晚除了这个什么也没说。不过，大家倒不反感安东尼——不太反感，就我所知。人们都觉得他妈妈很难相处。”

“那谁是德尚樊公爵的夫人？”

“波佩？”

“斯蒂芬妮。”

“这个你一定得问问安东尼。他总说自己跟她有过一段情事。”

“真是这样吗？”

“当然，在戛纳，这种事总是难免的。可你为什么会对这个感兴趣？”

“我只是想知道安东尼昨晚到底说了多少真话。”

“要是我，他的话一个字也不会信。这是他的魅力。”

“你觉得这是魅力，可我觉得这样很恶毒。他用一整晚的时间，就是为了让我讨厌你，而且还差点成功了。”

“他有吗？多蠢啊。阿洛伊修斯一点也不赞同有人这样做——你赞同吗，你这自命不凡的老熊？”

这时，博伊·马卡斯特走了进来。

第三章

家中的父亲——茱莉娅·弗莱特小姐

第三章

暑假我回了家，没做任何安排，身上也没钱。为了支付期末的花销，我把我的欧米茄屏风以十英镑的价格卖给了柯林斯——现在还剩四英镑。我的账户因为上一张支票透支了几个先令，随后我又得知，如果没有父亲的授权，我便无法再支取现金。而下一笔生活费要十月才到账。面对这黯淡前路，我反复思虑，对此前几周的挥霍追悔莫及。

本来学期一开始，付完了学校的全部费用，我手里仍余有一百镑。现在它们全都不见了，而此前赊欠的账目还一分未还。这些开销毫无理性可言，也没带给我什么乐趣——全打了水漂。塞巴斯蒂安常常取笑我："你花钱的样子，真像个赌棍。"可这一切又与他脱不了干系。他自己的财务状况自始至终处于一种模糊不清的状态。"都是律师经手的，"他无助地表示，"我猜他们一定偷偷用掉了不少。不管怎样，我觉得我的钱一直很少。当然，无论我想要什么，妈妈也都会给我。”

“那你为什么不跟她要足够的生活费呢？”

“那是因为，我妈妈喜欢让一切都成为礼物。她真是太可爱了。”他说，这使她的形象在我脑中更加立体。

此刻，塞巴斯蒂安已经消失在另一种生活里，而他并没有邀请我加入。我被留在原地，孤独而失落。

我们是多么狭隘，总喜欢在日后的岁月否定少年时代的美好感觉——那种被消磨在漫长夏日里无忧无虑的时光。当你谈论一个人初成年时的生活，如果撇开他对少年时所受教育的怀念，撇开他对自己不当行为的懊悔与改正的决心，撇开他像轮盘赌中的“零”那样周期性出现的低谷时期，那这样的谈论未免毫无意义。

所以假期的第一个下午，我待在家里，从一个房间走到另一个房间，透过平板玻璃，望着花园与街道，心中充满强烈的自责。

我知道我父亲在家，但他的书房是禁地，决不容许旁人“进犯”。直到晚饭时他才从里面出来，同我打招呼。他那时才五十多岁，却是一副垂垂老矣的模样，乍一看像是已过古稀之年，听他说话，恐怕还要再加上个十岁。他拖着步子朝我走来，姿态很像中国古代的高级官员。一看见我，他便露出表示欢迎的腼腆笑容。他很少外出吃晚饭，吃饭时常穿一件天鹅绒盘扣的吸烟服，样式过时太久，以至于最近又流行了回来。不过当时，那显然还是一种刻意复古的打扮。

“我亲爱的孩子，他们没告诉我你在这儿。一路上累不累？他们给你端茶点了吗？我刚才在古董商索纳查因斯那里买了件有些大胆的东西——一头制于公元前5世纪的赤陶土公牛。我一直在研究它，结果忘了你回来这回事。车上挤不挤？你是坐在角落里吗？（他自己很少出门，所以总是对别人的旅行故事十分感兴趣。）海特拿晚报给你看了吗？当然了，今天也没什么事——报上不过都是些无聊的废话。”

仆人告诉我们可以用餐了。长时间以来我父亲都习惯在吃饭时拿上一本书，不过当他意识到我的存在，便偷偷把书丢在他的椅子下面。“你想喝点什么？海特，我们有什么可以招待查尔斯先生的吗？”

“还有点威士忌。”

“有威士忌。或者你还想喝点别的？我们还有什么？”

“家里没别的酒了，老爷。”

“没别的了。你得告诉海特你想要什么，他会买给你。我现在已经不存酒了，医生不让我喝，而且也没什么人来看我。不过只要你在这儿，你想要什么都会有。我猜你会在这儿待一段时间？”

“我还不确定，爸爸。”

“这个假期非常长，”他语带惆怅，“我们那时候，会搞一搞所谓的读书会，总是去山区。为什么？为什么呢？”他又有点焦躁：“大家觉得大山里的风光会有助于学习？”

“我想找一所艺术学校，学人体写生。”

“我亲爱的孩子，它们全都关门了。学生都去了巴比松[1]或者类似的地方，到野外写生。在我那时候，有一个叫‘素描俱乐部’的地方——有男有女（吸鼻子），骑自行车（吸鼻子），黑白斑点灯笼裤，荷兰麻布雨伞，还有对‘自由恋爱’的普遍向往（吸鼻子），这些乱七八糟的东西。我猜他们大概还在搞这一套，你也许可以去试一试。”

“过这样的假期有一个重要的问题是钱，爸爸。”

“哦，你看，我在你这个年纪，就不会为这种事操心。”

“你知道的，我相当缺钱。”

“是吗？”我爸爸说。声音里听不出一丝波澜。

“实际上，我不太有把握接下来这两个月该怎么过。”

“好吧，向我寻求建议可是最糟糕的决定。我从没像你那样，把自己这种痛苦的状况称为‘缺钱’。你还能用个别的什么词吗？比如手头紧？拮据？贫穷？窘迫？（吸鼻子）触礁了？破产了？我们就说你破产好了。你爷爷曾跟我说：‘过好你自己的日子，要是有困难了，过来找我。不要去找犹太人。’这都是胡扯。你可以试试去找杰明街的那些绅士，他们只要手写字据就会借钱给我。可是，我的孩子，他们一个子儿都不会给你。”

“那你建议我该怎么做呢？”

“你堂叔梅尔基奥尔的投资太草率了，他现在麻烦很大，只好去了澳洲。”自从我爸爸在伦巴德祈祷书的残页里发现了两张

[1] 巴比松（Barbizon），法国一座小镇，19世纪中期因一群画家聚居于此而闻名，开创了巴比松画派。

公元2世纪的古埃及莎草纸之后，我再没见过他像现在这样高兴。

“海特，我的书掉地上了。”

所以那本书从他的脚边，回到了桌子最中央的果篮旁。余下的晚餐时间里他都很沉默，节省力气用来吸鼻子，时不时表达一下自己的喜悦之情。但我觉得他的愉悦绝不可能来自他正在读的那本书。

没过多久我们便起身离席，坐在花房里。在那里，他显然已经忘记了我的存在。我知道，他的思绪已经飘向了遥远的时代，在那里他行动自如，在那里时间一百年一百年地流逝，那里的人面目模糊，朋友们的名字被读得乱七八糟、有了其他含义。他用一种任谁都不会舒服的姿势坐着，斜靠在他的直背扶手椅当中，手里的书举得高高的，斜对着光。他时不时还会从怀表链上取下自己的金铅笔盒，在空白处做标记。夏夜窗子敞开着，时钟嘀嗒作响，贝斯沃特路隐约传来车马声，还有父亲规律的翻书声，其余一切都很安静。我原本以为，一边向我父亲诉说自己的贫穷一边抽雪茄似乎有些失礼，可现在也没什么好顾忌的。所以我去了自己的房间，拿了一支烟。我爸爸甚至没有抬头看我，于是我剪开雪茄，点燃，带着重获的信心，对他说：“爸爸，你一定不想让我在家跟你度过整个假期吧？”

“嗯？”

“让我在家里住这么久，你不会觉得很心烦吗？”

“我确信即便我产生了这种情感，也不会将它表现出来。”我父亲心平气和地说，接着又回头看他的书了。

就这样这一晚过去了。最终，各个房间的钟以各自的方式敲响了十一下。父亲合上了他的书，摘下眼镜。“我很欢迎你，亲爱的孩子。”他说，“只要你觉得方便，想在这里待多久都可以。”走到门口，他停下来，转回身对我说：“你堂叔梅尔基奥尔来信说，他在澳洲，现在成天在桅杆前面（吸鼻子）。”“我想知道，什么叫‘在桅杆前面’[1]？”

随后闷热的一周，我和父亲的关系急剧恶化。白天我很少看到他，大多数时间他都待在书房里，偶尔露个头，我发现他总倚着栏杆喊：“海特，给我叫辆车。”然后他就会出门，有时不到半个小时，有时一去一整天，他从不说自己出门去做什么。我还经常看到仆人在奇怪的时间端着盘子去楼上找他。盘子里装着一点点幼儿食品：甜面包干、牛奶、香蕉，这类东西。如果我们在过道或是楼梯上遇到，他就会一脸茫然地看着我，然后说“啊哈”，或者“天气不错”，再或者“天气真好啊，真是好”。但到了晚上，他穿上那件天鹅绒吸烟服去花房闲坐时，总是非常正式地向我打招呼。

而在那之前，餐桌是我们的战场。

第二个晚上，我带了一本书去餐厅。他原本恍惚的心思与眼神突然被我的书吸引。我们经过走廊时，他偷偷摸摸地把书留在了一旁的椅子上。等我们落座，他幽怨地说道：“查尔斯，我本以为你可以同我讲讲话的。我这一天过得筋疲力尽，很想和你聊一会儿。”

[1] 在桅杆前面（before the mast），俗语，指在船上做水手。

“当然可以，父亲。我们谈些什么好呢？”

“谈些让我开心的吧，给我解解闷儿。”他不耐烦地说，“跟我讲讲新上演的戏吧。”

“可我最近什么都没看过。”

“你该去看看，你真的应该去看看。一个男人，年纪轻轻，每个晚上却都耗在家里，这很不正常。”

“可是爸爸，我跟你讲过，我已经没什么钱去看戏了。”

“我亲爱的孩子，你不能让钱成了你的主人。你瞧，在你这个年纪，你堂叔梅尔基奥尔都已经跟人合作完成一部音乐作品了。那是他为数不多的愉快冒险之一。你应该把看戏当成自我教育的一部分。如果你读过那些杰出人物的生平事迹，你会发现他们中的大多数都是在戏院顶楼的廉价座位上初识这门艺术的。我听人家说，坐那样的位置根本没什么意思。但就是在那里，你可以发现真正的批评家和爱好者。这也就是所谓的‘与诸神同在’。花费多少并不是问题所在，甚至在等候入场的时候，你还有街头艺人的表演可看。我们找一天也去和诸神们一起坐坐吧。你觉得阿贝尔夫人的厨艺怎么样？”

“还是老样子。”

“这还是受了你菲利帕姑妈的影响呢。你姑妈给了她十份菜单，从那之后我再也没吃过别的东西。我一个人在家的时候倒也不在意吃什么，但现在你在家，是时候换换口味了。你想吃什么？现在有什么当季的菜品？你喜欢吃龙虾吗？海特，告诉阿贝尔夫人，明晚给我们准备些龙虾。”

那晚饭桌上的菜品是这样的：一道寡淡无味的白色的汤；一

份煎老了的龙利鱼，上面淋着粉红色的酱汁；一份羊排配土豆泥；还有缀着炖梨的海绵蛋糕。

“我吃得这么讲究，纯粹是出于对你菲利帕姑妈的尊重。她说过，中产阶级的晚餐总是要吃上三道菜的。‘如果让仆人们自由发挥，’她还说，‘你恐怕每晚就只能吃到一块排骨了。’不过排骨其实是我最喜欢吃的。实际上，要是阿贝尔夫人没在家，我去俱乐部吃晚餐，无非也是点排骨。但你姑妈规定，在家里我必须有汤喝，再吃上三道菜。有时候是鱼、肉和开胃菜，其他一些时候则是肉、甜品和开胃菜——有许多不同的组合。

“有些人总能把自己的想法说得如此漂亮，真了不起。你姑妈就有这样的本事。

“回想那些她天天同我一起吃饭的日子——就像现在你我这样，我就觉得很奇怪。她想尽办法要开解我，常常跟我说她读了些什么书。你知道，她总想和我一起生活。她觉得要是我一个人生活，最后会变成一个古怪的糟老头。也许现在我已经是了。我是吗？但不能总让她住在这里。最后我还是把她赶走了。”

他说这话的时候，语气中带着明显的威胁。

很大程度上是因为菲利帕姑妈，我才会在父亲的房子里觉得自己像个陌生人。妈妈去世之后，她就搬过来和父亲还有我一起生活。毫无疑问，就像他说的，她确实想要把这里当成我们共同的家。但那时的我，对每晚餐桌上的痛苦一无所知。姑妈陪伴着我，而我也毫无芥蒂地接纳了她。我们在一起过了一年。随后第一个变化，是她又回到了自己在萨里的房子，尽管那里本已计划要卖掉。每到学期开始，她就到那里生活，只是偶尔会去伦敦买买东西，消遣一下。在夏天，我们会去海边度假，住在租来的房间里。后来，等到我要上大学，她干脆离开了英国。“最后我还是把她赶走了”，他的话里满是对这位善良夫人的嘲讽和把她赶走的心满意足。他也知道，这些话会让我很不舒服。

我们离开餐厅时，他说：“海特，你已经告诉阿贝尔夫人，明天我要吃龙虾了吗？”

“没有，老爷。”

“那就别告诉她了。”

“好的，老爷。”

等到我们在花房里坐下时，他说：“我想知道海特是不是对我说龙虾的事完全没放在心上。我觉得应该是这样，你知道吗，他大概明白我在开玩笑呢。”

不过第二天，我偶然获得了一个反击的机会。我遇见了之前读书时的一个熟人、跟我年纪差不多的乔金斯。我从来没太喜欢过他，他只是在菲利帕姑妈还在的时候来我家喝过一次茶，那时菲利帕姑妈曾评价过他也许有一颗迷人的心，虽然第一眼看上去没什么吸引力。我热情地向他打招呼，并且邀请他来我家吃晚饭。他欣然应邀，整个人跟当初比并没有什么变化。海特一定是提前告诉过父亲有客人要来，所以父亲没有穿他的吸烟服，而是穿了一件燕尾服。这燕尾服连同里面的黑色高领背心和窄窄的白领带，成了他的晚礼服配置。加上他阴沉的神情，这一身穿戴简直就是一套宫廷丧服。这种神情始于他的少年时期，他发觉可以博得人们的同情于是保留了下来。实际上，他一件无尾礼服都没有[1]。

“晚上好，晚上好。大老远的，你能来真是太好了。”

“哦，其实一点也不远。”乔金斯说，他住在萨塞克斯广场。

“科学消灭距离，”我父亲尴尬地说，“你是来谈生意的？”

“嗯，我是在做生意，如果你说的是这个意思的话。”

“我有个堂兄也在做生意——你应该不认识他。跟你不是一代人。我前不久还跟查尔斯提起过他，他一直让我念念不忘。他最后，”我父亲停顿了一下，好让下面这个古怪的词能有足够的分量，“栽了跟头。”

乔金斯神经质地干笑了两声，我父亲用责备的眼光看了看他。

“他的不幸让你很高兴？或者说我用的这个词你不太熟悉？要是你，恐怕就只会说他‘玩儿完了’吧？”

我父亲是个掌控局面的高手。他假想对面的是个美国人，整晚都在和这个乔金斯玩精心设计的单方的室内游戏，解释谈话中出现的英式用语，把英镑换算成美元，友善地听取他的表达，并予以回应：“当然，按你们的说法……”“这一切对乔金斯先生而言想必是非常狭隘的。”“在你们所习惯的广阔疆域里……”这让我的客人有种模糊的感觉，好像自己的身份被人误解，而他却没机会解释。吃饭的过程中他一直试图与我父亲对视，想要确定他古怪的谈吐不过是一个精心设计的复杂玩笑。但我父亲却总是回以温暖又亲切的目光，这让他更加困惑

[1] 无尾礼服（dinner jacket）比燕尾服（tails）出现晚，较为休闲，当时已被社会认可和接纳，但查尔斯的父亲显然还在严守上中层阶级昔日的习惯。

尴尬。

有一次，我觉得父亲实在是过分了，因为他说：“住在伦敦，你恐怕是要错过你们的国民运动了。”

“我们的国民运动？”乔金斯反问道。他反应很慢，可听到这里，也终于知道这是个澄清误会的好机会。

我父亲的目光从他转向我，表情从和蔼可亲变成怨恨。不过等他望回乔金斯时，脸上的表情又温和了不少，就像是一个赌徒向所有人认输一样。“你们的国民运动，”他温柔地说道，“就是板球嘛。”他不由自主地吸了吸鼻子，浑身发抖，用餐巾擦了擦眼睛，说：“你在城里工作，去板球场的时间也会大为缩短吧？”

在餐厅门口，他向我们道别。“晚安，乔金斯先生，”他说，“我希望你下一次穿越大西洋的时候，也能来我们家做客。”

“我说，你爸爸说的话到底是什么意思？他好像觉得我是个……美国人？”

“他有时候很奇怪。”

“他还一直建议我去参观威斯敏斯特大教堂。真是太奇怪了。”

“是的，我也没法解释。”

“我觉得他好像是拿我寻开心呢。”乔金斯很困惑。

过了几天我父亲开始了他的反击。他把我叫出来，问道：“乔金斯先生是不是还在这里？”

“不，爸爸，当然不是，他只是过来吃晚饭的。”

“哦，我真想让他和我们待在一起。多么多才多艺的年轻人啊。

但你还要在家吃晚饭吗？”

“是的。”

“我准备搞一个小型的宴会，你在家的这些日子，晚饭总是很单调，得换换花样。你觉得阿贝尔夫人能胜任吗？显然不能。不过我们的客人倒不是很挑剔。卡斯伯特爵士和奥姆-赫里克夫人会是所谓的中心人物，我还希望在饭后听一点音乐。我会为你邀请几位年轻朋友。”

我父亲的计划超出了我的预期。当客人们齐聚在父亲称为“画廊”的房间里时，我便明白父亲精心挑选的这些人都只是为了让我感到不适。“年轻人”指的是学大提琴的格洛丽亚·奥姆-赫里克小姐，以及她在不列颠博物馆工作的秃顶的年轻未婚夫。另外还有一位只会说母语的慕尼黑出版商。我看见父亲站在他们中间，一个瓷器架子旁，冲我吸着鼻子。那晚他还特意在纽扣孔上插了一朵小小的红玫瑰，就像是骑士在战斗中佩戴的徽章。

晚宴无比漫长，桌上的菜品就像它们的食客一样是被“精心挑选过的”，以表达严谨的嘲弄精神。它们并没有来自菲利帕姑妈的菜单，而是由早期的菜谱拼凑而成，早到当时我父亲还会下楼吃饭。每道菜都有精心的装饰，红白相间，有规律地交替出现。只不过它们和餐桌上的酒一样淡而无味。晚饭后我父亲把德国出版商带到了客厅的钢琴前，在他演奏的时候又离开，回到“画廊”，向卡斯伯特·奥姆-赫里克爵士展示他的伊特鲁里亚公牛。

这个夜晚令人毛骨悚然，晚宴结束时，我惊讶地发现才刚过十一点。我父亲给自己倒了一杯大麦茶说：“我的这些朋友真无趣！你知道的，要不是你在家，我可不会找麻烦邀请他们过来。最近我对请客吃饭之类的事一点兴趣都没有。不过既然你要在家里住很久，我就得多过几个这样的夜晚了。你喜欢格洛丽亚·奥姆-赫里克小姐吗？”

“不喜欢。”

“不喜欢？是因为她唇上的绒须让你反感吗？或者是因为她长了一双大脚？你看她今晚玩得开心吗？”

“不开心。”

“我觉得也是。我猜没有一个客人觉得今晚过得很愉快。那个外国人的琴弹得糟透了。我是在哪里认识他的来着？还有康斯坦莎·斯梅西克小姐——我又是在哪里遇到她的呢？但我还是必须尽到好客的义务。只要你在家，你就不会觉得单调。”

在接下来两周的持续斗争中，我们两败俱伤。但我伤得更重，因为我父亲储备了足够多的花招，又有更充分的回旋余地，而我却无处躲藏，只能被困在高地与大海之间的桥头堡上。他对这场斗争的目的闭口不谈，我至今也不清楚他是否仅仅是为了惩罚我——或者是基于他内心更深层的某种考虑，希望将我逐出这里，像被赶到博尔迪盖拉的菲利帕姑妈和去了达尔文的堂叔梅尔基奥尔一样。又或者，现在看来最大的可能是，他仅仅因为对斗争的热爱而斗争——只有这样，才能施展他的才华。

我收到了来自塞巴斯蒂安的一封信。这个惹眼的物件是某一天当着我父亲的面送到我手上的，当时他正在吃午饭。我发觉他很好奇，于是赶快拿到别处去读。这封信写在维多利亚晚期丧事专用的厚信纸上，有黑色王冠图案和黑色边框。我急切地读了起来：

布赖兹赫德城堡
威尔特郡
我也想知道今天是几号

最亲爱的查尔斯：

我在书桌后面发现了一盒这样的纸，正在为自己逝去的天真哀悼的我，必须拿它来给你写封信。我的天真好像从没活过，医生一开始就让我给它料理后事了。

不久我就要动身去威尼斯，去罪恶之宫找我爸爸。我希望你能来陪我。我希望你在我身边。

我倒从没孤单过。我的家人会不断回到家里，收拾行李，然后又离开，就算白树莓已经熟了。

我已经决定不带阿洛伊修斯去威尼斯了。我不想让他见那些讨厌的意大利熊，再沾上一身坏毛病。

爱你，或者随你所愿
塞

我早就熟悉他写信的风格了，在拉韦纳的时候就收到过几封。我本不该失望，但那天我却把那张硬邦邦的信纸撕成碎片，丢进了废纸篓，然后凝视着窗下肮脏的花园和贝斯沃特乱糟糟的后街、排布混乱的污水管道、逃生通道和一个个凸起的小型温室。我眼前出现了安东尼·布兰奇苍白的脸,它从稀疏的树叶丛中浮现出来,就像在泰晤士镇时透过烛光凝视我那样。我还在车马的喃喃低语中听见他清晰的声音:“有时塞巴斯蒂安整个人都有点缺乏生气,我们千万不要怪罪他……我一听见他说话,脑子里就会浮现出那幅令人作呕的《吹泡泡》。”

之后几天,我都觉得自己很讨厌塞巴斯蒂安。然而周日下午,一封来自他的电报顿时将这厌恶的情绪化为乌有,可却让情况更加糟糕。

我父亲出门了,回来时发现我正处在极度焦虑之中。他站在走廊里,头上还戴着他的巴拿马草帽,朝我微笑。

“你一定猜不出我是怎样度过这一天的。我去了动物园。天气相当不错,看来动物们也喜欢晒太阳。”

“爸爸,我得马上走。”

“嗯?”

“我一个很要好的朋友出了很严重的事故。我必须马上去他那里。海特正在为我打包行李,有趟火车半小时后出发。”

我还给他看了电报,上面写得很简单:重伤速来塞巴斯蒂安。

“好吧,”我父亲说,“我很遗憾你看起来如此沮丧。可看了这电报,我觉得他伤得可能不像你想的那样重——否则伤者怎么能自己签名呢?当然,他也可能头脑清醒,但眼睛瞎了或者伤了背部,瘫痪了。不过为什么你一定要到场呢?你又不是大夫,也不是神职人员。你是希望去继承一份遗产吗?”

“我告诉你了,他是我很要好的朋友。”

“嗯，那个奥姆-赫里克也是我的好朋友。但我就不会在这样一个宜人的周日下午跑到他的灵床前哭丧。我怀疑奥姆-赫里克夫人不会欢迎我。不过，我看你好像没有这种顾虑。我会想念你的，亲爱的孩子，但你不必为了我急着回来。”

八月周日傍晚的帕丁顿站，夕阳穿过顶棚昏暗的窗格照进来，书报亭紧锁，少有的几个游客在搬运工身边不紧不慢地踱着步子。但这幅景象仍不足以抚慰我的不安。车厢空空荡荡，我把小行李箱放在三等车厢的角落里，然后在餐车里找到了一个位子。“过了雷丁站之后第一次正餐才开餐，先生，大约在七点。您现在需要点什么？”我要了一杯杜松子酒，一杯苦艾酒。它们在列车出站时被端了上来。餐车里，刀叉有规律地叮当作响，窗前不断闪现着夏日风光，可我全无心情欣赏这宁静的画面。恐惧在我心头持续发酵，膨胀成巨大的泡沫，变幻出一幅幅灾难的图景：一把上膛的枪被随意放在篱墙入口的台阶上；一匹惊马嘶鸣着掀落骑手；阴暗池塘里的暗桩；寂静清晨突然落下的粗壮榆树枝；视线盲区的转角冲出的汽车。文明生活的种种威胁环绕着我，搅得我心神不宁。我甚至看到阴影中出现了一个杀人狂扭曲的面孔，手中挥舞着一根铅管。列车从麦田与密林旁飞快驶过，潜入金色傍晚的深处，车轮单调的轰鸣声在我耳畔回荡，渐渐变成了清晰的话语：“你来得太晚了，他死了。他死了。他死了。”

我吃过饭，换乘本地路线的火车，在暮色降临时抵达了目的地，梅尔斯蒂德·卡伯里。

“去布赖兹赫德吗，先生？茱莉娅小姐正在外面等您。”

她正靠在一辆敞篷车旁。我立刻认出了她，我不可能认不出她。

“你是赖德先生？跳进来。”她的声音和塞巴斯蒂安如出一辙，连说话方式也是。

“他怎么样了？”

“塞巴斯蒂安？哦，他好着呢。你吃过饭了吗？火车上的饭菜一定糟透了。家里准备了一些饭菜，只有我和塞巴斯蒂安在家，所以我们打算等你一起吃。”

“他出什么事了？”

“他没说吗？我猜他是觉得如果告诉你实情你肯定不会来。他脚踝里的一根小骨头裂了，那骨头太小了，连名字都没有。他们昨天用 X 光给他做了检查，告诉他得休息一个月。这可让他烦透了，他所有的计划都被打乱了，所以整天小题大做……其他人都走了，他要我留下来陪他，我想你知道他那可怜样多让人受不了。我差点就答应他了，不过后来我跟他说‘你肯定还能找到别人来陪你的’，然后他说所有人都出门了，要么就很忙，不会有人来。但最后他同意问问你，而我答应他，要是你不来，我就会留下来陪他。所以你看，我是多么欢迎你来。我得说，你真是个高尚的人，一接到电报就赶了过来。”可当她说这句话的时候，声音里似乎带有对我“召之即来”的轻蔑，至少我听出了这重意味。

“他是怎么受伤的？”

“信不信由你，玩槌球。他突然发脾气，结果被铁环门绊倒了。这样负伤可一点也不光荣。”

她和塞巴斯蒂安很像，在暮色中坐在她身边，熟悉与陌生的感觉交织，让我有点恍惚。这就像是用高倍望远镜看着一个人由远及近走来，可以看清他面容和衣着的全部细节，仿佛一伸手便能触碰到，而他却无法感受到观察者的存在，即便向前靠近，他也不会抬头看上一眼。这时再用裸眼去看，才会发现那仍是一个遥不可及的点，连是不是人都看不清。我认识她，可她并不认识我。她的黑头发还没有塞巴斯蒂安的长，从前额梳到后面，这点和塞巴斯蒂安一样。她那双注视着夜色下公路的眼睛也很像他，但是要大上一点。她那对涂了口红的嘴唇似乎对全世界都不太友好。她戴了一只很好看的手镯，耳朵上还挂着金色的耳饰。她轻薄的外套下，露出一两英寸的印花丝绸。那时女孩子的裙子都很短，她向前伸出去踩刹车的腿很细长，这也符合当时的时尚。介于熟悉与陌生之间的性别差异在她身上是如此突出，填补了我们之间的空隙。在其他女性身上，我从未感觉到如此强烈的女人味。

“我很怕在晚上这个时间开车，”她说，“可是好像留在家里的人都不会开车。我和塞巴斯蒂安在家就像是露营，只是偶尔回去住一住。我希望你没有期待什么华而不实的宴会。”她屈身向前，从储物箱里拿出一盒烟。

“不了，谢谢。”

“替我点一支，好吗？”

我的一生里，第一次有人向我提出这样的要求。当我把香烟从自己的唇边拿开，放进她唇间的时候，我听见了蝙蝠交尾时细微的吱吱声。无人知晓，可我却听到了。

“谢谢。你以前来过这里，婆婆讲过。我们俩都觉得很奇怪，你为何不留下来喝杯茶再走。”

“那是因为塞巴斯蒂安。”

“你好像太听他的话了，你不该这样。这对他很不好。”

我们已经在车道上拐了弯。树林与天空早已暗了下来，而房屋就像是纯灰色的油画，只有中间敞开的大门露出金黄的色彩。有一个人站在外面，等着为我拿行李。

“我们到了。”

她带我走上台阶，进入前厅，把自己的外套丢在大理石桌上，然后弯下腰，抚摸一只跑出来迎接她的狗，说道：“我看塞巴斯蒂安大概已经开始吃饭了。”

此时，他出现在远处的柱子之间，坐在轮椅上，自己摇着轮子。他穿着睡衣睡裤，一只脚上还打着厚厚的绷带。

“看吧，亲爱的，我可把你的密友带回来了。”她说，声音里再一次带着明显的蔑视。

“我以为你要死了。”我说，然后我察觉到，自从抵达这里，我内心充斥的是恼火，而非免去一场想象中的灾难的宽慰。

“其实，我也觉得我快死了。很疼的。茱莉娅，如果你要求的话，威尔考克斯今晚会给我们上香槟吗？”

“我讨厌香槟，而且赖德先生已经吃过晚饭了。”

“赖德先生？赖德先生？查尔斯喜欢香槟，任何时间喝都没关系。瞧瞧我这只被包起来的、无比硕大的脚，我总觉得自己得了痛风。这让我十分渴望能喝上一杯香槟。”

我们在一间名为“彩绘厅”的房间里吃了晚饭。房间是八角形的，很宽敞。墙壁设计的年代要更晚一些，布满了花环样式的圆形浮雕，屋顶则是庞贝风格[1]的牧羊人画作。它们同椴木镀金家具、地毯、悬挂起来的青铜枝状烛架、镜子和壁突式烛台，都是同样的风格，出自一位设计师之手。“我们单独在家里时，总在这里吃饭，”塞巴斯蒂安说，“这里太舒服了。”

他们吃饭的时候，我吃着桃子，给他们讲我和父亲之间的战争。“他听起来真是个完美的乖孩子，”茱莉娅说，“现在我要走了，男孩们。”

“你要去哪里？”

“去育儿室，我答应婆婆要和她下最后一盘哈尔马棋。”她吻了塞巴斯蒂安的头顶，我起身为她打开门，“晚安，赖德先生，同时还要说再见。我想我们明天不会见面的，我很早就要出发。你把我从病床旁边解救出来，我说不出有多感激你。”

“我妹妹今晚有点夸张。”她走后，塞巴斯蒂安说。

“我觉得她并不喜欢我。”我说。

“我觉得她对任何人都不太喜欢。我喜欢她，她和我很像。”

“你喜欢她？她和你很像？”

“我是说神情，还有说话的方式。我可没法不喜欢像我这种性格的人。”

喝完了葡萄酒，我从塞巴斯蒂安的椅子旁走过，穿过有圆柱的大厅，来到藏书室。接下来的一个月，我们几乎每晚都会坐在那里，像这天晚上一样。藏书室位于宅子的侧面，可以俯瞰人工湖。窗户敞着，星光尽收眼底，空气芬芳，很是怡人。

[1] 庞贝风格（Pompeian），一种罗马壁画风格。

月光照耀下，山谷中蓝色与银色交相辉映，喷泉的叮咚声十分悦耳。

“我们要独自享受一段天堂般的日子啦。”塞巴斯蒂安宣布。第二天早晨，我刮胡子的时候，正巧从浴室的窗户看见茱莉娅从前院开车离去，车后放着行李，不一会儿就消失在山丘之间，一眼也没有回头看。那一刻我感受到了自由与平静，就像多年之后，经过了一夜的动荡不安，汽笛终于响起，警报得以解除。

第四章

家中的塞巴斯蒂安——国外的马奇梅因勋爵

第四章

青春的慵懒倦怠——多么独特，又多么经典！可若论及消失，它又如此迅疾，如此无可挽回！那热情、对爱的慷慨、幻想、绝望，那一切属于青春的传统品格——除了慵懒倦怠以外，都将贯穿我们的一生。它们都是生活的组成，但那倦怠——精力充沛却懒散松弛的肉体、孤芳自赏又自私自利的灵魂，却只属于青春，并将随它一同死去。也许在灵薄狱[1]的殿堂之中，英雄们正享有这微妙的惬意，以补偿他们始终无缘的乐福直观[2]。又或者，那乐福直观与这低阶的享乐之间，恰恰存有某种遥远

[1] 灵薄狱（Limbo），天主教神学概念，指天堂与地狱之间的区域，那些不曾判罪但又无福与上帝共处天堂的灵魂在此居住。

[2] 乐福直观（Beatific Vision），指天国的信徒可以直接看到上帝，又译作“至福直观”。

的亲缘关系。至少，在布赖兹赫德那些慵懒倦怠的日子，让我觉得天堂触手可及。

“这座宅子为什么叫作‘城堡’？”

“被拆掉之前，它就是一座城堡。”

“什么意思？”

“就是这意思。这里一英里之外原来有座城堡，就在下面村子那边。后来我们家的先祖看上了这座山谷，就把下面的城堡拆了，把石头运来这里，建了这座宅子。我很高兴他们这么做，你觉得怎么样？”

“要是这宅子是我的，我哪儿都不会去。”

“可你知道，查尔斯，它也不是我的。就算现在是，但这里通常都住着一些残暴的野兽。我倒希望永远这样下去——永远是夏天，永远孤身一人，果子永远是成熟的，阿洛伊修斯也永远心情愉悦……”

这就是为什么我喜欢回忆那个夏天的塞巴斯蒂安——当我们结伴漫步在使人心醉的宫殿中时他的样子。他坐在轮椅里，沿着菜园边的黄杨矮林疾驰而下，寻找高山树莓和新鲜的无花果。他摇着轮椅，在一间间气味、气候条件不同的温室之间穿行，摘下麝香葡萄，挑选兰花插在衣服的纽扣孔里。他还像哑剧演员一样蹒跚地走到老育儿房，和我一起坐在旧印花地毯上，这里除了一个玩具柜，四周都空荡荡的。霍金斯婆婆则悠闲地坐在角落里，一边缝着什么东西，一边说：“你们两个简直和别人一样坏，你们这一对坏孩子哟。大学就教你们这些？”塞巴斯蒂安仰面躺在柱廊的某个地方，那里一定阳光明媚，就像现在——而我正在他的旁边，坐在一张硬硬的椅子上，试着把喷泉画下来。

“这个屋顶也是伊尼戈·琼斯[1]的作品吗？不过它看起来有点新。”

“哦，查尔斯，你是来旅游的吗？漂亮就行了，什么时候建的有什么要紧的呢？”

“这种事情我就是很想知道。”

“唉，亲爱的，我以为我已经把你治好了呢——柯林斯先生真是可怕。”

住这样的宅子，本身就是在接受审美教育。从一个房间漫步到另一个，从索恩式[2]藏书室到中国客厅，以及其中陈设的镀金佛塔、做点头状的清朝人偶、彩色壁纸与奇彭代尔式[3]精工家具都令人目眩神迷。从庞贝式客厅到装饰着大型挂毯的走廊，后者的风貌多年不曾改变，两个半世纪前完工时便是这番模样。坐在树荫里的露台上向外眺望，就算几个小时也丝毫不会厌倦。

这楼台是整座宅子最后完工的部分。它坐落在巨石堡垒之上，从大厅的台阶上看去，它就像是悬在水面上一般。人若凭栏而立，似乎能立刻将鹅卵石垂直投入脚下的湖水之中。两侧的石柱廊将它环抱怀中，亭子外的小椴树林一直延伸到树木茂盛的山坡。露

[1] 伊尼戈·琼斯（Inigo Jones，1573—1652），英国古典主义建筑学家。

[2] 索恩式（Soanesque），指英国建筑师约翰·索恩爵士（Sir John Soane，1753—1837）独有的新古典主义建筑风格。

[3] 奇彭代尔（Thomas Chippendale，1718—1779），著名的英国家具工匠，奇彭代尔式的风格在欧美影响广泛。

台的一部分是铺好的路面，另一部分则是花圃和组成阿拉伯图饰的矮黄杨。高的黄杨，围成了椭圆形的树篱，中间有一些壁龛，点缀着几座雕像。在大椭圆广场中间，占据着最豪华位置的，是一座喷泉。人们往往会在意大利南部的某个广场上看到这种喷泉。实际上它正是在那里被发现，一个世纪之前，一位先辈看到并买下了它，运回此地重新组装——幸好这里的气候也很欢迎它的到来。

塞巴斯蒂安让我把它画下来。对我这样一个业余选手而言，这是很大的挑战。它的中心是一个椭圆形的水池，里面还有一座带雕塑的岩石小岛。岩石上长着原有的典型热带植物，以及英国的野生复叶蕨草。岩石上，十几条细流涓涓淌过，仿造成泉水的模样，四周则是奇异的热带动物，有骆驼、长颈鹿，还有一头凶猛的狮子，所有的动物都在喷水。在岩石上，山形墙的位置上，矗立着一座红砂岩埃及方尖石碑。这绝非我能力之所及，但出于某种侥幸，我还是把它画了下来，并且依靠机智的省略和一些风格上的把戏，达到了非常不错的效果，颇有皮拉内西[1]的余韵。

“我可以把它送给你妈妈吗？”我问塞巴斯蒂安。

“为什么送给她？你们都不认识。”

“这样礼貌一些，毕竟我住在她的宅子里。”

“送给婆婆好了。”塞巴斯蒂安说。

我照他说的做了。婆婆把它放在了衣柜顶上她的一系列收藏品之间，说我画得很像。她常常听人夸赞那喷泉有多美，尽管她

[1] 皮拉内西（Giovanni Battista Piranesi，1720—1778），意大利铜版画家。

自己从未感受到。

对于我，这也是一种新发现的美。

还是中学生的时候，我就爱骑着自行车在邻近的教区闲逛，擦拭黄铜器皿，给圣洗池拍照。我一向对建筑很感兴趣，但是，尽管在观念上，我已经与同时代人一起见证了跨时代的转变，即从罗斯金[1]的清教主义到罗杰·弗赖的清教主义的转变，可我的内心依旧多愁善感，保守、向往着中世纪的星光。

这是我与巴洛克的对话。在这里，在这傲慢又高耸的穹顶下，在镶板天花板下。在这里，我穿过一道道拱门和残破的山形墙，走到阴凉的廊柱旁，在喷泉旁一坐好几个钟头，探寻光影的变化，追逐悠长的回声，尽情欣赏这勇气和创意的杰作。我身体里好像长出了全新的感知系统，似乎这石间奔涌而出的汩汩水流，就是我的生命之泉。

一天，我们在柜子里发现了一个装着油画颜料的铁皮漆盒，里面的颜料还能用。

“这是妈妈一两年前买的，因为有人告诉她，想要欣赏这世界的美，就得试着把它画下来。我们为此还好一顿嘲笑她。她根本画不了画，无论颜料管里的颜色有多么鲜艳，只要经她一调，就立刻会变成一摊土黄色。”调色板上已经干掉的色块证实了他的说法。“妈妈还总打发科迪莉亚给她洗画刷，最后我们联合起来表示抗议，才让她停了下来。”

[1] 罗斯金（John Ruskin，1819—1900），英国作家和艺术评论家。

这些颜料让我们萌生了装饰这间工作室的想法。它位于石柱廊之上，一度被用来处理地产生意，现在已经被废弃，只放了一些园艺工具，还有一盆死掉的芦荟。这间屋子原本应该是休闲用的，也许是打算当成茶室或书房，不然它的灰色泥墙上也不会装有洛可可风格的镶板，屋顶也不会特意设计成好看的穹隆形状。这里，在一块小小的椭圆镶板中，我勾勒出一幅浪漫优美的图样，并在接下来几天完成了上色工作。凭借着一点运气，加上当时的愉快心情，这幅装饰画居然很成功。那画刷就像是自己知道该如何画画一样。我画的是风景画，上面没有一个人物，是一幅蓝天白云的夏日即景，前景有一处被常春藤覆盖的废墟，岩石与瀑布置于后方，引出后面渐行渐远的林地。我原本对油画知之甚少，几乎是边画边学习。一周之后，我的画完工了，塞巴斯蒂安急切地希望我可以继续在更大的镶板上作画，所以我又画了一些草图，塞巴斯蒂安却找来一幅“野宴图”，上面画着一架装饰有缎带的秋千和听差的黑人，还有一个正在吹笛子的牧羊人。但这幅画最终不了了之，我知道之前能够完成那幅画是运气使然，而想要摹绘如此大规模的画作，对我而言就不太现实了。

一天，我们和威尔考克斯一起去了地窖，那里的储藏间原本存满了美酒，如今却空空荡荡。只有一间侧室还在使用，里面的箱子装得很满，甚至还有一些年份超过五十年的佳酿。

“自打老爷搬去国外，我们就没再添过新酒。”威尔考克斯说，“许多酒都已经到了该喝的时候，我们应该存上些 1918 年或 1920 年产的酒的。酒商已经给我寄过好几次信，但夫人却让我去问布赖兹赫德勋爵该怎么办，而他又让我问老爷，老爷则把我打发给律师。所以我们一直也没购置新酒。现在这些酒，喝上个十年倒不成问题，可以后该怎么办呢？”

威尔考克斯很高兴我们能有这样的兴趣。我们从每个箱子里都拿了几瓶酒，随后和塞巴斯蒂安共度的那些宁静夜晚，我第一次对葡萄酒有了真正的了解，这在我心上播下了日后丰收的种子，让我在后来漫长的苦闷日子里有了依靠。我们会坐在一起，坐在彩绘厅里，桌上开着三瓶葡萄酒，每人面前摆上三只空杯子。塞巴斯蒂安找到一本关于品酒的书，我们事无巨细遵循它的指示：在烛焰上把杯子微微加热，倒上三分之一高度的葡萄酒，在杯子里摇晃一圈，然后轻轻把杯子捧在手上，迎着光线闻一闻它的香气，抿一口，让它充满整个口腔，在舌头上淌过，从上颚滑过，就像在柜台上滑过一枚硬币。最后仰起头，让酒全部流进喉咙里。然后我们会对它评头论足一番，再吃一点巴思奥利弗饼干，之后开始品尝另一种酒。三种酒都尝过之后，我们会再回到最开始的那一瓶，然后是第二瓶，直到搞不清玻璃杯的顺序。我们开始为争论正确的顺序而喋喋不休，酒杯在我们之间递来递去，直到六个杯子里有几个已经掺了不止一种酒。我们不得不再去取六只干净的玻璃杯，重新开始。酒瓶空了，我们的赞美越发肆意，也越发奇特。

“……这酒有点害羞，像只小羚羊。”

“像妖精。”

“是带斑点的那种，在挂毯一样的草地上蹦蹦跳跳。”

“像宁静水边的一支长笛。”

“……这瓶酒上年纪了，喝起来很有智慧。”

“是洞穴里的先知。”

“……这个好像一条珍珠项链，挂在雪白的脖子上。”

“像一只天鹅。”

“像最后的独角兽。”

然后，我们会离开屋子里的金色烛光，去欣赏外面的星空，坐在喷泉边，把手伸进水里，感受一阵阵清凉。在酣醉中聆听水流飞溅，汩汩流过岩石之上的声响。

“我们应该每晚都喝醉吗？”在某个早上，塞巴斯蒂安问我。

“我想是的。”

“我也这么觉得。”

我们很少看到陌生人。偶尔会在路上遇到一个代理商，一位瘦削、皮肤松弛的上校，他还曾来喝过一次茶。我们总是设法避开他。礼拜日会有一位修士从附近的修道院来这里做弥撒，并和我们共进早餐。他是我认识的第一位神职人员，而我注意到他看起来并不像一位教区牧师。但布赖兹赫德对我而言是个无比迷人的地方，所以我总期待这里的一切事物、一切角色都独一无二。菲普斯神父实际上是一个性情温和的包子脸男人，很关注郡际板球赛，还总是固执地同我们分享他的乐趣。

“你知道，神父，查尔斯和我对板球一窍不通。”

“真希望我可以亲眼见识上周四丁尼生[1]是怎么赢下五十八

[1] 即莱昂内尔·丁尼生（Lionel Tennyson，1889—1951），英国著名板球运动员。

分的。那一定是决定胜负的一局。《泰晤士报》上的评论也很精彩。你看了他和南非队那场比赛了吗？”

“我从没见过他。”

“我也没见过。我已经好多年没看过一流比赛了，上一次还是去阿穆普勒福斯参加修道院院长的就职仪式之后，乘火车回来时路过利兹，格雷福斯神父带我去看的。他想办法找到一辆合适的列车，让我们可以挤出三个小时看他们对阵兰开夏的比赛。那是个下午，我仍然记得那场比赛的每一次投球。可从那以后，我不得不每次都靠报纸来看比赛了。你们也很少去看比赛吗？”

“从来没看过。”我回答说。然后他用一种天真无邪的表情看着我，后来我在其他教徒脸上也看到过这样的表情，仿佛在嗔怪我们这种将自己暴露在危险尘世之中的凡人，竟很少用世俗这些五花八门的娱乐来慰藉自己。

塞巴斯蒂安总是去听他的弥撒，而去听弥撒的人往往不多。布赖兹赫德的天主教传统并不悠久。马奇梅因夫人曾带过来几个信天主教的仆人，但其他大多数仆人和所有的村民，若是需要祈祷，便只会去位于村口弗莱特家坟墓中间的灰色小教堂。

塞巴斯蒂安的信仰，对我来说是个谜，而我却并不想解开这个谜。我自己就没有宗教信仰，小时候家人每周都会带我去教堂，在学校每天都得去小礼拜堂，不过作为补偿，等我上了公立学校，假日就不必再去教堂了。教我神学的老师们告诉我，《圣经》相当不可靠，他们也从不建议我去祈祷。父亲也从不去教堂，除非是赶上家庭集会。但在那样的场合，他也总是极尽讽刺之能事。我的母亲，我觉得她是个教徒。我一度奇怪她为什么会抛下我和父亲，跟着一辆救护车去了塞尔维亚，她是否觉得这是责任使然？最后她精疲力竭，死在波斯尼亚的冰天雪地里。可后来我发现自己身上竟然也有这样的内核。而再后来，我竟也接纳了我在1923年时绝不会认可的主张，把超自然的东西认作真理。但在布赖兹赫德的那个夏天，我仍不必思索太多。

我认识塞巴斯蒂安之后，几乎每天，他言语间时不时都会跳出一些词汇，提醒我他是个天主教徒。可我只把这个当成他的怪癖之一，就像他的泰迪熊。在我到布赖兹赫德的第二个周日之前我们也从未正式讨论过此事。那天菲普斯神父刚刚离开，我们坐在石柱廊中看报，他突然蹦出来的一句话，吓了我一跳："天哪，当一个天主教徒可真不容易。"

"这对你有什么影响吗？"

"当然了，一直有影响。"

"好吧，我可没看出来。你在和某种诱惑做斗争吗？我一点也没觉得你比我更善良。"

"是，我可是非常、非常邪恶的。"塞巴斯蒂安愤愤不平。

"然后呢？"

"是谁常常祈祷，'哦上帝，让我善良些，但不要立即赏赐'？"

"我不知道，大概是你吧。"

"没错，是我，我每天都这样祈祷。"说着，他又把头埋进了《世界新闻》报里，"看哪，这又有一个龌龊讨厌的童子军领队。"

"我想他们就是努力想让你相信一些胡说八道，对吧？"

"那些是胡说八道吗？我希望是，可有些时候它们倒还有点道理呢。"

“但是我亲爱的塞巴斯蒂安，你可不能把那些话当真了。”

“为什么不能？”

“我是说那些什么圣诞节啊、星星啊、三个国王啊、牛啊驴啊之类的东西。”

“可我很信它们，多么可爱的想法啊。”

“可你不能因为它们可爱就相信它啊。”

“可我信，我就是这样信的。”

“连祈祷你也信吗？你觉得你跪在一尊雕像前，念叨点什么，甚至不用出声，只在心里嘀咕，就能改变天气？听说某些圣人比另一些更有影响力，你还得找到对的人，才能帮你解决问题？”

“没错啊，你记不记得上学期，我带着阿洛伊修斯，后来不知道把他放在哪里了。那个早晨，我发了疯似的向帕多瓦的圣安东尼祈祷，吃完午饭我就发现尼科尔斯先生抱着他，站在坎特伯雷大门门口，说我把他丢在马车上了。”

“好吧，”我说，“不过既然你如此虔诚，但自己也没兴趣变好变善，那你为什么还会觉得当教徒很不容易呢？”

“如果你感觉不到，那就是感觉不到。”

“行啦，到底困难在哪儿呢？”

“别烦人了，查尔斯。我准备好好读读这条新闻，一个赫尔城的妇女一直使用某种工具给人堕胎。”

“是你提出了这个话题，我只是有点感兴趣而已。”

“我不会再提了……法庭参考了三十八个案例，最后判了她六个月监禁。天哪！”

但大概十天之后，他又提起这事了。那时我们正躺在屋顶上，用望远镜看下面公园里正在举行的农展会。这是一次很简朴的展会，专门为附近几个郊区举办。与其说是一次激烈的展销竞争，倒不如说是一次大型集市和社交聚会。公园里，用旗子围出了一块圆形场地，周围搭着大小不一的帐篷，一旁是裁判台和几个牲畜围栏。最大的帐篷是用来供应茶点的，众多农场主都聚集在那里。之前的准备工作就持续了整整一周。“我们得躲起来了，”塞巴斯蒂安在这一天快到时对我说，“我哥哥会来，他可是这农展会上的大人物。”于是我们就躺在了屋顶的栏杆下面。

布赖兹赫德伯爵乘火车在上午抵达，中午和芬德上校一起吃了午饭——就是那个皮肤松垮的代理商。他刚到时，我和他面谈了五分钟。安东尼·布兰奇的描述十分贴切：他长了一张弗莱特家族的脸，就像是阿兹特克人雕刻而成。通过望远镜，我们现在可以看见他，他笨拙地走动在几个佃户之间，去和裁判台上的裁判打招呼，然后趴在牲畜围栏上、面色凝重地盯着牛群。

“我哥哥是个怪人。”塞巴斯蒂安说。

“他看起来还挺正常。”

“是啊，可他并不正常。他是我们家最疯的一个，只是没表现出来罢了。他的扭曲都是内在的。他本来想当牧师，你知道吧？”

“不知道。”

“我看他现在好像还有这个打算。刚从斯托尼赫斯特学院出来的时候，他差点就成了耶稣会会士。这对妈妈而言简直是晴天霹雳。她没办法出面阻止他，但这无疑是她最不想看到的事。想想人们会怎么说——长子。如果是我还好些。还有可怜的爸爸，就算没有那件事，教会那边已经很让他头疼了。真是麻烦透了——

修士和院长围着这宅子团团转，像老鼠一样。而布赖兹赫德就那样忧郁地坐着，谈论着上帝的意旨。爸爸去了海外，他是最不开心的一个，实际上比妈妈要难过多了。后来他们说服他去牛津，用三年时间再好好想一想。现在他正在做决定。他说想加入皇家警卫队，又说想进议会，还说想结婚。他根本不知道自己想要什么。我想知道要是我也去了斯托尼赫斯特，会不会也变成他那副样子。我本来也应该离家的，只是爸爸出国的时候我还小，而且他一直坚持要把我送到伊顿去。”

“你爸爸退教了吗？”

“某种程度上来说，他不得不退。他是为了跟妈妈结婚才开始信教的。人一消失，大概就把宗教教义和我们一起丢下了。不过你应该见见他，他是个很好的人。”

塞巴斯蒂安之前从来没有正经谈过他的父亲。

“他就这样走了，你们一定都很难过吧？”我说。

“所有人，除了科迪莉亚。她还太小。我那时候很难过，妈妈跟我们三个大一点的孩子解释这件事，好让我们不至于记恨他。但不恨他的只有我。我有点觉得，她其实希望我恨他，因为我是他最喜欢的孩子。如果不是脚受伤，我现在应该和他待在一起的。我是唯一一个经常去看望他的人。你跟我一起去吧，你会喜欢他的。”

这时农展会那边，一个男人正用扩音器宣布最后一个项目的结果。声音依稀传到我们耳畔。

“所以你看，在宗教信仰上，我们家是个彻底的混合家庭。布赖兹赫德和科迪莉亚是充满热忱的天主教徒，布赖兹赫德满心凄苦，科迪莉亚却像小鸟一样雀跃。我和茱莉娅是半个异教徒，我很快乐，但我觉得茱莉娅并不幸福。大家都把妈妈看作圣人，爸爸却被逐出了教会——他们快乐吗？我不知道。所以不管怎样，无论你如何看待宗教，它和快乐似乎没有多大关系。但快乐又正是我想要的……我真希望自己可以多爱天主教徒一点。”

“他们看起来和其他人没什么不一样。”

“我亲爱的查尔斯，在这个天主教徒少之又少的国家，事情恰恰不是这样。并不仅仅因为他们结成派系——实际上，他们至少有四个派系，有一半时间都在相互诋毁。他们对生活的看法也跟其他人截然不同，他们觉得重要的，别人看来并不重要。他们尽可能地隐藏自己的想法，但这些想法又无时无刻不显露出来。这很正常，真的，他们应该这样。但对我和茱莉娅这种半异教徒来说，隐藏就很困难。”

我们这场异常严肃的谈话，最终被从烟囱那边传来的、大声而幼稚的叫喊声打断：“塞巴斯蒂安！塞巴斯蒂安！”

“我的天！”塞巴斯蒂安说着，伸手拿起一块毯子，“这大概是我妹妹科迪莉亚。快把你自己遮好。”

“你在哪儿？”

一个精力充沛的孩子冒出来，十岁出头。她拥有这个家族极具辨识度的特征，不过全因那张天真的、胖乎乎的圆脸走了样，两条老式大辫子从耳际垂到背后。

“快走开，科迪莉亚，我们都没穿衣服呢。”

“哎呀，你可真是个正经人呢。我猜到你会在这儿，你没想到我也会来吧？我和布赖德一起过来，只是想看看方济各·沙勿略[1]。（她转向我）他是我养的一头猪。我们和芬德上校一起吃了午饭，然后一起看了农展会。方济各·沙勿略在那里得了安慰奖，第一名被坏蛋兰德尔靠一只肮脏的牲口拿走了。亲爱的塞巴斯蒂安，我很高兴能再见到你。你那可怜的脚怎么样了？”

“向赖德先生问声好。”

“啊，对不起。你好啊！”这个家族的所有魅力都表现在她的笑容中，“下面开始搞派对，他们都喝得东倒西歪的，所以我就上来了。我说你们俩，办公室里那画是谁画的？我本来想去找一把带折叠座的手杖，一下子就看到了。”

“说话注意点。是赖德先生画的。”

“画得真好看。我说，真是你画的？你可真是心灵手巧。你们俩快穿上衣服下来吧，这会儿屋子里没人，大概。”

“布赖德肯定领着裁判员进屋了。”

“他没有。我听说他们不打算进来。他今天脾气可臭了。他不想让我和你们一起吃晚饭，可我偏不听他的。在你俩能见人之前，我先去育婴室坐一会儿。”

那天晚宴的气氛很压抑。只有科迪莉亚完全放松，开心地享受美食、晚间时光和哥哥们的陪伴。布赖兹赫德只比我和塞巴斯蒂安年长三岁，但看上去却像个长辈。他的外貌同样符合家族特征，他笑起来的时候和他们一样可爱，但他的笑容实在是少见。他说起话来庄重而克制，那种腔调如果换成我的堂兄贾斯珀，会显得

[1] 方济各·沙勿略（St. Francois Xavier，1506—1552），耶稣会的创始人之一，天主教会称之为“历史上最伟大的传教士”。

自大而做作，但在他这儿就好像是毫无意识地自然表露。

“我很遗憾，直到现在才知道你造访寒舍。”他对我说，“他们照顾得还周到吗？我希望塞巴斯蒂安已经用美酒招待过你了。要是让威尔考克斯自己做主，他总是很吝啬的。”

“他对我们很大方。”

“听你这么说，我很高兴。你喜欢葡萄酒吗？”

“非常喜欢。”

“我也希望我能喜欢。其他男人和酒似乎都有着某种羁绊。在莫德林的时候，我曾不止一次试过喝醉，但我没法乐在其中。啤酒和威士忌甚至连开胃的效果都没有。从结果来看，像今天下午这样的场合，对我而言只能是一场折磨。”

“我可喜欢葡萄酒了。”科迪莉亚插嘴说。

“我妹妹科迪莉亚这一次的学业报告上说，她不仅是在课堂上表现最差的，也是最年长的修女的记忆中，表现最差的。”

“那是因为我拒绝参加圣母会。院长嬷嬷说，如果我没办法把我的房间弄干净一点，我就没办法加入圣母会。所以我就说，那好吧，我就不参加了。再说我也不相信圣母会关心我是不是左脚穿了体操鞋而右脚穿舞蹈鞋。结果就把院长嬷嬷气坏了。”

“圣母关心顺从之人。”

“布赖德，别这么虔诚了。”塞巴斯蒂安说，“我们这里可有一个无神论者。”

“我是不可知论者。”

“真的吗？在你们学院，像你这样的人很多吗？在莫德林可不少。”

“我并不太清楚。在去牛津很早以前，我已经相信不可知论了。”

“无神论者到处都有。”布赖兹赫德说。

宗教似乎是那天没法回避的话题。有一段时间我们说起了农展会，然后布赖兹赫德说：“上周我在伦敦遇到了主教大人，他想关掉我们的小教堂。”

“他可不能这样做。”科迪莉亚说。

“妈妈不会让他这么做的。”塞巴斯蒂安说。

“它离其他人太远了。”布赖兹赫德说，“梅尔斯蒂德周围十几户人家都没办法过来。他想在那边开一个新的弥撒中心。”

“那我们怎么办？”塞巴斯蒂安说，“难道冬天一大早我们还得开车去那边？”

“我们这里必须保留圣餐。”科迪莉亚说，“我偶尔会回来参加的，妈妈也是。”

“我也是，”布赖兹赫德说，“可我们人太少了。我们并不是那种老式的天主教家族，庄园里人人都参加弥撒。它早晚都会被关掉，也许是妈妈过世以后。重点在于，现在就关掉它会不会有什么不好。赖德，你是个艺术家，从审美的角度，你觉得那座小教堂怎么样？”

“我觉得它很美。”科迪莉亚抢着说，泪眼婆娑。

“算得上出色的艺术品吗？”

“嗯，我不太懂你的意思。”我谨慎地说，“我觉得是它那个时代的典型代表，也许八十年后它会获得更多的赞赏。”

“但肯定不可能二十年前很好，八十年后也很好，而现在却不好吧？”

“也许它现在也很好，只是我刚好不太喜欢它。”

“但是喜欢某件事物和觉得它很好，有什么区别吗？”

“布赖德，别总像个耶稣会会士似的。”塞巴斯蒂安抱怨道。但我知道，我和布赖德的争执并不只是文字层面的。它同时也说明了我们之间深刻且无法消除的分歧。我们对彼此既不理解，也无法理解。

“那不就是你看待葡萄酒的方式？”我说。

“不不不，我喜欢并觉得葡萄酒好，是因为葡萄酒有时可以实现一个目的——让男人们产生共情。但就我自己而言，葡萄酒无法实现这个目的，所以我既不喜欢它，也不觉得它有多么‘好’。”

“布赖德，快别说了。”

“我很抱歉，”布赖兹赫德说，“我觉得这样的谈话很有趣。”

“感谢上帝，我是在伊顿上的学。”塞巴斯蒂安说。

吃完晚饭，布赖兹赫德说：“我恐怕得带塞巴斯蒂安离开半小时。明天一整天我都会很忙，农展会一结束我就要离开了。我有很多文件需要爸爸签名，塞巴斯蒂安得把它们带过去，然后一份一份解释给他听。科迪莉亚，你该上床睡觉了。”

“不，我还要消化一会儿呢。”她说，“我不太习惯像今晚这样大吃大喝。我想和查尔斯说会儿话。”

“‘查尔斯’？”塞巴斯蒂安说，“‘查尔斯’？你得叫‘赖德先生’，小姑娘。”

“过来吧，查尔斯。”

等到只剩我们两个人的时候，她说：“你真的是不可知论者吗？”

“你们家聚到一起，总要聊宗教话题吗？”

“也不是一直，只是说着说着就会说到这个话题，不都是这样吗？”

“是吗？我以前可从没遇到过。”

“那大概是因为你的确是个不可知论者。我会为你祈祷的。”

“谢谢。”

“不过我没法替你念一整部《玫瑰经》，只能念一组。我要替很多人祈祷呢，我把他们都列了出来，这样我每周大概都可以为每个人祷告一组。”

“我想这已经远超出我应得的了。”

“哦，其实我单子上有些人比你还要麻烦呢。像劳合·乔治，德国皇帝，还有奥丽芙·班克斯。”

“那是谁？”

“她上个学期从修道院逃走了，我不知道她为什么要这样做。院长嬷嬷发现了她写的一些东西。你知道吗，如果你不是个不可知论者，我就可以跟你要五个先令，去买一个黑人女孩做教女了。”

“好吧，你们教会做什么事，我都不会惊讶了。”

“这是一位神父在上学期搞的新鲜事。你只要给在非洲的修女寄去五先令，她们就会给一个孩子施礼，并用你的名字给她命名。我已经有五个黑科迪莉亚了，很有意思吧？”

塞巴斯蒂安和布赖兹赫德回来后，科迪莉亚就去睡觉了。布赖兹赫德又开始了之前的讨论。

“当然，你说得没错。”他说，“你把艺术当成手段，而不是目的。但这是严谨的神学观点，我很惊讶，会有不可知论者相信它。”

“科迪莉亚已经答应为我祈祷了。”我说。

“她还为她的猪做过‘九日连祷’呢。”塞巴斯蒂安说。

“这一切我都无法理解。”我说。

“我觉得我们正在辱没教规。”布赖兹赫德说。

直到那天晚上，我才意识到自己对塞巴斯蒂安有多么不了解，也开始明白他为什么希望我和他的生活保持距离。他就像一个我在公海航行时认识的朋友，可现在，我却来到了他的家乡。

布赖兹赫德和科迪莉亚都走了。场地里的帐篷被收了起来，旗子也被拔掉了。被人踩过的草坪逐渐恢复了原来的颜色，这个以悠闲开头的月份迅速滑向了尾声。塞巴斯蒂安走路已经用不着拐杖了，他也趁机忘记了自己受过伤。

“我觉得你最好跟我一起去威尼斯。”他说。

“我没钱。”

“我考虑过了，到了威尼斯，我们就可以靠我老爸过活。我的律师会给我提供旅行费用——一张头等车厢的卧铺票。我们可以把它换成两张三等车厢的票。”

于是我们就这样出发了。先是坐漫长而廉价的长途客轮，横跨海峡去敦刻尔克。我们在甲板上坐了一整晚，头上是清朗的夜空，直到望见远方沙丘之上，鱼肚白冲破黎明的黑暗。之后我们坐硬座去巴黎，再坐小轿车去了洛蒂旅馆，暂时安顿下来，洗澡刮胡子，在富瓦约饭店吃了晚饭。饭店里很热，有一半座位是空的。然后我们去商场里闲逛，坐在咖啡店里等了很长时间，直到我们的火车快要进站。接下来我们在温暖而尘土飞扬的傍晚抵达里昂车站，接着搭乘南下的慢车，再一次坐上了硬座，整节车厢里都是回家探亲的穷人。他们像北方国家的穷人一样，带了许多小包裹，脸上充满对权威不得不服从的忍耐神情。还有一些是假满归去的水手。列车走走停停，一直在震动，我们断断续续地眯着觉。夜里我们换了一次车，然后继续昏睡，醒来发现车厢已经空了。窗外松林迎面闪过，远处还有山峰耸立。边境线上有穿着不同制服的士兵，车站餐厅提供咖啡和面包，周围的人都带着南方人特有的优雅与欢乐。火车再次驶入平原，窗外的针叶林变成了葡萄藤与橄榄树。到了米兰，我们再一次换乘，从手推车上买到了蒜肠和面包，还有一瓶奥维多白葡萄酒（我们在巴黎几乎把钱都花光了，只剩下几个法郎）。此时太阳已经高高升起，郊野蒸腾着热气。车厢里挤满了农民，每到一站他们就如潮水般退下去又拥上来。傍晚时分，我们终于抵达威尼斯。

一个面色阴郁的人正在那里迎接我们。“是老爸的男仆，普伦德。”

“我接过那趟快车了，”普伦德说，“老爷认为你们一定是弄错火车了，这趟车似乎是从米兰开过来的。”

“我们买的是三等票。”

普伦德礼貌地笑了笑说：“我雇了一条贡多拉[1]过来。我会坐在汽艇上，带着行李跟在你们后面。老爷去利多了，他不确定

[1] 贡多拉（gondola），独具特色的威尼斯尖舟。

是否能赶在你们之前回家，我们本以为你们会坐快车来。他现在大概已经到家了。”

他带着我们走到船边。船夫们穿着白绿相间的制服，身上挂着银色的徽章，向我们微笑鞠躬。

“回府邸，快一点。”

“好的，普伦德先生。”

于是我们沿河出发了。

“你以前来过这里吗？”

“没有。”

“我来过——从海上来。那才是来威尼斯的正确方式。”

“我们到了，先生们。”

这座宅邸比传闻中小一些，前门是狭窄的帕拉弟奥式[1]风格，台阶上布满了青苔，阴暗的拱廊是用粗糙石块建成的。一个船夫跳上岸，手脚利落地把船系在柱子上，然后摇了摇铃。另一位船夫则站在船头，把小船引向石阶。门开了，一个穿着艳俗亚麻条纹夏季制服的男人领着我们走上台阶，光线也由暗到明。正厅里洒满了阳光，墙上丁托列托[2]画派的壁画更衬得它金碧辉煌。

我们的房间在楼上，通往楼上的台阶由大理石垒成。为了挡住午后强烈的日光，房间里的百叶窗都被拉了下来。管家把窗户

[1] 由意大利建筑师帕拉弟奥（Andrea Palladio，1508—1580）创立的经典建筑风格。帕拉弟奥，是最卓越和最受推崇的古典派建筑师之一，其设计作品以别墅为主。

[2] 丁托列托（Tintoretto，1518—1594），意大利文艺复兴晚期最后一位伟大的画家。

打开，透过窗子可以俯瞰大运河。床上挂着蚊帐。

“现在没蚊次[1]。”

每个房间里都有一个造型别致的球形脚衣柜，一个镜面模糊、边框镀金的镜子，此外再无其他陈设。地面是光秃秃的大理石。

“有点凄凉吧？”

“凄凉？看看那里。”我再次带他来到窗边，看向外面无与伦比的秀丽风光。

“这里可一点也不凄凉。”

突然，一阵巨大的爆炸声把我们的注意力转移到了其他房间。声音来自浴室，但它似乎是修建在一个大烟囱里。这间浴室没有天花板，墙壁竖直向上，直通露天。在老旧的热水锅炉冒出的水蒸气里，管家几乎隐身不见。空气中弥漫着刺鼻的煤气味道，一小股冷水正在汩汩流淌。

“还是没法用。”

“好，好，先生，马上就好。”

管家跑到了楼梯顶端，冲下面大声嚷嚷。下面传来一个女人的声音，比他的喊声更刺耳。我和塞巴斯蒂安回到卧室，继续欣赏窗子下面的风景。不一会儿，争吵停止了，一个女人带着个孩子走进我们的房间，冲我们笑了笑，又瞪了一眼管家，然后在塞巴斯蒂安的柜子上放了一个银水盆和一壶热水。管家帮我们打开了行李，把衣服取出来，一边整理，一边不知不觉用意大利语向我们讲述那个老锅炉不为人知的优点。说着说着，他像是突然感

[1] 意为“蚊子”，此处表达管家英文不标准。

觉到了什么，把头往旁边侧了侧，说了声“老爷来了”，然后就急匆匆地跑下了楼。

“我们得收拾得像点样才能去见老爸。”塞巴斯蒂安说，“倒不用穿得太正式，我猜他现在应该是独自一人。”

我满心好奇，想要见见这位马奇梅因勋爵。当我初次见到他时，他身上的平庸气质让我颇为震惊，随着后来见面次数的增多，我越发想要深入了解他这种状态。他似乎知道自己有着这种拜伦式气质，又因为感觉会冒犯别人而刻意压制。他站在客厅的阳台上，向我们转身时，他的脸正好陷进阴影里。我只感觉到一个高大挺拔的身影出现在面前。

“亲爱的爸爸，”塞巴斯蒂安说，“你看起来可真年轻。”

他亲了亲他爸爸的脸颊，我则小心地站在一边。自打从育婴室出来，我就没亲吻过我爸爸。

“这位是查尔斯。你不觉得我爸爸很帅吗，查尔斯？”

马奇梅因勋爵和我握了握手。

“不管你俩谁查的火车时刻表，”他说，声音也和塞巴斯蒂安很像，“他都干了件蠢事。压根儿就没有那样一趟车。”

“我们就是坐着它过来的。”

“不可能。那个时候只有一列从米兰开过来的慢车。我当时还在利多，傍晚的时候我正和一个职业网球手对战。那里一天当中只有那个时段不算太热。我希望你们在楼上住得还舒服，因为这栋宅子似乎只是为了让某个人舒适而设计的，那个人当然就是我。我有一间这么大的房间，还有个很体面的更衣室。卡拉她占用了另外一间卧室，同样也很宽敞。”

听到他如此自然随意地谈起自己的情妇，我感到很诧异。后来我怀疑，他这么做也是为了面子，毕竟有我在场。

“她怎么样？”

“卡拉？还不错，我希望是这样。她去布伦塔运河的别墅那边看望她的美国朋友了，明天就能回来。我们去哪儿吃晚饭？月神饭店还不错，不过这会儿应该挤满了英国人。待在家里你们会不会觉得很无聊？明天卡拉回来，她肯定是要出去吃饭的，虽然家里的厨子手艺也还不错。”

他说着从窗口走开，站在夕阳的余晖下，身后的墙上挂着红色的锦缎。他有一张高贵的脸孔，神情中似乎带着克制，但那只是他想要表现给旁人的部分。这张脸还略带疲惫，略带讥讽，又有一点沉溺于酒色的痕迹——他似乎正值壮年。很难想象，这个人只比我父亲年轻几岁。

我们在窗户旁的大理石桌上吃晚饭。这栋宅子里的一切都是大理石或天鹅绒做成的，还有一些单调的镀金石膏。马奇梅因勋爵问我：“你打算在这里做些什么呢？洗海水浴，还是四处看看？”

“不管怎么说，还是会在附近转转吧。”我回答。

“卡拉会很高兴你这样想的。塞巴斯蒂安应该告诉你了，她是这里的女主人。不过鱼和熊掌总是不能兼得，真遗憾。一旦你去了利多那边的浴场，恐怕就走不掉喽——你会沉溺于十五子棋，泡在酒吧里，白天太阳会把你晒得迷迷糊糊。可得坚持去教堂。”

“查尔斯很喜欢画画。”塞巴斯蒂安说。

“是吗？”从他的语气里，我听出了深深的厌烦，我在自己的父亲那里也常常听到这种语气。

“是吗？有什么特别中意的威尼斯画家吗？”

“贝利尼吧。”我兴奋地回应道。

“是吧，哪个贝利尼？”

“我想我并不知道世上有两个贝利尼。”

“准确来说有三个。你以后就会了解到，在那个伟大的年代，绘画是一门家族事业。你们离开英国时那里怎么样了？”

“一直都很棒。”塞巴斯蒂安说。

“是吗？是这样吗？很不幸，我一直非常讨厌英国的乡村。我觉得如果一个人继承了某种重大的责任，却对它漠不关心，是很可耻的。我现在完全符合社会主义者的期待，却成了自己这个党派的绊脚石。不过，我的大儿子会改变一切，我丝毫不怀疑，如果他还能继承什么东西的话……唉，我很想知道，为什么人人都说意大利甜品很好吃呢？在我父亲继承布赖兹赫德之前，那边一直都会请专门的意大利点心师做甜品，我父亲请了个奥地利人，做得更好吃。现在布赖兹赫德的点心师大概只是个胳膊粗壮的本地妇女吧。”

吃过晚饭，我们从街门走出宅子，穿过迷宫一般弯弯曲曲的石桥、广场和街巷，去花神咖啡馆喝咖啡，观看教堂钟楼下熙熙攘攘的人群。“威尼斯人是最特别的，”马奇梅因勋爵说，“在这座城市里，无政府主义者四处游荡，可是某个晚上，一个裸露肩膀的美国女人想在这附近坐一会儿，却被一群人赶走了——他们只是一直盯着她，一言不发，像是盘旋的海鸥，在那女人身边来来回回，直到她自己走开。而我们的同胞在表示道德方面的谴责时，却很难像他们这样高贵庄重。”

这时，一伙英国人从岸边走过来，向我们旁边的桌子走去，突然又掉了个头，走向另一边。他们在那边斜眼看着我们，还凑到一起交头接耳："过去我参与政治活动的时候，见过那边那个男人和他妻子。他可是你们教会的杰出成员呢，塞巴斯蒂安。"

那天晚上我们上床睡觉时，塞巴斯蒂安说："他可真是个'乖宝宝'，对吧？"

第二天，马奇梅因勋爵的情妇回来了。那时我才十九岁，完全不懂女人。即使是在大街上，我都没法从行人中间准确地辨认出妓女。因此我无法对自己正住在一对通奸者家中这件事毫不介怀。不过我已经到了能够掩藏自己好奇心的年纪。正因如此，马奇梅因勋爵的情妇能发觉我曾对她抱有很多矛盾的幻想，但这些幻想很快就随着她的出现而灰飞烟灭了。她并不是土鲁斯·劳特累克笔下撩人的少妇，也不是那种"小妖精"。她人过中年，保养很好，衣着讲究，举止优雅，和我在正式场合见到的、或偶尔相识的那些贵妇人没什么两样，身上似乎也看不出背德的痕迹。她回来的那天，我们去利多吃了午饭。在餐厅，几乎所有客人都向她打招呼。

"维特多丽娅·科隆波娜邀请我们一起去参加她周六的舞会。"

"她人真不错，可你知道的，我不跳舞。"马奇梅因勋爵说。

"但为了男孩们，那地方真值得一去，一开舞会，科隆波娜的宅子就特别壮观。这辈子都不知道能参加几回这样的舞会。"

"孩子们想去可以去，我们肯定不去。"

"我还请了哈金·布伦娜夫人过来吃午饭，她有个很可爱的女儿，我想塞巴斯蒂安和他的朋友会喜欢她的。”

“塞巴斯蒂安和他的好朋友对贝利尼的兴趣可比对女继承人大得多。”

“那很好啊，我正希望如此。”卡拉灵活地转移了话题，“我来这里的次数多到数不清，可亚历克斯一次都没让我去圣马可大教堂参观呢。我们就去那里做一次普通游客，好吗？”

于是我们成了游客。卡拉雇了一个熟悉教堂周边环境的小个子威尼斯贵族做向导，手里还拿着一本旅游手册。她和我们走在一起，有时会显得很疲惫，但不曾停下脚步。在威尼斯广阔而显赫的风光中，她只是一个优雅的普通人。

在威尼斯的两周过得很快，也很甜蜜——或者说太甜蜜了。我就像是掉进了蜜罐，还不必担心蜜蜂的蜇刺。有那么几天，时间都在慢悠悠的贡多拉上消磨过去，我们沿运河支流慢慢前进，船夫行船的号子如鸟鸣般哀怨婉转。另外几天我们乘快艇飞驰在潟湖上，阳光照在船侧翻涌的水沫上。沙滩上阳光的灼热和大理石建筑内部的清凉让我的记忆有些混乱：水光潋滟，轻轻拍打着光滑的石头，波光反射在彩绘屋顶上。在科隆波娜宅邸那一夜，我猜想这样的地方恐怕正是拜伦本人的倾心之所。而其他拜伦式的夜晚里，我们在基奥贾的浅滩钓虾，小船的尾部波光粼粼，船首的灯笼则随着夜风轻轻摆动，大家捞起渔网，带着杂草、泥沙和活蹦乱跳的鱼儿一齐离开水面。清凉的早晨，我们在阳台吃甜瓜和意大利熏火腿，哈利酒吧的热奶酪三明治和香槟鸡尾酒同样令人难以忘怀。

我还记得塞巴斯蒂安曾抬头望着科莱奥尼将军的雕像，说道：

“不论发生什么，你和我永远都不可能卷入战争，这真叫人伤心。”

我还对最后几天的一场奇怪谈话记忆颇深。

当时，塞巴斯蒂安去和他的父亲打网球，而卡拉终于表示自己有些累了。下午我们坐在临着大运河的窗边，卡拉坐在沙发上，手里忙着针线活，而我则坐在扶手椅里，无所事事。这是我们第一次单独相处。

“我看得出你很喜欢塞巴斯蒂安。”她对我说。

“嗯，当然。”

“我了解英国人和德国人拥有的这种浪漫友谊。这和拉丁人不太一样。只要不走得太远，这种事是很美好的。”

她如此安详而淡然地说出自己的观点，让我无法反驳，也无法回答。她似乎并不关心我接下来会说什么，只是继续手里的活，偶尔停下几次，翻翻身旁的工具袋，挑选要用的丝线。

“这也是一种爱，发生在孩子们理解什么是爱之前。在英国，是在你即将长大成人之时。我想我是喜欢这种爱的。一个男孩用这样的方式去爱另一个男孩，要比爱一个女孩更好。亚历克斯是那样去爱一个女孩——他的妻子的。那么，你觉得他爱我吗？”

“说真的，卡拉，你问了一个让人非常尴尬的问题。我怎么会知道呢？我猜……”

“他并不爱我。一点也不爱。那他为什么要和我在一起呢？告诉你吧，那只是因为我能让他远离马奇梅因夫人。他恨她。你可能觉得他心如止水，英国派头十足——像个大老爷，什么都玩腻了，激情已死，只求舒舒服服、毫不操心地打发日子。然后他带上我，去做那些他一个人做不了的事。我的朋友，他就是一座积满怨恨的火山。和她在一个地方，他没办法呼吸。他不再涉足英国，因为那里是她的家。和塞巴斯蒂安在一起他也几乎没办法快乐起来，因为他是她的儿子。但塞巴斯蒂安也恨她。”

“我敢说你一定搞错了。”

“他是不会向你承认这一点的。他连自己都不会承认。他们都满怀怨恨——恨他们自己。亚历克斯和他家里的人……你觉得他为什么不再进入任何社交圈子？”

“我一直觉得是因为人们背叛了他。”

“我亲爱的男孩，你太年轻了。人们会背叛一个像亚历克斯这样英俊、睿智、富有的人吗？永远不会。是他自己把别人都赶走了。直到现在，人们还会跑到他这里，受他的冷落和嘲笑。而这一切，都是马奇梅因夫人的功劳。他不会触碰任何一只可能触碰过她的手。每当我们有客人，我都能看出他在想：‘这个人是不是刚从布赖兹赫德过来？他们是不是正要去马奇梅因府邸？他们会不会跟我妻子议论我？他们是不是我跟我所痛恨的女人之间的纽带？’在我看来，他就是这样想的。他是个疯子。而那个女人又为什么要承受这样的怨恨呢？她什么都没做，只是因为她被某人爱过，而那个人却没有长大。我和马奇梅因夫人不大熟，只是见过她一次。但如果你和一个男人同居，你总会了解他爱过的女人。所以我非常了解马奇梅因夫人。她人很好，也很单纯，她只是被人用错误的方式深爱过。

“当一个人用尽全力去恨的时候，他恨的只能是自己身上的某些东西。亚历克斯恨自己所有童年时的幻想——纯真，上帝，希望。可怜的马奇梅因夫人必须承受这一切。可是仅仅一个女人，又怎么能兑现全部这些值得去爱的东西呢？

“现在亚历克斯很喜欢我，而我要保护他不被自己的天真伤害。我们过得很愉快。

“塞巴斯蒂安呢，他还在爱着自己的童年。这是他不快乐的原因。他爱着他的泰迪熊、他的婆婆，而他已经十九岁了……”

她在沙发上挪了挪，好让自己能看到窗下经过的游船，然后又用一种温柔但充满嘲讽的声音继续说：“坐在阴凉里谈论爱情，这是多么美好的事啊。”然后她突然话锋一转，“塞巴斯蒂安现在酒喝得太多了。”

“我觉得我们俩喝得都不少。”

“和你一起喝酒没什么。我一直在观察你们俩。但他自己喝就不一样了。要是没人管他，他很快就会变成一个酒鬼。这种事情我很了解。刚遇到我的时候，亚历克斯也差点就变成一个酒鬼，这种事也会遗传的。我从塞巴斯蒂安喝酒的方式能看出来，而你跟他一起就不一样了。”

我们在开学前一天回到伦敦。在从查令十字街过来的路上，塞巴斯蒂安在他妈妈家的前院下了车。“‘马奇家’到了。”他说着，还为假期的结束叹了口气，“我不让你进来是因为这会儿房子里可能挤满了我们家的那些人。我们在学校见面吧。”于是我坐着车，穿过公园回到自己家。我爸爸出来迎接我，脸上带着他一直以来的温和而遗憾的表情。

“今天到家，”他说，“明天就走。我和你相处的时间似乎有点少。也许家里的生活让你觉得单调乏味，不然怎么会这样呢？

你玩得开心吗？”

“很开心，我去了威尼斯。”

“好啊，好啊，我想也是这样。那边天气好吗？”

静静猜测了一个晚上，他终于在上床睡觉之前开口问我：“那个让你牵肠挂肚的朋友，他死了吗？”

“没死。”

“我很欣慰。你应该写信告诉我嘛，我很担心他的。”

第五章

牛津的秋天——与雷克斯·莫特拉姆共进午餐——与博伊·马卡斯特同享晚餐——桑格拉斯先生——家中的马奇梅因夫人——塞巴斯蒂安与世界为敌

第五章

“典型的牛津，”我说，“在秋天开始新的一年。”

鹅卵石上，碎石路上，草地上，到处都是落叶。学校的花园里，篝火的烟雾融入河畔潮湿的水雾中，飘过灰色的围墙。脚下的石板路滑溜溜的，前院四周的窗户一个接一个亮了起来，金色的灯光在空气中弥漫开来，似乎遥不可及。暮色中，新生们穿着新袍子在拱门下鱼贯而出，熟悉的钟声响起，唤起了我过往一年的回忆。

秋日的愁绪缠绕在我们两人心头，就如同六月时的狂欢已经伴着我窗下的紫罗兰一同死去——几个月前它还散发着阵阵香气，可现在却被潮湿的树叶包围，在前院的角落里慢慢燃烧。

这是新学期的第一个周日夜晚。

“我觉得我已经一百岁了。”塞巴斯蒂安说。

他前一天晚上就回到学校，比我早到一天。自我们在出租车上分别，这还是第一次见面。

“今天下午贝尔蒙席找我谈话了。入学以来这已经是第四回了。先是我的导师，再是副院长，然后是万灵学院的桑格拉斯先生，现在又轮到贝尔蒙席。”

“万灵学院的桑格拉斯先生是什么人？”

“就是我妈妈的什么人呗。他们都说我上一年表现得很坏，还说我已经被重点关注了，如果再不注意点就会被开除。怎么注意点呢，我猜我大概得加入国际联盟协会，每周读读《伊希斯》杂志，再早起去卡德纳咖啡馆喝咖啡，抽大烟斗，打曲棍球，然后再去野猪山喝茶，去基布尔学院听讲座，骑一辆车斗里装满笔记本的自行车，晚上喝着可可严肃地讨论两性问题。唉，查尔斯，上一年发生了些什么？我觉得自己好老啊。”

“我觉得自己像中年人。这更糟。咱们在这里的好日子恐怕要头啦。”

夜幕降临，我们坐在火光中，一言不发。

“安东尼·布兰奇走了。”

“为什么？”

“他写信告诉我，他在慕尼黑租了一间公寓，跟那里的一个警察关系很亲密。”

“我会想念他的。”

“我大概也会吧，我猜。”

我们又默默地在炉火旁坐了一会儿。有个人来找我，他在门口站了一会儿，以为屋子里没人，就离开了。

“新学年绝对不该以这样的方式开始。”塞巴斯蒂安说。但这个阴沉的十月夜晚似乎把它的寒冷、潮湿传染给了接下来的几周。整个学期，甚至这一整年，我和塞巴斯蒂安越发离群索居，而玩具熊阿洛伊修斯则一直被冷落在塞巴斯蒂安衣柜的抽屉里——像某个奇特的异教物神一般，努力躲开传教士们，直到被人们彻底遗忘。

我们两个人都有了变化。我们失去了探索的兴趣，虽然它曾让我们的第一个学年十分忙乱。现在，我开始安定下来。

出乎意料地，我竟有些想念我的堂兄贾斯珀。他在毕业考里得了第一名，现在正在伦敦当公务员，对大众生活进行笨拙的干预。我需要他对我的刺激，没有他这样影响力巨大的存在，学校生活似乎就缺少了坚实感，再也没人像夏天那样，激起我的愤慨，并让我将那愤慨赋予某种含义了。另外，回来之后我似乎有点玩够了，学乖了，于是决定放慢节奏。我可不想再被我父亲嘲笑，他反复无常的迫害比任何斥责都更能使我深信我挥霍无度的大学生活愚蠢至极。这个学期没人找我谈话，上学期我的历史考试成绩还不错，再加上学期开始综合测验中的“B-”成绩，使我毫不费力就开启了这轻松的一学期，并和导师保持了良好的关系。

我和自己就读的历史学院保持着微弱的联系，只是每周交两篇论文，再听一场临时讲座。另外这学期一开始，我报名加入了罗斯金艺术学院，每周有两到三节安排在上午的课，学生里有十多个——至少半数，是北牛津那边的女学生。上课的地点在阿什莫尔博物馆藏品的复制品周围。每周还有两次，我们要到茶食店上面的小阁楼里画人体写生。为了避免风流韵事，学校煞费苦心，坚决不允许这些从伦敦请来的模特小姐在大学城过夜。我记得阁楼房间里，靠近油炉的一面墙总是玫瑰色的，像是一个人涨红了脸。对侧的墙有些斑驳起皱，像是被什么人抓挠撕扯过一样。在这充满灯油气味的地方，我们跨坐在长凳上，召唤特丽尔比[1]几乎不可见的鬼魂。我那时的画作几乎一钱不值。在我自己的房间里，还有一些我精心绘制的小型模仿画，其中有些被我那时的朋友保存了下来，但每当它们被拿出来展示，我都会感到很尴尬。

教我们画画的人与我们年龄相仿，总是对我们充满戒备和敌意。他总是穿一件暗蓝色的衬衫，打一条亮黄色的领带，还戴一副牛角框眼镜。正是由于这个反面案例，我逐渐开始考虑改变自己的穿着方式，直到接近我堂兄贾斯珀曾建议的乡村别墅风格。一本正经的穿着加上对工作愉快的专注，我很快成为学院里一个受尊敬的人物。

但塞巴斯蒂安与我不同。之前混乱的一年填补了他内心对逃避现实的深层次需求，而当他发现自己身处原本认为的自由之境时，却越发觉得困顿，即使和我在一起，他也经常无精打采、郁郁寡欢。

[1] 特丽尔比（Trilby），英国小说家乔治·杜莫里埃的长篇小说《特丽尔比》中的女主人公。她被匈牙利音乐家萨文加利催眠，成为著名歌唱家。但随着萨文加利去世，她也失去了作为歌唱家的才能，不久便憔悴而死。

这个学期我们彼此陪伴，因为形影不离，所以也没再交其他朋友。堂兄贾斯珀曾告诉我，在大二甩掉自己大一时结交的朋友是很正常的事，事情也确实如他所言。我当时大多数朋友都是通过塞巴斯蒂安认识的，我们一起甩掉了他们，也没再交新朋友。对于断交，我们也没去搞什么公开声明，一开始我们还是像往常一样见到他们，参加他们办的派对，只是我们自己不再举办。我也丝毫不关心自己给新生们留下了怎样的印象，他们像我那些身处社交场合的伦敦姐妹一样闪亮登场。这时的派对上总会有一些陌生面孔出现，如果是几个月前，我还会渴望多认识几个人，但现在却倦于此道了。我们那些个关系亲密的小圈子，曾在夏天的阳光下充满生机，而今也在暮色下河岸弥漫的雾气中，变得暗淡而沉默，令我这一年都疲软而模糊。安东尼·布兰奇离开的时侯，他似乎带走了一些东西。他锁上了一扇门，把钥匙挂在自己的链子上。而他的所有朋友，包括那些视他如陌路的人，如今却都需要他。

我觉得，这就像是慈善日演出的结尾，剧场经理扣好自己的俄国羊皮外套，还带走了自己的酬劳。剩下闷闷不乐的女演员们，群龙无首。这位经理不在场，她们就忘记了先前的剧情，只好自作主张，胡乱篡改台词。她们需要他在正确的时候摇铃，拉起幕布，需要他指引舞台灯光，在舞台两侧不时叮咛两句，还需要他予以乐队指挥的专横的目光。没有了他，台下就不会有周刊的摄影记者，不会有策划好的正面报道和令人期待的快乐。没有比共同的事业更强有力的纽带了，但此刻，金色的花边与天鹅绒服装都已经被打了捆，送回给了服装供应商，取而代之的是单调的原色日间服饰。经过数小时愉快的排练，她们全心投入、演绎了精彩绝伦的角色。因此她们被认为足以与出现在名画中的伟大祖先相媲美。而现在，大幕落下，她们也该在惨淡的夕阳下各自回家，回到总是去伦敦的丈夫那里，回到输掉牌局的情人那里，回到太快长大的孩子那里。

安东尼·布兰奇那伙人散了，成了十几个孤孤单单、了无生气的英国青年。在日后的生活里，他们偶尔会说："你们还记不记得那个牛津的大人物，我们曾经跟他很熟的——安东尼·布兰奇？不知道他后来过得怎么样。"他们缓慢而笨拙地回到了人群之中，他们原本就是随意被挑选出的，而后又在那里变得越发面目模糊。这种变化在我们眼中一目了然，而他们自己却没什么感觉，仍然不时到我们的房间小聚，只是我们不再主动邀请他们了。相反，我们更乐意去找一些相对下层阶级的伙伴，时常在圣埃贝、圣克莱门特、旧市场和运河之间大街上的贺加斯式小酒馆度过我们的夜晚时光。我们在那里寻欢作乐，我相信我们也讨得了新伙伴的欢心。"花匠的怀抱""碎嘴婆之首"、剧院旁边的"德鲁伊的头颅"，还有"地狱通道"上的"草坪"都是我们常去的酒吧。不过在"草坪"，我们常常会遇见其他逐店狂饮的大学生——他们来自青铜鼻学院[1]。他们的出现往往会令塞巴斯蒂安感到恐慌，像是突然看到有人穿着与自己的所作所为相矛盾的制服。所以我们好几个夜晚都被他们的闯入破坏，塞巴斯蒂安通常会撇下自己半满的酒

[1] 青铜鼻学院（Brasenose College），牛津大学的一个学院，也可译作布雷齐诺斯学院，它的名字源于学院鼻子形状的青铜门把。

杯，闷闷不乐地返回学院。

马奇梅因夫人正是在这样的情况下前来拜访我们的。秋季学期刚开始的时候，她在牛津住了一周。她发现塞巴斯蒂安情绪低落，原本成群结队的朋友如今只剩下我一个。她承认我是他的朋友，并且努力把我也变成她的朋友。但这样的做法，却无意间伤害了我和塞巴斯蒂安之间友谊的根基。这是我对她给予我的极大善意提出的唯一指责。

她在牛津处理的事务，是和万灵学院的桑格拉斯先生一起进行的。桑格拉斯先生现在在我们生活中扮演的角色越发重要。马奇梅因夫人被要求写一本纪念性的传记作品，在朋友之间传阅。传记的主角是她的兄弟内德，他是蒙斯战役和帕森达勒战役[1]中死去的三位传奇英雄里最年长的一个。他留下了许多个人资料，包括诗歌、信件、演说词和文章等。即使仅仅在朋友间传阅，整理这些资料时，仍需要做出许多富有见识的决断，而一位满怀崇拜之情的姐妹是很容易犯错的。因此，她一直在寻求外人的帮助，而桑格拉斯先生正是她找到的帮手。

桑格拉斯先生是一位年轻的历史讲师，矮小而敦实。他总是衣冠楚楚，稀疏的头发在一颗硕大的脑袋上梳得整整齐齐。他的手很干净，脚有点小，给人一种洗澡太多的印象。他的举止很得体，说起话来却有一种独特的气质。我们开始慢慢了解他。

帮助他人完成著作是桑格拉斯先生的特殊爱好，不过他自己

[1] 蒙斯战役（Mons）和帕森达勒战役（Passchendaele）均是“一战”中英军参与的经典战役。

倒也出版过几本现代风格的小书。他很善于钻研档案，尤其是财产权利方面的文书，擅长生动的表达。塞巴斯蒂安说他是“我妈妈的什么人”，但这么说并不准确。他是所有人的“什么人”，只要那个人拥有令他感兴趣的东西。

桑格拉斯先生是一位家族系谱学家，还是一位正统主义者。他热爱那些被放逐的皇室成员，也深知诸多的夺权声明中，哪些合法有效。他并不信仰宗教，但他对教会的了解比许多教徒还要深入。他有朋友在梵蒂冈。他可以对教会的政策与任命侃侃而谈，谈论当代哪一种牧师可以得到广泛支持，哪一种会走霉运，哪些最新的神学假设是可疑的，哪位耶稣会教士或多明我会信徒正如履薄冰，或者是四月斋节上的讲话让他正处在风口浪尖。他什么都有，除了属于自己的信仰。后来他还喜欢去布赖兹赫德的小教堂参加赐福仪式，不过只是想看看那些头戴黑色蕾丝头纱、在仪式上虔诚鞠躬的名媛小姐。他热爱上流社会那些被遗忘的丑闻，同时还是推定某人血统的专家。他宣称自己热爱过去，但我总觉得，那些他认为与他扯得上关系的达官贵人，无论在世与否，多少有点荒唐可笑。桑格拉斯先生自己当然是活生生的存在，可其他人，就像是虚拟的游园会角色。他是维多利亚时代的观光客，可靠而傲慢，眼前的外国贡品似乎都是为了取悦他而存在。他学究气的举止中倒是有一点点活泼，我怀疑在他镶满饰板的房间里，说不定藏着最新款式的录音机。

我第一次见到他时，他便是和马奇梅因夫人在一起。我想她再也找不到其他任何人，可以在智识上与自己产生鲜明对比的同时又能衬托出她的魅力。大张旗鼓地介入旁人生活并不是她的风格，但那一周快结束时，塞巴斯蒂安酸溜溜地说“你和我妈妈看起来相当亲密啊”，那时我才意识到她已经通过一种迅速而难以察觉的手段，将我卷入和她的亲密关系之中，而任何达不到这种关系的交往都让她无法忍受。等到她离开时，我已经向她保证，除了圣诞节当天，以后的每个假日都在布赖兹赫德度过。

一两周之后的周一上午，我在塞巴斯蒂安的房间里，等他从导师那里回来。这时茱莉娅走了进来，后面还跟着一个男人，她介绍他是“莫特拉姆先生”，但叫他“雷克斯”。他们说自己刚从一起度周末的宅子那边开车过来。雷克斯·莫特拉姆穿着一件方格长外套，热情而自信；茱莉娅则穿着皮大衣，冷漠而畏缩。她径自走向火炉，蹲在旁边瑟瑟发抖。

“我们希望塞巴斯蒂安能招待我们吃顿午饭，”她说，“或者我们还可以去找博伊·马卡斯特。不过我总觉得和塞巴斯蒂安吃饭更好，而且我们已经很饿了。周末在凯泽姆家，我们几乎一直都在挨饿。”

“博伊和塞巴斯蒂安中午和我一起吃饭，你们也一起吧。”

就这样，他们毫无异议地加入了我房间里的聚会，这也是我最后一次按照老样子举行的聚会。雷克斯·莫特拉姆极力表现自己，给我们留下了深刻印象。他仪表堂堂，黑色的头发低垂在前额，眉毛很浓，说话时带着迷人的加拿大口音。人们总能很快就了解他，这也正是他所期望的。他是一个有钱的幸运儿，是下院议员，是赌徒，还是个很好的玩伴。他定期会和威尔士亲王打高尔夫，和“马克斯”“F.E.”“格蒂”·劳伦斯以及奥古斯塔斯·约翰、卡彭蒂耶[1]都有交情——似乎谈话里提起的所有人都跟他关系不错。至于大学，他则坦言："不，我没上过大学，上大学意味着你要比其他人晚三年才能经营自己的生活。"

他自己的生活，据他所说，是从战争中开始的。他在加拿大兵团获得了军队十字勋章，并以一位知名将军的副官身份结束了自己的军旅生涯。

我们遇见他时，他应该不到三十岁。但在牛津，他看起来要比我们这些人年长不少。茱莉娅对他的态度带着些许轻蔑，和她对整个世界的态度一样，不过其中还夹杂着占有的傲慢。午餐期间，她曾把他打发到自己车上去取香烟，还在他偶尔说话太大声时向我们道歉："别忘了，他可是从新大陆来的。"对此，雷克斯则报以放肆的大笑。

他走后，我问塞巴斯蒂安他是什么人。

"就是茱莉娅的什么人呗。"塞巴斯蒂安说。

一周以后，我们有点意外地收到了一封来自他的电报，邀请我们和博伊·马卡斯特第二天晚上去伦敦，参加一个"为茱莉娅"举行的晚宴派对。

"我可不觉得他认识什么年轻人。"塞巴斯蒂亚说，"他所有的朋友都是金融区或者下议院里的老滑头。咱们要去吗？"

[1] "马克斯"指比弗布鲁克勋爵，英国报业巨头，1910 年当选为保守党的下院议员；"F.E."指 F.E. 史密斯，别根海特伯爵，政治家、律师，还曾担任过英国上议院的大法官；"格蒂"·劳伦斯指格特鲁德·劳伦斯，著名演员、歌星；奥古斯塔斯·约翰，艺术家，擅长肖像画；乔治斯·卡彭蒂耶，法国拳击手。

我们认真地讨论了一下。基于我们眼下在牛津的惨淡生活，我们决定赴约。

“他为什么邀请博伊？”

“我和茱莉娅从小就认识他了，况且昨天博伊还和你一起吃饭，我猜他是把博伊当成我们的密友了吧。”

虽然没人喜欢马卡斯特，不过因为可以外宿一晚，我们两个都很兴奋。我们开着哈德卡斯尔的车，驶上了伦敦路。

我们计划在马奇梅因宅邸过夜。于是我们到那里才换衣服，之后还喝了一瓶香槟。我们被安排在三层的客房，在彼此的房间之间串门。比起楼下的富丽堂皇，这里显得相当寒酸。我们下楼时，茱莉娅从我们身边经过，正准备上楼回她的房间，身上仍然穿着便服。

“我要迟到了，”她说，“你们这些小伙子最好去和雷克斯待在一起。你们能来真是太好了。”

“这是个什么聚会？”

“是一场可怕的慈善舞会，我不幸卷入其中。雷克斯坚持要为那个舞会举办一场晚宴。晚宴上见吧。”

雷克斯·莫特拉姆就住在马奇梅因宅邸附近。

“茱莉娅要迟到了。”我们汇报说，“她刚刚才上楼换衣服。”

“那意味着一小时后才能见到她。我们最好先喝一杯。”

一位被称为“钱皮恩夫人”的女士说：“我觉得茱莉娅一定希望我们早点让晚宴开始，雷克斯。”

“好吧，不管怎样，让我们先喝一杯。”

“为什么上这么大一瓶，雷克斯？”她嗔怪道，“你什么都要这么大的。”

“这个对我们来说可不算大。”他说着，边把酒瓶拿在自己手里，打开了软木塞。

派对上有两个女孩，年纪和茱莉娅相仿。看起来她们也卷入了那场舞会。马卡斯特早就认识她们，不过在我看来，她们似乎没有多大兴趣认识他。钱皮恩夫人跟雷克斯滔滔不绝，而我和塞巴斯蒂安则在一旁单独喝酒，跟往常一样。

从容不迫、优雅大方的茱莉娅终于到场了，脸上没有丝毫歉意。“你们不该让他等着的。”她说。“这是他加拿大式的礼节。”

作为一位主人，雷克斯·莫特拉姆是很慷慨的。晚宴结束时，我们三个从牛津来的嘉宾已经喝得醉醺醺了。当我们在楼下等着姑娘们下楼时，雷克斯和钱皮恩夫人从我们身边走过，仍然说个不停，声音压得很低，说的话却很尖刻。于是马卡斯特说：“我说，这种吓人的舞会还是赶紧溜掉比较好。我们去梅菲尔德妈妈那里吧。”

“梅菲尔德妈妈是哪位？”

“你认识她，所有人都认识‘老一百号’的梅菲尔德妈妈。我在那儿有个老相好，一个叫艾菲的小甜妞儿。要是让她知道我今晚来了伦敦却没去见她，我麻烦可就大了。去梅菲尔德妈妈那里吧，我带你们见见小艾菲。”

“好吧，”塞巴斯蒂安说，“那我们就去梅菲尔德妈妈那里见艾菲。”

“我们先从好心的莫特拉姆先生那里再搞一瓶酒，然后就离开这该死的舞会，去老一百号快活，你们觉得怎么样？”

离开舞会并不难，雷克斯召集来的姑娘们有一大群朋友要招呼，我们只跳了一两次舞，座位里就聚满了人。雷克斯还在不停地要酒。没过多久，我们三个就结伴走在人行道上了。

“你知道那地方怎么走吗？”

“当然，‘老一百号’，就在水槽街一百号。”

“在哪里？”

“就在莱斯特广场那边嘛。我们最好还是叫辆车。”

“叫车干吗？”

“那种场合嘛，最好还是有辆车。”

我们并没有深究其中的道理，后来证明这是我们犯下的一个错误。那辆车停在马奇梅因宅邸的前院，距离我们刚刚逃出来的酒店不到一百码。马卡斯特开着车，东找西找，终于带着我们平安抵达水槽街。黑黢黢的大门两旁，分别站着一个看门人和一个穿着晚礼服的中年男子。那男子正把前额贴在墙砖上，给自己降温。看来我们找对了地方。

“别进去，你们可招架不住。”中年男人提醒我们。

“会员吗？”看门人说。

“名字是马卡斯特，”马卡斯特说，“马卡斯特子爵。”

“好吧，进去瞧瞧。”看门人说。

“你们几个会被抢的，被下毒，被传染，被洗劫一空。”中年人说。

黑黢黢的大门后面还有一道小门，里面灯火通明。

“会员吗？”一个矮胖的女人问道，她穿的是晚礼服。

“我喜欢你这么问。”马卡斯特说，“可你现在也应该认识我了吧。”

“是的，小宝贝。”女人冷漠地说，“每人十先令。”

“哦，瞧瞧我，我在这儿可是从来都不付账的。”

“可能吧，小宝贝。不过今晚客满了，所以得付十先令。你后面来的人都得付一镑，瞧瞧你们多走运。”

“我要和梅菲尔德夫人说话。”

“我就是梅菲尔德夫人。每人十先令。”

“哎呀，原来是妈妈。你穿得这么美，我都认不出你了。你认识我的，对不对？我是博伊·马卡斯特呀。”

“没错，宝贝。每人十先令。”

于是我们付了钱，那个挡在我们和小门之间的男人也让开了路。“老一百号”生意正兴隆，所以里面又热又挤。我们找到一张桌子，要了一瓶酒。服务员跟我们收了钱，然后才打开它。

“艾菲今晚在哪里？”

“哪个艾菲？”

“艾菲，那个总在这里的漂亮姑娘，长得有点黑。”

“这里有很多姑娘在工作，一些黑一些白。你也可以说其中一些是漂亮妞儿，不过我可没时间靠名字记住她们。”

“我要去找她。”马卡斯特说。

他刚去找姑娘，就有两个姑娘站到我们桌子旁边，好奇地打量我们。

“走吧，”其中一个对另一个说，“我们这是浪费时间，人家两位可不需要女人。”

没过多久，马卡斯特就带着他的艾菲凯旋而归了。没等我们招呼，服务员就端上了一盘培根煎蛋。

“这是我这一晚吃的第一口东西。”她说，“这早餐是这地方唯一好吃的东西，到处转悠真把人饿坏了。”

“还要再付六先令。”

当她的饥饿终于得以平息时，她擦了擦嘴，抬头看了看我们。

“我以前在这里见过你，经常见到，对不对？”她对我说。

“恐怕没有。”

“不过我是见过你吧？”她转向马卡斯特。

“好吧，我真希望如此。你该不是把我们在九月度过的那个短暂的夜晚给忘了吧？”

“怎么会，亲爱的，当然不会。你就是那个禁卫军男孩吧，还把自己的脚指头割伤了，对不对？”

“哦，艾菲，别开玩笑了。”

“没开玩笑。那就是另一个晚上，是吧？我知道的——你正跟邦蒂在一起，然后警察来了，我们就一起躲在垃圾箱那边？”

“艾菲总爱和我开玩笑，对吧，艾菲？因为我这么久没来找她，她正跟我生气呢，对不对？”

“不管你怎么说，我觉得我以前一定在哪里见过你。”

“别开玩笑啦。”

“我没开玩笑，真格的。想去跳会儿舞不？”

“还不想。”

“感谢上帝。今晚我的鞋带勒得太紧了，不知道怎么回事。”

没过太久，艾菲就和马卡斯特聊得火热。塞巴斯蒂安身子靠向后，对我说：“我想让那一对姑娘也加入我们。”

那两个刚刚打量过我们的没主儿姑娘，这会儿又开始在我们身边徘徊。塞巴斯蒂安站起身，微笑着迎接她们。不一会儿，她们也尽情饱餐了一顿。她们中的一个面似骷髅，另一个则像个病孩子。“骷髅头”似乎对我很中意。“去开一场私人派对怎么样？”她说，“只有我们六个，去我那里？”

“当然可以。”塞巴斯蒂安说。

“你们刚进来的时候，我们还以为你们是一对小基佬呢。”

“那是因为我们长得太好看了。”

“骷髅头”咯咯地笑了。“你可真有意思。”她说。

“你们真可爱，”“病孩子”说，“我得去跟梅菲尔德妈妈说一声，我们要外出了。”

我们再一次来到街上时，时间还算早，午夜刚过不久。看门人劝我们叫一辆出租车。“我会替你们照看好车子的，你们别自己开车，先生，那样真的不安全。”

可是塞巴斯蒂安已经握紧了方向盘，两个女人紧挨着他坐了下来，给他指路。艾菲、马卡斯特和我则坐在后排。我还记得车子开动时我们还欢呼了一番。

我们没开出多远。车子先拐进沙夫茨伯里大街，然后又开上了皮卡迪利大街。正在那时，一辆出租车冲我们迎面驶来，我们勉强躲了过去。

“看在上帝的分上，”艾菲说，“好好看你的路，你想把我们都弄死吗？”

“没注意而已。”塞巴斯蒂安说。

“你这么开车可有点不安全，”“骷髅头”说，“还有，我们现在应该开在马路另一边。”

“那我们就过去吧，”塞巴斯蒂安说，然后突然把车甩到另一边。

“停车，我宁愿走着去。”

“停车？当然可以。”

他踩了刹车，我们就在大路中央停了下来。这时，两个警察快步向我们走来。

“让我下车。”艾菲说，然后连蹦带跳地逃走了。

我们剩下的人都被抓了。

“要是我妨碍了交通，我很抱歉，警官。”塞巴斯蒂安小心翼翼地说，“但是是那位小姐非要我停下来，好让她下车。关于这一点，她不允许我拒绝。正如你们看到的，她非常赶时间。女人的神经质，你们懂的。”

“让我和他说，”“骷髅头”说，“别把这事儿放在心上，帅哥。除了你们，没人看见我们。这些小伙子从没想伤害任何人。我会给他们叫辆出租车，送他们平安到家的。”

警察仔细打量着我们，心里盘算着。要是马卡斯特不插话，我们会顺利过关。“看看这儿，好心人们。”他说，“这里没什么好查的，我们刚从梅菲尔德妈妈那里过来。我想他们会给你们不错的报酬，好让你们睁一只眼闭一只眼的。好啦，你们现在就可以把眼睛闭上，这样你们也绝不会吃亏。”

他的发言打消了警察的所有疑虑，让我们毫无悬念地进了局子。

我不大记得我们是怎么到那儿的，对收监的过程也没什么印象。我只记得当时马卡斯特一直在大声抗议。我们的个人物品被收走时，他又控诉监狱长是小偷。我最开始清楚记得贴了瓷砖的墙壁，一盏高高挂在厚玻璃上的灯，一张床铺，一扇光秃秃的门，朝我的这面没有把手。塞巴斯蒂安和马卡斯特被关在我左边，正在大喊大叫。来这里的路上，塞巴斯蒂安走得很稳，还算冷静，现在被关起来之后，他却有点疯癫，一边用力砸门，一边喊："该死的，我没喝醉，快把门打开，我要见医生。我告诉你们，我没喝醉！"另一边的马卡斯特则在哭喊："我的上帝，你们要为这一切埋单！我告诉你们，你们闯下了滔天大祸！快给内政大臣打电话！我要找我的律师，我享有人身保护权！"

这时，其他牢房里传来了抱怨的抗议声，各式各样的流浪汉和扒手都想多睡一会儿："啊，歇会儿吧！""让我们静静，成不？""这鬼地方是该死的拘留所，还是疯人院啊？"……四处巡视的警官则透过格子窗告诫我们："你们再不老实点，就在这里蹲上一整晚吧。"

我颓然坐在床上，打了个盹儿。过了一会儿，吵闹停下来，塞巴斯蒂安叫我："查尔斯，你在吗？"

"我在。"

"这事可真见鬼。"

"我们不能保释或者怎样吗？"

马卡斯特好像已经睡着了。

"看雷克斯·莫特拉姆的了。他在这种地方应该是很有手段的。"

和他取得联系的过程并不顺利。我打铃叫人，但半小时后警察才来。最后警察终于同意给那家正在举行舞会的酒店打电话，不过仍然疑心重重。又过了很久，我们的牢门才被打开。

渗入警察局污浊而刺鼻的空气的，是一阵醇厚香甜的哈瓦那雪茄的气味——有两支雪茄，那位值班的警官也正在抽。

雷克斯站在值班室里，俨然是权势和成功的象征。他穿了一件毛皮衬里的大衣，上面有宽大的羔羊皮翻领，头上戴着一顶丝绒帽子。在他身边，警察毕恭毕敬，一副乐于助人的热心样子。

“这是我们的职责所在，”他说，“把年轻的绅士们带到拘留所里来，是为了保护他们的人身安全。”

马卡斯特还是一副醉生梦死的样子，糊里糊涂地投诉自己的法定代表权和公民权利遭到了剥夺。雷克斯对他说：“这些话你还是留着跟我说吧。”

现在我的头脑彻底清醒了，饶有兴致地看着雷克斯如何给我们解决麻烦。他仔细查看了案件记录，亲切地和当事警察交谈。他以最不易察觉的手法暗自贿赂，但在发觉事情持续得太久、消息已经被传开时，又迅速地把它掩盖过去。他保证第二天早上十点会把我们送到地方法院，然后就把我们带走了，他的车正停在外面。

“今晚讨论这件事已经没有意义了。你要去哪儿睡觉？”

“马奇梅因宅邸。”

“你们最好跟我回去，今晚我会把你们安顿好，把一切都交给我吧。”

很显然，他很满意自己的效率。

到第二天早晨，这种炫耀的意味更加明显了。我从一间陌生的房间里醒来，一开始既震惊又困惑，不过很快就回想起了昨晚的经历。开始仿佛是一场噩梦，后来噩梦成真了。雷克斯的男仆正打开一只行李箱。看到我醒了过来，他先是去洗了手，然后从一只瓶子里倒出了一些东西。“我想我已经把所有东西都从马奇梅因宅邸搬了过来，”他说，“这是莫特拉姆先生派人从赫佩尔药房买回来的。”

我吃了药，感觉好了很多。

一位从特兰佩理发店过来的理发师给我们刮了脸。

雷克斯和我们一起吃了早饭。“在法庭上给人留下好印象是很重要的。”他说，“还好你们穿得都不错。”

吃过早饭，律师来了。雷克斯简单地说明了这个案子的情况。

“塞巴斯蒂安会有麻烦。”他说，“醉酒驾车，可能会让他面临六个月的牢狱之灾。更不幸的是，你们的案子会由格里格负责，他对这种案子一向从严判罚。所以今天早上我们能做的就是再争取一周时间，为塞巴斯蒂安做最好的辩护准备。你们两个要在法庭上认罪，说你们很抱歉，然后支付五先令的罚金。我会看看如何对付今天的晚报，《星报》[1]会比较难搞。

“记住，最重要的是，千万不要提‘老一百号’。还好那几个小妞儿还算清醒，没有受到指控。不过她们也被指名做了证人，如果我们试图推翻警方的证词，那么她们就会被传唤出庭。我们无论如何都要避免这种情况发生，所以我们得忍受警方陈述的所有情节，然后恳求地方法院里善良的法官大人不要因一时的年少

[1]《星报》（*The Star*），当时一家晚报，现已倒闭。

轻狂就断送一个年轻人的未来。这样会让情况好一些。我们需要一个人来证明你品行端正。茱莉娅说你有一位好说话的老师，叫桑格拉斯。他会来做这件事。而你的故事很简单：你从牛津来，参加一场体面的舞会。因为不习惯喝酒，你一不小心酒喝多了，然后就在开车回去时迷了路。

“做完这些，我们还得想办法，如何让你们的牛津大学在这件事情上通融通融。”

“我让他们打给我的律师，”马卡斯特说，“而他们拒绝了。他们这是执迷不悟地犯错，我不明白他们为什么要这样做。”

“看在上帝的分上，别再找事了。去认罪，然后交罚款。明白吗？”

马卡斯特还在喋喋不休，但也同意了。

法庭上的一切都如雷克斯所言。十点半的时候，我们已经站在弓街[1]上了。我和马卡斯特已经恢复了自由身，塞巴斯蒂安则做出担保，一周后再出庭。马卡斯特对自己的冤屈保持了沉默，他和我都受到了警告，每人交了五先令罚款，还有十五先令诉讼费。我们都越发对马卡斯特感到厌恶，所以等他说自己在伦敦还有其他事情要处理时，我们顿时感到如释重负。律师也匆匆离去，只剩下我和塞巴斯蒂安两个人，孤单而惆怅。

“我想妈妈一定知道这件事了。”他说，“该死，该死，真该死！天气太冷了。我不想回家。我无家可归了。我们回牛津，等着他们来烦我们吧。”

[1] 弓街（Bow Street），伦敦著名街道，警察局和法院坐落于此。

那些声名狼藉的法庭常客在这里进进出出，沿着台阶上上下下。而我们仍站在刮着风的街角，犹豫不决。

“为什么不去找茱莉娅呢？”

“我可能会出国。”

“我亲爱的塞巴斯蒂安，你不过是会被警告，顺便罚几镑钱罢了。”

“是啊，可剩下的都是麻烦——妈妈，布赖德，所有家人，还有所有老师。我宁愿去坐牢。我要是能跑到国外去，他们就没办法把我找回来了。他们能吗？反正别人被警察追的时候都是这样做的。不用想，我妈妈会替我搞定一切，让所有人觉得她担负了整个家族的责任。”

“还是给茱莉娅打个电话吧，约她出来，我们好好谈谈。”

我们在伯克莱广场的甘特尔餐厅见面。和当时大多数女人一样，茱莉娅戴着一顶绿色的女帽，帽檐紧挨着眼睛，上面嵌着一枚钻石箭头。她胳膊下还夹着一只小狗，有四分之三的身体埋在毛皮大衣下面。她向我们打招呼，带着不同于平时的兴趣十足的样子。

“哟，你们这一对捣蛋鬼。我得说你们看起来还不错，要是我头一天喝醉，第二天保证得瘫在床上，动弹不得。我还以为那天晚上你们会带我一起去呢，那个舞会实在是要命，我也一直想去‘老一百号’来着，可是永远也不会有人肯带我去。听说那地方好极了？”

“所以你也知道全部情况了，对不对？”

“雷克斯早上打来电话，他什么都告诉我了。你们的女朋友长得怎么样？”

“别这么不正经。”塞巴斯蒂安说。

“我的那个像个骷髅头。”

“我的是肺痨鬼。”

“老天。”带女人外出这件事显然提高了我们在茱莉娅心目中的地位，她的兴趣也完全在那些女人身上。

“妈妈现在知道了吗？”

“倒还不知道你们的骷髅头和肺痨鬼。她只知道你进了牢房。我告诉她的。当然，她可以接受这件事。你知道我们家那个完美的内德叔叔的事吧？他曾因为把一头熊带到了劳合·乔治的会议上而进了监狱。所以她对整件事情都表示了理解。她还邀请你俩去和她吃午饭呢。”

“哦，天哪！”

“麻烦只有剩下报纸和家里其他人了。你有这么糟的家庭吗，查尔斯？”

“我只有个父亲，他永远不会听说这件事。”

“我家就糟透了。可怜的妈妈要和他们一起度过可怕的日子了。他们会写信过来，登门拜访，完全是出于同情。有一半人会在心里说，‘这都是把一个男孩当天主教徒养大的恶果’，剩下的一半会说，‘这都是因为他去了伊顿，而不是斯托尼赫斯特’。可怜的妈妈怎么做都不对。”

于是午饭我们就和马奇梅因夫人一起吃了。她说着笑话，无奈地接受了整件事。她唯一的责备是：“我想不明白你们为什么要跑去和莫特拉姆先生待在一起。你们也许可以先把这件事向我解释清楚。”

“我该怎么把这件事解释给全家人呢？”她问道，“他们要是发现自己对这件事比我还要生气，估计会很惊讶吧。你知道我嫂子范妮·罗丝康芒吧？她总觉得是我把孩子带坏了，而我现在也开始同意她的说法了。”

当她离开时，我说：“她人实在太好了，你担心什么呢？”

“我说不出来。”塞巴斯蒂安痛苦地说。

一周之后，塞巴斯蒂安再度出庭，被罚了十英镑。报纸纷纷用头版报道此事，其中一个还用了特别讽刺的标题：“侯爵公子不胜酒力”。地方法官称，全赖警方及时出动，才令他免受严重指控。“单纯因为好运气，你才免于承担更严重的事故责任……”桑格拉斯先生做证说明塞巴斯蒂安的品行无可指摘，而他在大学的光明前途却处于危机之中。报纸也抓住了这一点——“模范生前途危如累卵”。地方法官表示，倘若没有桑格拉斯先生的证词，他本打算“杀鸡儆猴”，给出严厉的惩戒。法律对牛津学生和社会上的小流氓都是一视同仁的。实际上，家境越好，犯罪越可耻。

桑格拉斯先生的贡献并不止于弓街。在牛津，他如雷克斯·莫特拉姆在伦敦的表现一般，展现了自己全部的热情与睿智。他走访了学校管理层、诸位学监、执行校长；他说服了贝尔蒙席拜访基督教会学院的院长；他还安排了马奇梅因夫人同校长本人的会面。而作为这一系列活动的结果之一，我们三个人在这个学期剩下的时间里都被禁止外出。哈德卡斯尔在一头雾水的情况下，再一次被剥夺了使用自己汽车的权利。这件事情算是平息了下来。

我们遭受的最持久的惩罚，是与雷克斯·莫特拉姆和桑格拉斯先生建立起了亲密关系。不过由于雷克斯生活在伦敦的政治与高端金融世界里，而桑格拉斯先生就住在牛津，与我们近在咫尺，因而来自他的痛苦要更多。

这学期剩下的时间里，他一直对我们纠缠不休。既然被关了“禁闭”，那么我们就没办法一起共度夜晚时光，从晚上九点起就要各在一处，处于桑格拉斯先生的“好心陪伴”之下。几乎每个夜晚，他都会来找我们两人中的一个。他说起“我们那个小小的恶作剧”时，就像是他当晚也被关进了牢房，跟我们产生了某种联系……有一次，在大门关闭之后，我翻墙逃出学院，被桑格拉斯先生发现我在塞巴斯蒂安的房间，而他竟把这件事也当作和我们的联系。因而当我在圣诞节后去布赖兹赫德庄园、发现桑格拉斯先生也在那里时，我丝毫不感到惊讶。他坐在织锦厅里烤着火，仿佛是在等我。

“你瞧，我正独自拥有这一切。”他说。而他看起来也确实独占了这间大厅，独占了悬挂在四周墙壁阴沉的狩猎场景，独占了壁炉两侧的女像柱，也独占了我。他握起了我的手，像主人一样问候我。“今天早晨，”他继续说，“我们在草坪上举行了马奇梅因猎狐会——真是古色古香的美妙场景。所有的年轻朋友都参加了猎狐活动，也包括塞巴斯蒂安。他穿着粉色外套，十分潇洒优雅。布赖兹赫德不能说优雅，却令人印象深刻。他和本地一个叫沃尔特·斯特里克兰-维纳布尔斯爵士的有趣人物，一起主持了这场盛会。我希望他们两位也能进入这无聊乏味的织物画像中——他们会带来一丝生动的幻想情趣。

“我们的女主人留在了家里，还有一个正在疗养的多明我会教士。那人读了太多马利丹[1]，却没读过几本黑格尔。留在家里的还有艾德里安·波森爵士，当然还包括那对令人生畏的匈牙利表兄弟——我曾试着用法语和德语同他们交流，但他们似乎都无动于衷。现在他们都坐车去一位邻居家做客了。我因此在炉火前度过了一个无与伦比的美妙下午，陪伴我的还有绝妙的夏吕斯[2]。你的到来，让我有勇气摇铃叫一点茶来喝。我要为你参加聚会做哪些准备？哎呀，聚会明天就要结束了。茱莉娅小姐明天要动身去别的地方过新年，诸位时髦的人物也要随她而去了。我会想念这栋宅子里的美人的——尤其是西莉亚。她是我们的患难之交——博伊·马卡斯特的妹妹，却与他截然不同，真让人吃惊。她谈话时就像一只小鸟，每当有人抛出话题时她都会啄个不停，真是可爱极了。她穿得像学校里的女班长，让我只能用‘娇俏可人’来形容她。我会想念她的，因为明天我不去聚会。明天我要全力以赴和我们的女主人一起完成那本书——相信我，它将是一座宝库，里面盛满了岁月的宝石，纯粹而正宗的‘1914记忆’。”

茶上来了，没过多久，塞巴斯蒂安回来了。他很早就掉了队，所以就骑着马晃悠回来了。其他人不久也都回来了，他们是在一天快结束时被汽车接回来的。布赖兹赫德不在此列，他在狗舍还有事情要忙，而科迪莉亚随他一起去了。其他人挤在大厅里，没

[1] 马利丹（Jacques Maritain，1882—1973），法国天主教哲学家。
[2] 夏吕斯（Charlus）是普鲁斯特《追忆似水年华》中的人物。

过多久就吃上了炒鸡蛋和烤松饼。而整个下午都在炉火前打盹儿的桑格拉斯先生也加入了他们，一起吃炒蛋和烤饼。又一会儿，马奇梅因夫人从聚会上回来了，在我们要上楼换晚宴服装前，她说："谁要去教堂念《玫瑰经》呀？"塞巴斯蒂安和茱莉娅说他们必须立刻洗澡，所以桑格拉斯先生就和她一起去了，还有那位教士陪同。

"我盼着桑格拉斯先生赶紧走，"塞巴斯蒂安洗澡时说，"总是要对他感激涕零，我都快疯了。"

接下来的两周，大家对桑格拉斯先生的厌恶成了整栋宅子里心照不宣的小秘密。有他在的场合，艾德里安·波森爵士那双漂亮而沧桑的眼睛似乎总在远方的地平线上寻找着什么，而双唇则在酝酿着古典的悲观主义情绪。只有匈牙利表兄弟误会了这位大学教师的身份，以为他是个拥有特权的高级仆人，因此才丝毫不受他的影响。

参加圣诞聚会的人中，还留在布赖兹赫德庄园的有：桑格拉斯先生、艾德里安·波森爵士、匈牙利表兄弟、修士、布赖兹赫德、塞巴斯蒂安和科迪莉亚。

宗教在宅子里占据了主导地位：不仅仅体现在活动中——小教堂里每天早晚各一次的弥撒和诵《玫瑰经》——还包含在一切人际交往之中。"我们必须让查尔斯也成为天主教徒。"马奇梅因夫人说。在我做客期间，我们有过很多次闲聊，而她总会小心翼翼地把话题引到这神圣之事上。在第一次这种谈话之后，塞巴斯蒂安说："我妈妈和你'闲聊'了吗？她总会这样。我真希望她没这么做。”

其实没有人专门被她叫去闲聊或者有意把话题引向宗教。只是当她想要和人亲密地聊天时，那人就会刚巧单独和她在一起罢了。如果是在夏天，通常是一次在湖边或玫瑰园无人打扰时的散步；在冬天，则是在她二层的起居室里。

这个房间完全是属于她自己的。她把它据为己有，并将它改造，让人一进去就像进入了另外一栋宅子。她把天花板放得很低，因此其他房间中各式各样的檐口在这里都消失不见。一面墙上原本装饰着的织锦被完全剥除，涂上了一层蓝色，上面散布着许多小幅的水彩画。空气甜甜的，新鲜花儿的芬芳和干花的陈腐香气混杂在一起。她的书房以软革护墙，一个小小的红木书架上放满了内容驳杂的诗集和教士虔诚的作品。壁炉架上摆满了精致的个人珍藏——一个象牙圣母像、一个石膏圣约瑟，还有她三个战死的士兵兄弟的遗像。在我和塞巴斯蒂安于布赖兹赫德度过的那个完美的八月里，唯有这个房间是我们不被允许进入的地方。

那些谈话的琐碎回忆与对这房间的记忆一起回到了我的脑海之中。我记得她曾说：“在我还是个女孩的时候，我们家相当穷，但还是比世界上大多数人富裕。等到我结婚，我就能更富有了。这一度令我忧心忡忡，我拥有如此多漂亮的东西，而别人却一无所有。现在我想，富人反倒可能会因为觊觎穷人的种种特权而获罪。穷人总是上帝与圣人的挚爱。但我相信，恩典的特殊之处就在于能净化所有生物的灵魂——自然也包括富人。在异教徒时代的罗马，财富必定是残酷之物。而现在不再是了。”

我说了一些关于针眼和骆驼之类的事情，她很高兴我谈到了点子上。

“不过当然啦，”她说，“骆驼可以穿针眼而过，这是出人意料的事情。但福音书只是这类匪夷所思事情的目录罢了。牛和羊在食槽旁边做礼拜，这显然不可能是真的。在圣徒的生活里，动物们总在做最奇怪的事情。它们都是诗篇的组成，是《爱丽丝漫游仙境》里镜子另一边的世界，是宗教的部分。”

但是，无论是对她的魅力还是对她的信仰，我都不感兴趣。又或者说，我对二者的兴趣并无差别。我当时的全部心思都在塞巴斯蒂安身上，我发觉他正处于威胁之下，尽管我尚且无法得知这威胁有多凶险。他独自一人进行着不曾间断、充满绝望的祷告。在自己心中蔚蓝的水畔和飒飒作响的棕榈树下，他如一个波利尼西亚人一般，雀跃而无害。只有当大轮船在珊瑚礁之外抛了锚，小帆船在环礁湖登了陆，当从未被长筒靴踏过的山坡被残忍入侵的商人、执政官、传教士和游客践踏时，他才会挖掘出部落的古老武器，在山丘上擂响战鼓。或者更简单，转身离开阳光下的大门，躺在黑暗之中。黑暗的墙上，装饰着虚弱的神像，徒劳无用；在朗姆酒瓶之间，他咳到心脏跳出胸腔。

与此同时，自从塞巴斯蒂安开始在这一群入侵者中间反思自己的道德良心，以及人类的所有情感，他在阿卡狄亚也就时日无多了。出于这种原因，这段对我而言安宁平静的时光，却让塞巴斯蒂安惶恐不安。我很熟悉他这种敏感而多疑的情绪——就像一只突然察觉到远方猎人声音而抬头的鹿儿。我曾发觉他对自己的家庭和宗教信仰越发明显的谨慎态度，现在我觉得，我也同样成了他眼中的可疑分子。他从未失去过爱，可是他不再能通过爱得到快乐，因为我无权再进入他的寂寞中了。随着我和他的家人越来越亲密，我成了他渴望逃离的世界的一部分。我成了束缚他的绳索。而这正是他妈妈通过一次次的闲聊，为我量身打造的实际功用。但一切都无从言说。我只能偶尔感觉到有什么不大对劲。

从表面上看，桑格拉斯先生是我们唯一的敌人。在布赖兹赫德的这两周，我和塞巴斯蒂安过得还算自在。他哥哥忙于体育和房产事务；桑格拉斯先生在藏书室里为马奇梅因夫人的书而埋头用功；艾德里安·波森爵士则占用了马奇梅因夫人的大部分时间。除了晚上，我们很难见到他们。在如此宽敞的屋檐之下，人人都有自己的生活。

两周之后，塞巴斯蒂安说："我再也受不了桑格拉斯先生了。我们去伦敦吧。"所以他就和我一起去了我家，在我家而不在"马奇梅因宅邸"住了。我父亲很喜欢他。"我觉得你的朋友很有意思，"他说，"让他常来玩吧。"

然后，我们回了牛津，生活似乎又在冷空气里日渐萎靡。塞巴斯蒂安上学期那种强烈的悲伤现在似乎被愠怒取代，就连对我也是如此。他为某事而神伤，可我并不知道该怎么做。我为他而难过，却又无法帮助他。

现在他高兴的原因，常常是他喝醉了。而喝醉时，他痴迷于"拿桑格拉斯先生开涮"。他谱了一首小调，里面的副歌部分是"绿狗屎，桑格拉斯——桑格拉斯是绿狗屎"，以此配上圣母马利亚的钟声。他还会在桑格拉斯先生的窗下给他唱小夜曲，大概一周一次。桑格拉斯先生作为第一个在房间里安装私人电话的老师，出尽了风头，喝醉了的塞巴斯蒂安就给他打电话，唱那首关于他和狗屎的歌。桑格拉斯先生是乐意接受这一切的，就像人们所以为的那样。每当我们见面，他总是向我们报以微笑，但同时又似乎在累积某种自信，好像塞巴斯蒂安每一次对他的侮辱，都意味着他对塞巴斯蒂安的控制更强了。

在这个学期，我开始意识到塞巴斯蒂安是个酒鬼。尽管我自己也常常喝酒，但我只是在发泄自己过于兴奋的情绪，迷恋喝醉时的微妙感觉，并希望可以延长它。而塞巴斯蒂安的买醉，只是为了逃避。随着我们日渐长大成熟，我喝酒的次数在减少，而塞巴斯蒂安却与日俱增。有些夜晚，等我都已经回到自己的学院，他却还在一个人枯坐，一直喝到天明。渐渐一连串灾难迅速又剧烈地降临到他身上，让我很难说清，究竟是何时才意识到自己的朋友已陷入如此深重的苦难之中。不过到复活节假期时，我了解得已经很充分了。

茱莉娅常常说："可怜的塞巴斯蒂安，他身上的'化学反应'怕是出问题了。"

这是当时流行的说法，来自天知道是怎么回事的大众科学误解。"他们之间有化学反应"往往用来解释两个人之间的深仇大恨或一见钟情。这也算是"旧瓶装新酒"了。我可不相信我朋友身上会发生什么化学方面的反应。

布赖兹赫德庄园的复活节聚会是一段痛苦的时光，那里最后发生了一桩不起眼但令人难忘的痛苦事件。在他妈妈的宅子里，晚宴还没开始，塞巴斯蒂安就已经烂醉如泥。在他的忧郁记录里，这成为一个新纪元的起始，也是他从这个令他毁灭的家中逃出的又一大步。

当大批来布赖兹赫德庄园过复活节的人离开时，这一天也快要结束了。这个聚会虽然以复活节命名，但它实际上是在复活节周的周二开始的，因为弗莱特一家从举行濯足礼的周四直到复活节当天，都在修道院的客房里闭关静修。这一年塞巴斯蒂安本来说自己不会去，然而到最后一刻，他还是屈服了。一回到家，他就处于一种极度沮丧的状态，我用尽办法也没能让他重新振作起来。

这一周，他都醉得非常厉害——只有我知道有多严重。而且他都是紧张兮兮、鬼鬼祟祟地喝酒，这完全不像他的作风。聚会期间，藏书室里有一个托盘，里面放着烈酒。塞巴斯蒂安白天会见缝插针地偷溜进去，即便是我也不知道他的计划。宅子白天几乎是空的，我当时在柱廊里，给一间小花房的镶板画装饰画。塞巴斯蒂安抱怨天气太冷，所以待在屋子里，也就一直没清醒过。他始终一声不吭，以此躲避旁人的目光。我注意到他不时吸引着其他人好奇的目光，但聚会上的宾客对他还不了解，因此也看不出他身上巨大的变化。而他自己的家人又无暇顾及他，每个人都在忙着与自己的客人推杯换盏，喜笑颜开。

每当我劝他，他都会对我说："我受不了这些客人。"可当那些人都散了、不得不直接面对他的家人时，他却崩溃了。

通常情况下，六点就会有人把鸡尾酒托盘端到客厅，我们调好自己的饮品，而当我们换衣服的时候，酒瓶就会被拿走，直到晚饭前才会再由男仆把鸡尾酒端上来。

下午茶之后塞巴斯蒂安就不见了人影。天色暗了下来，我和科迪莉亚打了一个小时麻将。六点，我一个人在客厅，这时他回来了。他以我很熟悉的方式皱着眉头，一说话，我就听出他已经醉得很厉害了。

“他们还没把鸡尾酒拿上来吗？”他笨拙地拉着铃。

我说：“你去哪里了？”

“楼上，找婆婆去了。”

“我不信。你一定是去别的地方喝酒了。”

“我在我的房间，看书。我的感冒今天又加重了。”

等到托盘被端上来，他跌跌撞撞地把杜松子酒和苦艾酒倒进一个玻璃杯里，然后把它带出房间。我跟着他上了楼，他当着我的面把房门关上，还拧上了锁。

我回到了客厅，心中满是沮丧和不好的预感。

家人聚齐了。马奇梅因夫人问：“塞巴斯蒂安怎么样了？”

“回去躺着了，他的感冒又加重了。”

“哦亲爱的，我希望他得的不是流感。这两天有一两次我觉得他像在发烧。他有什么想要的吗？”

“没有，他特别要求不希望被打扰。”

我很纠结要不要把实情告诉布赖兹赫德，但他那一副冷若冰霜的面孔让我信心全无。我只好在上楼换衣服时，把事情告诉了茱莉娅。

“塞巴斯蒂安喝醉了。”

“不可能，他都没来调鸡尾酒。”

“他一下午都在自己的房间里喝酒。”

“好奇怪啊！他真够讨厌的！那他今天晚上还吃晚饭吗？”

“不吃。”

“好吧，你得照看好他，这不是我的事。他经常这样吗？”

“最近经常。”

“真无聊。”

我拧了拧塞巴斯蒂安房间的门把手，发现门还是锁着的。我希望他已经睡着了，可等我洗完澡，我发现他正坐在我房间的炉火前。他穿戴整齐准备去吃饭，唯独没有换鞋。但他的领带歪歪扭扭，头发也一团糟。他满脸通红，眼神也不正常，说起话来含糊不清。

“查尔斯啊，你说得太对了。我没去婆婆那里。就是在这里，一直在喝酒。藏书室里没人，聚会也结束了。聚会结束了，只剩妈妈了。我觉得自己醉得厉害，最好是在这儿吃点东西，我就不去和妈妈吃晚饭了。”

“去睡觉吧，”我告诉他，“我会说你感冒很严重的。”

“相当严重。”

我把他送到了我隔壁的房间，试着让他上床睡觉。但他却执意坐在梳妆台前，斜眼瞟着镜子里的自己，还想整理自己的领结。炉火前的写字台上放着一瓶威士忌，已经被喝掉一半。我把它拿走，以为他不会看见，但他在镜子前转过头来，说：“你给我放下。”

“别像个傻子似的，塞巴斯蒂安。你喝得够多了。”

“这跟你又有什么关系？你只是这里的客人——我的客人。在我自己的房子里，我想喝什么就喝什么。”

当时，我以为他会跟我打一架。

“很好，”我说着，把酒瓶放了回去，“看在上帝的分上，别出去丢人就好。”

“管好你自己的事吧。因为你是我的朋友，所以你才会在这儿，现在你却为我妈妈监视我，别以为我不知道。好了，你可以滚出去了，告诉她，以后我还是会自己选朋友，她尽管在里面挑间谍。”

于是我下楼去吃晚饭了。

“我见过塞巴斯蒂安了，”我说，“他感冒很严重，已经上床睡觉了。他说他什么都不想要。”

“可怜的塞巴斯蒂安。”马奇梅因夫人说，“他最好喝上一杯热威士忌。我去看看他吧。”

“妈妈你别去，我去吧。”茱莉娅说。

“我去吧。”科迪莉亚说。她今天在家吃饭，是为了给客人们饯行。她就坐在门口，所以没人拦得住她。

茱莉娅看了我一眼，无可奈何地轻轻耸了耸肩。

几分钟以后，科迪莉亚回来了，神情严肃。“不，他看起来什么都不想要。”她说。

“他怎么样？”

“好吧，我不知道，但我得说他醉得很厉害。”她说。

“科迪莉亚。”

突然，这个小女孩咯咯地笑了起来。“侯爵公子不胜酒力”，她引用之前的报纸标题，“模范生前途危若累卵”。

“查尔斯，这是真的吗？”马奇梅因夫人问我。

“是的。”

接着宣布开饭，我们都去了餐厅，这个话题也没有再被提及。

当只剩下我和布赖兹赫德两个人时，他说：“你说塞巴斯蒂安喝醉了？”

“是的。”

“真会挑时候。你怎么不阻止他？”

“阻止不了。”

“对，”布赖兹赫德说，“我想你做不到。我曾见过我父亲喝醉，就在这个房间。那时我还不到十岁。要是有人想喝醉，旁人是阻止不了的。我母亲就阻止不了我父亲，你知道的。”

他说起话来带有一种古怪的、事不关己的腔调。我越是观察这个家庭，就会发现这个家庭更多的古怪之处。“我要让我母亲今晚为大家读点什么。”

后来我才了解到这是个惯例。每当家庭处于紧张状态时，总会让马奇梅因夫人在晚上大声为大家读书。她的声音很好，还总会有些诙谐的表达。那天晚上她读的是《布朗神父的智慧》里的片段。茱莉娅坐在凳子上，手里拿着护理指甲的工具，耐心地涂着指甲；科迪莉亚在照看茱莉娅的小哈巴狗；布赖兹赫德在玩单人纸牌；我坐在那里无所事事，研究起这些人组成的漂亮群像，同时为我楼上的朋友感到忧伤。

但那晚的恐怖还没有结束。

当只有自家人在时，马奇梅因夫人会在睡觉之前到小教堂转转。当她刚合上书，提议去那里时，门开了，塞巴斯蒂安出现在众人面前。他穿得和我上次见他时一模一样，但当时的满脸通红现在已经变成了一脸惨白。

“我是来道歉的。”他说。

“塞巴斯蒂安，亲爱的，回你自己房间去。”马奇梅因夫人说，

“我们明早再讨论这件事。”

“没和你说。查尔斯，我向你道歉。他是我的客人，而我没好好待他。他是我的朋友，是我唯一的朋友，而我却没好好待他。”

一阵寒意蔓延到我们身上。我带他回到他的房间，而他的家人们则各自祷告去了。当我们上楼回房间时，我注意到那个酒瓶已经空了。“该睡觉了。”我说。

塞巴斯蒂安开始哭泣。“你为什么要站在他们那边针对我？我就知道，一旦让你见到他们，你就会这样的。为什么要监视我？”

他说了很多我不忍回忆的内容，即便二十年后也是如此。最后我终于让他睡下，然后回到自己床上，万念俱灰。

第二天早晨，他很早就来到我的房间，而整栋宅子还在沉睡。他拉开窗帘，声音惊醒了我。我发觉他已经穿戴整齐，抽着烟，背对我注视着窗外，晨光笼罩着露珠，鸟儿在初生的嫩枝上发出清晨的第一声啼叫。当我开声说话时，他转过身，脸上没有丝毫宿醉的痕迹，而只有孩子般的清澈纯真和满脸失落。

“嗯，”我说，“感觉如何？”

“很奇怪，我想我昨天一定是有点喝醉了。我刚刚下到马厩那边，想叫一辆车子，却发现门都是锁着的。我们这就走吧。”

他从我枕头边的水瓶里喝了几口水，把烟头从窗口丢出去，然后又点了一根烟，像个老人一样抖个不停。

“去哪儿？”

“我也不知道，伦敦吧，怎么样？我能去你家住吗？”

“乐意至极。”

“好，那你快穿衣服。他们会用火车把我们的行李运过去。”

“我们不能这样就走了。”

“我们不能再待在这里了。”

他坐在窗边，眼神从我身上移开，看向窗外。过了一会儿，他说：“一些烟囱冒烟了，他们一定把马厩的门打开了，我们走吧。”

“我不能走，”我说，“我还得和你妈妈道别。”

“真是条忠犬。”

“我只是不喜欢偷偷溜走。”

“而我一点也不在乎，我得赶紧走，越远越好，越快越好。你可以跟我妈妈一起构思各种你喜欢的阴谋诡计了。我不会再回来了。”

“你昨晚就是这么说的。”

“我知道，我很抱歉，查尔斯。我告诉过你了，我还醉着呢。要是能让你觉得好受一点，我得说我现在已经恨透自己了。”

“这一点也不让我好受。”

“会有一点吧，我本以为是这样。好吧，如果你不跟我一起走，替我跟婆婆道别。”

“你真的要走？”

“当然。”

“我会在伦敦见到你吗？”

“是的，我会和你住在一起。”

他走了，但我没再睡着。将近两小时后，一个男仆走进来，带着茶、黄油和面包，还为我准备好了这一天要穿的衣服。

那天上午晚些时候，我找到马奇梅因夫人。那天的风很大，我们都待在屋里。我在她旁边，坐在她房间的炉火前。她正俯身做着针线活，刚萌芽的藤蔓在窗子上沙沙作响。

“我真希望我没有看见他那副样子。”她说，“这太残酷了。我并不介意他喝醉，男人们年轻的时候都是这个样子。在他这个年纪我的兄弟们喝起酒来也很凶，我都习惯了。昨晚让我难受的是，他身上一点快活的影子都没有。”

“我知道，”我说，“我之前从没见过他这个样子。”

“而且又偏偏是昨晚……所有人都走了，只有我们自己人在这里——你看，查尔斯，我基本上已经把你当作我们之中的一员了。塞巴斯蒂安是爱你的——在你面前，他没必要强颜欢笑。他本身是不快乐的。我昨晚没怎么睡，一直在回想这件事。他相当不快乐。”

我无法向她解释我也一知半解的事情。那时我甚至想：“她以后会完全理解的，说不定她现在就明白了。”

“这很可怕，”我说，“不过他平常不这样。”

“桑格拉斯先生已经告诉我了，他整个学期都喝得很凶。”

“是这样，不过从没像昨晚那样——从来没有。”

“那为什么会这样？为什么是在这里？和我们一起？整个晚上，我都在想，在祈祷，想知道我该对他说点什么。而现在，今天上午，他甚至直接消失了。他太残忍了，没说一句话就走了。我不想让他感到羞愧——把他变得如此糟糕才是该使人蒙羞的事情。”

“他在为自己的不快乐而羞愧。”

“桑格拉斯先生说他总是很吵、很兴奋。我相信，”她的满面愁云中闪过了一丝幽默的光彩，“我相信你和他偶尔会捉弄桑格拉斯先生。你们真淘气。我很喜欢桑格拉斯先生，你们也应该如此。不过如果我也是个和你们一样大的男孩，自己大概也会想捉弄他。其实关于这一点我并不介意。但昨晚和今早的事情很是反常。你知道，这种事曾经发生过。”

“我只能说，我常常见他喝醉，也常常和他一起喝醉。但我从没见过他像昨晚那个样子。”

“哦，我没在说塞巴斯蒂安。我是说许多年前。我以前也经历过这种事情，而那个人是我爱过的人。好啦，你该知道我是什么意思了——我是说他父亲。他过去就曾以这样的方式喝醉过。有人告诉我，他现在已经不那样了。我祈求上帝这是真的，如果是真的，我会全心全意感谢上帝。至于逃跑这件事——他也逃走了，你知道的。就像你刚才说的，他是在为自己的不快乐而羞愧。他们都不快乐，都羞愧，于是都逃走了。这太可怜了。和我一起长大的兄弟们，”她的眼神从手里的针线活，转移到了壁炉架上皮面折叠相框里的遗像上，“就不会那样。我不懂，我只是不懂为什么会这样。你懂吗，查尔斯？”

“只明白一点点。”

“可是比起我们其他人，塞巴斯蒂安更喜欢你，你知道的。你得帮帮他，我没办法了。”

在这里，我把本需要用更多语言来表达的话语，压缩成了寥寥几句。马奇梅因夫人说话并不啰唆，但她是在用一种女性化的、轻佻的方式表达她的观点，迂回接近，声东击西。她像蝴蝶一样盘旋在上面，就像在玩“木头人”的游戏，在别人背后一步一步接近终点，而当那人转过身看着她时，她立即一动不动。不快乐、逃跑，促成了她的悲伤，而在她把话说完之前，就已经用她自己的方式展现了这种哀伤。她用了一个小时，才说完自己想要说的话。然后，当我准备起身离开时，她又补充了一句，仿佛刚刚想起："我不知道你看没看过关于我兄弟的书？它刚刚出版。"

我告诉她，我在塞巴斯蒂安的房间里翻过一遍。

"我觉得你应该带走一本。我给你一本怎么样？他们是三位杰出的男人，内德是他们之中最好的一个。他也是最后一个战死的。当电报发过来，我就有预感了，我想：'现在轮到我儿子去完成内德未竟之事了。'从那时起我就是孤身一人。他在那时去了伊顿。如果你读了内德的书，你就会明白这一切。"

正好有一本书摆在她的写字台上。我当时想："在我进来之前，她就已经计划好了。她是否曾把这场会面整个排练过一遍？如果事情没有按照她的计划进行，她还会把书放回抽屉里吗？"

她在扉页上写下了自己和我的名字、日期还有地点。

"昨天晚上，我也为你祈祷了。"她说。

我走出房间，顺手把门关上，把一屋子劣质艺术品、低矮的天花板、印花棉布、羊皮封面的书、佛罗伦萨风景画、装有风信子和干花的碗、针绣挂毯、私密的女性风格，还有所谓摩登世界都抛在了身后，回到了上凹镶金的穹顶之下，回到了有圆柱和檐廊的中央大厅，回到了八月，回到了充满阳刚之气的好时代里。

我不是傻瓜。我已经足够成熟，明白这是在收买我；而我尚且年轻，所以还会觉得这段经历算是饶有趣味。

那天上午，我没见到茱莉娅。但就在我动身离开时，科迪莉亚跑到我的车门前，说道："你能见到塞巴斯蒂安吗？请把我特别的爱带给他。能记住吗——我特别的爱？"

在去伦敦的火车上，我读了马奇梅因夫人给我的书。卷首的图片是一位年轻人的照片，他身上穿的是掷弹兵卫士团[1]的制服。我也因此找到了布赖兹赫德脸上那副冷酷面具的由来，它正巧盖住了来自他父亲家族的和蔼容貌。照片上的男人仿佛身处洞穴或森林，是猎人，是部落议事会上的判官，是战时环境下严苛传统的践行者。这本书里还有其他照片，像三兄弟度假时的快照，而每一张照片都能让人追溯至相同的古老血统。但美丽优雅的马奇梅因夫人，看起来却与这三个忧郁的男人毫无关联。

她在这本书里很少出现，她比三兄弟中最大的还要大九岁，当他们还是学生时，她就已经嫁作人妇了。在她和他们之间，还有两个姐妹。生了第三个女儿之后，他们的父母曾数次朝圣祈福，希望可以拥有一个儿子，毕竟他们家产丰厚，而且家族历史十分悠久。作为继承人的男孩姗姗来迟，当他们降临人间时，慷慨的上天似乎保证了家族血脉的延续，但随着悲惨事件的发生，一切都戛然而止。

这个家族的历史，在信仰天主教的英格兰乡绅中十分典型。从伊丽莎白时期到维多利亚时期，他们一直离群索居，生活在佃户与自家亲戚之间。他们会把子女送到国外读书，子女大多会在国外结婚，或者是族内通婚，再不然就是与地位相似的其他家族

[1] 掷弹兵卫士团，是英国五个近卫步兵团中的一个。

联姻——被排除在更上层阶级之外的家族。他们用几代人的时间来吸取的教训，在这个家族最后三个男子的身上仍然依稀可见。

桑格拉斯先生精巧的编辑工作，让片段化的诗歌、信件、游记、一两篇未发表的文章巧妙地排列在一起，形成一种奇妙的匀称之感，表现出如出一辙的昂扬斗志和严肃庄重，同时富有骑士精神和浪漫气息。书里还有几封同时代的人在他们死后写的悼念信，虽文笔水准迥异，却讲述了相同的故事，全是在写他们在学术与体育方面如何成就斐然，如何受到大家欢迎，如何前途光明，却不知怎的就与同伴分离，成了头戴花环的牺牲者，献出了自己的生命。这些男人必须死去，为的是给胡珀们创造一个新世界。他们就像澳洲土著，是法律规定的害虫，只有从容赴死，才能让正在旅途中的商人们安心——他们正戴着多边形的夹鼻眼镜，举着湿漉漉的胖手和人握手，咧着镶满假牙的嘴巴假笑。火车带着我渐渐远离马奇梅因夫人，我在想她身上是否也有一种火焰，以不同于战争的方式，标记着她与她家人的毁灭。她是否在舒适的壁炉赤红的火焰中，在窗外藤蔓沙沙的声响中，听到了厄运的耳语？

火车抵达帕丁顿车站，我回到家里，发现塞巴斯蒂安已经到了。我察觉他身上的悲伤已经消失，取而代之的是快乐与自由，正像我第一次见他的样子。

“科迪莉亚让我把她‘特别的爱’带给你。”

“你又跟我妈妈‘闲聊’了？”

“是的。”

“你已经和她站在一边了？”

如果是在前一天，我会说：“根本就没有什么这边或那边。”

但那天我说："不，我站你这边，'和塞巴斯蒂安一起，与世界为敌'。"

这是我们关于这个话题最后的谈话，之后再没谈起。

可是笼罩在塞巴斯蒂安周围的影越来越大。我们回到牛津，紫罗兰又一次在我窗下盛放，栗树的树荫映衬着街道，鹅卵石路面上散落着温热的碎石片。可一切都今非昔比了，塞巴斯蒂安的心正值隆冬。

几周过去了，我们正在为新学期寻找住处。我们在默顿街找到了一所房子，离网球场很近，僻静而昂贵。

在布莱克威尔书店，我遇见了我们这段时间很少见到的桑格拉斯先生。我告诉他我们找好了房子。他正站在德文书的展台前，身边放着一小摞刚买的书。

"你要和塞巴斯蒂安一起住？"他说，"所以他下学期还是要上学？"

"我想是的。他为什么不上学呢？"

"我不知道理由，我只是觉得他也许不会上学了。我的预感常常不准。默顿街我倒很喜欢。"

他向我展示了刚买的书，那时我对德语还一窍不通，所以没什么兴趣。我要离开的时候，他对我说："别嫌我多事，不过在你们真正搬进默顿街的房子之前，我不会做什么安排的。"

我把这次谈话讲给塞巴斯蒂安听，然后他说："没错，这就是个阴谋。妈妈想让我和贝尔蒙席住在一起。"

"你为什么不告诉我呢？"

“因为我没打算和他住在一起。”

“我还是觉得你应该提前告诉我。这是什么时候的事？”

“有段时间了。妈妈多精明，你也是知道的。她眼见拉拢你的计划要失败了，我猜她看了你读完内德舅舅的书之后写给她的信就明白了。”

“我可什么都没说。”

“那就是原因啦。要是你还打算继续帮她，你就一定会在信里大谈特谈的。内德舅舅只是个测验，明白吧？”

但她也并没有完全放弃。几天后我就收到她的一张便签，上面说：“我周二的时候会路过牛津，想跟你和塞巴斯蒂安见一面。我想在见他之前和你先谈五分钟。这会不会有点过分？我大约十二点到你的房间。”

她来了，欣赏着我的房间。“你知道的，我弟弟西蒙和内德都曾在这里上过学。内德的房间就在花园前面。我也想让塞巴斯蒂安来这里，但我丈夫曾在基督教会学院读书，而且你知道，塞巴斯蒂安的教育也是他说了算。”她又赞赏了我的画，“人人都喜欢你在花园里画的画，要是你没完成它们，我们都不会原谅你的。”最后，她终于说到了正题。

“我想你已经猜到我打算问你什么了吧。很简单，这个学期塞巴斯蒂安是不是又喝了很多酒？”

我的确猜到了。我回答说：“如果他的确喝得很多，那么我就不方便告诉你实情。不过我现在可以告诉你，‘他没喝酒’。”

她说：“我相信你，感谢上帝！”然后我们就一起去基督教会学院那边吃午饭了。

那天晚上，塞巴斯蒂安遇到了他的第三次灾难。一点钟时，他被副院长发现正在汤姆方庭里游荡，醉得无可救药。

我是在十二点差几分钟时离开他的。虽然他当时闷闷不乐，可神志还完全清醒。在接下来的一个小时里，他一个人喝掉了半瓶威士忌。直到他第二天早上过来告诉我整件事，他对自己喝了多少还是没有什么印象。

“你经常这样做吗，”我问他，“在我走以后一个人喝酒？”

“大约只有两次吧，也可能是四次。只有当他们开始打扰我时才会这样。只要他们让我一个人待着，我就不会有什么问题。”

“可他们现在不会烦到你了。”我说。

“我知道。”

我们都意识到这是一场危机。那个早晨，我并没有对塞巴斯蒂安温柔以待。他需要如此，可我并没有那样做。

“说真的，”我说，“如果每次你见到你的家人，都需要一个人大醉一场，那你就没救了。”

“哦，是的。”塞巴斯蒂安说，语气里充满了悲伤，“我知道。我没救了。”

但这时我的自尊心受到了伤害，因为我在马奇梅因夫人面前就像是个骗子，而且还对塞巴斯蒂安的状况无能为力。

“好吧，你打算怎么办？”

“我什么都不打算做，他们会把一切都做好的。”

然后我就让他走了，一句安慰的话都没说。

随后机器又转了起来，我看着十二月发生的一切再度上演。桑格拉斯先生和贝尔蒙席去拜见了基督教会学院的院长，布赖兹赫德来这里住了一夜。大齿轮一动，小齿轮就飞快地旋转起来。人们对马奇梅因夫人表示遗憾，她弟弟们的名字以金色字体出现在纪念碑上，她弟弟们的事迹，人们记忆犹新。

她又来见我，谈话持续了一路，从霍利维尔街到公园区，从美索不达米亚[1]，到开往北牛津的渡轮。我只能把这番长谈削减成简短的几句话。她要去北牛津和一屋子修女一起过夜，她们都得到了她某种形式的庇护。

“你得相信我，”我说，“当时我告诉你塞巴斯蒂安没喝酒，我说的是实话。我只能告诉你我所知道的。”

“我知道你想和他做好朋友。”

“我不是这个意思。我跟你说的话也是我自己坚信的。直到现在我还相信那话有几分是真实的。我相信他之前只喝醉过两三回，不会再多了。”

“这可不好，查尔斯，”她说，“你所说的无非只能证明你并不如我想的那样对塞巴斯蒂安影响深远、了解透彻。这样下去，我们两个人不论谁再信任他都没什么意义。我过去就很了解这种酒鬼，他们身上最可怕的东西之一，就是他们的油嘴滑舌。而热爱真实，才是一个人在生活里的头等大事。

“我们高高兴兴吃了顿午饭，你离开之后，他在我面前很乖，就像他还是个小男孩时那样，而我会答应他的一切要求。你知道，关于你们合租这件事，我曾经很矛盾。我想你明白我的意思。你

[1] 牛津查韦尔河上的一座江心小岛，是牛津大学的一部分，名字源于美索不达米亚平原。

不仅是塞巴斯蒂安的朋友，我们一家人都很喜欢你。如果你不再和我们待在一起，我们会很想念你的。但我希望塞巴斯蒂安有各种各样的朋友，不是只有一个。贝尔蒙席说他从不和其他天主教徒交往，也从不去纽曼社团[1]，甚至很少去做弥撒。也绝不是说他只应该和教徒来往，但他总得认识一些。离群索居需要非常强大的信念，而塞巴斯蒂安的信念显然不够强大。

“但周二那天吃午饭时，我还是很开心的，所以我放弃了所有反对的想法。我和他一起，去看了你们选好的房间。房间很棒，我们还打算从伦敦运一些你们用得上的家具过来，让房间变得更漂亮。然后，就在我刚见过他的那个晚上！——查尔斯，这根本不合逻辑。”

她说这话的时候我就在想：“这种话，只能是她从自己某位知识分子跟班那里学来的。”

“好吧，”我说，“我还有什么补救的办法吗？”

“学院方面非常慷慨。他们说只要他能和贝尔蒙席一起住，他们就不会开除他。这并不是我能提出的建议，而是贝尔蒙席自己的想法。他还特意捎了话，说不论何时都欢迎你去做客。在旧宫那边没有你的房间，不过我想你大概也不愿意去那里。”

“如果你想让你儿子真变成个酒鬼，那你就这样做吧，马奇梅因夫人。你看不出，任何让他觉得自己被监视的行为，都会置他于死地吗？”

“哦，亲爱的，现在狡辩也没有用了。新教徒总会觉得天主

[1] 纽曼社团（The Newman Society），牛津最主要的天主教组织。

教牧师是间谍。”

“我不是那个意思，”我试图解释，可又有些词穷，“他必须感觉到自己是自由的。”

“但他一直都是自由的，一直都是，到现在都是。我们走着瞧吧。”我们已经走到了渡口，谈话也陷入了僵局。我送她去了女修道院，一路几乎没说一句多余的话。然后我坐公交车回到了卡尔法克斯。

塞巴斯蒂安正在我的房间里等我。“我要去给爸爸拍电报，”他说，“他不会让他们强迫我住进那个牧师家里的。”

“但如果他们把这个当成你继续上学的条件呢？”

“那我就不上学了。想象一下我一周做两次弥撒，为害羞的天主教新生提供茶点，在纽曼社团跟访问讲师共进晚餐，到有客人的时候才能喝上一杯葡萄酒，贝尔蒙席还一个劲冲我使眼色让我别多喝，等我一离开房间，他就跟人抱怨我是此地让人犯难的酒鬼。这些都只是因为我有一个迷人的母亲才得到了他的收留？”

“我已经告诉她了，这样做不行。”

“我们今晚是不是该一醉方休？”

“只这一次，倒也没什么坏处。”

“与世界为敌？”

“与世界为敌。”

“上帝会保佑你的，查尔斯。我们可没几个晚上了。”

那天晚上，是这么长时间以来第一次，我们一起喝到昏天黑地。学校里所有钟声一起鸣响时，我把他送到了大门口，然后自己跌跌撞撞地回了房间。满天繁星在塔楼中间来回穿梭，搞得人头晕目眩。我连衣服都没脱就睡着了，这一年里还是头一回。

第二天，马奇梅因夫人离开了牛津，带走了塞巴斯蒂安。我和布赖兹赫德去了他的房间，把他要带走和要留在这里的东西整理了一下。

布赖兹赫德一脸严肃和冷漠，一如往常。“塞巴斯蒂安和贝尔蒙席还不是很熟，这可真遗憾。”他说，“他会发现，将和他同住的是一位极富魅力的男士。我在这里的最后一年正是和他同住的。我妈妈确信塞巴斯蒂安是个酒鬼。他是吗？”

“他有成为酒鬼的危险。”

“我倒觉得比起很多可敬的人物，上帝偏爱酒鬼多一点。”

“看在上帝的分上，”我说，那天上午我差点哭了，“为什么说什么都要把上帝扯进来？”

“对不起，我疏忽了。但你知道，这是个很可笑的问题。”

“可笑吗？”

“对我来说，不是对你。”

“对我来说的确不可笑。在我看来，要是没有你们的那个宗教信仰，塞巴斯蒂安就有机会活得轻松健康。”

“这有待商榷。”布赖兹赫德说，“你觉得他还需要这只象脚吗？”

那天傍晚，我穿过前院去找柯林斯。他正一个人对着窗前越发昏暗的天光读着课本。“嘿，”他说，“进来吧，我一整个学期都没见到你了。我这里恐怕没什么好东西招待你，你怎么不和你那个漂亮的伙伴在一起了？”

“我是全牛津最孤独的人，”我说，“塞巴斯蒂安被送走了。”

然后我问他在长假里做了什么。他告诉了我，听起来极其乏味。我问他有没有找好下个学期的住处，他说是的，虽然相当远，但很舒适。他和学院文学社团的秘书泰盖特一起住。

“还有一个房间空着。巴克来过，但他现在正在为了成为校学生会主席而努力，所以觉得自己应该住得近一点。”

我们两个人都在想，也许我会租下这间屋子。

“你打算去哪儿？”

“我本来打算去默顿街，跟塞巴斯蒂安·弗莱特一起住。但现在泡汤了。”

我们两人仍然都没有提出那个建议，时机就这样溜走了。我起身离开时他说：“我希望你能找到其他人，和你一起去默顿街住。”然后我说：“我也希望你能再找到一个去伊夫雷路住的室友。”这之后我就再也没和他说过话。

这个学期还剩十天就结束了。我打发掉剩下的时间，在和以前不同的状态下回到了伦敦，不过依然没什么计划。

“你那个长得很好看的朋友，”我父亲问，“没和你一起来吗？”

“没有。”

“我还以为他已经把这里当成自己的家了呢。真遗憾，我很喜欢他。”

“爸爸，你特别希望我拿到学位吗？”

“我希望让你拿学位？天哪，我为什么要有这样的需求？那对我又没什么好处。那东西对你也没什么用吧，在我看来。”

“这也是我正在考虑的。我觉得我再回牛津，也许只是在浪费时间。”

直到此时，父亲才对谈话产生了点兴趣。现在他放下手里的书，摘掉眼镜，认真地看着我。“你是被开除了吧？”他说，“我哥哥曾警告过我这个。”

“不，还没呢。”

“好吧，那你为什么要和我说这个？”他不耐烦地问，把眼镜戴上，拿起书，寻找自己刚刚看到的地方，“大家都得在那个地方待至少三年，我听说有个人学了七年才拿到个神学学位呢。”

“我只是觉得如果我打算从事一门不需要学历的职业，也许我最好现在就开始寻求工作机会。我想当画家。”

我父亲并没有立即回应我。

然而这个主意看起来已经在他心里扎下了根。当我们再一次讨论起这件事时，它已经根深蒂固了。

“你要是当了画家，”周日午饭时，他说，“就得有一间画室。”

“是的。”

“嗯，可是这里并没有你的画室。甚至没有一个房间适合给你画画用。我可不想你在走廊里画画。”

“嗯，我也没这么打算。”

“我不想家里到处都是赤身裸体的模特和满嘴奇怪名词的批评家。我也不喜欢松节油的味道，我猜你是打算彻底干这行了，大概还要用油彩？”我父亲这一代人，还会把画家分成严肃和业余两种，根据是作画时用油彩还是用水彩。

“头一年我应该不会画太多画。不管怎样，我得先找一个学校。”

“出国吗？”我父亲的声音听起来满怀希望，“我相信国外肯定有非常多出色的学校。”

这一切的进展比我想象的快多了。

“国外或者这里吧，我打算先在附近看看。”

“去国外看看吧。”他说。

“这样你同意我从牛津退学吗？”

“我同意？我同意？我亲爱的孩子啊，你都二十二岁啦。”

“二十，”我说，“十月二十一。”

“是吗？时间过得可真慢。”

一封来自马奇梅因夫人的信为这件事画上了句号。

亲爱的查尔斯，今天早上塞巴斯蒂安离开我，出国去找他父亲了。在他离开之前，我曾问他有没有给你写过信。他说没有，所以我必须写。虽然我很难把我们最后一次散步时没办法说的内容通过一封信全说出来，可也不能把你排除在外，让你毫不知情。

学院只给塞巴斯蒂安停了一个学期课，他圣诞节后就可以回去，条件是和贝尔蒙席同住。这件事要由他自己来定。同时桑格拉斯先生也很善良，同意照料他。等到他从他父亲那里回来，桑格拉斯先生就会接上他，带他去黎凡特[1]。桑格拉斯先生一直想去那里，对数量众多的东正教教堂进行一番研究。他希望这会激发塞巴斯蒂安新的兴趣。

塞巴斯蒂安在这里过得并不开心。

[1] 黎凡特（Levant），是历史上模糊的地理名词，泛指地中海东岸的地区。

等到他们圣诞节回来时，我想塞巴斯蒂安会想要见见你。我们也都是如此。我希望你下学期的计划不会因此被打乱，希望你一切顺利。

你真诚的

特蕾莎·马奇梅因

又及，今天早晨我去了花房，感到非常遗憾。

第二部　故园凋敝

第一章

桑格拉斯被戳穿——我离开布赖兹赫德庄园——雷克斯暴露

第一章

“当我们抵达隘口顶端时，”桑格拉斯先生说，“我们听到身后有一群马正飞奔而来，两个士兵赶到我们队伍的前头，让我们掉头。是将军派他们来的，他们追上我们的时间也刚刚好。有一队人，就在前面不到一英里的地方。”

他停住了。寥寥数个观众默默地坐着，意识到桑格拉斯先生是想要给他们留下深刻印象，却苦于不知如何礼貌地表达自己的意图。

“一队人！”茱莉娅打破了沉默，“天哪！”

但桑格拉斯先生似乎还在期待什么。最后马奇梅因夫人说：“我觉得那种地方的歌队演奏的民间音乐，一定很单调。”

“亲爱的马奇梅因夫人，不是歌队，是一队土匪！”坐在我旁边沙发上的科迪莉亚开始咯咯地傻笑，“那山上可到处都是土匪啊，都是凯末尔军队的散兵游勇，还有大撤退时被断了退路的希腊人。我可以跟你保证，个个都是穷凶极恶之徒。”

“掐我一下。”科迪莉亚悄悄对我说。

我照做了，沙发的嘎吱嘎吱声总算停了下来。“谢谢。”她说，然后用手背擦了擦眼睛。

“所以你们哪儿都没去成，”茱莉娅说，“你是不是很失望啊，塞巴斯蒂安？”

“我？”塞巴斯蒂安正坐在阴影里，离灯光和牌桌上铺开的各种照片很远，在木头燃烧的温暖范围和家人的圈子之外。“我吗？哦，我想我那天并不在场，我在吗，萨米[1]？”

“那天你生病了。”

“我生病了，”他的声音听起来就像是回声，“所以我本来就哪儿都去不成，对吧，萨米？”

“瞧这个，马奇梅因夫人，这是我们的旅行队在阿勒颇[2]一家旅馆的院子里。这个是我们的亚美尼亚厨子，叫拜基德毕安。这个是我坐在小马上。这个是叠起来的帐篷。这是个相当烦人的库尔德人，一路总跟着我们……这是我在本都、以弗所、特拉布宗、骑士堡、萨莫色雷斯岛、巴统[3]——当然啦，我还没来得及按顺序整理。”

[1] 桑格拉斯的昵称。
[2] 阿勒颇（Aleppo），叙利亚历史名城。
[3] 本都、以弗所、特拉布宗为土耳其城市，骑士堡位于叙利亚，萨莫色雷斯岛为希腊岛屿，巴统为格鲁吉亚城市。

“全都是向导、废墟还有骡子这些东西，”科迪莉亚说，“塞巴斯蒂安哪儿去了？”

“他啊，”桑格拉斯先生的声音里带着一丝获胜的意味，就好像自己早已料到会有这个问题，并且已经准备好答案。“他在拍照呢！从他不再把手放在镜头上开始，他就可以说是一个摄影专家啦。对吧，塞巴斯蒂安？”

阴影里没有回应，桑格拉斯先生又开始在他的猪皮背包里搜寻起来。

“这些，”他说，“是我们在贝鲁特[1]圣乔治大酒店阳台上的一组照片，一个街头摄影师帮我们拍的，这里有塞巴斯蒂安。”

“怎么，”我说，“那个是安东尼·布兰奇？”

“是啊，我们没少见到他。我们是在君士坦丁堡偶然碰到他的。一个令人愉快的同伴，我还真是想念他呢。他和我们一起去了贝鲁特。”

这时茶点已经被收走，窗帘也拉上了。圣诞节已经过去两天，这是我到这里的第一个晚上，也是塞巴斯蒂安和桑格拉斯先生的第一个晚上。在火车站台上看到他们让我有点意外。

马奇梅因夫人是在三周之前写信给我的：“桑格拉斯先生写信给我，说他和塞巴斯蒂安可以如我们所愿在圣诞节回家。我已经很久没有收到他们的消息了，一直在担心他们是不是遇到了什么麻烦，也没做什么安排。塞巴斯蒂安一定很想见你，如果你时间安排得开，就来和我们过圣诞节吧，或者在你方便的时候过来。”

[1] 贝鲁特（Beirut），黎巴嫩首都，地中海东岸最大港市。

先前我已经答应我叔叔要和他过圣诞节，所以过完圣诞节，我坐火车穿过整个国家，中途又换了慢车，本以为塞巴斯蒂安已经在家里住下，却发现他就在我隔壁的车厢。我问他在做什么时，桑格拉斯先生却抢着回答，口若悬河、事无巨细地讲述弄错的行李、旅行社还有放假这些事。我立刻明白他有事瞒着我。

桑格拉斯先生有点不自在。他保持了一贯自信的动作习惯，但负罪感就像是旧雪茄的气味一样，在他身上挥之不去。当马奇梅因夫人问候他时，我感到他似乎打算先发制人。在吃茶点时，他一直滔滔不绝地谈论着他的旅行经历，而后马奇梅因夫人把他叫上楼，要和他"闲聊"一番。我看着他上楼，心里觉得有些可怜。再糊涂的人也很容易发现桑格拉斯先生言语中的破绽。喝茶时我发觉，他不仅仅是在隐瞒，而且是在欺骗。有些事情他必须说出来，可他没有说，而且不知道该怎么和马奇梅因夫人谈论他在圣诞节期间所做的事情。更重要的是，我感觉关于整个黎凡特之旅，他都有很多该说却并不想说出的事情。

"过来见见婆婆吧。"塞巴斯蒂安说。

"带我一起去吧，好不好？"科迪莉亚说。

"来吧。"

我们爬到了位于圆屋顶之中的育婴室。去那里的路上，科迪莉亚问道："留在家里你是不是一点都不高兴？"

"当然不会，我高兴着呢。"塞巴斯蒂安回答。

"那你就表现出来嘛，我可想看你高兴的样子了。"

婆婆并不太想说话。她最喜欢客人们把她晾在一边，让她可以一边做针线活，一边瞧着他们的脸，想着他们小时候的样子。

和小时候犯的错和生的病相比，他们现在的举动并没有多大意义。

“唉，”她说，“你看起来病恹恹的。我看是因为那些外国食物你根本吃不惯。现在你回来了，可得把自己养胖一点。看你的眼睛，你也经常熬夜吧——忙着跳舞了，我猜。（这是霍金斯婆婆一贯的想法，认为上流人士空闲的晚上都是在舞厅里度过的。）这件衬衫也得补补啦——要洗之前，记得先拿给我。”

塞巴斯蒂安看起来确实不那么健康。五个月的时间让他看起来像是老了好几岁。他面色苍白，越发消瘦，眼袋也很明显，嘴角有些下垂，下巴一侧还露出疖子的疤痕来。他的语气听不出有什么起伏，时而无精打采，时而又手舞足蹈。他的衣服和头发看起来也很邋遢，往常是令人愉快的不拘小节，现在却只剩下蓬乱粗糙了。最糟糕的是，他的眼神里多了一份警惕，复活节假期时的这种眼神还让我很吃惊，但现在这似乎已经成了他惯常的神情。

由于这种警惕的限制，我没有问他的事情，而是告诉他我自己这个秋冬是怎样过的。我告诉他我在巴黎的圣路易斯区找到了房子，艺术学校也在那边。我还告诉他现在教我的老先生有多好，以及那些学生有多差劲。

“他们从不去卢浮宫那边。”我说，“即使去，也只是因为他们自己那荒谬的艺术赏析忽然发现某个大师正好符合当月的美学理论。他们中的一半人希望像皮卡比亚[1]那样一夜成名，另一半则寄希望于给《时尚》杂志画广告插画、给夜总会做装潢赚生

[1] 弗朗西斯·皮卡比亚（Francis Picabia，1879—1953），法国油画家、作家和编辑。

活费。而老师们却仍然固执地希望他们能像德拉克洛瓦[1]那样画画。”

“查尔斯，”科迪莉亚说，“现代艺术都是狗屎，对吧？”

“相当臭的狗屎。”

“哦，真高兴你这么说。为了这个，我和我们一个修女吵过一架，她说如果我们对一件事情不理解，就不能去尝试和评判它。我现在可以告诉她，我这可是从一个真正的艺术家那里得到的答案。得好好嘲笑她一番。”

过了一会儿，科迪莉亚该去吃晚饭了。我和塞巴斯蒂安应该下楼去客厅调我们的鸡尾酒。布赖兹赫德一个人在那里，但是威尔考克斯紧跟在我们身后，对他说：“夫人请你上楼，她有话对你说，少爷。”

“这可不像妈妈的风格，让别人招呼人上去。她通常都是亲自带人上楼的。”

客厅里也没有鸡尾酒托盘的影子。几分钟后，塞巴斯蒂安摇了摇铃，一位仆人回话：“威尔考克斯先生正在楼上，和夫人在一起。”

“嗯，没事，把鸡尾酒端上来就行。”

“钥匙在威尔考克斯那里，少爷。”

“哦……好吧，那等他下楼的时候，让他把鸡尾酒送过来。”

我们谈了一会儿安东尼·布兰奇，“他在伊斯坦布尔蓄了胡子，

[1] 德拉克洛瓦（Eugène Delacroix，1798—1863），法国浪漫主义画家，代表作《自由引导人民》。

但我让他剃掉了”。十分钟以后，塞巴斯蒂安说：“好吧，我不指望能喝上鸡尾酒了，我要去洗澡了。”然后他离开了客厅。

现在是七点半，我以为其他人都去换衣服了，但当我也准备去换衣服时，布赖兹赫德出现在楼梯口。

“等一下，查尔斯。我需要向你解释一些事情。我妈妈下了命令，说所有房间里都不能留任何饮料。你会明白为什么的。如果想喝什么，可以摇铃吩咐威尔考克斯——最好等你一个人的时候。我很抱歉，但只能这样。”

“有必要这样吗？”

“我认为很有必要。你也许听说了，或许还没有，塞巴斯蒂安一回英国就又发作了。没人知道他圣诞节时去了哪里，直到昨天晚上，桑格拉斯先生才把他找回来。”

“我就猜到有这种事情发生。但你确定这是最好的处理方法吗？”

“这是我妈妈的方法。既然他已经上楼了，你要来一杯鸡尾酒吗？”

“那会让我窒息。”

我被安排住在我第一次来时住的房间，紧挨着塞巴斯蒂安的卧室。我们两人共用一间浴室，它曾是更衣室，二十年前改造成这样。原先的床被一个很深的黄铜浴缸取代，浴缸外面还镶了红木框，只要拉一拉上面重的像轮机一样的铜把手，浴缸就会自动灌满水。房间其余部分保持不变，冬天依旧在燃煤取暖。我经常想起那间浴室，水彩的画面被蒸汽浸得模糊不清，印花棉布扶手椅靠背上的大毛巾热气腾腾——与之相对应的，则是千篇一律的诊所般的胶囊浴室，闪耀着涂铬挡板与镜子的光辉——在现代世界，这些元素被视为奢侈的象征。

我在浴缸里泡了一会儿，起身，让炉火慢慢把身体烘干，心里想着我朋友回家之后的种种悲惨遭遇。然后我换上晨袍，去塞巴斯蒂安的房间，像往常一样直接走了进去，没有敲门。他正坐在炉火旁，衣服穿了一半。听到我走进来的声音，他怒气冲冲，放下了手里的刷牙杯。

“是你啊，你吓到我了。”

“你刚刚喝了一杯。”

“我不知道你在说什么。”

“看在上帝的分上，”我说，“别跟我装模作样！给我也来一杯吧。”

“只是长颈瓶里的一点存货。我已经都喝完了。”

“出什么事了？”

“没什么事，但也有很多事。我以后会告诉你的。”

我穿好衣服，又去叫塞巴斯蒂安，却发现他还是像刚才一样坐在炉火旁，衣服依然只穿了一半。

茱莉娅正一个人待在客厅。

“哎，”我说，“出什么事了？”

“哦，只是无聊的家庭纠纷罢了。塞巴斯蒂安又喝多了，所以我们每个人都得盯着他。太没劲了。”

“他也觉得很没劲。”

“唉，这是他自找的。他怎么就不能和其他人一样？说到照看人，那个桑格拉斯先生是怎么回事？查尔斯，你有没有注意到那个人有点不靠谱？”

“相当不靠谱。你觉得你妈妈已经看出来了？”

“她只看她想看到的东西。她没法监视全家人。我也正在成为麻烦，你知道的。”

“我还不知道呢。”我说，然后还小心地补充了一句，“我刚从巴黎回来。”这样就避免让她觉得自己的麻烦已经尽人皆知了。

那是一个特别阴郁的夜晚。我们在彩绘厅里吃了饭，塞巴斯蒂安来得有点迟，所以我们一开始都惴惴不安，以为他又会以滑稽的方式亮相，步履蹒跚，酒嗝打个不停。他进来的表现很得体，道了歉，坐在空座位上，还任由桑格拉斯先生继续他的“演说”，没有打断他，但似乎也没有人在听。德鲁兹派[1]、东正教大主教、圣像、臭虫、罗马式遗迹、用山羊和绵羊的眼睛烹调而成的奇怪菜肴、法国和土耳其官员——他把自己的近东旅行见闻一股脑抛了出来，供我们消遣。

我注意到威尔考克斯在给每个人倒香槟。等轮到塞巴斯蒂安时，他说：“给我一杯威士忌，谢谢。”然后我看到威尔考克斯的目光越过他的头顶，望向马奇梅因夫人，后者轻轻地、几乎不被察觉地点了点头。在布赖兹赫德的饭桌上，人们用很小的细颈圆底瓶盛酒，十分别致，每瓶大约是大酒瓶的四分之一。威尔考克斯只给塞巴斯蒂安斟了半满。塞巴斯蒂安小心翼翼地拿起瓶子，斜过来，注视着，然后默默地把酒倒进杯子，杯子里的酒大约有

[1] 德鲁兹派（Druses），中东的一个伊斯兰教派，教义受到基督教和诺斯底主义的影响，被许多正统伊斯兰教派视为异端。

二指宽的高度。我们又开始谈话，除了塞巴斯蒂安。这时桑格拉斯先生忽然发觉自己落了单，于是就向烛台滔滔不绝地讲起了马龙派教徒的故事。但是很快我们又陷入了沉默，他便接管了局面，继续油嘴滑舌说个没完，直到马奇梅因夫人和茱莉娅离开房间。

“别耽搁太久，布赖德。”她在门口说，和往常一样，而那天晚上我们谁也不想耽搁。我们的杯子里盛满了葡萄酒，细颈瓶立刻就被收走。我们很快喝完，然后去了客厅，布赖兹赫德邀请他妈妈在那里读书。她兴致高昂地读着《小人物日记》，一直读到了十点钟。之后她合上书，说自己很累，今晚就不去小教堂了。

“明天有谁要去打猎吗？”她问道。

“科迪莉亚，”布赖兹赫德说，“我要带上茱莉娅的那匹小马，只是让它跟猎犬熟悉一下，不会超过几个小时的。”

“雷克斯不知道什么时候会过来，”茱莉娅说，“我得在家里等着他。”

“你们在哪里集合？”塞巴斯蒂安突然问。

“就在这儿，咱家的圣玛丽教堂那边。”

“那我也去打猎，好不好，要是能带着我的话。”

“当然可以，那很不错。我本来想叫你一起，但一让你出门你就会抱怨个不停。你带上小叮当[1]吧，它在这个季节表现得很不错。”

[1] 马的名字。这名字源于童话剧《彼得·潘》，“小叮当”是其中小仙女的名字。

所有人都因为塞巴斯蒂安决定去打猎而突然高兴起来，这似乎抵消了之前那场恶作剧。布赖兹赫德摇了摇铃，想再喝点威士忌。

“还有人想喝吗？”

“给我也来一点吧。”塞巴斯蒂安说。虽然这一次过来的是其他仆人而非威尔考克斯，但我仍然看到了他与马奇梅因夫人之间的眼神交换，以及她轻微的点头示意。看起来所有人都被嘱咐过了。两杯酒被端了上来，盛在玻璃杯里，就像酒吧里的双份威士忌。我们如同在客厅里嗅探猎物的猎犬一般，眼睛紧紧盯着托盘。

即使这样，塞巴斯蒂安决定去打猎带给大家的好心情仍然没有消散。布赖兹赫德给马厩那边写了张字条，我们都愉快地回屋睡觉了。

塞巴斯蒂安直接上了床，我坐在他的炉火旁，抽着烟斗。“明天我真想和你一去出去。”我说。

“好吧，”他说，“可你不大会看到什么有意思的事。我告诉你我真实的想法吧，我会在第一个树丛的位置甩掉布赖兹赫德，去最近的酒吧待着，一整天都泡在酒吧的雅座里。他们既然把我当成酒鬼，那就给他们一个酒鬼好了。不管怎么说，我都讨厌打猎。”

“好吧，我也阻止不了你。”

“你可以的，实际上——你不给我钱就行了。他们在夏天就停掉了我的银行账户，你知道的。这是我最主要的麻烦，为了能过一个愉快的圣诞节，我的手表和雪茄盒都已经躺在当铺里了。所以我得从你这里拿到我明天的开销。”

“我不会给你的。你很清楚，我不会这么做。”

“你不会吗，查尔斯？好吧，我想我得自己找办法解决了。我最近在这方面还挺聪明的——万事靠自己。我只能这样了。”

“塞巴斯蒂安，你和桑格拉斯先生都做了些什么？”

“晚饭的时候他都告诉你们了——就是那些废墟、向导还有骡子。那就是萨米做的一切。我们各走各路，就是这么回事。到目前为止，可怜的萨米表现得还不错。我希望他可以保持下去，不过他好像对我的快乐圣诞并没有好好保密。我猜这是因为如果他把我说得太好了，他就有可能丢掉他作为监护人的这个饭碗。

“他在这件事上捞了不少好处。我不是说他在偷东西，我觉得他在金钱方面还是一个相当诚实的人。他肯定有一个让人尴尬的小本本，里面记着每一笔他用旅行支票兑换的开销，留着给妈妈和律师过目。但那些地方都是他想去的，有我带着他过舒服日子，他就方便多了，可以不必像其他教师那样缩手缩脚。唯一的麻烦就是得忍受我这个旅伴，不过这个问题也很快就得到了解决。

“我们的旅行很像是那种大游历[1]，你知道的，随身带着给各地大人物的介绍信，住在罗德岛的军事总督和君士坦丁堡大使那里。这也是萨米答应监督我的首要原因。当然啦，他不可能一路都盯着我，不过他事先提醒了所有接待我们的主人，说我是个不靠谱的主儿。”

[1] 大游历（Grand Tour），指英国贵族子女到欧洲大陆的旅行，以学习文化、开阔眼界为目的。

“塞巴斯蒂安。”

“他是说我不大可靠——我手上没钱，所以也走不了多远。他甚至得替我付小费，一边把钱塞到人家手里，转过头来就在小本子上记账。我的幸运时刻出现在君士坦丁堡，有一天我趁萨米没注意，溜出去玩了两把牌，赢了一些钱。第二天我就跟他不辞而别，在托喀特利安酒店的酒吧里逍遥快活了好几个小时，还遇到了一个人——留着胡子的安东尼·布兰奇，还带着一个犹太男孩。在萨米气喘吁吁地跑过来、把我带回去之前，安东尼借给我一张十镑的票子。在那之后，我就一直在他的监视之下。使馆的工作人员把我们安排在一条开往比雷埃夫斯[1]的船上，目送我们走远。不过在雅典的日子就好过多了，有一天吃完午饭，我走出公使馆，在旅行公司换了零钱，询问了去亚历山大港[2]的船次，不过只是为了耍一耍萨米。然后我坐公交车去了港口，找到了一个说英语但带着美国口音的水手，在他的船出海前一直跟他待在一起。之后我又立马返回君士坦丁堡，仅此而已。

“安东尼和那个犹太男孩住在一栋漂亮而摇摇欲坠的房子里，离当地的集市很近。我一直待在那里，直到天气变冷。然后我和安东尼一起乘船南行，直到三周前才和萨米碰头。”

“他没生气？”

“哦，我想他非常享受一个人走在这可怕线路上的时光，因为对他来说再没有比这更高雅奢靡的生活了。我想他一开始是有

[1] 比雷埃夫斯（Piraeus），希腊港口，邻近雅典。
[2] 亚历山大港（Alexandria），埃及最大海港，全国第二大城市，历史名城。

点焦虑的，我不想他把整支地中海舰队都给惊动了，所以我在君士坦丁堡给他打了电报，告诉他我一切都好，并盼望着他把钱寄到奥斯曼银行。结果他一收到我的电报就火急火燎地赶了过来。当然，他的处境很艰难，因为我已经成年，并且没有精神疾病的证明，所以他没办法把我羁押起来；他也不能让我饿死，因为他还在花着我的钱；告诉妈妈更行不通，那只会让他显得很蠢。我把他套得牢牢的，可怜的萨米。我最开始的计划是直截了当地离开他，但安东尼在这件事情上帮了忙，他还对我说要友善地解决问题，而他确实把事情安排得妥妥当当。所以我还是回来了。”

“你圣诞节之后才回来。”

“是的，我决心要开开心心地过一个圣诞节。”

“那你开心吗？”

“我觉得还不错。我什么都不记得了，那就是意味着很开心，不是吗？”

第二天早餐时，布赖兹赫德穿了件猩红色的外套，科迪莉亚则系了一条白色的硬领巾，下巴高高抬起，漂亮极了。当塞巴斯蒂安穿了件花呢外套进来时，她哀叹道：“哦，塞巴斯蒂安，你可不能穿成这样出门。快回去换衣服。你穿打猎服的时候挺可爱的。”

“不知道锁到什么地方了，吉布斯没找到。”

“你瞎说。他们去叫你之前，我都已经帮你拿出来了。”

“有一半东西都不见了。”

“这只会助长斯特里克兰－维纳布尔斯夫妇的坏毛病。他们最近的表现太糟糕了，居然允许马夫礼帽都没戴就出门。”

差一刻十一点的时候，马还没有被牵出来，可楼下也没人，大家似乎都藏在什么地方不肯现身，等着塞巴斯蒂安打退堂鼓。

等其他人都已经上马，塞巴斯蒂安才准备出发。他把我招呼到客厅里。桌子上放着他的帽子、手套、皮鞭和三明治，还放着一会儿准备让人灌酒的长颈瓶。他把它拿起来，晃了晃，里面空空如也。

“你看，”塞巴斯蒂安说，“他们连这种事都不肯相信我了。是他们疯了，不是我。现在你不反对给我钱了吧？”

我给了他一镑。

“再给点。”他说。

我又给了他一镑，看着他骑上马背，让马一路小跑，跟在他哥哥和妹妹身后。

然后，像是舞台上的暗示一般，桑格拉斯先生来到我身边，挽起我的胳膊，把我带回炉火旁。他烤了烤自己那双干净的小手，接着回到他温暖的座位上。

“塞巴斯蒂安现在猎狐去了，”他说，“我们的小麻烦可以暂时搁置一两个小时啦。”

我再也听不去了。

“昨晚我听说了你们的大游历。”我说。

“啊，我早料到你会听说那些事。”桑格拉斯先生一点也不沮丧，似乎还因为多了个人知道而松了口气，“我没用这些事情来烦扰我们的女主人，毕竟，事情的结果比任何人想象的都要好很多。不过，我的确觉得，关于塞巴斯蒂安的圣诞节日程，她还需要一些解释。你也看到了，昨晚这里采取了一些预防措施。”

“我注意到了。”

“你觉得过分吗？我和你想得一样，尤其是当我们小小的拜访因为这些事情而变得不那么舒适的时候。今天早晨我去见了马奇梅因夫人，你可别以为我是刚刚才起床。我上楼去和我们的女主人闲聊了一会儿。我觉得今晚我们可以过得轻松一点。昨晚的经历，大概每个人都不想再来一遍。为了分散你们的注意力，我可是煞费苦心，但我觉得我并没有获得应有的感激。”

和桑格拉斯先生谈论塞巴斯蒂安，这让我很不自在，但我不得不这样做。“我不确定今晚是不是适合放松。”

“不然呢？为什么不是今晚？在布赖兹赫德的监视下到野外待了一天，回来还不应该好好放松一下？还有更适合的时候吗？”

“哦，我觉得这一点也不关我的事。”

“严格来说，既然他已经平安回家了，这一切也与我无关。马奇梅因肯和我推心置腹是我的荣幸，但此刻在我心里，塞巴斯蒂安的幸福显然不及我们自己的愉悦更加重要。我需要喝上我那三杯葡萄酒，需要在藏书室里看到那个热情好客的托盘。但你却偏偏反对在今晚放松，我想知道你的理由。塞巴斯蒂安今天并没有胡闹，只有一个原因，就是他没钱了。我碰巧知道，我亲眼看见了。我楼上的房间里甚至有他的手表和雪茄盒。他今天是完全无害的……只要没有人罪恶到给他钱……啊，茱莉娅小姐，您早安，早上好。这个打猎的上午，你的哈巴狗还好吗？”

“哦，哈巴狗它还不错。听着，我今天在家是等着雷克斯·莫特拉姆过来的。我们可不能再过一个像昨晚那样的夜晚了，必须有人去跟妈妈说一声。”

“有人已经说了，我说了。我想今晚会好不少。”

“感谢上帝。你今天要画画吗，查尔斯？”

每次到布赖兹赫德庄园，我都会在花房的墙上画一幅大奖章形状的装饰画，这已经成了我的习惯。这个习惯很适合我，因为这样我就可以有充分的理由摆脱聚会上的其他人，独处一阵子。宅子里一旦挤满了人，花房就可以与育婴室相媲美，共同承担人们时不时逃到这里、发发其他人牢骚的功能。我已经在那里画了三幅装饰画了，每一幅都相当漂亮。但如果换个角度，随着自己品位的改变，我开始觉得每一幅都不够完美。尤其是从开始创作这些画到现在的十八个月里，我的手已经变得越发灵巧了。作为一个装饰方案，这一组作品无疑是失败的。这又是个典型的在花房避难的上午，我到了那里，迅速着手工作。茱莉娅过来看着我画画，我们聊着天，不可避免就聊到了塞巴斯蒂安。

“你有没有觉得这个话题很无聊？”她问我，“为什么每个人都把这当成什么了不起的大事？”

“只是因为我们都喜欢他吧。”

“好吧，从某种程度上说，我也是喜欢他的，只要他能表现得跟其他人一样。我是伴随着一桩家庭丑闻长大的，你知道，就是我爸爸。不能在仆人面前提到他，当我们还是孩子时，就连我们也要避讳。要是妈妈以后也把塞巴斯蒂安当成一桩丑事来看，那可就太过分了。如果他想一直当个醉鬼，他为什么不去肯尼亚，或者其他即使喝醉了也没事的地方去呢？”

“为什么在肯尼亚不开心就比在其他地方不开心要好呢？”

“别装傻了，查尔斯。你完全能明白。”

“你是说，如果那样的话，你们就不会觉得这么尴尬了？好吧，我只想说，一旦塞巴斯蒂安能抓住机会，他还会把今晚的局面弄得很尴尬。他的情绪还是不好。”

“哦，打一天猎会让心情变好的。”

看见大家都把希望寄托在这一天的打猎上，这真让人悲伤。这个上午马奇梅因夫人也过来找我，还用她那著名的“优雅讽刺”自嘲了一番。

“我一直是痛恨打猎的，”她说，“因为它似乎会让一群最友善的人身上产生很粗鄙、很恶劣的东西。我不知道那是什么，但当他们换好服装，跨上马，他们简直就成了一群普鲁士人，还会在事后自夸个没完。每当那样的夜晚，我坐在餐桌前，看着这些我认识的男男女女变得半梦半醒、固执己见、偏执又自大时，我就会很害怕……而且，打猎这事是从几百年前就流传下来的。不过一想到今天塞巴斯蒂安也跟他们出去打猎了，我的心情就轻松了不少。‘他没犯什么错，’我心里说着，‘他打猎去了。’仿佛我的祈祷真的应验了。”

她询问了我在巴黎的生活，我告诉她从我的房间可以看到河，还有巴黎圣母院的塔楼：“我希望等我回去时，塞巴斯蒂安也能来和我住几天。”

“那很好啊。”马奇梅因夫人说着，叹了口气，仿佛这是件不可企及的事情。

“我想他也可以和我去伦敦住几天。”

“查尔斯，你知道这是不可能的。伦敦是最坏的地方。在那里，就连桑格拉斯先生都管不了他。这栋宅子里没有秘密。你知道的，他整个圣诞节都不知道去了哪里。直到他付不起账单，人家给我们打电话，桑格拉斯先生才把他找回来。这太可怕了。不，伦敦是不可以去的，即便是在这里，和我们在一起，他都没办法保证自己行为得体……我们总得在这里，让他快乐一点，健康一点，打打猎，然后把他送出国，再让桑格拉斯先生陪着他……你看，这种事情我之前都经历过。”

反驳的话也不言自明，我没说出来，但我们都心知肚明：“你没能留住那个人，他跑掉了。你也留不住塞巴斯蒂安，因为他们都恨你。”

这时，下面的山谷里传来了号角和猎人的喊叫声。

“他们到那里了，猎犬已经进林子里了。我希望他们今天过得愉快。”

于是，我同时陷入了和茱莉娅以及马奇梅因夫人的僵局。不是因为我们无法理解彼此，而是我们太过感同身受了。也包括布赖兹赫德，他回家吃午饭时也跟我谈到了这个话题——它就像是一团在轮船吃水线以下燃烧的火，黑暗中黑与红交织，最终形成呛人的缕缕烟雾，从舱门渗出，又从天窗和通气管道里翻涌而来。同布赖兹赫德在一起时，我就像是置身于一个陌生的、僵死的世界，那世界好像是月球一般，充满光裸的熔岩，稀薄的空气令我的肺苦不堪言。

他说：“我希望他是嗜酒成瘾，那只意味着我们全家人面临着巨大的不幸，得帮助他承受这苦难。过去我常常担心他在想要喝醉的时候故意喝醉，只因为他喜欢这样。”

“但他以前确实是这样——我们都是那样。他现在跟我在一起时还是这样。我可以让他保持这个状态，只要你们的妈妈信任我。但如果你们总是让别人监视他，或者在他身上采取什么疗法，那么不出几年，他的身体一定会垮掉的。”

“身体垮掉有什么不好吗？我不觉得。没有人在道德上有义务成为邮政大臣、猎犬专家，或者是在八十岁时还能健步行走十公里。”

“你错了，”我说，“谈什么道德义务——你现在又要扯到宗教上了。”

“我一直依赖于它。”布赖兹赫德回应。

“所以你知道吗，布赖德，如果我什么时候突然想信一信天主教，那么只要跟你谈上五分钟，我就可以打消这个念头。你总是能让那些原本有意义的话题，变成彻头彻尾的无稽之谈。”

“你这样讲话很奇怪，不过这话我也听别人说过。这就是我不觉得自己能成为一个优秀神父的原因之一。我想是思维方式使然吧。”

吃午饭的时候，除了对自己即将到来的客人，茱莉娅对其余的一切都漠不关心。她开车去车站把他接了回来，带回家喝茶。

“妈妈，快来看看雷克斯带给咱们的圣诞礼物。”

一只活灵活现的小乌龟，龟壳上用钻石镶嵌出茱莉娅名字的缩写。这个略显粗俗的礼物正在光滑的桌板上无力地爬行，大步跨到牌桌之上，接着是笨拙的地毯之行，被人触碰便会缩回头，然后又伸长脖子，摇晃它那干枯苍老的脑袋，成了这个晚上令人难忘的物件。它的吸引力在这个风雨飘摇的时刻，派上了难能可贵的用场。

“天哪，”马奇梅因夫人说，“我想知道，它是不是和其他乌龟吃同样的东西？”

“它要是死了该怎么办？”桑格拉斯先生问，“你能把另一只乌龟也塞进这只龟壳里吗？”

雷克斯也知道了塞巴斯蒂安的问题——他无法容忍在这种氛围下被排除在外——并且提供了一个小小的解决方案。喝茶时他大大方方地把这个问题提了出来，经过一整天的窃窃私语后，听到关于这事情的公开讨论是一种宽慰。“把他送到苏黎世的博莱图斯吧，博莱图斯就是那里负责人的名字。他的工作是每天在自己的疗养院里创造奇迹。你们知道查理·吉尔卡特尼是怎么喝酒的吧。”

“我可不知道。”马奇梅因夫人用她那甜美的讽刺语调说，“不，我恐怕并不知道这个查理·吉尔卡特尼是怎么喝酒的。”

茱莉娅听出自己的情人遭到了嘲讽，于是皱着眉头看向小乌龟，但雷克斯·莫特拉姆却对这种优雅的伤害无动于衷。

“两任妻子都对他绝望了。”他说，“后来他打算跟西尔维娅订婚，西尔维娅说订婚的条件是去苏黎世接受治疗。治疗的效果很好，三个月之后回来，他焕然一新。从那之后他滴酒未沾，直到西尔维娅抛弃他之后也是一样。”

“她为什么这样做？”

“唉，那是因为可怜的查理要是不喝酒，就是个无聊透顶的人。但这不是关键。”

“嗯，我想也不是。实际上，我觉得这个故事真是鼓舞人心。”

茱莉娅盯着她那只珠光宝气的小乌龟，满面愁容。

“还有，他也接收性病病人。”

“哦，可怜的塞巴斯蒂安要在苏黎世认识一些多么奇怪的朋友啊。”

“他的预约在接下来几个月应该都是满的。不过如果我开口，他应该可以预留出一个房间。我今晚就从这里给他打电话。”

雷克斯在他大发善心的时候，总会表现出一种虚张声势的热情，就像把一台吸尘器塞到一个并不需要它的家庭主妇手中一样。

“我们会考虑一下的。”

正在我们讨论的时候，科迪莉亚打猎回来了。

“哎呀，茱莉娅，这是什么东西？真恶心！”

“它是雷克斯的圣诞礼物。”

“哦，对不起，我总把事情搞错。但这多残忍啊！它一定伤得非常重。”

“它们感觉不到的。”

“你怎么知道？我打赌它们能感觉到。”

她吻了她一整天都没见到的妈妈，跟雷克斯握了握手，然后摇铃叫了炒蛋吃。

“我在巴尼夫人那里喝了茶，还在她家打电话叫了车，但我现在还是很饿。今天太好玩了，琼·斯特里克兰-维纳布尔斯跌进烂泥里了。我们一口气从本格斯跑到了上伊斯特莱，一点都没休息。我估计有五英里，对吧，布赖德？”

“三英里。”

“就像他那样跑，不止……”她嘴里塞满了炒蛋，给我们讲打猎的事，“你们真该看看琼从烂泥里爬出来时的样子。”

“塞巴斯蒂安去哪儿了？”

“他可丢人了。”这句话通过孩童清晰的嗓音讲出，却如同钟声一般引人注意，她继续说，“他出门的时候穿了一件很讨厌的捕鼠人外套，系着一条同样讨厌的小领带，就像是从莫尔文上尉的骑术学校出来的一样。刚遇到他时，我差点没认出来，我希望大家都别把他认出来。他回来了吗？我想他是走丢了。”

等到威尔考克斯过来收拾桌子，马奇梅因夫人问：“还是没有塞巴斯蒂安的消息？”

“没有，夫人。”

“他一定在半路去谁家喝茶了。这可真不像他。”

半小时后，当威尔考克斯端鸡尾酒托盘上来，他说：“塞巴斯蒂安少爷刚刚从南特温宁打了电话过来。”

“南特温宁？有谁住在那里吗？”

“他是在旅馆里打电话过来的，夫人。”

“南特温宁？”科迪莉亚说，“天哪，他果然走丢了！”

等他回家时，他看起来很高兴，眼睛里闪烁着兴奋的光芒。我看他已经有七八分醉意了。

“亲爱的孩子，”马奇梅因夫人说，“再次看见你气色这么好，真叫人开心。在外面过一天果然对你有好处。酒都在桌子上，自己倒着喝吧。”

她的语气没有什么特别，但她能说出这样的话很是反常。要是在六个月之前，她是绝不会这样说的。

“谢谢，”塞巴斯蒂安说，“我会的。”

预料中的打击落在原本的创伤之上。没有剧痛，也没有震惊，只有单调而令人作呕的不适在蔓延，同时伴以对是否可以再承受一次同样打击的怀疑。这就是那天晚上，我坐在塞巴斯蒂安对面的感受。看着他混浊的眼睛和迟滞的动作，听着他含混不清的声音，在长时间残忍的沉默之后，这种局面被不合时宜地打破了。到最后，茱莉娅、马奇梅因夫人和仆人们都已经离开，布赖兹赫德说：“你最好去睡觉，塞巴斯蒂安。”

“我得先喝点葡萄酒。”

“可以，要是你想，可以喝一点。但是不要进客厅。”

“喝他个一醉方休。”塞巴斯蒂安重重地点了点头，“就像古时候，绅士们总是醉个透，再去找姑娘们。”

“不过，事实并非如此。”桑格拉斯先生后来和我聊这个话题的时候说，“古时候根本不是他这个样子。我不知道二者的区别在哪里。是缺少幽默感，还是缺少朋友？我觉得他今天又一个人去喝酒了，可他又是在哪里搞到钱的呢？”

“塞巴斯蒂安走了。”我们到客厅之后，布赖兹赫德说。

“是吗？那要我读书吗？”

茱莉娅和雷克斯在玩比齐克牌，小乌龟则在被哈巴狗戏弄，缩进了壳里。马奇梅因夫人大声读了会儿《小人物日记》，时候还早，不过她却说她要去睡觉了。

“我能再待一会儿吗，妈妈？再玩三把。”

“好啊，亲爱的。在你睡觉之前，来我的房间坐一会儿吧，我不会睡的。”

我和桑格拉斯先生都看出茱莉娅和雷克斯希望能单独待一会儿，所以我们也离开了。但布赖兹赫德却毫无察觉，坐在那里看那份他今天还没看的《泰晤士报》。我们走回房间的路上桑格拉斯先生说：“古时候根本不是这样。”

第二天早上我问塞巴斯蒂安：“实话告诉我，你还希不希望我待在这里？”

“不，查尔斯。我不觉得我还想让你留下来。”

“我帮不上什么忙吗？”

“帮不上了。”

于是我去找她妈妈表示歉意。

“有件事情我必须问问你，查尔斯。昨天你给过塞巴斯蒂安钱吗？”

“给了。”

“在知道他可能如何去花的情况下？”

“是的。”

“我不明白，”她说，“我简直不明白，怎么会有人如此冷酷而恶毒。”

她停顿了一下，不过我觉得她并不是在等什么人给她回答。我也没什么可说的，除非是重新回到那熟悉的、没完没了的争论。

“我不打算责备你。”她说，“上帝清楚，我没有资格责备任何人。任何我孩子身上的失败，都是我自己的失败。但是我不明白，我不明白你方方面面都如此善良，为何偏偏会做出如此残忍之事。我不明白我们怎么就都那么喜欢你。你是一直都讨厌我们吗？我不明白我们为何会得到这样的回报。”

我无动于衷，丝毫没有被她的悲伤所打动。这就像是我常常想象的那个自己被学校开除的情景。我几乎在等着她说：“我们已经写信告诉你那不幸的父亲了。”但当我开车离开时，回望这栋宅子，我觉得自己的一部分已经留在了那里。后来无论我去了哪儿，这里都会成为我心头的一处缺憾，而我只会不断想要寻回它，正如人们口中的鬼魂，时常徘徊在自己埋下宝藏的地方，没有这宝藏，他们便无法支付前往冥间的路费。

“我决不会回来了。”

一扇门就此关上——那扇我在牛津的院墙上寻到的矮门。可是现在，即便再推开它，我也找不到那座迷人的花园了。

我回到了水面上。长时间被囚禁在暗无天日的珊瑚宫殿和随水飘动的海底森林之后，我终于再次享受这寻常的阳光和清新的海上空气。

我留下的——是什么呢？青春？年少无知？浪漫？我留在身后的，是这些东西施展的魔法，如同一个“青年魔术师的魔法包”——整洁的小箱子里摆着乌木魔杖，旁边有几个魔术台球，可以折叠变换的硬币，还有可以塞进中空蜡烛的羽毛花。

“我把幻想留下。”我对自己说，“从今以后，只活在三维的世界里——仅凭借着我自己的五种感官。”

我曾认为不会有这样一个世界，可当我的车拐了弯、那栋宅子彻底离开我的视线时，我发觉不必寻找，那个世界就在林荫路尽头等着我。

我回到了巴黎，回到了新朋友和新习惯的生活中。我以为不会再收到关于布赖兹赫德庄园的消息了，但生活中这样决绝的分离还是很少见的。没出三周，我就收到了科迪莉亚用法式字体写下的信：

亲爱的查尔斯，你的离开让我很难过。你应该过来和我道个别的！

我已经听说你的丢脸事了，我要写信告诉你，我也做了一件丢脸的事。我从威尔考克斯那里拿了钥匙，给塞巴斯蒂安送了威士忌，然后被抓住了。他看起来是那么想喝酒。当时就爆发了一场激烈的争吵（现在也是）。

桑格拉斯先生已经走了。（棒！）我觉得他也有点羞愧，可我不知道原因。

莫特拉姆先生很讨茱莉娅的欢心（真糟！），他正在准备把塞巴斯蒂安送走（太糟啦！太糟啦！），送到一个德国大夫那里。

茱莉娅的小乌龟不见了。我们认为它自己把自己埋起来了，乌龟都是这样。所以这钱也是打水漂了（莫特拉姆先生这样说）。

我过得很好。

爱你的

科迪莉亚

收到这封信一周后的某个下午，我回到房间，发现雷克斯正在等我。

那时大概是四点，每年这个时节，画室里的光线早已变暗了。

当看门女人告诉我房间里有人在等我时，我从她的脸上可以看出，楼上那位一定非同寻常。她总是可以栩栩如生地描述不同年龄和气质的访客，而此刻她的表情显然在说，楼上那位客人很有分量，而雷克斯也确实如此。他穿着一件宽大的旅行大衣，我进屋时他正在俯瞰河畔的风景，把窗口堵得严严实实。

“嘿，”我说，“嘿。”

“我是今天上午来的。他们把你通常吃午饭的地方告诉了我，但我在那里并没有看见你。你找到他了吗？”

我用不着问他说的是谁。“这么说，他也跟你不辞而别了？”

“我们昨晚到这里，准备今天去苏黎世。晚饭后，他说自己很累，所以我把他留在了洛蒂酒店，一个人去‘旅行者’俱乐部玩了两把。”

我注意到，即便是和我说话，他也在找借口，好像是为了在别处讲述这个故事而排练。“他说自己很累”这个借口不错，我实在没法想象雷克斯会让一个半醉半醒的男孩在身边，打扰自己玩牌。

“于是等你回去，就发现他不见了？”

“我倒希望如此。我回去的时候，发现他正坐着等我。在‘旅行者’我手气不错，赚了一小笔，塞巴斯蒂安趁我睡着把钱全拿走了。他只留给我两张去苏黎世的头等机票，塞在穿衣镜旁边。我那总共有大概三百镑，该死的！”

“而他现在可能在任何地方。”

“任何地方。你没有刚好把他藏起来吧？”

“没有。我已经决定不再和他们家来往了。”

“我觉得我们的来往才刚开始。”雷克斯说，“我说，我还有不少话想跟你说说，不过我答应了‘旅行者’的一个家伙，今天下午要给他报仇的机会。你想和我吃顿饭吗？”

“可以，去哪儿？”

“我一般是去仙乐斯。”

“为什么不去帕亚尔？”

“没听说过。你知道这顿是我请，对吧？”

“我知道，那就让我点菜好了。”

“好吧，听你的。那个餐厅在什么地方？”我给他写下地址，“这地方够巴黎吧？”

“嗯，可以这么说。”

“好，就当是去尝尝鲜。到时候点些好吃的。”

“我正有此意。”

我早到了二十分钟。如果我不得不和雷克斯消磨一个晚上，那不管怎样也得照着我的意思来过。那顿晚饭我记得很清楚——酸模汤，白酒汁烩鳎目鱼，法国血鸭，柠檬舒芙蕾。而在最后时刻，为了不让雷克斯觉得这桌菜太过简陋，我又要了一道鱼子酱配薄煎饼。至于葡萄酒，我要了一瓶1906年的蒙切榭，之后，随着作为主菜的鸭子上桌，我又要了一瓶1904年产自贝兹园的葡萄酒。

那时在法国生活很容易。因为汇率的关系，家里给我的津贴十分可观，我不必过得很节省。可我也很少吃这样的大餐，因此我对雷克斯颇有好感。之后他到了，把自己的帽子和大衣递给侍者，仿佛再也不想见到它们。他在这个阴暗的角落里环顾四周，似乎希望看见一两个小流氓或是聚众喝酒的学生。但他看到的只有四位参议员，胡子下面掖着餐巾，一声不响地吃着东西。我可以想象他之后会怎样跟那些生意上的朋友描述这次晚餐："我认识个很有意思的人，是在巴黎学艺术的学生。他带我去了个很有趣的小餐馆——那种很不起眼的地方，路过的时候都不会瞧上一眼——但那里的东西却是我这辈子吃过的最好吃的。还有几个参议员也在那里吃饭呢，说明它是个不错的地方。不过价钱一点也不便宜。"

"有塞巴斯蒂安的消息吗？"他问。

"不会有的，"我说，"恐怕需要钱时他才会现身吧。"

"真过分，这样就溜走了。我还想着好好安排他的事情，好在其他事情上得到点好处。"

很显然，他想要谈谈自己的情事。但我还想再等等，等饭吃得差不多，等心态更加包容，等干邑白兰地上来。这种事情总得等大家精神有些许涣散、听的人可以三心二意时才好讲出来。而此时，我的注意力都还在食物上：餐厅的主厨正翻着平底锅里的薄煎饼，他背后，两个低一级的厨师在准备压鸭器[1]。此时我们还是谈谈我自己吧。

"你后来在布赖兹赫德待了很久吗？我走了以后还有人提到我吗？"

"提到过吗？我都听腻了，老兄。侯爵夫人叫你'没良心'的人，我猜你们最后一次见面时她说话也相当夸张吧？"

[1] 制作法国血鸭的器具。

“‘冷酷又恶毒’‘残忍无情’，大概就这些吧。”

“真够狠的。”

“人们说你什么都无所谓的，只要他们不叫你‘鸽子派’，还把你吞下肚。”

“嗯？”

“一句谚语。”

“这样啊。”融在一起的奶油和热黄油溢了出来，黄色和白色的浆液裹住一粒粒灰绿色的鱼子，将它们从鱼子酱中剥离出来。

“我喜欢在自己的鱼子酱里放一点洋葱泥，”雷克斯说，“一个很懂行的告诉我，这样吃起来味道很足。”

“先尝尝不放洋葱泥的吧。”我说，“再说说关于我的事情。”

“嗯，当然可以。那个叫什么格里纳克的——那个自大的大学老师，这次可真是栽了。大家对此都很开心。你走后一两天，他还挺受宠的。不用怀疑，肯定是他挑唆老太婆把你赶走的。他总是让人说不出话来，最后茱莉娅都受不了了，所以就让他滚蛋了。”

“茱莉娅干的？”

“嗯，因为他都开始插手我们的事情了。茱莉娅已经发现他是个骗子，有一天下午塞巴斯蒂安喝醉了——他那段时间经常喝醉——结果让茱莉娅听说了关于大游历的整个旅程。桑格拉斯先生的好日子就到头啦。在那之后，侯爵夫人开始觉得自己对你有点过分。”

“科迪莉亚引起的吵架是怎么回事？”

“那件事可够让人震惊的。那孩子真是个奇迹——她在我们眼皮底下，居然给塞巴斯蒂安提供了整整一周的威士忌。我们之前都想不到他是从哪里搞到酒的。打那开始，侯爵夫人就崩溃了。”

吃过口感醇厚的煎饼之后，汤喝起来格外美味——热乎乎的，口味清淡，带点苦，还有泡沫。

“我再告诉你一件事，查尔斯，这件事马奇梅因夫人没让任何人知道。她病得很厉害，也许过不了多久就要死了。乔治·安斯特拉瑟在秋天的时候给她看过病，说她活不过两年。”

“那么你是怎么知道的？”

“我只是听说。现在他家这个情形，我怕她是撑不过一年啦。我倒是认识一个可以帮她的人，他曾经妙手回春，把索尼娅·班芙夏尔治好了，当时连安斯特拉瑟都束手无策了。但马奇梅因夫人对自己的病情只会听之任之，我想这和她那个神经兮兮的宗教信仰有关，教徒都不太在乎自己的身体嘛。”

鳎目鱼样式普通，不太起眼，雷克斯根本没动它。我们伴着制作血鸭的声音吃着东西——嘎吱嘎吱碾碎骨头的声音、鸭血和骨髓的滴答声，还有用勺子在薄薄的鸭胸肉上涂油脂时啪嗒啪嗒的拍打声。我喝着第一杯贝兹园的葡萄酒，雷克斯抽着今晚第一根雪茄，沉默大约保持了一刻钟的时间。他靠在椅背上，吞云吐雾，然后点评道：“你知道，这地方的饭菜还不赖，应该有人把这地方买下来，好好赚他一笔。”

过了一会儿，他又开始讲马奇梅因家的事。

“我还要告诉你一件事——要是再不当心，他们家可就要有经济危机啦。”

“我觉得他们家还算相当富裕的。”

“嗯，要是按照把钱死放在那里的情况来看，他们家也还算阔。这样的人家都比他们在1914年的时候穷了，而弗莱特家似乎还没意识到这一点。我猜那些替他们家打理财务的律师一定觉得最省事的办法就是他们想要多少钱就给多少钱，什么也别问。看看他们家是怎么过日子的吧——布赖兹赫德和马奇梅因宅邸都极尽奢靡，养了一大群猎狐犬，又没有房租收入，也没有人被解雇，留了一堆都不知道在干吗的老仆人，还得让其他仆人伺候着。除了这些，那个老家伙还在国外建了一栋宅子，跟这边的房子大小也差不多。你知道他们家在银行透支了多少钱吗？”

“我当然不知道。”

“光是在伦敦，就足足有十万镑。我不知道他们在其他地方还借了多少。对不会用钱的人来说，这可是相当大的数目了，你明白的。光是去年十一月，他们就挥霍掉九万八千镑。我只是听说。”

我觉得这些事他的确只是听说，不治之症和巨额欠款。

我沉醉在勃艮第美酒里。这美酒就像是一种提示，告诉我们这世界远比雷克斯所知晓的更加古老，也更加美妙，因为人类早已在自己长久存在的激情里，参透了另一种，也是雷克斯所没有的一种智慧。后来一个偶然的机会，我又喝到了同一种酒，那是在战争开始的头一个秋天，当时我和我的酒商一起在圣詹姆斯大街吃午饭。时隔多年，酒的味道变得柔和、平淡，可却一如最初这般，用纯粹而正宗的腔调，诉说着相同的希望。

“我倒不是说他们会流落街头。那个老家伙一年就能有三万镑的进账。但很快就会有一场大震荡，上层阶级的人家一旦受到冲击，首先想到的就是削减女儿们的开销。所以我得赶在那之前，把婚姻财产交割这点小麻烦解决好。”

还没喝上干邑白兰地，我们就已经开始谈论他自己的事情了。我应该得用二十分钟才能准备好迎接他的长篇大论。我尽量不去理会他说了些什么，只是咀嚼眼前的食物，但他的话还是不时影响我的愉悦，让我回想起那个有雷克斯存在的、严酷而贪婪的世界。他想要一个女人，这个女人得是市面上最好的，但他还想以一个称心如意的价格把她搞到手。这就是他的话所表达的内容。

“马奇梅因夫人并不喜欢我。好吧，我也不稀罕她喜欢。我要娶的人又不是老太婆。她也没有勇气对我说：‘你根本算不上绅士，你只是个从殖民地来的冒险家。’她说我们生活在不同的环境下，这话倒没错，但茱莉娅刚好喜欢我的环境……然后她又提起了宗教问题，我一点也不反对她去教堂，在加拿大没人太把天主教徒当回事，可在这儿情况不同，在欧洲，很多天主教徒很体面。所以完全没关系，茱莉娅随时都可以去她的教堂，我绝不会阻止她。实际上她并不在意，是我喜欢有信仰的女孩。他们想要的所有‘承诺’[1]我也都会去做……后来又说起了我的过去。‘我们都对你知之甚少’，她了解的可一点也不少。你大概知道，我之前曾有两年的时间，都跟一个人关系密切。”

我知道此事。所有认识雷克斯的人都听过他和布伦达·钱皮

[1] 非天主教徒与教徒结婚，须在婚前以书面形式庄严许诺，尊重自己未来配偶的信仰，并会将日后的孩子抚养为天主教徒。

恩的风流韵事，也知道正是因为这件事，他才与其他股票经纪人有所不同。他曾和威尔士亲王打高尔夫，是绅士云集的“布拉特”俱乐部中的一员，甚至还和下议院有着不清不楚的关系。像他第一次出现在那里时，他所在政党的首领并没有说：“瞧瞧，这就是从北格里德利来的那个年轻人，很有前途，他有关租借限制法案的发言实在是棒极了。”他们说的是：“这就是布伦达·钱皮恩最新的那位。”这让他很容易跟男人们拉近距离，也不妨碍他对女人们施展魅力。

“好吧，这其实没什么好说的。马奇梅因夫人是体面人，她可不愿意提这种事，所以只是说我‘声名狼藉’。她到底想要个什么样的女婿呢？像布赖兹赫德那种半吊子修士？茱莉娅也知道那些事，要是她都不介意，我实在想不出这种事谁还有资格来管。”

鸭子吃完，上来了一道西洋菜菊苣沙拉，上面铺着薄薄一层细香葱。我尽力只去想这道沙拉，并且成功地让脑子里只剩下舒芙蕾。然后干邑白兰地上来了，终于到了听人吐露心声的大好时机。“茱莉娅快二十岁了，我不想等到她成年再说。要是财产问题不解决，我无论如何也不想结婚……偷偷摸摸的事情我是不会做的……我得替她把她那份正当的财产看住了。所以在侯爵夫人按兵不动的时候，我要去看看那个老头子，和他达成一致。我觉得，只要是能让侯爵夫人闹心的事，他都会答应的。他这会儿在蒙特卡洛，我本来打算把塞巴斯蒂安送到苏黎世之后就去找他，所以你看吧，把那家伙弄丢了可真是够倒霉的。”

干邑白兰地并不合雷克斯的口味。酒的颜色淡而清澈，装在既没有灰尘，也没有拿破仑式压花字样的瓶子里。这酒只比雷克斯大一两岁，并且是最近才装瓶的，用来盛酒的杯子是非常薄的郁金香杯，尺寸适中。

“关于白兰地，我还是略懂一点的。”雷克斯说道，“这个颜色不行，另外，我可没法用这个顶针大小的杯子品酒。”

于是侍者拿来一个球形的高脚杯，足足有他脑袋那么大。他指挥侍者，把杯子用酒精灯烤暖。然后他把这光彩夺目的容器里的液体轻轻旋转起来，把脸埋进蒸汽里，还声称自己在家里兑着苏打水喝的酒就是这个味道。

于是，他们又窘迫地从隐蔽的仓库里推出了一只有些发霉的巨大的瓶子。这种东西正是为雷克斯这样的顾客准备的。[1]

“这才是好东西。”他说着，把杯子里蜜糖一般的混合物倾斜过来，直到杯壁上留下一圈暗色的痕迹，“他们总会藏一些好东西，除非你找他们要，不然他们根本不肯拿出来。来一杯吧。”

“我这酒就挺好的。”

“好吧，要是你没法欣赏它，喝这种酒算得上一种罪过。”

他点了根雪茄，靠在椅子上，平静而安宁。而我，在与他不同的另一个世界里，同样沉浸在平静安宁中。我们都很愉快，他说着他的茱莉娅，我听着他的声音从远处传来，模糊不清，就像

[1] 对正统的英国贵族来说，最醇正的干邑酒色淡，酒感浓，口感柔顺温和，新近装瓶，要用半开放形状的郁金香杯饮用；粗俗的暴发户则会认为，干邑白兰地应该装在印有拿破仑式字样的落满灰尘的酒瓶里，用极大的球形高脚杯品尝。此处是对雷克斯的讽刺。

静谧的夜里数英里外的犬吠。

他们在五月初公布了订婚的消息。我在《大陆每日邮报》[1]上看到了新闻，猜测老爷子已经和他“达成一致”。但事情并没有像预期的那样发展，六月中旬我又看到了有关他们的新闻，他们在萨伏伊教堂悄无声息地完婚了。没有任何一个皇室成员到场，也没有首相的影子，甚至茱莉娅家里也没人出席。这听上去是件“偷偷摸摸”的婚事，直到几年后，我才了解整件事情的来龙去脉。

[1]《每日邮报》的欧洲大陆版。

第二章

茱莉娅和雷克斯

第二章

现在我该说说茱莉娅了。到目前为止，在塞巴斯蒂安的这出戏里，她扮演的还只是一个若隐若现、有些神秘的角色。这是当时她给我留下的印象，而她对我的印象也是如此。我们追寻着不同的目标，彼此却越发靠近。她后来告诉我，她当时还是在心里给我留了一席之地的，就像有人想去找一本书，结果被另一本书吸引。她把它取下来，看了一眼扉页，说“等我有时间，一定也要读读它”，然后就把它放回原处，继续找她当时想要的书。而我对她的兴趣则更强烈一点。因为在不同姿态、不同光线之下，我总能捕捉到兄妹二人外形上的相似之处，每一次的发现都让我有所触动。而随着塞巴斯蒂安的迅速堕落，他的形象日渐淡出并且坍塌，茱莉娅的形象却越来越坚实、清晰起来了。

那些日子里她很瘦，胸部平坦，双腿修长。她修长的四肢十分显眼，躯干却不引人注意。从这方面讲，她倒是符合当时的时尚。但当时流行的发型和帽子、茫然的眼神和夸张张口的表情，以及高高涂在颧骨之上的两团小丑一般的腮红，都令她无法成为时尚的典范。

我第一次见她正是那个她从车站载我回家的黄昏。那是 1923 年的盛夏，她刚满十八岁，同时也刚刚结束初次伦敦社交季之旅。

有人说那是自战争以来最盛大的一个社交季，一切又开始正常运行了。而茱莉娅则是那时的焦点。当时的伦敦，还剩下六七座可以被称为“历史性的”宅邸，圣詹姆斯大街上的马奇梅因宅邸便是其中之一。尽管服装只能算是粗糙简陋，但那场为茱莉娅举办的舞会算得上相当壮观华丽了。塞巴斯蒂安为此也去了伦敦，还随口邀请我同去。我拒绝了，但之后又觉得后悔，因为那是那儿最后一次举办这样的舞会了，一个华丽时代的谢幕之作。

我是怎么知道的呢？那时时间似乎无比充裕，所有事情都有空去做，世界仿佛是全然开放的，只等着人们从容探索。那个夏天，我满心都是牛津，至于伦敦，我还想再等一等。

其他几幢大房子都属于茱莉娅的亲戚或儿时的朋友。除此之外，梅菲尔区和贝尔格莱维亚区还有好多宅邸，鳞次栉比，灯火通明，人来人往，夜夜笙歌。那些从自家荒芜土地上返任归来的外国人写信回家时，说他们似乎在这里瞥见了另一个世界，一个他们以为早已在泥泞的土地和铁丝网间消失的世界。通过几周宁静的时光，茱莉娅闪亮登场，光彩照人，好似林间透出的细碎阳光，又宛如镜中反射出的烛光，让那些回忆往昔的老人看到她就像看到青鸟[1]一样。"'布赖德'·马奇梅因家的大女儿，"他们说，"可惜他今晚看不到她。"[2]

那天晚上及那天晚上之后，无论走到哪里，她都会有一个自己的密友小圈子，她带来的欢乐时刻就像翠鸟倏地掠过水面，激起的波纹直荡到河岸。

她是一个特殊的存在，既不是孩童，也并非妇人。她载着我穿过夏日傍晚的尘土，尚未受到恋情的纷扰，惊讶于自己的美貌带来的力量，发现自己在无意中已经全副武装，正在生活冷酷的边缘徘徊。这位神话中的女英雄转动着手上的魔法指环，她只需要轻轻触摸它，再轻声念出咒语，大地就会在她脚下一分为二，巨大的仆人从裂缝中现身。这言听计从的怪物，只消她吩咐一声，就会把任何她想要的东西带回来复命。只是带回来的东西或许并非她满意的模样。

那天晚上她对我毫无兴趣，不请自来的神明在我们脚下抱怨个不停。她只是她那个小世界的一部分，住在一个精心雕刻的中国象牙球一般的同心套球的最中央。只有个小问题困扰着她——她觉得小，一种抽象概念和符号。她平静地、同时又脱离现实地思考着，应当同怎样的人共结连理。战略家们面对着地图上的几枚插针和几条粉笔线路犹豫不决，思考着插针和粉笔线条该如何

[1] 青鸟（the blue-bird），出自梅特林克的代表作《青鸟》。其中的"青鸟"是幸福的象征。

[2] 此处指马奇梅因勋爵。布赖兹赫德全称为"布赖兹赫德伯爵"，是马奇梅因勋爵的第二个爵位头衔，他尚在世的时候，他的长子会礼貌性地被冠以这个爵位头衔，但并非真正继承。

变动。但在屋外，只不过几英寸的小事，在这些严谨的军官目所不及的地方，却有着足以席卷过去、现在和未来的力量。那时的她，也只是自己的一个标记，既缺乏儿童的生活，也没有妇人的生活。胜利与失败，都只在几根插针和线条之间。而她对战争一无所知。

“要是我一个人生活在国外，”她想，“这些事情就该由父母和律师全权安排好了吧。”

尽可能体面又风光地结婚是她所有朋友的目标。如果她的眼光足够远，能看到婚礼之外，便会发现婚姻才是独立生活的开始。婚姻是一个人汲取勇气的小战场，由此她才能开始生活真正的战斗。

她比其他同龄的姑娘都更加光彩照人。但她知道，在自己的世界，在自己居住的那个小空间里，她要承受某些十分致命的残缺。在靠着墙的沙发上，老人们算计着分数，有些因素对她并没有利，包括她父亲的丑闻。这轻微但溶于血脉的污点落在了她的美丽鲜亮之上。而她任性又倔强的生活方式，似乎进一步加深了这污点，让她与同龄人相比显得不那么安分守己。但后果如何，谁又知道呢……

对靠墙而坐的老女人们而言，有一件事比起其他都重要得多，那就是年轻的王子们会同谁结婚。他们无法再找到比茱莉娅血统更纯正、仪态更优雅的姑娘了。但在她和这至高无上的荣耀之间，却笼罩着一层淡淡的阴影，那便是她的宗教信仰。

茱莉娅最不敢奢望的事情就是嫁入皇室。她知道，或者自以为知道自己想要什么，而那绝不是与某个王子成婚。但无论她走到哪里，她的宗教信仰似乎都会成为她与目的地之间的障碍。

这对她而言似乎是个无可挽回的损失。即便她现在选择放弃信仰，由于自小受的天主教教育，她也得下地狱。而那些她认识的新教女孩，却可以快乐无忧地接受教育，可以和长子结婚，活在自己的安宁世界里，并且在她之前跻身天国。而她根本不可能与长子组成家庭，次子们又往往很粗俗，不值一提。他们身份低微，不享有特权，明显要承担的责任就是避免抛头露面，等到灾祸不期而至，把他们推到长子的位置上。既然这是他们的责任，那他们就有必要时时保持适合担任继承人的状态。一个家庭要是有三四个孩子，其中最小的一个迎娶天主教姑娘进门倒也无可厚非。其实也有一些天主教家庭，但他们几乎无法介入茱莉娅为自己创造的小世界当中。他们有一些是她妈妈的男性亲戚，在她看来既冷酷又怪异。在十几个高贵显赫的天主教家庭里，当时没有一个人同她年纪相仿。至于外国人——许多也来自她妈妈的家族——他们对金钱十分狡诈，生活方式又很古怪，同他们结婚对英国女孩而言往往是失败的标志。她还有什么选择？

这就是茱莉娅在伦敦大放异彩几周后所面临的问题。她觉得这个问题并非无法克服。她想，一定有许多符合条件的候选人，只是他们还在等待进入她的世界。遗憾的是她必须自己去寻找他们。那种残酷轻盈而有些奢侈的选择题和壁炉前懒散的猫鼠游戏并不是她的戏码。她并不是珀涅罗珀[1]，她必须自己到森林里觅食。

[1] 珀涅罗珀（Penelope），希腊神话中奥德修斯的妻子。奥德修斯外出征战，战争结束后十年未归，许多贵族以为奥德修斯已经战死，纷纷上门向珀涅罗珀求婚。

她曾经勾勒过一幅自己理想对象的滑稽草图：一位卓越的英国外交官，但略微缺少阳刚之气，目前居于国外，拥有一套较布赖兹赫德稍小一点的宅邸，但离伦敦更近。他要老一点，三十二三岁，最近不幸丧偶，茱莉娅觉得自己更喜欢那些因为早年的悲惨经历而有些忧郁的男人。他前程远大，但目前正因孤独而无精打采。她尚且无法确定这位理想夫婿是否有落入寡廉鲜耻的外国女骗子手中的可能。他需要注入新鲜活力，好让他升迁到驻巴黎的英国使馆中去。尽管自称是温和的不可知论者，但他对宗教仪式也颇为青睐，十分同意让自己的孩子也成为天主教徒。他认为家中的孩子不论如何都要严格限制在两个男孩、一个女孩以内，并不会像男性天主教徒那样，要求自己的女人每年怀一次孕。他每年要有一万两千镑的收入，且没有什么近亲在世。茱莉娅觉得，这才是她中意的人。那天她在火车站接我的时候，也正在寻找这个人。我并不是那个人，当她从我唇间取下香烟时，尽管一言未发，但她已经告诉了我一切。

这所有关于茱莉娅的一切，我都是一点一点了解到的，正如一个人了解自己所爱的女人的早年经历——在当时来看“预备役”式的生活——一样，他可以由此成为这段记忆的一部分，以迂回的方式，将关于她的一切引向自己。

当时在布赖兹赫德，茱莉娅先离开了我和塞巴斯蒂安，去和她舅妈罗丝康芒夫人住在了一起，她在费拉角[1]有一处别墅。这

[1] 费拉角（Cap Ferrat），法国尼斯东部海角。

一路她都在思考自己的难题，她还给她的鳏夫外交官起了个名字，叫“尤斯塔斯”。从那一刻起，他就成了她生活里的一个有趣角色，一个活跃在自己内心、“不足为外人道”的玩笑。而当真正有这样一个人和她邂逅——尽管他不是外交官，而是一位忧郁的禁卫军骑兵团少校——并且爱上了她、给她买各种她想要的礼物时，她却无缘无故将他打发走，令他继续忧郁下去，因为她遇到了雷克斯·莫特拉姆。

雷克斯的年纪是很有优势的，因为茱莉娅的朋友们都有点对成熟男人过分吹捧，年轻人只会被当作满脸青春痘的菜鸟。被人看见独自在丽兹大饭店用餐也是件很时髦的事——这种事在当时很少有女孩去做，但茱莉娅的朋友们却可以。而那些上了年纪、爱靠在舞厅的墙上算计着名媛小姐们的分数、说着闲话的人，一旦在饭店里看见衣冠楚楚的女孩和满脸皱纹的老浪子在一起，而不是同舞池中央那些活力十足的小伙子约会，他们就不免要投来怀疑的目光。雷克斯倒也不算衣冠楚楚，也还没到满脸皱纹的年纪。他的长辈觉得他是个野心勃勃的下等人，但茱莉娅却从他身上看出了确凿无误的魅力——如“马克斯”和“F.E.”这样大人物一般的风度，坐在体育俱乐部里的大桌子前，喝着第二瓶酒，抽着第四支雪茄，一小时又一小时让司机在外面候着而心里不存一丝愧疚——她的朋友们都会对此嫉妒而羡慕。他拥有独一无二的社会地位，身份又颇为神秘，甚至有一丝犯罪的气息。人们说他总是全副武装。茱莉娅和她的朋友们对所谓的“庞特街”[1]深恶

[1] 庞特街（Pont Street），伦敦时尚街区。

痛绝，她们四处收集那些无比做作的“时髦用语”，然后再用这些词汇在公共场合高谈阔论，令人尴尬不已。她们觉得“庞特街”人士都喜欢戴图章戒指去剧院，把巧克力当作礼物，在舞会上询问别人“我可以为您效劳吗”。而无论雷克斯是什么，他绝不是那种“庞特街”人士。他可以直接从底层社会，阔步走入布伦达·钱皮恩的世界，而钱皮恩自己也是许多同心套球的中心。也许茱莉娅已经从布伦达·钱皮恩身上看到自己和朋友们在未来十二年里的命运轨迹。而女孩与女人之间的这种对立，又往往很难从其他方面得到解释。但毋庸置疑的是，雷克斯成为布伦达·钱皮恩的裙下之臣，令他对茱莉娅的吸引力大大增加了。

雷克斯和布伦达·钱皮恩也住在费拉角的一栋别墅里，紧挨着茱莉娅的住处。那一年这栋别墅被一位报界巨头收购，频繁出入的都是些政客。他们并不是罗丝康芒夫人的常客，但既然住得如此邻近，两伙人就难免混到一起，雷克斯就开始忙不迭地献殷勤了。

其实那个夏天，他一直都有点欲求不满。钱皮恩夫人已经证明自己是个死胡同了。起初，一切都激动人心，但现在，彼此间的束缚开始令人恼火。雷克斯发觉钱皮恩夫人的生活方式和很多英国人一样，把自己封闭在小世界和小圈子里，而雷克斯需要的是更大的世界。他需要巩固自己的所得，要降下海盗的黑旗，走上岸去，把短剑挂起，开始思考如何种庄稼。他到了该结婚的时候，也在寻找自己的“尤斯塔斯”，但像他那样的生活几乎遇不到什么姑娘。他对茱莉娅早有耳闻，她在“初入社交界少女榜单”上名列前茅，是一份恰当的犒赏。

但在钱皮恩夫人太阳镜片后面的冷酷双眼的注视下，雷克斯在费拉角不敢轻举妄动，只能跟茱莉娅成为普通朋友，方便日后进一步发展。他没能找到机会与茱莉娅独处，但他尽量让茱莉娅参与到他们的一切活动当中。他教她打“十一点”，他设法自己开车载她们去蒙特卡洛或尼斯。他还极力怂恿罗丝康芒夫人给马奇梅因夫人写信，只是还没等他们安排妥当，钱皮恩夫人就让他去了昂蒂布[1]。

茱莉娅则去了萨尔茨堡[2]，和她母亲会合。

“你范妮舅妈跟我说，你跟莫特拉姆先生关系不错。我敢肯定他不是什么体面人。”

众多暴发户身上都有一个尽人皆知的秘密，那就是他们如何赚到自己的头一万镑的；那就是他们在成为恶棍之前，所表现出的品质。当时他们还会对所有人温柔以待，他们被唯一的希望支持，无依无靠，但这种孤立无援却成了一种魅力，塑造了他们。如果他们在披荆斩棘之后依旧幸存，这种魅力就会让他们在女人中间如鱼得水。在相对自由的伦敦，雷克斯对茱莉娅的追求越发不择手段起来。他把自己的生活安排在她身边，希望制造和她的不期而遇。他尽力讨好那些能和茱莉娅说上话的人，以便自己的善良体贴可以传到她的耳朵里。他进入了不少慈善事业委员会，为的是可以接近马奇梅因夫人。他还多次给布赖兹赫德帮忙，想给他在议会里弄一个席位（但遭到了议会的断然回绝）。他甚至展现

[1] 法国东南部海滨城镇，邻近戛纳。

[2] 奥地利北部城市，位于阿尔卑斯山附近，是一个度假胜地，同时也是一座历史文化名城。

了自己对天主教会的浓厚兴趣，直到他发现那并不是茱莉娅的心意所在。无论茱莉娅想去什么地方，他和他的希斯巴诺[1]都会随时待命。他会为她和她的朋友搞来拳击大奖赛内场前区的门票，并且在赛后把她们介绍给拳击手们认识；即便这样，他却从不曾向茱莉娅表达过爱意。雷克斯从一个讨人喜欢的朋友渐渐变成了茱莉娅生活里不可缺少的角色。她一开始公开以他为傲，后来变得有些不好意思。从圣诞节到复活节的那段时间，他真正变得不可或缺了。随后，在毫无征兆的情况下，她突然发觉自己已经坠入情网了。

随后突然发生了一件令茱莉娅心烦意乱的事情。那是五月的一个傍晚，雷克斯告诉她，自己正在国会里为政事忙得焦头烂额。而当茱莉娅开车驶过查尔斯大街时，却碰巧发现他正从一座私人宅邸中出来。据她所知，那栋宅子正是属于布伦达·钱皮恩的。她既伤心又生气，几乎没办法在晚餐时保持得体。一得到机会抽身，她便赶回家，痛哭了十分钟。然后她觉得饿了，后悔晚餐时没多吃一点东西。她叫仆人给她准备了一点热牛奶泡碎面包，并且吩咐道："明天上午莫特拉姆先生打电话过来，不论什么时间，都说我不想被人打扰。"

第二天，她和往常一样躺在床上吃早饭，看报纸，给朋友们打电话。

最后，她终于问道："莫特拉姆先生有没有刚好打电话来？"

[1] 全名"希斯巴诺–苏莎"，是20世纪20年代和30年代流行的一款西班牙轿车。

“是的，小姐。打了四次。下次打来的时候要我帮您接进来吗？”

“不必了，他再打就说我出门了。”

当她下楼时，走廊的桌子上有一张留给她的便条，上面说莫特拉姆先生希望一点半在丽兹大饭店和茱莉娅小姐见面。“我今天要在家吃午饭。”她说。

那天下午，她陪她妈妈出门买东西。她们和一位阿姨喝了茶，六点的时候回到家里。

“小姐，莫特拉姆先生正等着呢。我把他带到了藏书室。”

“妈妈，我不想让他烦我。告诉他赶紧回去吧。”

“这可不好，茱莉娅。我常说在你的朋友里面，他是我不喜欢的一个，但我看惯了他，倒也有点喜欢了。你不能这样对人家忽冷忽热——尤其是像莫特拉姆先生这样的人物。”

“妈妈，我非得见他不可吗？我们见了面一定会吵起来的。”

“别瞎说，茱莉娅，你这样才是把人家当猴耍呢。”

于是茱莉娅进了藏书室。一个小时后出来，她已经跟雷克斯订了婚。

“哦，妈妈，我都说了，我要是进去准会出事的。”

“你可没这么说。你只说会吵架，我从没想过是这种吵法。”

“不管怎样，妈妈，你是喜欢他的，你这么说了。”

“他在很多地方都很不错。但要是当你丈夫，他还差得很远。大家也会这么想的。”

“让大家见鬼去吧。”

“我们对他一无所知。他说不定有黑人血统呢——他那张黑脸就很可疑。亲爱的，这件事是不可能的。我没想到你会这么蠢。”

“好吧，可我要是不这么做，他再跟那个老女人搞在一起，我又有什么资格生气呢？你在拯救堕落女人方面功德无量，我这也是在拯救，拯救一个堕落的男人，也算是换换花样。我要把雷克斯从他的弥天大罪里拯救出来。”

“不得无礼，茱莉娅。”

“跟布伦达·钱皮恩睡觉算不算弥天大罪？”

“也别下流。”

“他答应我不会再见她了。我没办法要求他这样做，除非我承认我爱上了他，对不对？”

“谢天谢地，钱皮恩夫人的品行跟我毫无关系。但你的幸福就跟我有关了。如果你必须有所了解的话，莫特拉姆先生是一个善良又有用的朋友，但我丝毫无法信任他。我敢肯定他将来的孩子一定很讨人厌，他们总会现出原形的。我丝毫不怀疑，过不了多久你就会后悔的。这段时间你什么都不要做，不要跟任何人说起这件事，也不要让人家怀疑什么。你以后不能再和他吃午饭了。在家里见见面没什么，但不要在公开场合和他见面。你最好让他到我这里来一下，我和他谈谈。”

于是，茱莉娅就开始了长达一年之久的秘密订婚。从那天下午雷克斯第一次向她表达爱意开始，巨大的压力便已经降临。被人求爱倒不是新鲜事，此前也有一两个多愁善感、游移不定的男孩向她表白，但这一次，雷克斯身上的激情却透露了茱莉娅身上某些隐秘而相似的东西。他们两人的激情吓坏了她，于是某一天她从忏悔室出来的时候，决定要了结此事。

“我不能再见你了。”她说。

雷克斯立马变得低声下气，就像他在冬天时那样。那时他每天都在自己的大车里等着她，总是冻得瑟瑟发抖。

“除非我们立马就结婚。”她说。

六周以来，他们一直保持着距离。只在见面和分别时亲吻彼此，坐着的时候也绝不紧挨着，谈的都是未来要做的事、要定居的地方，以及雷克斯获得次长职务的可能。陷入爱情之中的茱莉娅心满意足，全心全意地活在了未来里。然而就在这学期快结束时，她听说雷克斯周末时和一个股票经纪人去了森宁代尔，钱皮恩夫人也去了那里——而雷克斯此前还说周末要去自己的选区。

就在她听到消息的那个晚上，雷克斯一如往常来到马奇梅因宅邸，他们又上演了两个月前的那一幕。

“你到底想要什么？”他说，“你自己付出那么少，有什么权利要求我这么多？”

带着这个问题，她去了农场街[1]，并没有进行忏悔，而是在一个黑黢黢的小会客室里向神父提出了这个问题。

“神父，我为了他不犯更大的罪，自己犯了一点点小罪，这不能算罪过吧？”

可那位温和的老耶稣会会士偏偏认死理。她几乎没能听清他在说什么。她只知道他拒绝提供自己想要的东西，知道这个就够了。

长篇大论结束，他说道：“你现在最好去忏悔。”

[1] 农场街（Farm Street），位于伦敦，该地有著名的“农场街教堂”，是耶稣会在英国的总部。

“不，谢谢你。”她说，就像是在商店里拒绝了某件商品，“我今天并不想。”然后就怒气冲冲地回家了。

从那开始，她就从心底里拒绝了宗教。

马奇梅因夫人把这一切看在眼里，她把这不幸加之于塞巴斯蒂安带给她的新伤，加之于丈夫造成的旧痛，也加之于她带着致命病痛的残躯上。她要带着这累累伤痕去教堂，仿佛用悲痛做剑刺穿自己的心脏，用一颗活生生的心脏去譬美绘画与石膏上的形象[1]。她带着怎样的慰藉回家，唯有上帝知晓。

这一年就这样过去了，订婚的事已经从茱莉娅的闺密之间传开，闺密的闺密之间也已传开了。到最后，就像水中央的波纹最终扩散到泥泞的岸边，媒体方面也开始频频暗示。作为王后的侍女，罗丝康芒夫人也因此事被严密盘问，没办法再坐视不管。随后，茱莉娅拒绝参加圣诞节的圣餐仪式，马奇梅因夫人发现先是我，然后是桑格拉斯先生，最后连科迪莉亚都背叛了她。在1925年最开始的阴郁日子里，她决定要采取行动了。她禁止了所有有关订婚这件事的讨论，不允许茱莉娅和雷克斯再见面。她还计划关闭马奇梅因宅邸六个月，带茱莉娅去国外的亲戚家暂避风头。古老的返祖现象体现在性格上——麻木不仁、过于敏感，使她觉得在这样的危急时刻，让雷克斯带塞巴斯蒂安去找什么博莱图斯医生也没什么不妥。而雷克斯正是借此机会大获全胜，他去了蒙特卡洛，

[1] 此处指圣心。圣心是天主教的重要崇拜之一，用耶稣的心作为他对人类神经的爱的象征。圣心出现在各种宗教油画和雕塑中，通常是荆棘环绕、刺痛流血的形态。

在那里完成了对她的致命一击。马奇梅因勋爵并不关心雷克斯在人品上的细节，他相信那都是自己女儿可以做主的事情。雷克斯似乎是个粗鲁又健康的有钱人，他也从报纸的政治报道上看到过这个名字。雷克斯还是个赌徒，但是既慷慨又明智；他社交适度，朋友都很体面；他前途光明；还有，马奇梅因夫人不喜欢他。总而言之，马奇梅因勋爵对茱莉娅的选择表示放心，同意他们立刻举行婚礼。

雷克斯兴高采烈地开始准备。他给她买了一枚戒指，不是从她心心念念的卡地亚托盘上挑选出来的，而是在哈顿花园[1]的一个里间，由人从保险柜里取出几只小口袋，把钻石摆在写字台上供她选择。然后再由另一个房间的人用铅笔在纸上即时勾勒出戒指的设计草图。最后的成品得到了她所有朋友的赞叹。

“你是怎么知道这些事情的，雷克斯？”她问道。

她每天都对他知道和不知道的事情感到惊讶，而这二者都在持续增添雷克斯对她的吸引力。

他此前在赫特福德街的房子足够他们两人生活，而且刚刚才由一家顶级家装公司装修一新，还配置了家具。茱莉娅说她眼下还不想在乡下买别墅，偶尔去玩的话也总可以租到带家具的住处。

他们在婚姻财产协议的事上遇到了麻烦，而茱莉娅对此又漠不关心。律师都绝望了。雷克斯果断拒绝了所有的股本结算。“我

[1] 哈顿花园（Hatton Garden），位于伦敦，是世界主要的钻石和宝石贸易地之一。

拿着信托股有什么用？”他质疑道。

“我不知道，亲爱的。”

“我得让钱为我服务。”他说，“我希望有百分之十五到百分之二十的利润，并且能拿到它。把精力耗在这三点五的回报率上纯粹是浪费。”

“我也这么觉得，亲爱的。”

“那些家伙说得就像是我要抢劫你似的，但抢你钱的是他们。他们会把我能赚给你的三分之二的收益全都抢走。”

“那又怎样，雷克斯？我们已经很有钱了，不是吗？”

雷克斯希望把茱莉娅的嫁妆悉数收入囊中，让那些钱为他服务。律师们则坚持做一部分限制，但他们也无法从他手中拿到与自己期望相匹配的金额。最后，他不情愿地同意入一部分保险，在那之前还向他们详细地解释，保险不过是让自己的合理收入流入别人的口袋。不过他找到了一家和他有联系的保险公司，自己赚走了代理人佣金，这使得他对这一安排的痛苦减轻了一点，因为这钱本来应当是律师的收入。

最后，最微不足道的问题是雷克斯的宗教信仰。他曾在马德里参加过一次皇室婚礼，所以也想有类似的排场。

“这倒是件你的教会能做到的事，”他说，“搞一场盛大的秀出来。再没什么人比红衣主教更有排场了，你们在英国有多少个红衣主教？”

“只有一位，亲爱的。”

“就一个？那我们能从国外雇几个过来吗？”

茱莉娅只好费口舌向他解释，这种“混合婚姻”不宜办得太招摇。

“‘混合’是什么意思？我又不是黑人或者其他什么人。”

“不是，亲爱的，这里是说天主教徒和新教徒之间。”

“哦，那个？如果只是这一点，那很快就不算混合了。我准备加入天主教。想加入你们该做点什么？”

马奇梅因夫人对事态的最新发展感到沮丧和困惑。即便她告诉自己应该基于宽容接纳他的态度，也无济于事。这令她想起了另一次求婚和改换宗教的事情。

“雷克斯，”她说，“有时候我想知道，你是否意识到宗教信仰对一个人的重大意义。如果你走这一步并非真心实意，这一步将会是非常罪恶的一步。”

而他回应她的方法很巧妙。

“我并不是一个会假装虔诚的人。”他说，“更装不出神学家的模样。但我知道同一屋檐下并存两种宗教并不是什么好事。如果你们的教会对茱莉娅而言足够好，那它对我而言也一样好。”

“那很好，”她说，“我会留意，让你得到指导。”

“马奇梅因夫人，我可没时间。指导什么的对我而言是一种浪费。干脆你把表格给我，我在该签名的地方都签上就得了。”

“这通常需要几个月时间——经常是一辈子。”

“我学东西快着呢，尽管考验我吧。”

于是雷克斯就被送到了农场街，去找莫布雷神父。他以多次成功感化冥顽不灵的初入教教徒而闻名。三次会面后，他来找马奇梅因夫人喝茶。

“你觉得我的未来女婿怎么样？”

“他是我遇见的最难对付的皈依者了。”

“哦天哪，我还以为他很容易皈依呢。”

“这正是原因所在。我没办法接近他。他似乎连最起码的求知欲和天生的虔诚心都没有。

“第一天，我想知道他之前过的是怎样的宗教生活，所以我问他祷告对他有什么意义。他说：‘我觉得什么意义都没有。你给我讲讲吧。’所以我就简明扼要地给他讲了一下，然后他说：‘好，祷告就说这么多吧。下面该聊点什么？’我给了他一本《教义问答》，让他回去了。昨天我问他，我们的上帝是不是只有一种本性。结果他说：‘你说多少就是多少，神父。’

“接着我问他：‘如果教皇抬头看了看天上的云，说要下雨了，那么真的一定会下雨吗？’‘哦，是的，神父。’‘那如果没下雨呢？’他想了一会儿然后说：‘我觉得会下那种精神层面的雨吧，只是我们罪孽深重，所以看不见。’

“马奇梅因夫人，他不属于传教士所知道的任何一种异教。”

“茱莉娅，”神父走后，马奇梅因夫人说，“你确定雷克斯这么做不仅是为了取悦我们吗？”

“我觉得他没把这件事放在心上。”

“他是诚心要皈依吗？”

“他已经下定决心要做一个天主教徒了，妈妈。”然后她又自言自语道，“在教会漫长的历史中，一定有相当奇怪的皈依者吧。我觉得克洛维[1]军队里的人也不可能全都接受了天主教思想。有

[1] 克洛维一世，法兰克王国墨洛温王朝创建者，曾率部众皈依基督教。

个例外也没什么坏处。”

到下一周，耶稣会会士又来喝茶了。刚好是复活节假期，科迪莉亚也在。

“马奇梅因夫人，”他说，“你该找一位年轻一点的神父来履行这项使命。恐怕在雷克斯成为天主教徒之前，我就已经死了。”

“哦天哪，我还以为事情进展得很顺利呢。”

“从某种意义上，也可以这样说。他相当听话，无论我说什么他都会接受，牢牢记住，从不问问题。我对他并不满意，他好像很不真实，但我知道他正处于浓郁的天主氛围之中，所以我还是乐意接受他的。就连低能儿，可能也会有人愿意去碰碰运气，开化他们，我这是打个比方。你永远没法知道他到底听懂了多少，但只要还有人留意他们，你总得试一试。”

“这话要是能让雷克斯听见可就太好啦。”科迪莉亚说。

“但昨天我真算是大开了眼界。现代教育的问题就在于，你永远都不知道接受教育的人究竟有多愚昧。对于那些超过五十岁的人，你都可以确定他们学过些什么，没学过什么。可这些年轻人，他们看起来聪明伶俐、见多识广，一旦表象破裂，你便会看到他们内在不为人知的混乱。就说昨天，他看起来表现得非常好，《教义问答》背下了大部分，《主祷文》和《万福马利亚》也全都记了下来。然后我就像以前一样，问他有没有什么不懂的地方。他却用一种狡猾的眼神看着我，然后说：‘您看，神父，我觉得您不够坦诚。我希望加入你们的教会，最终肯定也能加入，但您总在拖延。’我问他这话是什么意思，他说：‘我跟一个天主教徒长谈了一次——他很虔诚，而且受过良好的教育，我从他那里听说了一些事情。比如说睡觉的时候脚要朝向东方，因为那是天堂的方向。要是在晚上死了，自己也能走到那里去。所以现在我需要朝着茱莉娅中意的方向睡觉，但你怎么能指望一个成年人相信自己可以走到天堂里去呢？还有那个教皇把一匹马变成红衣主教的故事是怎么回事？还有你们放在教堂走廊里的纸箱，只要把某人的名字写在一镑钞票上然后投进去，那个人就会下地狱？我倒不觉得这一切有什么不妥，'他说，'但你得把这些事告诉我，而不是要我自己去打听。'"

"这可怜人的话是什么意思呢？"马奇梅因夫人说。

"你看，他离教会还远着呢。"莫布雷神父说。

"但他到底跟谁谈话了呢？他是做了个什么怪梦吗？科迪莉亚，这到底是怎么一回事？"

"大笨蛋啊！哦，妈妈，多么极品的一个笨蛋啊！"

"科迪莉亚，是你干的。"

"哦，妈妈，谁能想到他会当真呢？除了这些我还告诉了他一些别的呢，比如梵蒂冈的神猴什么的。"

"好吧，你可真给我找了不少事呢。"莫布雷神父说。

"可怜的雷克斯，"马奇梅因夫人说，"我倒觉得这让他变得相当可爱了。请像面对一个傻孩子一样开导他吧，神父。"

就这样指导才得以继续，而莫布雷神父终于在婚礼前一周同意让雷克斯加入教会。

"我还以为他们巴不得我加入教会呢，"雷克斯抱怨道，"毕竟我也可以在方方面面帮到他们。而他们自己却像那些开赌场、给人发入场券的家伙一样。更重要的是，”他补充道，“科迪莉亚都把我搞糊涂了。我都分不清哪些是《教义问答》的内容，哪些是她瞎编的。”

婚礼前三周的事情大抵如此：请柬发出去了，贺礼很快随之而来，伴娘们对她们的服装很满意。而接下来就发生了茱莉娅称之为“布赖德炸弹”的事件。

布赖德以其惯有的无情作风，毫无预警地将炸弹投进当时为止还算愉快的家庭聚会当中。此时马奇梅因家的藏书室已经被用来陈设婚礼物品，马奇梅因夫人、茱莉娅、科迪莉亚和雷克斯都在忙着拆包装并登记。这时布赖兹赫德走进来，看了他们一会儿。

“贝蒂姨妈的中国花瓶，”科迪莉亚说，“老东西了，我记得在巴克伯恩的楼梯上见过它们。”

“这都是些什么？”

“彭德尔-加思韦特先生、夫人和小姐的一套早茶茶具，在古德家买的，三十先令，真是大方。”

“你们最好把东西都打包回去。”

“布赖德，你这话是什么意思？”

“没什么，只是婚礼取消了。”

“布赖德……”

“我觉得我们最好还是调查一下我这个未来妹夫的为人，虽然你们都不感兴趣。”布赖兹赫德说，“我今晚终于得到了确切消息。这个人 1915 年在蒙特利尔时，就已经和一位名叫萨拉·伊万杰琳·卡特勒的小姐共结连理了。她现在还住在那里呢。”

“雷克斯，他说的是真的吗？”

雷克斯站在那里，正在用挑剔的眼光审视着一只玉龙。然后他小心翼翼地把那件礼物放到乌檀木的底座上，冲大家坦然而天真地微笑着。

“没错，确实有这么回事。”他说，“你们为什么都这么大惊小怪呢？她对我来说什么都不是，况且她一直都没安什么好心。不管怎么说，那时候我还是个孩子。这种错是个人都会犯的。我1919年就把婚离了，甚至不知道她后来住在哪里，直到布赖德来告诉我。这有什么好奇怪的呢？”

“你该早点告诉我的。”

“你从来也没问过我啊，而且说实在的，我已经很多年没有想起过她了。”

他看起来如此真诚，所以他们只好坐下来，平静地讨论这件事。

“可怜的傻瓜，难道你没有意识到，”茱莉娅说，“作为一个天主教徒，要是你还有其他妻子尚且在世，你就不能再结婚吗？”

“但是我没有。我没告诉你我六年前就已经离婚了吗？”

“可一个天主教徒是不能离婚的。”

“在成为天主教徒之前，我已经离婚了。文件还在什么地方放着呢。”

“但莫布雷神父没跟你解释过有关结婚的问题吗？”

“他说我不能和你离婚。你看，我也没这个打算。我记不住他说的所有内容——什么神猴、大赦、四件最终之事之类的——

要是把这些都记住，我就没时间干别的了。不管怎么说，你那个意大利亲戚弗兰切丝卡是怎么回事？我听说她可结了两次婚。”

“她是‘撤销婚姻’[1]的。”

“那好吧，那我也去搞一个‘撤销婚姻’就行了呗？那个得花多少钱？要去找谁办？找莫布雷神父行吗？我只想好好地把事情办妥，可又没人教我该怎么做。”

又花了很长时间，雷克斯才意识到自己婚姻里存在的严重障碍。讨论持续到晚饭时间，仆人们在场时他们便停止讨论，仆人们离开时才又开始，结果一直谈到了凌晨。谈话来来回回，忽起忽落，如同海鸥一般时而盘旋，时而俯冲，现在飞向大海，飞出视野之外，飞上云端，在离题万里和细枝末节之间迂回穿梭，终于找到了方寸大小的落脚地，尽管周围碎屑飘浮。

“你们想让我怎么做？我应该去找谁？”雷克斯继续发问，“别告诉我没人能办这事。”

“你什么都做不了了，雷克斯。”布赖兹赫德说，“简单来说就是你结不成婚了。我很遗憾，不管从谁的角度来看，这件事都太过突然。你应该自己坦白这些事情的。”

“唉，”雷克斯说，“你说的也许没错。也许严格按照教义，我不该在你们的教堂里结婚。但是教堂已经预订了，那里没人提出什么质疑，红衣主教对此一无所知，莫布雷神父也同样。除了我们没人知道这件事。所以我们为什么要自找麻烦？谁也别声张，

[1] 撤销婚姻（annulment），即宣布婚姻无效。这不同于离婚，因为之前婚姻是不被承认的。撤销婚姻在世俗和宗教层面都是合法的程序。

让事情继续下去，就当什么都没发生过。有人会因此而蒙受损失吗？也许只有我要冒着什么下地狱的风险。好吧，那是我应该的。这对其他人还有什么影响吗？”

“怎么就没有？”茱莉娅说，“神父的确不可能无所不知，我也不信下地狱什么的，我甚至不知道我是否真的信仰这一切。可不管怎么说，我们都得当心这种事。我们不能拿你的灵魂冒险。请你离开吧。”

“茱莉娅，我恨你。”科迪莉亚说着，离开了房间。

“大家都很累了，”马奇梅因夫人说，“要是还有什么要说的，我建议明天上午再讨论。”

“但已经没什么好讨论的了。”布赖兹赫德说，“除了怎样才能最体面地结束整件事。妈妈和我会做出决定。我们必须在《泰晤士报》和《晨邮报》[1]上发表声明，礼物也要悉数退回，不过我不知道伴娘们的礼服通常会怎样处理。”

“等一下，”雷克斯说，“只一小会儿。也许你可以阻止我们在你们的教堂结婚，那好吧，该死的，我们去新教教堂结婚不就得了？”

“在那里结婚我也会阻止的。”马奇梅因夫人说。

“但我觉得你不会那样做，妈妈。”茱莉娅说，“你看，我都已经做雷克斯的情妇这么久了，而且我还会继续下去，不管结不结婚。”

“雷克斯，她说的都是真的？”

[1] 伦敦老牌保守派报纸，1937年被《每日电讯报》取代。

“不，该死的，当然不是。”雷克斯说，“我倒希望如此。”

“我觉得我们还是等明天早上再讨论吧。”马奇梅因夫人有气无力地说，“再聊下去我可受不了了。”

在儿子的搀扶下，她才勉强上了楼。

“你究竟是怎么想的，要对你母亲说那样的话？”很多年后，当茱莉娅向我描述完当时的场景，我这样问她。

“那也是雷克斯很想知道的事。我当时大概真就是那么想的吧，但我想的和我说的并不完全一样——要知道我当时只有二十岁，并且没人只凭着听别人说教就能理解‘生活的真相’——不过当然啦，我说出来的那些事也不是真的。我当时不知道该怎样表达，我只是想告诉他们我跟雷克斯的羁绊已经深到无所谓‘有没有婚姻之名’了，所以才说了那样的话。我想做个诚实的女人，从那时起我就想这样——直到现在我才意识到这一点。”

“然后呢？”

“然后就又是没完没了的讨论，可怜的妈妈。然后神父掺和进来，各位姨妈姑妈也没闲着。大家给出了各种各样的建议——有的说雷克斯应该去加拿大，莫布雷神父应该去罗马看看有没有余地帮他开一份‘撤销令’，还有人说我应该去国外住一年。其间雷克斯还给爸爸打了电报：‘茱莉娅和我的婚礼会按照新教的礼仪来办，您有什么异议吗？’他回答说：‘很高兴如此。’这就让妈妈没有办法从法律方面阻止我们了。在那之后，许多人的呼吁接踵而至，我被派去跟神父、修女和姨妈们谈话，而雷克斯则不动声色地——或者说，相当隐秘地执行着计划。

“哦，查尔斯，那是一场多么悲惨的婚礼啊！在当时萨伏伊小教堂是那些离过婚又再结婚的人举行婚礼的地方，又简陋又狭小，根本不是雷克斯一开始想的那样。我当时只想在某个早晨，偷偷溜进登记处，拿到该拿的东西，再找几个女佣做证人，这事就算办完了。但雷克斯还找来了伴娘、香橙花，还请人在婚礼上奏乐。那情形可怕极了。

“可怜的妈妈表现得像个烈士，坚持让我披上她的花边网头纱。好吧，她或多或少也该这样做——那件礼服都是围绕那件头纱来设计的。我自己的朋友们当然也来了，还有那些雷克斯称之为‘同伙’的奇怪朋友。其他参加婚礼的人可就五花八门了。妈妈这边当然没有亲戚出席，爸爸的一两个亲戚却到场了。老顽固们都躲得远远的——你知道的，安克雷奇家、凯泽姆家，还有范布勒家都没人来。我当时想，‘感谢上帝，不管怎样，他们都总是看不起我’。但雷克斯却很生气，显然他很想让这些人到场。

“有那么一刻，我甚至希望压根儿没有这场婚礼存在。妈妈说我们不能用马奇梅因宅邸，雷克斯想给爸爸拍电报，然后让家庭律师带着操办酒席的人闯进去。最后他们决定在婚礼前夜办一次聚会，看看礼物——按照莫布雷神父的说法，他的说法显然准确无误——地点就在家里。大家都想看看自己的礼物，所以那场聚会倒是很成功。但是第二天的婚礼上，雷克斯在萨伏伊小教堂给各位宾客提供的待遇，算是非常悲惨的了。

“当时帮忙操办婚礼的人都尴尬极了，最后还是布赖德过来招待他们吃了顿晚饭，还举办了一场篝火晚会，但是吃的也不是他们所期待的山珍海味。

“可怜的科迪莉亚最倒霉了。她本来还指望做我的伴娘——这件事我们很早之前就商量好了。可她当然也是个非常虔诚的孩子。起先她都不愿意和我说话，然后到婚礼那天早晨——前一天晚上我去罗丝康芒舅妈那里住了，大家觉得这样更合礼数——她在我出门之前冲了进来，她是从农场街跑过来的。她眼含热泪，求我不要去结婚，然后又紧紧抱住我，给了我一只她自己买的、价钱不菲的小胸针。她祝我永远幸福。永远幸福啊，查尔斯！

“那是一场非常不受欢迎的婚礼，所有人都站在妈妈一边，就像他们一直做的那样——并不是为了她能从中得到什么好处。妈妈这一辈子都能得到所有人的同情，除了那些她自己深爱的人。他们说我对她太残忍了。而实际上，雷克斯发现自己娶的是一个没人愿意搭理的姑娘。这跟他想要的完全相反。

“所以你看，我们的事情就从来没有顺利过，从一开始，我们就触了霉头。但我那时还对雷克斯很着迷。

“现在想想还真是有意思，不是吗？

“你知道，莫布雷神父从一开始就把雷克斯看透了，而我却花了一整年的婚姻时光。他没把全副身心放在这儿，他根本就算不上一个完整的人。他只是什么人偶然发育出的某个微小部分，实验室培育在瓶子里的某个器官。我以为他代表的是一种原始的野蛮，但他又是如此新潮、完全现代的存在，只有现在这个可怕的时代才造得出来。某个男人微小的一部分，却在假装自己是个完整的人。

“好啦，现在这些都过去了。”

十年后，在大西洋的暴风雨中，她才把这一切告诉我。

第三章

马卡斯特与我保卫祖国——国外的塞巴斯蒂安——我离开马奇梅因宅邸

第三章

因为大罢工[1]，我在1926年回到了英国。

这次大罢工在巴黎成为一个热门话题。法国人总会因老朋友的狼狈相幸灾乐祸，并会把我们在大洋彼岸模糊不清的观念转换成他们自己精确的术语，预言革命和内战的爆发。每天傍晚，报刊亭都会展示出预示着厄运的讯息；而在咖啡馆里，熟人总会半带嘲讽地打着招呼："啊哈，老兄，你待在这儿总比留在家好多了，对吧？"直到一段时间之后，我和几个处境相同的朋友才意识到我们的祖国真的正处于危机中，而我们又责无旁贷。我们中间还有一位来自比利时的未来主义者，他有一个我觉得很假的名字——

[1] 即1926年英国大罢工（The General Strike of 1926）。

让·德布里萨克·拉莫特，他宣称无论在何处，在任何一场战斗里，人们都有权拿起武器，和下层阶级作战。

我们精神抖擞地穿过海峡，一众男子汉怀着雄心壮志抵达多佛尔，准备在这几年欧洲大陆反复上演、鲜少变化的情形中大展宏图。无论如何，那情节早已在我的脑海里勾勒出一幅清晰的“革命”图景：邮局前飘扬的红旗，被掀翻的电车，四处可见的醉醺醺的士兵，监狱大门敞开，被释放的囚徒在街上游荡，从首都开出的列车永远无法抵达目的地。这种情景，人们从报纸上读过，在电影里见过，在咖啡馆反反复复听了六七年，像佛兰德斯的泥潭和美索不达米亚的苍蝇，已经间接成了人们经历的一部分。

然后我们离船上岸，遇到的还是海关的老一套，港口联运列车依旧守时，维多利亚火车站月台上的搬运工依旧排成一列聚在头等车厢前，等着打车的旅客依旧排着长队。

“我们先分开吧，”大家说，“看看这边是什么情况，等晚饭的时候再碰头，交换一下情报。”但我们心里都很清楚，这里什么事都没有。至少没发生什么需要我们到场的事情。

“哦，老天。”我父亲说，他碰巧在楼梯上遇到我，“这么快就再见到你，真让人高兴（我已经在国外住了十五个月）。不过你来得可真不是时候，他们这两天就会再搞一次罢工——全都是胡闹——所以我也说不准你什么时候才能离开这里。”

我想起那些被我放弃的法国夜晚——它本该有塞纳河畔的灯光，有朋友相伴。我当时还挂念着住在欧特伊区单身公寓的两个女孩，她们来自美国，自由而奔放——想到这里，我真希望我没有回家。

那天晚上，我们在皇家咖啡厅吃晚饭。咖啡厅里挤满了到这里服“国民义务兵役”的大学生，因而多少有了些战时的气氛。有一伙来自剑桥的大学生，整个下午都在签订协议，给工党总部当送信人。他们桌子后面的另一伙人，则在登记成为特殊警察。这两伙人，偶尔会回过头来，冲其他人喊话，有意挑衅，但这种背对背的叫嚷并不会激起严重的冲突。等到他们都给对方敬上一大杯德国啤酒之后，事情就算结束了。

“霍尔蒂开进布达佩斯的时候，你们就应该跟过去。”让说，“那才叫政治。”

那天晚上在摄政公园，有一场为刚刚抵达英国的《黑鸟》剧组举行的欢迎派对，我们中有一个人收到了邀请，所以我们都去了。

对我们这些经常造访“砖顶”和卜洛梅街巴尔内格舞厅的人来说，这种场面并没什么特别之处。我一进门，就听见一个不会听错的声音，仿佛是从遥远的过去传来的回声。

“不，”这个声音说，“马卡斯特，他们并不是动物园里供人观赏的动物，他们是艺术家，我亲爱的，非常伟大的艺术家，值得受人尊敬。”

安东尼·布兰奇和博伊·马卡斯特正坐在一起，桌上摆着葡萄酒。

“谢天谢地，还能遇见我认识的人。”等我加入他们，马卡斯特说，“一个姑娘带我来的，但她现在不知道去哪儿了。”

“人家先走一步啦，亲爱的。你知道为什么吗？因为你看起来太可笑了，很不得体，马卡斯特。这就不是你该来的那种聚会，你就不应该来这儿。你应该去那种，你知道，老一百号或者其他什么在贝尔格莱夫广场搞的悲惨舞会。”

“我就是刚从那边过来的。”马卡斯特说，“现在去老一百号为时尚早。我得在这里再待一会儿。也许还能热闹起来。”

“真瞧不起你。”安东尼说，“我还是跟你说说话吧，查尔斯。”

我们拿了一瓶酒，带上各自的杯子，在另一个房间找了一个角落。在我们的脚边，《黑鸟》剧组的五个成员正蹲在地上玩骰子。

“那边那个，”安东尼说，“稍微白一点的，我亲爱的，有天早上用一瓶牛奶把阿诺德·弗里克海姆夫人敲晕了。”

几乎是立刻，我们不可避免地开始谈论塞巴斯蒂安。

“我亲爱的，他可真成了个酒鬼。去年你把他甩了之后，他就来了马赛，和我一起住，可真够我受的。来一口，来一口，来一口，就像个继承了大笔遗产的有钱寡妇似的。而且这人还特狡猾。我那会儿总是丢一些小东西，有些我还特别喜欢。有一次我丢了两件外套，是“莱斯利和罗伯茨”[1]刚送来的。当然啦，我还不知道是因为塞巴斯蒂安——我的公寓里，我亲爱的，聚了不少怪人呢。他们老是在我那个小套间里进进出出。你比谁都清楚我对怪人有多感兴趣，对吧？好吧，最后我们发现了塞巴斯蒂安当……当……当掉我东西的那家当铺。而当票也没在他手上，那东西也是有销路的，在小酒馆。

“我看到你眼睛里那种古板而不满的眼神了，亲爱的查尔斯，好像觉得是我让那小家伙变成那样的吧。这也是塞巴斯蒂安让人

[1] 英国著名的时尚裁缝店。

讨厌的一点，他总会给人一种被……被……被带坏的感觉，像是马戏团里的小马，总跟着人跑。但我向你保证，该做的我都做了。我一遍遍地告诉他：‘为什么要喝酒？如果你想找点乐子的话，这世上有太多好玩的事了。’我带他认识了一个很棒的人，对了，你应该跟我一样，也跟他挺熟的吧——纳达·阿罗波夫和吉恩·勒克斯摩尔，还有我们其他的老熟人，都跟他认识很久了。他基本上都在女王酒吧，可我们却遇到了麻烦，因为塞巴斯蒂安给人家开了张空头支票，一张假……假……假支票，我亲爱的——然后一大帮凶神恶煞的家伙就跑到我公寓里——都是些亡命之徒，我亲爱的，可塞巴斯蒂安还一直在胡说八道。总之这事挺让人讨厌的。”

这时马卡斯特晃晃悠悠地朝我们这边走过来，没人邀请他，就一屁股坐在了我旁边。

“那边的酒快喝没了，”他说着，自己给自己倒酒，把我们这瓶也倒空了，“这地方一个正经人都没有，全是些黑人佬。”

安东尼没搭理他，继续说：“所以后来我们离开了马赛，去了丹吉尔[1]。在那儿，我亲爱的，塞巴斯蒂安跟他的新朋友打得火热。我该怎么形容那个人呢？他就像《夜之幻影》里的那个仆人——一个德国大块头，在法国的海外兵团里混过。他朝自己的大脚趾开了一枪，才退出兵团，当时还没恢复完全。塞巴斯蒂安发现他时，他正挨着饿在老城[2]的一家铺子外面当推销员。于是

[1] 摩洛哥北部港市。
[2] 此处指摩洛哥的老城部分。

他就让这个人和我们住在一起了。太可怕了。于是我就回来了，我亲爱的，回到了这美好的、古老的英国——古老而美好的英国。”他重复道，手一挥，把正在我们脚边扔骰子赌钱的黑人也算了进去。马卡斯特盯着他发呆，这时我们的女主人走了过来，穿着睡衣，向我们做自我介绍。

“从没见过你们呢，”她说，“也没人邀请你们吧。不管这么说，这些穷兮兮的白鬼佬都是谁啊？我这是走错房子了吧。”

“现在是全国紧急状态，”马卡斯特回应道，“发生什么都不奇怪。”

“聚会还不错吧？”她说，声音里有一丝紧张，“你们觉得弗洛伦丝·米尔斯会唱歌吗？我们以前见过面吧？”她又对安东尼说。

“经常见呢，我亲爱的。但今晚我可是不请自来。”

“哦亲爱的，也许是因为我不喜欢你。我还以为自己谁都喜欢呢。”

“你们觉得，”女主人离开之后，马卡斯特问，“我去报个火警会不会很有意思？”

“是啊，博伊，快去打电话吧。”

“也许能让气氛热闹一点，我是这个意思。”

“没错没错。”

于是，马卡斯特起身走开，去找电话。

“我觉得塞巴斯蒂安和他的瘸子朋友后来应该是去法属摩洛哥了。”安东尼接着说，“我走的时候，他们和当地警察闹了点不愉快。我一回伦敦，侯爵夫人就搅得我不得安宁，非要我和他们联系。这可怜的女人过的是什么日子啊！这只能说明这人世还有正义在吧。”

过了一会儿，米尔斯小姐开始唱歌了，除了那些废物赌徒，所有人都拥到旁边房间去了。

“那就是我的那个女孩，”马卡斯特说，“在那边，跟一个黑家伙在一起。那就是带我来的那个女孩。”

“她看起来早就把你给忘了。”

“是啊，真希望我没来过这里。我们去别的地方吧。”我们离开时，两辆消防车和我们擦肩而过，一群戴头盔的人冲上了挤满人的台阶。

“那家伙，布兰奇，”马卡斯特说，“可不是什么好鸟。有一次我把他扔进水星喷泉了。”

我们去了几家夜总会。这两年的时间里，马卡斯特看起来已经实现了自己小小的野心，让自己在这些地方能被人认出，而且还算受欢迎的。在最后一家店里，我跟他都被爱国主义热情点燃了。

“你跟我，”他说，“都太年轻了，不能去打仗。去打仗的有那么多人都没回来。我们要让他们看看，我们要让那些死去的家伙瞧瞧，我们也能打仗。”

“这就是我回来的原因啊。”我说，“我从外面回来，就是为了在这古老国家的危急关头，回到她的身边。”

“像澳大利亚人那样。”

“像那些可怜的、死掉的澳大利亚人一样。”[1]

“你加入哪个部队了吗？”

“还没有，战争还没开始呢。”

“要去就去一个地方——比尔·梅多斯的队伍——国防兵团。所有优秀的家伙都在那里，都被安排在布拉特俱乐部了。”

“好，我参加。”

“你还记得布拉特俱乐部吗？”

“不记得，那我也参加。”

“那好极了。都是好小伙，像死去的那些伙计一样。”

于是我就加入了比尔·梅多斯的组织。这是个机动小组，负责保护伦敦最贫穷地区的食物供应。我在国防兵团登了记，宣誓效忠，领到了一顶头盔和一根警棍。然后，我被提名加入布拉特俱乐部，在一个为这种特殊形势而召集起来的委员会会议上，与其他很多新人一起入选。一整周我们都在咖啡馆里严阵以待，每天三次乘卡车给送奶车开路。我们受人嘲笑，有时还会被丢垃圾，但我们只反抗过一次。

那天，我们一如往常，围坐在咖啡馆里。这时比尔·梅多斯打完电话，兴高采烈地走回来。

“集合，”他说，“商业路上有一场大战在等着你们！”

我们快马加鞭赶过去，发现灯柱之间拉起了一条钢索，一辆货车被掀翻在地。人行道上只有一位警察，正被五六个年轻人围

[1] 指第一次世界大战之中的加里波利之战，当时陆军主力是驻埃及的澳大利亚和新西兰军队，死伤惨重。

攻。在这场骚乱中心的另一侧，有两伙人正在对峙。当我们下车时，发现另一个警察，坐在我们这边的人行道上不知所措，双手抱着脑袋，手指间不断渗出鲜血。两三个好心人正守在他身边。钢索的另一侧是一群年轻的码头工人，群情激奋。我们高高兴兴地冲了过去，解救出那位警察，不料自己却深陷重围，和一群从另一条路线赶来、试图劝说人群的神职人员和政府议员发生了冲突。他们一下车，就有人高喊“当心，条子来了”，随后一辆满载警察的卡车停在了我们身后。

人群很快散开，消失得无影无踪。我们把这些劝人向善的好心人接上车（只有一个人伤势很重），然后继续开车到旁边的街道巡视，看到毫无异常后便回到了俱乐部。第二天，这场大罢工就被宣布取消了，除了煤矿方面，这个国家的上上下下都恢复了正常。这就像一头传说中凶残至极的野兽，冒着风险探出头，游荡了一个小时，然后又偷偷溜回了自己的巢穴。这并不值得我离开巴黎。

我们的比利时伙伴让加入了另一个组织。他在卡姆登被一个老寡妇用羊齿蕨花盆砸破了头，在医院躺了一周。

因为出现在比尔·梅多斯的队伍里，茱莉娅得知我已经回到了英国。她打电话过来说她妈妈很想见见我。

“她病得很严重。”她说。

在第一个重回和平的上午，我去了马奇梅因宅邸。我到达时，艾德里安·波森爵士在大厅里，正要离开。他用一块印花大手帕捂住脸，摸索着自己的帽子和手杖，泪流不止。

我被领进藏书室，不到一分钟，茱莉娅就找到了我。她和我握了握手，温柔得有气无力，仿佛一个幽灵。

“你能来可真好。妈妈一直在问你，但我不知道她现在能不能见你。她刚刚和艾德里安·波森爵士‘道别’，已经累坏了。”

“道别？”

“是的，她快不行了。也许还能撑一两周，也许随时都会去世。她虚弱极了，我得问一问护士。”

死之寂静已经在这栋宅子中蔓延开来。在马奇梅因宅邸，没有人会在这间藏书室里闲坐。这算是他们家两栋宅子中很丑陋的一间。维多利亚时代的橡木书架上摆放着一卷卷《英国国会议事录》，还有从未被人翻开过的陈旧的百科全书；光秃秃的红木桌子，似乎是为某个委员会举行会议而准备；它所处的位置既开放又荒僻，外面就是院子、围栏和寂静的死胡同。

过了不久，茱莉娅回来了。

“我恐怕你不能和她见面了。她睡着了，可能会睡很久。我告诉你她想要什么吧，我们去别的地方。我讨厌这个房间。”

我们穿过大厅，来到了一间小会客室。以前午宴通常会设在这里，我们则分坐在壁炉两侧。墙上的深红和金色似乎映在了茱莉娅身上，反倒使她显得不那么亲切。

“首先，我妈妈想说自己非常对不起你，因为上一次和你见面时她表现得太残忍了。她常常说起这件事，知道是自己错怪你了。我相信你会理解，而且会放下这件事的。但这种事妈妈好像永远也没法原谅自己——她很少会做这种事。”

“请告诉她，我完全理解她的苦衷。”

“还有一件事，当然，你可能已经猜到了——就是塞巴斯蒂安。她想找到他，我不知道能不能办到。你能办到吗？”

“我听说他的情况很不好。”

“我们也听说了，还给他的最后一个地址打去了电报，但没有得到任何回应。也许他还有时间能见见她。我一听说你在英国，就觉得你是我们唯一的希望。你能回去找他，把他带回来吗？这种要求太让人难以启齿了，但我觉得塞巴斯蒂安可能也希望这样，如果他能理解这一切的话。”

“我会试一试。”

“没有别的人可以帮我们了，雷克斯他太忙了。”

“是啊，我看过那些关于他统领天然气厂的报道。”

“对啊，”茱莉娅说着，流露出她一贯的冷漠口气，“他在这次罢工里没少露脸。”

然后我们聊了几分钟关于布拉特队伍的事，她告诉我，布赖兹赫德拒绝担任任何公职，因为怀疑他们的正义性。科迪莉亚也在伦敦，现在在睡觉，她整整一夜都守着她母亲。我告诉她我已经开始建筑绘画的工作，并且乐在其中。这些谈话都毫无意义，最开始的两分钟，我们就已经把该说的都说完了。我留下喝了茶，然后就离开了。

法航有一趟去卡萨布兰卡的航班，抵达卡萨布兰卡之后，我又乘公共汽车去了非斯。我在黎明启程，傍晚时分才到达这座新建的城市。到旅馆后我给英国领事打了电话，然后和他一起吃了晚餐。他的住处很漂亮，紧挨旧城的城墙。他是个善良的人，不过也很严肃。

“我很高兴终于有人来看望年轻的弗莱特了。”他说，“他在我们这里可是个麻烦。这不是一个靠家里汇钱过日子的人该来的地方，法国人完全没办法理解他。他们觉得所有不靠做生意过日子的人全是间谍。他自己的日子过得也确实不像个英国绅士。这里的日子可不好过，附近正在打仗，战场离这栋房子不到三十英里，你恐怕想不到吧。上周还有几个年轻的傻子骑着自行车过来，要给阿卜杜勒·克里姆的军队当志愿者。

“而且那些摩尔人都很狡猾。他们受不了有人喝酒，而我们这位年轻的朋友，你应该知道，他整天都在喝。他来这里想干什么？在拉巴特和丹吉尔，当地人为了迎合观光客费尽了心思。他去原住民的地界里找了个房子，唉，我打算阻止他，但他还是从一个法国的艺术学生手里把它买了下来。我不是说他故意搞什么破坏，但他待在这里就是个麻烦。还有个家伙靠他过日子，样子很可怕——一个从海外兵团被赶出来的德国人。所有人都说那人是个彻头彻尾的‘讨命鬼’，肯定会惹出麻烦。

“你得明白，我是喜欢弗莱特的。我很少见到他了，他以前常来这里洗澡，直到他在那间房子里安顿下来。他总是风度翩翩，我妻子也特别喜欢他。他需要的是一份正当的工作。”

我向他说明了来意。

“你现在应该能在他家里找到他。天晓得，在这旧城里，天一黑就没什么地方可去了。要是你愿意，我可以让我的脚夫给你带路。”

于是吃过晚饭我就出发了，领事的脚夫在前面带路，手里提着灯笼。摩洛哥对我来说是一个新鲜而陌生的国度。白天坐车的时候，车子起起伏伏行驶在交通要道，一里又一里，途经葡萄园、军事基地，以及新建的涂成白色的居民点，早产的作物已经高高立在开阔的田野之上，旁边还有法国品牌的广告牌——有杜本内，有米其林，还有卢浮宫商店。这使我觉得自己仿佛置身于一片非常时髦的郊区。而现在，繁星之下，城市四周被城墙包围，街道如此温柔，坡道布满尘土，两侧的墙壁都没有窗户，头上倏尔一片漆黑，接着又星光灿烂。碎石路面上积满厚厚的尘土，行人静静走过，身着长袍，或是套着柔软的拖鞋，或是光着硬硬的脚底板。空气里弥漫着丁香、熏香和木头燃烧的混合气息——现在我知道是什么将塞巴斯蒂安吸引至此又使他停驻良久了。

领事的脚夫高傲地走在前面，灯光摇摇晃晃，长长的手杖敲个不停。有时透过敞开的大门，可以看到一群沉默的人正坐在金色的灯光下，把一只火钵围在当中。

“都是些脏家伙。”脚夫回过头，轻蔑地评价道，“没受过教育，法国人就让他们这么脏着，不像英国人。我们那边的人，”他说，“都是很英国的。”

他是从苏丹警察局[1]来的，所以他心中对这古老文化中心的态度，就像是新西兰人看待罗马文明。

经过了许多布满饰钉的房门，我们终于来到了最后一扇门前面。脚夫用手杖敲了敲门。

[1] 从严格意义上说，苏丹（Sudan）在当时由英国与埃及共同管辖，其军队由英国管理。

“这就是那英国老爷的房子。”他说。

栅栏上闪过灯光，出现了一张黑黢黢的脸。脚夫的语气很蛮横。几道门闩随后被拔掉，我们走进一个小院，中间有一口井，爬藤在高处生长。

“我在这里等着，”脚夫说，“您和这个当地人进去吧。”

我走进房子，下了一层台阶，进入客厅。我看到一台留声机，一只油炉，二者之间有一个年轻人。随后，我环顾四周，才注意到一些更让人愉快的东西——地上铺的毯子、墙上挂的绣花丝绸、房上的雕梁画栋，沉重而镂空的吊灯用一根链子悬挂起来，在房间四周投下自己暗淡的影子。但乍一进门，映入我眼帘的是这三样东西：一台难听的留声机——它正在放的是一支法国爵士乐队的唱片、一个难闻的油炉，还有个难看的年轻男人——他长着一张恶狼般的脸。这些都让我的感官备受冲击。这个男人像没了骨头一般，整个人倚靠在一把柳条椅上，一只脚缠着绷带，搭在箱子上。他穿着一件偏瘦的仿中欧式粗花呢衣服，领口的地方露出一件网球衫，没受伤的脚上穿了一只帆布鞋。他身边有一个带木腿的铜托盘，上面有两个啤酒瓶、一只脏盘子，还有一个放满烟蒂的浅碟。他手里拿着一杯啤酒，一根烟贴着他的下嘴唇，说话的时候也固定在那里。他有一头长长的金发，仔细地梳到了后面，没有分缝。一副年轻的面孔起了与年龄不相称的皱纹。他的一颗门牙不见了，有些发音有时会含糊不清，有时则会发出尖厉的口哨声，每当那时他都会发出咯咯的笑声来掩饰。他的牙齿已经被香烟熏得变了色，而且间距很大。

这显然就是领事说的那个“讨命鬼”、安东尼看见的那个电影里的仆人了。

“我在找塞巴斯蒂安·弗莱特，这是他的房子，对吗？”我说得很大声，好盖过嘈杂的音乐。但他却轻声回答，用的是很流畅的英语，看得出他已经习惯这种语言了。

“吼（好）[1]啊，但他不在这里，这里只有我一个人。”

“我从英国来，有重要的事情找他，你能告诉我去哪里可以找到他吗？”

唱片放完了，德国人在回答我之前先把它翻了个面，给唱机上紧发条，让它又唱了起来。

“塞巴斯蒂安，生病。修士们送他去了医院。也许他们会让你见他，也许不会。我过几天也要去医院，给脚包匝（扎）一下。到时候我会问问他们。要是他好点了，他们就会让你见他，大概。”

房间里还有把椅子，所以我坐了下来。看到我还打算坐一会儿，德国人递给我一杯啤酒。

“你不是晒（塞）巴使（斯）蒂安的哥哥吧？或者是表哥？要不你娶了他妹妹？”

“我只是他的朋友。我们一起上的大学。”

“我也有一个朋友，在大学里。我们一起学历史。我的朋友比我聪明，是个有点瘦弱的家伙——我生气时会把他抓起来，摇晃几下。可是他太聪明了。有一天我们说：‘真见鬼，在德国找不到工作了，这个国家完蛋了。学生在这儿没什么好做的。’所以我就走了，走啊走啊，最后就来到了这里。然后我们说：‘德

[1] 此处用音近字，表明此人英语不够标准，后同。

国没有军队，可我们是一定要当四（士）兵的。’所以我们就加入了海外兵团。去年我的朋友得痢疾，死了。那时候他正在阿特拉斯[1]作战。他死的时候，我说：‘真见了鬼了。’然后我就把自己的脚崩了。都治了一年了，现在还全是脓。”

“是啊，”我说，“很有意思，但我最关心的还是塞巴斯蒂安的情况，也许你能告诉我一些关于他的情况？”

“塞巴斯蒂安，他可是个好人。他对我很好。丹吉尔是个臭烘烘的地方，他把我带到这里来——住好房子，吃好东西，还有上好的仆人——这里所有的东西对我来说都很好。我很喜欢。”

“他母亲病得很重，”我说，“我是来告诉他这件事的。”

“她有钱吗？”

“是的。”

“那为什么不多给他一些钱？那样也许我们就可以住在卡萨布兰卡，住高级公寓。你跟她熟吗？你能让她多给塞巴斯蒂安一些钱吗？”

“他生什么病了？”

“我不知道。我猜他是喝了太多酒。修士们会照顾他的，他在那里一切都好，修士们都是好人，费用也不高。”

他拍了拍手，又要了些啤酒。

“你看见没？有个仆人造（照）看我，很不错。”

我问出了医院的名字，然后告辞。

“告诉塞巴斯蒂安我还在这儿，一切都好。我觉得他会担心我，

[1] 阿特拉斯山脉，位于北非，横跨摩洛哥、阿尔及利亚和突尼斯。

大概吧。”

我第二天早上去的医院，它位于旧城与新城之间，是一排平房，由方济各会的修士开办并管理。我穿过一群患病的摩尔人，来到医生办公室。医生不是教徒，有一张刮得很干净的脸，穿着一身洁白的、硬挺的白大褂。我们用法语交流，他告诉我塞巴斯蒂安没什么危险，但不适合旅行。塞巴斯蒂安得了流感，一侧的肺部还稍微有点感染。他现在很虚弱，抵抗力很低。谁能预料以后的事呢？“他是个酒鬼。”医生以冷静得有些残酷的语气说。他带有科学工作者一贯的简约风格，将无关紧要的话限制到最少，让他们的工作停留在最精简枯燥的状态。但随后他把我交给了一位满面胡须、光着脚的修士，这位修士并未背负科学工作者的自负，而是专注于病房里的脏活累活，在他那里我听到了完全不同的故事。

“他很有耐心，不像个年轻人。他就躺在一边，从不抱怨——这地方最不缺的就是抱怨声。我们没有设备可用，政府给我们的都是从部队那边淘汰下来的东西。他人很好。有个德国小伙子，一只脚受了伤一直没治好，还得了二期梅毒，也过来治疗。在丹吉尔弗莱特勋爵发现他在挨饿，就把他带了过来，还给他安排了住处。真是个善良的人啊。”

“头脑简单的可怜修士。”我想，“可怜的呆瓜。”上帝宽恕我吧！

塞巴斯蒂安住在为欧洲人准备的侧室里，低矮的隔板将病床隔开，形成独立的小房间，多少能保留一点隐私。他正躺在床上，双手放在被子上，眼睛凝视着墙壁，上面唯一的装饰是一幅石印的宗教油画。

“你的朋友来看你了。”修士说。

他慢慢转过头。

“哦，我还以为他说的是库尔特，你来这里做什么，查尔斯？”

他比以往任何时候都显得虚弱；酗酒令其他人身体发福，面色潮红，却令塞巴斯蒂安日渐枯萎。修士离开了，我坐在他的床边，说起他的病情。

“我已经精神恍惚一两天了，”他说，“我总觉得我回到了牛津。你去过我的房子了吗？你喜欢吗？库尔特还在那里吗？我不会问你喜欢不喜欢库尔特，没人喜欢他。滑稽的是——要是没有他，我还真过不下去，你知道的。”

然后我跟他说起了他妈妈的情况。他有几分钟什么都没说，只是盯着那幅“圣母七苦”的石版画。后来开口说：

“可怜的妈妈，她可真是个蛇蝎女人，对吧？轻轻一碰就能要人命。”

我给茱莉娅拍了电报，告诉她塞巴斯蒂安无法承受长途旅行。然后我在非斯待了一周，每天都去医院，直到他痊愈。他恢复体力的第一个标志就是，我第二次去看望他时他便开始跟我要白兰地了。第二天他不知道从哪里搞到了一点，藏在了床下。

医生告诉我：“你的朋友又开始喝酒了，这里是不允许喝酒的。我有什么办法，这地方又不是少管所。我又不能在病房守着。我在这里是治病救人的，不能帮人戒掉恶习、自律自爱。白兰地现在不会对他造成什么伤害，只会让他下次生病时更加虚弱，直到有一天一点小毛病就能要他的命。这不是酒鬼之家，这个周末之前他必须离开。”

打杂的修士说：“您的朋友今天高兴极了，像变了个人似的。”

“头脑简单的可怜修士，”我想，“可怜的呆瓜。”但他又继续说：“您知道为什么吗？他在床上藏了一瓶白兰地，这是我第二次发现。我刚拿走一瓶，他就又弄来一瓶。他可真淘气。是阿拉伯男孩帮他搞来的。但是看到他又变得这么开心真是件好事，他以前总是悲伤得很。”

在这里的最后一个下午，我说：“塞巴斯蒂安，你妈妈去世了。”我当天上午才得到的消息，“你想回英国吗？”

“某种程度上来说，回去倒也不错。”他说，“但你觉得库尔特会愿意去吗？”

“看在上帝的分上，”我说，“你不会想和库尔特共度余生吧？”

“我不知道，他似乎是这么打算的。‘对他来说很好，我觉得，大概。’”他模仿着库尔特的口音。然后他又说了一些话，如果我多加留心，应该可以解决一个困扰我的难题；但我当时听到了，记住了，却并没有在意。“你知道的，查尔斯，”他说，“如果你一辈子都被人照顾，现在却需要自己去照顾别人，这会是个相当令人愉快的变化。当然啦，只有当一个人非常绝望时，才会需要像我这样的人来照顾吧。”

离开之前，我打理好了他的财务问题。他那时已经过得很拮据了，只能靠打电报让他的律师寄一点零钱过来。我找了当地银行分行的经理，替他安排好。如果有钱从伦敦寄过来，经理会把它收作塞巴斯蒂安的季度津贴，然后每周付给他一点钱作为零用，剩下的留待应急使用。这笔钱只能给塞巴斯蒂安本人，并且只有用途正当且由经理认可之后才行。对这一切安排，塞巴斯蒂安欣然同意。

“不然的话，”他说，“等我喝醉了，库尔特会把总金额写在支票上，让我签名，然后拿着钱跑掉。之后他又会陷入各种麻烦之中。”

我把塞巴斯蒂安从医院送回了家。他在柳条椅里似乎比在病床上更虚弱。这两个病人，他和库尔特，就这样面对面坐着，中间隔着一台留声机。

“你回来的正是时候，”库尔特说，“我需要你。”

“是吗，库尔特？”

“我觉得是。你生病的时候，我一个人过得可难受了。那个男孩太懒了——我想找他的时候他总是偷偷溜走。有一次他在外面待了一整夜，我醒来的时候都没人给我煮咖啡。一只脚全是脓可难受了，睡也睡不好，说不定什么时候我也要溜走，找一个有人照顾我的地方住。”

他拍了拍手，但是并没有仆人过来。“你看见了？”他说。

“你想要什么？”

“烟，我床下的包里还有一些。”

塞巴斯蒂安挣扎着，想站起身。

“我拿吧，”我说，“他的床在哪儿？”

“不，那是我的工作。”塞巴斯蒂安说。

“四（是）的，”库尔特说，“我觉得这是塞巴斯蒂安的事。”

于是，我就把他和他的朋友留在了那栋位于死胡同尽头的小房子里。对塞巴斯蒂安，我已经无能为力了。

我本打算直接回巴黎，但塞巴斯蒂安的生活费问题让我还得先去伦敦，和布赖兹赫德见一面。我在丹吉尔搭大英轮船公司的客轮，六月初回到了英国。

“在你看来，”布赖兹赫德问我，“我弟弟和那个德国人有没有什么不正当关系？”

“不，我确信没有。他们只是两个流浪儿，碰巧走到了一起。”

“你说那人是个逃犯？”

“我是说‘罪犯之类的’，他进过军事监狱，被放出来的时候也挺不光彩的。”

“医生说塞巴斯蒂安正准备喝酒自杀？”

“喝酒会让他身体衰弱。但还没到神经错乱或者肝硬化的地步。”

“他没疯吗？”

“当然没有。他只是找到了一个适合一起生活的理想伴侣，还找到了一个乐意居住的地方罢了。”

“那就照你说的，他一定可以拿到自己的生活费。事情很清楚了。”

从某种角度上说，布赖兹赫德是个很好相处的人。对一切事物，他都表现出近乎疯狂的镇定自若，这使得他做起决定来往往迅速而从容。

“你愿意画一画这栋宅子吗？”他突然问道，“画一张正面的，一张后面庭院的，一张楼梯的，一张大客厅，可以吗？四张小油画。我父亲想留个纪念，保存在布赖兹赫德。我一个画家都不认识，茱莉娅说建筑绘画是你的专长。”

“是的，”我说，“我很乐意效劳。”

“你知道这里马上就要拆了吗？我父亲正准备转手，他们打算在这里盖一栋公寓楼，还要保留这个名字——我们显然无权干涉。”

“真是件让人悲伤的事。”

“嗯，我当然也很遗憾。但你觉得它从建筑的角度上看，还算不错？”

“这是我见过的最漂亮的一栋宅子。”

“我没看出来。我总觉得它相当丑。也许你的画会让我改变对它的看法吧。”

这是我接到的第一份委托。我得和时间赛跑，因为开发商只等最后的签字，就会开始他们的破坏工作。尽管我有个不好的习惯，总喜欢在一张画布上花费太长时间，从不见好就收。不过或许正因如此，这四幅画是我相当得意的作品，而它们在我以及其他人眼里的成功，都使得我未来的职业道路更加坦荡。

我先从长客厅画起，因为他们急着把家具搬走，而那些家具自宅子建成就搬进来了。这是一个狭长、精致、对称设计的亚当式房间[1]，两扇凸窗朝着格林公园。下午我在这里画画时，光线

[1] 指苏格兰建筑师罗伯特·亚当（Robert Adam，1728—1792）的设计风格，以简约、古典、优雅著称。

从西边的窗户倾泻而入，并因为外面鲜嫩的小树而染上了新鲜的绿色。

我先用铅笔勾勒出透视图，把细节一一定下。然后我像个站在岸上的潜水员一样，先从画作前后退几步，再一下子扎进水中，过一会儿又浮了上来——我为此兴奋不已。我通常是个缓慢细致的画家，而那个下午、第二天一整天，再加上之后一天，我都在努力作画。我不能出任何错误。每一部分结束，我都会暂停片刻，心情忐忑，害怕开始下一部分，像个赌徒一样，恐惧运气倒转，牌局可逆。时间在一点一滴、一分一秒地流逝，这幅画终于逐渐成形了。其实倒也没什么难的，光线和色彩千变万化，形成一个整体，我想要的颜色就在调色板上，每一次下笔之后，画出的东西就像是生长在那里一般自然。

最后一个下午，刚开工我就听见背后有一个声音："我可以坐在这儿看你画画吗？"

我转过身，发现是科迪莉亚。

"可以，"我说，"只要不说话就行。"然后我继续工作，把她忘在脑后，直到日薄西山，令我不得不停下画笔。

"能这样画画一定很有趣。"

我已经忘了她在那里。

"是的。"

尽管光线暗淡，房间已褪色至黑白，可我仍旧无法离开我的画。我把它从画架上取下，贴在窗户上，再放回去，把一处阴影画亮了一些。突然，疲倦占领了我的脑袋、眼睛、后背和手臂。天色已晚，我决定不再动笔，转向了科迪莉亚。

她现在十五岁了，在过去的一年半里，她长高了不少，几乎把个子长完了。她并没有茱莉娅那种文艺复兴时期崇尚的古典美，不过长长的鼻子和高高的颧骨已经露出布赖兹赫德家族的样貌。为了给母亲服丧，她穿了件黑衣服。

“我累了。”我说。

“我猜也是。你画完了吗？”

“差不多，不过我明天还要润色一下。”

“你知道晚饭时间已经过去很久了吧？现在这里已经没人做饭了。我今天早上刚到，没想到这里已经破败到这个程度。你不想带我出去吃晚饭吧？你想吗？”

我们从花园的门离开，穿过公园，在黄昏时分走进丽兹餐厅。

“你见到塞巴斯蒂安了？他到现在还不愿意回来？”

直到那时，我才意识到她已经明白很多事情了。我说是的。

“好吧，我爱他，比爱任何人都爱他。”她说，“说到马奇梅因家，真让人伤心，不是吗？你知道吗？他们想在那里建一栋公寓楼，而雷克斯要去住那种他说是‘顶层公寓’的顶层房间。这倒很符合他的为人，对吧？可怜的茱莉娅。这对她来说太过分了。他根本不明白她的感受，还以为她舍不得离开这老房子呢。事情很快就都要了结了，不是吗？很明显，爸爸已经举债很久了。卖掉马奇宅邸可以让他还清债务，但我不知道按照利率，他一年还能存下多少钱。可拆掉这大宅子似乎又是个耻辱。茱莉娅说她宁愿让别人住进来，也不想这么做。”

“你接下来是怎么打算的呢？”

“是啊，怎么打算呢？有各种各样的建议，范妮·罗丝康芒舅妈想要我跟她一块儿住，茱莉娅和雷克斯想要分一半布赖兹赫德庄园，就住在那里。爸爸不会回来了，我们还以为他可能会回来，但他没回来。

“他们把布赖兹赫德的小教堂关掉了，是布赖德和主教一起干的。妈妈的追思弥撒就是小教堂做的最后一次弥撒了。她刚下葬，那个神父就进来了——当时我一个人在那里。我觉得他没看见我——他把祭坛的石头拿出来，放进自己的包里，然后又用圣油点燃了一卷卷的羊毛，把灰烬撒到了外面。他把圣水钵倒空，灭掉祭坛上的灯。他敞开神龛，里面空荡荡的，仿佛从那时起一直都是耶稣受难日。我知道，这一切对你来说都没有意义，查尔斯，可怜的不可知论者。我待在那里，直到他走开。过了一会儿，突然间，这个地方就不再是小教堂了，只是一个装潢奇怪的房间。我没法告诉你那是怎样一种感受。我猜你从没做过纪念耶稣受难的晨祷吧？”

“从没做过。”

“好吧，如果你做过，你就会知道犹太人对他们的圣殿有怎样的情感了。先前满有人民的城，现在何竟独坐[1]……很美的一曲圣歌，你应该去一次的，只是听听这个。”

“还想劝我皈依呢，科迪莉亚？”

“哦，不，那也都是过去的事了。你知道成了天主教徒之后，我爸爸说了什么吗？妈妈告诉过我一回。他对她说：‘你让我的家族又恢复了祖先原本的信仰。’这是瞎扯，你知道的。

[1]《圣经·旧约》中《耶利米哀歌》的第一句。

不管怎么说，这个家族从来都不像铁板一块，对吧？他走了，塞巴斯蒂安和茱莉娅也走了，但上帝不会让他们走太久的。我不知道你是否还记得塞巴斯蒂安头一次喝醉的晚上妈妈给我们念的那个故事——就是那个‘糟糕之夜’。布朗神父说什么‘我抓他（小偷），用的是看不见的钩子，还有看不见的线，这线足够长，可以让他漫步到世界尽头。只要猛拉这根线，就可以把他带回来’。”

我们几乎没谈到她母亲。我们说话时，她也在狼吞虎咽地吃东西。有一次她说：“你看到艾德里安·波森爵士在《泰晤士报》上发表的那首诗了吗？那诗可滑稽了：‘他觉得她是世上最好的人—— 一辈子都爱她——但这似乎又跟她一点关系都没有。’

“在我们家，我和她的关系是最好的了，可我不觉得我真心爱过她。至少不是以她想要的或是应得的方式爱她。很奇怪，我不爱她，而我本性却是情感充沛的。”

“我一点也不了解你母亲。”

“你不喜欢她。我有时候会想，当人们想要憎恨上帝，他们就会憎恨妈妈。”

“这是什么意思，科迪莉亚？”

“嗯，你看，她是个圣洁的人，却不是个圣徒。谁也不会去恨圣徒，不是吗？他们也没法去恨上帝。每当人们想恨他和圣徒的时候，他们会去找一些类似的东西，假装它是上帝，然后去恨它。我猜你会觉得我在瞎扯。”

“我以前听过几乎完全相同的说法，从一个完全不同的人那里。”

“我是很认真的。关于这个，我想了很久，觉得对于可怜的妈妈，这好像是一个行得通的解释。”

然后，这个古怪的孩子又开始愉快地享受她的晚餐了。“这可是我第一次单独出来跟人共进晚餐呢。”她说。

过了一会儿她又说：“茱莉娅一听说他们要卖掉马奇宅邸，就说，‘可怜的科迪莉亚，她没机会在这里办她初入社交圈的舞会了’。我们过去经常谈论这件事——就像谈论要我给她做伴娘一样。那个最后也没实现。茱莉娅办舞会的时候，他们允许我看一小时，和范妮舅妈一起坐在角落里。然后她说：‘再过六年，你也可以像这样啦……’可我希望我能得到神召。”

“那是什么意思？”

“神召意味着你可以当修女了。不管你有多想当修女，只要没有神召，你就做不成。而如果得到了神召，无论你有多讨厌它，你都不能逃避。布赖德以为自己得到了神召，其实并没有。我以前常常觉得塞巴斯蒂安得到了神召，并且在憎恨它——但现在我又不确定了。一切都变化得太突然了。”

但我对这种修道院式的喋喋不休并没有耐心。那个下午，画笔在我手里仿佛有了生命，我的手指已经加入那伟大而丰盛的创造之中了。那个傍晚，我成了文艺复兴时期的男人——那个勃朗宁的文艺复兴。我曾身穿热那亚丝绒，走在罗马街头，用伽利略的望远镜瞭望星空，唾弃修士们落满灰尘的典籍，鄙夷他们深深下陷、充满嫉妒的眼睛和他们吹毛求疵、晦涩难懂的演说。

“你会爱上什么人的。”我说。

“哦，千万不要。我说，你觉得我还能再来点这种美味的蛋白甜饼吗？”

第三部　拉动命运之线

第一章

暴风雨中的孤儿

第一章

我生命的主题是记忆。在战争时期某个灰暗的清晨里，它们长着翅膀，在我头顶盘旋。

这些成为我生命本身的记忆——因为除却过去，我们其实一无所有。它们时时伴随着我，像圣马可教堂的鸽子一般，无处不在。鸽子在我的脚边，或独自或成对地发出悦耳的咕咕声，聚集在一处。它们点着头，昂首阔步，眨着眼睛，梳理着脖颈间柔软的羽毛，如果我站立不动，它们偶尔还会在我的肩上逗留。直到突然间，正午的枪声传来，它们扑棱着翅膀飞走了，人行道上空无一物，而天空却因这躁动的鸟儿而变得灰暗。那便是战时的清晨。

那个与科迪莉亚谈话的夜晚之后，一晃就是死寂般的十年。我不得不在一条表面上充满了变动与事端的路上走下去。这段时间里，我都不再像和塞巴斯蒂安在一起时那样充满活力了——除了画画的时候偶尔会活跃一些，但其间间隔的时间也越来越长。我认为我丧失的是青春，而不是生活。我的工作支撑着我，因为我选择了我可以做好的事情，一天一天，越做越好，并且乐在其中。顺带说一下，当时是没什么人愿意做这份工作的。我成了一名建筑画家。

甚至可以说，和伟大建筑师的作品相比，我更偏爱那些在静默中矗立了几个世纪的建筑，它们将每个时代最好的东西捕捉并保留了下来，同时借时间之手，磨掉了艺术家的自负和小市民的粗鄙，修复了平庸工匠的笨拙与乏味。这样的建筑在英国比比皆是，而就在最近这十年里，英国人似乎才幡然醒悟，注意到了这些自己曾视若无睹的庄严之物，于是在它们即将消失不见之前，向其成就致以敬意。因此，我的成功远非因为我的成就。除了技法愈加娴熟，对自己的主题保持热情，以及与流行观念保持距离外，我的工作倒也没什么可称道之处。

正值经济萧条，许多画家因此失业，这促成了我的成功，却也是时代衰落的先兆。一旦泉水干涸，人们就会想方设法，寻求海市蜃楼来解渴。在第一次画展之后，我被邀请到全国各地，为那些即将被遗弃的建筑留存纪念。实际上，我常常只比拍卖师早几步抵达那里，堪称是厄运的先兆。

我出版了三本精美的对开本画册——《赖德的乡间别墅》《赖德的英式住宅》以及《赖德的村落与乡下建筑》，每种都以五个基尼[1]的单价卖掉了上千份。我很少令人感到不悦，因为我与客

[1] 英国旧时金币，价值 21 先令。

户之间没有什么冲突，我们想要的东西是一致的。但随着时光飞逝，我开始哀悼某种东西的逝去。那是我在马奇梅因宅邸的客厅初次体验，自此之后只感受过一两次的强烈、专一且并非努力就能完成的信念——用一个词概括，就是灵感。

为了寻找这种逐渐逝去的灵光，我出了国，像奥古斯都时期一样，载满我这个行当所需要的各种工具，在异域风情中生活了两年，以恢复自己的状态。我没有去欧洲大陆，欧洲大陆的珍宝是安全的，太安全了，被束缚在襁褓里，由专家照料。欧洲可以再等等，我觉得我还有其他时间可以遍访欧洲。我想，岁月催人，用不了多久，我就需要找一个人帮我携带画架，背着颜料了。那时我不会再冒险，不会从高档酒店走出来，去游览路程超过一个小时的地方；我需要终日温暖的微风以及柔和的阳光；那时我会把自己苍老的目光投向德国和意大利。而现在，既然我仍拥有力量，我就应该去那些人们抛弃了其据点、而丛林又慢慢夺回了主导权的荒蛮之地。

于是，在经历了几个缓慢且不易的阶段后，我游历了墨西哥和中美洲，那里有我所需要的一切。离开公园和厅堂，竟然使我恢复了活力，并且找回了自己。这里的宫殿内部早已破败，修道院周围杂草丛生，吸血蝙蝠悬挂在废弃教堂的圆顶上，好似一个个豆荚。唯有蚂蚁声势浩大、无休无止地在装饰华丽的长椅间挖掘着隧道，而这些都成为我灵感的源泉。城市间并没有道路连接，坟墓间有一个患有疟疾、孤独的印第安家庭，正在冷雨中寻求庇护。在巨大的体力消耗、病痛不断、偶遇危险的情况下，我为《赖德的拉丁美洲》画下了最初几幅作品。每隔几周，我都会休息一下，到旅游区或商业区休养身体，建起画室，按照草图完成画作，心情忐忑地把成稿封装打包，寄送给我在纽约的代理人。随后带上我的小随从，再次走进废墟。

我并没有刻意与英国那边保持联系。我按照当地人的建议去旅行，没有固定的路线，所以寄给我的邮件大多数都没有收到，剩下的则积攒起来，直到超过一次能够读完的数量。我过去常把一捆信塞进包里，等到有兴趣的时候再拿出来读，通常是在并不适合读信的状态下，譬如摇摇晃晃的吊床上，在帐子底下，借着一盏防风灯的灯光；或是顺河流而下时，躺在独木舟的船腹之中，由船尾男孩们替懒散的我把船划离岸边，昏暗的河水跟在身后，绿树罩在我们头上，形成一片绿色的阴影，猴子在日光里发出尖叫，穿梭在高处的繁花之间，仿佛在森林的屋顶上跳跃；抑或在热情主人的农场游廊上，冰与骰子的撞击声在耳畔回荡，一只山猫正躺在平整的草坪上，玩自己的链子——这些时候，那些信件都是如此遥远，以至于其间的声音似乎并无意义。在心头一闪而过，信里的事端便再无痕迹。就如同在美国的火车上，萍水相逢的旅伴随意谈起的自身经历一般，旁观者大可不必挂心。

但尽管与世隔绝，长期逗留于陌生世界，我却仍有未变之处，尽管只是一小部分，我却假装自己全无变化。我把我在热带用的装备连同这两年的经历一同丢弃，像我出发时一样回到了纽约。我收获颇丰——十一幅油画，五十多幅草图。最后我在伦敦办了一次画展，许多惯以居高临下姿态示人的艺术评论家也不得不配合我的成功，赞扬我作品中全新而更加丰满的意境。他们中最受敬重的人写道：赖德先生像一尾活蹦乱跳的年轻鲑鱼一样，在新的文化环境下汲取了全新的能量，冉冉升起，强有力地展现出自己所具有的巨大潜能……通过直白传统的技法，将典雅与博学聚焦到原始的混乱之上，赖德先生最终找到了自我。

都是些漂亮话，但是如此大费周章，却全无真实可言。我的妻子远渡重洋，来到纽约和我见面。看到我们离别的成果正在代理人的办公室里陈列着，她说了一句话，倒是很好地概括了这些东西："我当然觉得它们非常杰出，甚至美得有些危险，但不知为何，我觉得它们并不完全是你自己。"

在欧洲，我妻子有时会因干练活泼的穿着和引人好奇的清爽整洁而被误认成美国人；而在美国，她却表现出英国人的温柔含蓄。她在我之前一两天到达，我的船靠岸时她正在码头等着。

"好久不见。"我们见面时，她深情地说。

她没有加入这次探险，她向朋友们解释说那些国家不适合她去，况且还要在家陪伴儿子。现在还多了个女儿，她说道。这时我才想起在我出发前提到过的这件事，这也成为她留在家里的又一个理由。这件事，她在信里也提过几次。

"我觉得你都没读我的信。"那天晚上她说。在经历了晚餐聚会和几个小时的卡巴莱[1]之后，我们终于单独坐在了宾馆的卧室里。

"弄丢了一些，不过我还挺清楚地记得，你告诉我你梦见果园里长了一株水仙花，还有什么保姆是颗宝石，还说发现了一张

[1] 卡巴莱（Cabaret），一种在酒吧或夜总会表演的助兴歌舞节目。

摄政时期[1]的四柱床，但我真的不记得你的小姑娘叫卡罗琳。为什么叫这个名字？”

“当然是随查尔斯了。”[2]

“啊！”

“我让伯莎·范哈尔特做孩子的教母。我以为她准能送孩子件不错的礼物。你猜她送了什么呢？”

“伯莎·范哈尔特可是出了名的狡猾。送了什么？”

“一张十五先令的图书代购券。既然强强[3]现在有了个伴……”

“谁？”

“你儿子啊，亲爱的。你不是把他也给忘了吧？”

“看在基督的分上，”我说，“你为什么这么叫他？”

“这是他自己给自己起的名字。你不觉得这很可爱吗？既然强强也有伴了，我觉得我们这段时间就不要再生孩子了，你觉得呢？”

“随便吧。”

“强强没少念叨你。他每晚都在祈祷你平安回来。”

她说着，一边脱掉衣服，努力表现出一副轻松自在的样子。然后她坐在梳妆台前，用梳子梳着头发，赤条条的脊背暴露给我，

[1] 摄政时期（Regency period），通常指1811年至1820年。这期间，乔治三世因精神状况不适合统治，其权力被移交给长子威尔士亲王乔治，作为其代理，是为摄政王。

[2] “卡罗琳”（Caroline）是“查尔斯”（Charles）的女性形式。

[3] 强强（JohnJohn）是把约翰重叠使用后的小名。

眼睛盯着镜子里的自己。“我要不要收拾好脸再上床？”她说。

这是个熟悉的说法，但我并不喜欢。她的意思是说她要卸掉妆，涂上油脂，在头上罩上发网。

“不，”我说，“先不要。”

然后她就知道我想要什么了。做那种事，她同样有整洁卫生的办法，但在她表示欢迎的脸上，同样也浮现出宽慰和获胜的神情。完事之后我们躺在各自的床上，相隔一两码远，抽着烟。我看了看表，现在是四点钟，但我们都不想睡觉。整座城市充满神经衰弱的气息，但这里的居民却误以为这是精力充沛。

“我觉得你一点都没变，查尔斯。”

“是，恐怕是没有变。”

“你想要改变吗？”

“改变是活着的唯一证据。”

“但你要是变了，就有可能不爱我了吧。”

“确实有这个危险。”

“查尔斯，你不会不再爱我了吧？”

“你自己都说了，我一点都没变。”

“好吧，可我现在觉得你变了。我一点也没变。”

“不，”我说，“没有。我看得出来你没变。”

“今天见面你一点也不害怕吗？”

“一点也不。”

“你一点也不想知道我在这段时间有没有爱上别人吗？”

“不想。有吗？”

“你知道我没有。你呢？”

“没有。我没有在爱什么人。”

我妻子似乎对这个答案感到满意。她六年前同我结婚，那时我刚办了自己的第一场画展。从那时起，为了增加我们的收益，她做了许多事情。有人说是她“成就”了我，但她只承认自己为我提供了一个舒适的生活环境。她对我的天赋和“艺术气质”充满信心，并且坚持这样一个原则，那就是“悄悄做事，等于没做”。

过了一会儿她说：“急着回家吗？（我父亲给了我可以买下一套房子的钱作为结婚礼物，我在我妻子老家买了教区长之前住的房子。）我有个惊喜给你。”

“是吗？”

“我把谷仓改成了工作室，这样你就不必被孩子们和客人打扰。我请埃姆登做的设计，人人都觉得改造很成功。《乡村生活》上还有篇文章专门写它呢，我拿给你看看。”

她向我展示那篇文章：“建筑方面是形式优美、令人愉悦的范例……约瑟夫·埃姆登爵士匠心独运，将传统素材运用于现代需求……”上面还有一些照片，泥土地面现在已经被宽大的橡木地板覆盖，北面的墙上高高地开了一扇石质凸窗。此前藏在阴影中的巨大木房顶现在显露出来，横梁之间涂着洁白的灰泥。整栋建筑采光良好，看起来像是一座村庄礼堂。我还记得那地方的独特气息，不过想必现在也荡然无存了。

“我还挺喜欢那座谷仓的。”我说。

“而现在你可以在那里工作了，不是吗？”

“经历了在嗡嗡作响的蜂群中作画，”我说，“还有头顶上烤人的太阳把画纸都烧焦了的日子，我想我去公共汽车顶上画画也没问题。我想教区牧师大概会愿意借那个地方来开惠斯特牌大会的。”

“还有很多工作等着你呢。我已经答应了安克雷奇夫人，说你一回来就会去安克雷奇宅邸那边。那栋房子也快拆了，你知道的——之后只会剩下下面的商铺和上面两居室的公寓了。查尔斯，你有没有觉得那些充满异域风情的画会毁了你？让你画不了这些建筑方面的东西？”

“怎么会呢？”

“唉，因为太不一样了。你别生气。”

“那些只是又一片即将被丛林包围的地方罢了。”

“我完全理解你的感受，亲爱的。乔治王朝协会那帮人把事情搞得一团糟，但我们又什么都不能做。我写了封关于博伊（博伊·马卡斯特是她哥哥）的信，你收到了吗？”

“是吗？写了什么？”

“关于他订婚的事。现在没什么了，因为一切都结束了。但是爸爸妈妈都很沮丧，那是个很糟糕的姑娘，他们最后拿钱才把事情摆平。”

“没有，我没听说任何关于博伊的事情。”

“他现在跟强强成了密友。看到他们在一起真是可爱极了。他无论什么时候过来，都是先直接开车去老教区长的房子。他踱着步子，走进来，谁也不理，上来就喊：‘我的小兄弟强强哪儿去了？’然后强强就会歪歪扭扭地跑下台阶，俩人一起钻进小树林，一玩就是几个小时。听他俩说话，你会觉得他们是同龄人。还多亏了强强他才看透那个姑娘的事情。说真的，小家伙可机灵透了。

他一定是听到了我和妈妈的谈话，等博伊再来的时候才会说：‘博伊舅舅你别和那个可怕的姑娘结婚，别把强强丢下。’就在当天，博伊拿了两千镑，把事情给解决了，都没上法庭。强强可崇拜博伊了，什么事都要学他。这对他俩都是好事。”

我穿过房间，再一次徒劳地调节散热器的热度。我喝了点冰水，打开了窗户，可伴随着夜晚清凉的空气，隔壁住户收音机里的音乐声也不请自来。我只好关掉窗子，又回到我妻子身边。

她又开始懒洋洋地絮絮叨叨，东一句西一句：“花园长得可好了……你种的黄杨树去年长高了五英寸……我从伦敦找了几个工人，把网球场收拾好了……现在一流的厨子啊……”

当我们身处的这座城市再次醒来，我们都坠入了梦乡。但没睡多久，电话铃响了，一个不男不女的声音兴高采烈地说道：“萨沃伊——卡尔顿——酒店——早上好呀！现在的时间是八点一刻。”

“我没让人叫我起床，知道吗？”

“什么？”

“唉，没什么。”

“欢迎您的光临。”

我刮胡子的时候，我妻子在浴缸里说：“就和以前一样，我现在不担心了，查尔斯。”

“那很好。”

“我很担心这两年会对我们的生活造成什么改变。现在我知道，我们可以从之前停下的地方重新开始。”

“什么时候？”我问，“什么停下？我们什么时候停下了？”

“当然是你离开的时候。”

“你就没想过别的时间点，比如说在那之前？”

“哦，查尔斯，那都是过去的事了。什么都没有，它什么都不是。都结束了，我早忘光了。”

“我只是想知道，”我说，“我们是要回到我出国的那天，是吧？”

所以我们确实回到了两年前的那天，我妻子又泪流满面了。

我温柔的妻子有着英式沉默，洁白、细小又整齐的牙齿，整洁的玫瑰色指甲，女学生一般的天真顽皮以及女学生般的装扮。她时髦的首饰造价不菲，远看却像批量生产出来的；她常挂在脸上的应酬式笑容；她对我的顺从，以及对我爱好的热情；她每天都要给家里的保姆拍电报的慈母之心——所有这些独特的魅力，令她在美国人中大受欢迎。动身那天，我们的客舱里堆满了玻璃纸包装——有鲜花、水果、糖果、书籍、给孩子们的玩具——都是那些她只认识了一个礼拜的朋友送来的。乘务员们往往会像疗养院的护士一样，根据礼物的数量和价值来判断乘客的身价。于是，在这次旅行中，我们得到了非同一般的重视。

一上船，我妻子想的就是旅客名单。

“有这么多朋友，”她说，“这次旅行一定会很有意思。今晚我们办一个鸡尾酒派对吧。”

舱梯刚一撤走，她就忙着打起电话来。

“茱莉娅，我是西莉亚——西莉亚·赖德。看到你在这船上可真好。最近在忙什么呢？今天晚上来喝杯鸡尾酒吧，咱们好好聊聊天。”

“哪个茱莉娅？”

“茱莉娅·莫特拉姆。我好多年没见过她了。”

我同样如此。实际上，我从结婚那天，就再没见过她，而从我画展预展之后，我们就再也没说过话。为了那次画展，我从布赖兹赫德那里借来了之前为马奇宅邸画的四幅画。我把它们摆在一起，十分引人瞩目。这些画是我和弗莱特家最后的联系了。据我所知塞巴斯蒂安还住在国外；关于雷克斯和茱莉娅，我偶有耳闻，听说他们在一起也并不愉快。雷克斯并没有向人们所预料的那样飞黄腾达，他还是政府的边缘人士，名声不小，但有点面目不清，备受质疑。他和富人们来往频繁，但在个人演说中却倾向于激进的政策，还总与共产主义者和法西斯分子勾肩搭背。我在人们的谈话中听到过莫特拉姆的名字，我等人等得不耐烦、随手翻阅报纸时，在《闲话报》[1]上还看见过他们的面孔。但我和他们已经形同陌路了。在英国，而且只有在英国，人们才会这样：住在不同的世界里，像旋转的小行星一样保持着人际关系；关于这一过程的完美比喻或许可以在物理学中找到。我自己大致理解为，带有能量的微粒在不同磁系中进行组合与重组。有物理学背景的人大概可以将这一比喻信手拈来，但我做不到这一点，因此只能说，在英国这种亲密朋友的小圈子非常普遍。于是，像我和茱莉娅，我们可能住在伦敦的同一条街上，偶尔可以同时望见几英里以外乡间的地平线，可能彼此抱有好感，对对方的命运机缘

[1] 一份致力于报道上流社会趣闻逸事的报纸。

怀有礼貌的好奇，甚至会对彼此的分离感到遗憾。事实上我们只要拿起电话，就能在彼此的枕边和对方互诉衷肠，在每天的橙汁和阳光间享受彼此的早安问候。然而我们各自世界的向心力以及彼此间冰冷的星际距离，却不允许我们保留这样的温柔。

我妻子坐在沙发上，在一堆玻璃纸和彩带之间继续打电话，兴致勃勃地检阅着旅客名单。“是啊，你当然得带上他，我听说他特别可爱……是啊，我终于把查尔斯从那荒无人烟的地方等回来了，是不是挺棒的……看见你的名字在名单上简直太棒了！这让我这一趟……亲爱的呀，我们那会儿也住在萨沃伊·卡尔顿呢，为什么没看见你们呢……”有时她转过头来冲我说一句：“我得看看你是不是还在我身边。我还有点不习惯呢。”

我往上走，走出舱外，看到我们的轮船正缓缓顺流而下，乘客们聚在一扇玻璃窗前，看陆地从眼前慢慢滑过。“有这么多朋友。”我妻子刚才是这样说的，但在我面前的却是一群完全陌生的人。离别的情绪才刚刚开始消退，其中一些人直到分开前最后一刻还在痛饮离别酒，不停地吵嚷着。其他一些人则盘算着去哪里能搞到一把甲板座椅。乐队演奏的音乐无人欣赏——所有人都像是闹哄哄的蚂蚁。

我在这艘船上的几座大厅间穿梭，它们都很大，却毫无华丽壮观之处可言，仿佛仅仅是为火车车厢设计，却被荒唐地放大了。我走过一扇巨大的青铜门，上面有极薄的亚述动物形象，栩栩如生。我走过与吸墨纸颜色相仿的地毯，墙上的装饰画板也是同样的颜色，贴满了土褐色的儿童手工制品。墙壁之间则是一块块未经木工之手的饼干色木头，修成圆角的木头被裁成不见缝隙的条状，在经过了蒸汽加热、挤压和抛光后，放在墙角。吸墨纸颜色的地毯上摆满了桌子，可能是出自卫浴工程师之手，还有方形软垫，中间的方形凹陷可以坐进去。这些东西看起来也是吸墨纸的颜色。大厅的灯光从无数个小孔散射出来，光线均匀，不见阴影——整座大厅充斥着上百个通风机发出的嗡嗡声，并且因下方巨大引擎的运转而颤动。

“我回来了，”我想，“从丛林中回来，从废墟中回来。这里的财富不再华丽，权力也不再意味着尊严。先前满有人民的城，现在何竟独坐。（此前和科迪莉亚谈话时，她曾在马奇宅邸的客厅里引用过这首哀歌；大约一年前，我在危地马拉，也听一个混血唱诗班吟唱过这首伟大的哀歌。）”

一个侍者走到我面前。

“您需要点什么吗，先生？”

“一杯威士忌苏打，常温的。”

“很抱歉，先生，所有苏打水都是冰的。”

“白水也都是冰的吗？”

“是的，先生。”

“好吧，没关系。”

他转身跑开，仍有些困惑，无声无息地消失在轰鸣中。

“查尔斯。”

我转过身，看到茱莉娅正坐在一个吸墨纸颜色的方垫里，两手叠放在膝盖上，不声不响，所以我经过时并没有注意到她。

“我听说你也在这里，西莉亚给我打过电话了。这真让人高兴。”

“你在这里做什么？”

她摊开膝盖上空空如也的双手，做了个手势。“我在等着。我的女仆在解行李，从我们离开英国，她就一直在闹别扭。现在她正对我的客舱抱怨个不停。我想不出她是怎么了，就好像这一切都是我造成的似的。”

侍者端着一瓶威士忌和两壶水回来，一壶是冰水，另一壶是沸水。我把它们调到恰当的温度，侍者在一旁看着我，说：“我会记住您是怎样调的，先生。”

大多数乘客都有自己的癖好，而侍者的工作就是满足他们的自以为是。茱莉娅要了一杯热巧克力，我坐在她旁边的方垫里。

“我之前都没看到你。”她说，“喜欢的人我都看不到，不知道为什么。”

她说话的口气像是我们只有几周没见，而不是几年，而且像是我们在分别之前已经是密友一样。此前的时光筑成了重重防线，将双方的薄弱之处都伪装了起来，除了几条熟悉的道路，其他路径上都已经布满了地雷，令我们只能通过一团乱麻般的电线，在各自的一侧偶尔取得联系。可这样的不期而遇，却冲破了此前的桎梏。这里的她和我，虽然不曾是朋友，却已然拥有了漫长而牢不可破的亲密无间。

“你在美国做什么呢？”

她慢慢地从自己的热巧克力上抬起头，用美丽而认真的眼睛注视着我，说：“你不知道吗？找个时间我再讲给你听吧。我那时候很傻，以为自己爱上了什么人，但事实并非如此。”这时我会想起十年前在布赖兹赫德的那个夜晚，当时这个惹人喜爱、手脚修长的女孩仿佛刚从温室中被带出来，因为大人的心思不在她身上而被激怒，嘴里却说："我也会让人心神不宁呢，你知道的。"我当时在想："这些女孩总会觉得自己的恋爱无比重要吧。"而现在的我，似乎已经没有这种想法了。

现在情形不同了。她说话时，神情中只剩下了谦卑和友好的坦诚。

我希望我可以对她的信任做出回应，流露出一些接纳的信号。但在我最近乏味又纷乱的岁月里，实在没什么可以拿出来和她分享的。我只好开始谈论自己在丛林里的时光，那些我遇到的滑稽人物，以及我造访过的遗失秘境。但在这种久别重逢的氛围里，我的故事说得结结巴巴，只好草草收场。

"我很想看看那些画。"

"西莉亚想让我拆出来几张，贴到客舱里，给鸡尾酒会助兴。可我办不到。"

"是啊……西莉亚，她还像以前那么漂亮吗？我总觉得她是我们这些同龄女孩里，长得最可人的一个。"

"她没什么变化。"

"你变了，查尔斯，变得瘦而严峻，不再是塞巴斯蒂安带回家里的那个漂亮男孩了。但也更硬朗了。"

"而你却更温柔了。"

"嗯，我也觉得……也更耐心了。"

她还没到三十岁，不过已经接近了魅力的巅峰，原本潜在的美丽都已充分显露出来。她不再是那副时髦的、瘦长的样子，她那我以为属于文艺复兴的面庞，先前是有些怪异地附着在她身上，现在却已变成了她的一部分，并且再无佛罗伦萨的感觉：她不再需要与画作、艺术其他任何东西相关联才能展现她的美，除了她自己。任何试图剖析解构这美丽的行为都是无意义的，因为美就是她的本质，只有经过她的允许才能在她身上看到——而我也会在即将对她生出的爱意中感受到。

时间同时也带来了另一种改变。它并没有赋予她诡异而自鸣得意的蒙娜丽莎式微笑，时光不似七弦竖琴和长笛的旋律，反而将她变得更加忧伤。[1]她似乎在说："看看我吧，我已经尽了自己的本分，我很美，我的美不同寻常，我是为愉悦而生的。可我能从中得到什么呢？我的报偿究竟在哪里？"

这是十年岁月带给她的变化，也的的确确是她的报偿。这萦绕于人心间、充满魔力的悲伤，终将直抵人心，打破缄默，成为完成她美丽的最后一笔。

"也更忧伤了。"

"是的，忧伤多了。"

两小时后，我回到客舱，我的妻子正兴致高昂。

"我不得不一个人把所有事都做了。你看看怎么样？"

没花多少钱，我们就被安排在一间很宽敞的客舱里。实际上，这个套房很大，除了这条航线的董事之外，很少有人会预订它。在经过事务长同意的情形下，它会被安排给那些他尊敬的乘客（我妻子在获得这种小便宜方面十分在行，她的时髦和我的名气是她

[1] "七弦竖琴和长笛的旋律"，引用自沃尔特·佩特爵士一篇有关达·芬奇名画《蒙娜丽莎》的研究文章。文章中认为蒙娜丽莎之美是"无关岁月、无所不知"的。与其相比，茱莉娅就要因岁月而神伤许多了。

留给人们的第一印象，随之建立起的优越感又迅速转化为近乎轻浮的亲和力）。为了表达她的谢意，事务长本人也被邀请来参加鸡尾酒会。而他为了表达自己对我们的感激，为我们送来了一只真实尺寸的天鹅冰雕，上面盛满了鱼子酱。这个寒气逼人、精巧绝伦的东西现在就在我们房间里，矗立在桌子中央，慢慢融化，水滴顺着鸟喙流到银盘里。早晨送来的鲜花都被尽可能塞在镶板后面了（这套客房正是上面那个巨大的大厅的缩小版）。

“你得赶紧换衣服了。这么长时间你都去哪儿了？”

“我在和茱莉娅·莫特拉姆聊天。”

“你认识她？哦，当然了，你是她那个酒鬼哥哥的朋友。真好，她还是光彩照人吧？”

“她倒也很欣赏你的长相。”

“她曾经是博伊的女朋友。”

“不会吧？”

“博伊自己总这么说。”

“你有没有想过，”我问，“我们的客人该怎么享用这个鱼子酱呢？”

“想过的，确实不好办。不过鱼子酱什么的这里也有，”她向我展示了几只漂亮的玻璃盘子，里面盛着一些食物，“而且不管怎样，聚会上的人们总会找到吃东西的办法的。你记不记得我们曾经拿裁纸刀吃过罐装的基围虾？”

“有吗？”

“亲爱的，就是你跟我求婚的那个晚上嘛。”

“我记得是你跟我求的婚。”

“好吧，总之是我们订婚的那个晚上。你还没告诉我喜不喜欢我做的这些布置呢。”

所谓的布置，除了天鹅和鲜花，还包括一个被困在临时吧台后面、动弹不得的侍者。另外一个侍者则手拿托盘，看上去自由一些。

“像电影演员做的梦。”

“电影演员，”我妻子说，“那正是我想说的。”

她跟我一起去了我的更衣室。在我换衣服的时候跟我说着话。她今天突然想到，既然我的兴趣是建筑绘画，那真正适合我的工作应该是给电影设计布景。所以今晚的酒会上，她还找了两个好莱坞的大佬，希望我能好好招待人家。

我们回到了客厅。

“亲爱的，我知道你对那只鸟很反感。不过别在事务长面前对它太粗鲁，他能想到这个也算很贴心了。另外，你要是读过描述16世纪威尼斯人宴会的文章，就会知道这也是当时场景的再现。”

“在16世纪的威尼斯，鸟的形状会有所不同。”

“圣诞老人来啦，我们正欣赏您送来的这只天鹅呢！”

这时事务长正好走进来，很有力地和大家握了握手。

“亲爱的西莉亚夫人，”他说，“如果您愿意穿上最暖和的衣服，明天和我一起去冷藏室探险，我会给您看一整艘装满这种东西的挪亚方舟的。烤面包还要等一会儿，它们现在还烫手呢。”

“烤面包！”我妻子说，仿佛那是什么超出了一切预期的美味食物，“你听见了吗，查尔斯，烤面包啊！”

过了一会儿，客人们陆续就位了，没什么事情会让他们耽搁下来。“西莉亚，”他们说，“多么棒的客舱，多么棒的天鹅呀！”不过，虽然这是船上最大的一间客舱，我们的房间没过多久还是被挤得水泄不通，客人们只好把烟蒂丢在天鹅身下的小水池里。

事务长预言了一场风暴的来临，立刻引起人们的骚动，这喜欢引起别人注意的习惯就跟那些水手一样。“你怎么能这么残忍呀？”我妻子问，言语中带着奉承，好像不仅仅是客舱和鱼子酱，就连海浪也在这位事务长的管辖范围里，“不管怎样，风暴不会影响到我们这种大船的，对不对？”

“也许会让我们的前进稍稍受阻。”

“但是不会让我们晕船吧？”

“那就要看你是不是个好乘客了。从小我一遇到风暴就会晕船。”

“我可不信，他这是故意吓唬人的。过来，我给你看样东西。”

那是她孩子最近的照片。“查尔斯都还没见过卡罗琳呢，你说他看见以后会不会很激动？”

这里没有我的朋友，不过有三分之一我认识的人，而且我一直在很客气地和他们交谈。一个老女人对我说：“所以你就是查尔斯了，我对你可是无比了解呢，西莉亚没少说你。”

“无比了解，”我在心里暗想，“无比了解需要一个很漫长的过程，夫人。你真的能看穿那些黑暗，看穿那些我自己的眼睛都无法指引的地方？你能够告诉我吗，亲爱的施托伊弗桑特·奥格兰德夫人——如果我没想错的话，我妻子就是这样称呼你的——为什么此时此刻，我正在这里说话，说着我即将开始的画展，脑子里想的却只有茱莉娅何时能来？为什么我能游刃有余地和你说这些废话，和她却不能呢？为什么我能把她和世人区分开，只留下我和她两个人呢？那些隐秘的角落，我的灵魂深处——在你看来轻易就看穿的地方，究竟在发生着什么呢？有什么正在喷薄欲出呢，施托伊弗桑特·奥格兰德夫人？”

还是不见茱莉娅的踪影。这房间本来因为太大而没人租得起，现在却因二十个人的喋喋不休而显得狭小无比，除了吵闹，不见他物。

这时我注意到了一件奇怪的事。有一个邋里邋遢的小个子红发男人，看起来谁也不认识，完全不像是我妻子会请的客人。他在鱼子酱天鹅旁边站了足足二十分钟，像只兔子一样飞速地大快朵颐。现在他用手绢擦了擦嘴，又明显一时兴起，向前探了探身子，轻轻擦了擦天鹅的嘴，擦掉了一滴不断变大、即将滴落的水珠。然后他偷偷环视四周，想看看是否有人注意到自己，正巧碰到了我的目光，于是神经质地咯咯笑了起来。

“早就想干这个了。”他说，“我打赌你不知道这东西一分钟滴多少滴水。我知道，我数过了。”

“我不知道。”

“猜猜吧，错了给我六便士，对了我给你半美元[1]。这很公平。”

“三滴。”

“很棒哦，真是个狠角色。看来你也数过呢。”但他并没有

[1]按照当时的汇率，半美元大约相当于2先令6便士（1先令等于12便士）。

表现出要付钱的意思，相反他说，“你是怎么算出来的？我是个土生土长的英国人，不过这还是我第一次在大西洋上航行。”

“也许你之前都是坐飞机？”

“不，没坐过。”

“那么我相信你一定在周游世界，所以之前横渡的是太平洋。”

“你太厉害了，一点也没错。为了这件事我还跟人家吵过架呢。”

“那么你走的是哪条路线呢？”我问他，想要迎合他的话题。

“这个以后再聊吧。好了，我得先撤了，回见。”

“查尔斯，这位是克拉姆先生，星际电影公司的。”

“原来你就是查尔斯·赖德。”

“是我。”

“好，好，好，”他停下来，我等着，“事务长说要下暴雨，你有什么看法？”

“比事务长差远了。”

“不好意思，赖德先生。我不明白你的意思。”

“我是说我没有事务长懂得多。”

“是吗？好，好，好。和你聊天我很愉快，希望这是我们将来多次聊天的开始。”

一个英国女人说：“哦，瞧那天鹅！在美国待了六周，我现在对冰块什么的真是烦透了。跟我讲讲，时隔两年又看见你老婆西莉亚，你有什么感觉？我知道，要是把这个场合当成婚宴有点不入流，可西莉亚从来没把头发上的香橙花[1]真正摘下来过。”

另一个女人说：“现在说再见，半个小时以后又要见面，而且每天隔半个小时就要见一面，这样的旅行是不是妙得很？”

客人们陆续离开，每个人走的时候都提醒我，我妻子不日将会和我一起去拜访他们。今晚的主题俨然是大家互相见一面，同时建立了一个可以由物理学家才能说明白的分子系统。最后，天鹅也被推出了房间，我对我妻子说：“茱莉娅一直都没来。”

“是啊，她来过电话了，我听不清她在说什么，她那边一直很吵——像是在争论一条裙子还是什么的。她倒也挺走运，因为这地方刚才怕是连一只猫都容不下。聚会很有意思，不是吗？你很讨厌它吗？你表现得漂亮极了，很有风度。你那个红头发的朋友是什么人呀？”

“不是我的朋友。”

“真是奇怪！你和克拉姆先生说了在好莱坞工作的事情了吗？”

“当然没有。”

“哦，查尔斯，你可真让我操心。光是站在那里摆造型，搞出一副为艺术献身的派头是不够的。我们去吃晚餐吧，坐船长那一桌。我觉得他今晚大概不会去吃晚餐，不过守时总是有礼貌的表现。”

我们落座时，其他参加聚会的人都已经就位了。另一侧船长的空座位两旁，坐着茱莉娅和施托伊弗桑特·奥格兰德夫人。除

[1] 香橙花是西方婚礼中常用的头饰和捧花。

了她们以外，还有参议员施托伊弗桑特·奥格兰德，一位英国外交官和他的妻子，另有一位美国教士正坐在两只空椅子之间的椅子上，和其他人隔绝开来。他后来介绍自己——似乎有点多余——是圣公会的主教。餐桌上都是夫妇挨着坐的，所以侍者想引我们到另一边靠在一起的两个座位上，我妻子这时候当机立断，坐在了参议员身边，而我则去和主教坐在了一起。茱莉娅向我们两人投来同情的目光。

“你们那个聚会真让我上火。”她说，“我那个可恶的女仆和我所有的衣服都不见了。直到半小时前她才回来，原来是打乒乓球去了。”

“我一直在告诉这位参议员，他错过了些什么。”施托伊弗桑特·奥格兰德夫人说，“不管去什么地方，西莉亚准能把那里的重要人物认出来。”

“我右边的座位，”主教说，“一会儿一对重要的夫妇会坐这里。他们一直在自己的客舱里吃东西，除非事先有人通知他们船长会出席。”

我们这个小圈子十分冷清，就连我妻子极高的社交兴致也渐渐淡了下去。我只听到她偶而说一两句话。

“一个奇怪的红发小个子，长得有点像福尔纳福船长[1]。”

“西莉亚小姐，我觉得你像是在说，你还不认识他。”

“我的意思确实是他长得像福尔纳福船长。”

[1]《每日快报》（*Daily Express*）上一个幽默专栏中的人物，作者是 J. B. 莫顿（J. B. Morton）。他专爱伪装成上流社会的人物，以此破坏他们的活动。

“我有点明白了。你是说他为了参加你们的聚会，假扮成了你的一个朋友？”

“不，不，福尔纳福船长只是个喜剧角色。”

“可他看起来并没有滑稽之处。你的朋友是喜剧演员？”

“不，不，福尔纳福船长只是英国报纸上一个虚构的角色，你知道，就像是你们的‘大力水手’。”

参议员放下了刀叉。“总而言之，一个江湖骗子参加了你们的酒会，你放他进去了，是因为他长得和一个卡通人物非常像。”

“是的，我想就是这样。”

参议员向他的妻子看去，像是在说：“重要人物，哼！”

我听见坐在桌子对面的茱莉娅，为了那位外交官的幸福，试图追索她匈牙利和意大利表亲的婚姻关系。钻石在她的发间和指尖闪烁，但她的手却一直紧张地揉搓着几个面包屑小球，闪耀着星光的脑袋失望地低垂着。

主教告诉我，他正身负亲善大使的使命，准备前往巴塞罗那：“一项非常有意义的清理工作已经完成了，赖德先生。现在是在更广泛的基础上着手重建的时刻了。我已经把调停所谓的无政府主义者与共产主义者视作自己的下一个目标，而且基于此事，我和我的委员会已经钻研过有关这一问题所有可用的文件。赖德先生，我们的结论是一致的。这两种意识形态之间并没有原则性的差异。麻烦只存在于个性之上，赖德先生，不过凡是个性使其分道扬镳的东西，凭借个性也可以将其重组……”

我还听到旁边有个声音说：“我能否冒昧地问一下，是什么机构资助了你丈夫的冒险？”

外交官的妻子则勇敢地越过分隔他们的鸿沟，和主教攀谈了起来。

“您在巴塞罗那说的是什么语言呢？”

“是动之以情、晓之以理的语言，夫人，”然后，他又转身对我说，“到下个世纪，讲话将是用思想，而非词句，你同意吗，赖德先生？”

“同意，”我说，“我同意。”

“语言是什么呢？”主教说。

“是啊，是什么呢？”

“仅仅是按照习惯随机组成的符号罢了，赖德先生。而我们正处在一个对传统符号普遍怀疑的年代。”

我的灵魂在这里举步维艰。经过了我妻子那场叽叽喳喳、热热闹闹的聚会，还有那个情绪莫名的下午，在纽约和我妻子纵情欢愉之后，在满是瘴气和绿荫的丛林里经历了漫长的孤独之后，这里的情形令人无法忍受。我觉得自己就像是荒野中的李尔王，像是被疯子们逼入绝境的马尔菲公爵夫人[1]。于是我祈求狂风骤雨，而且应验了，仿佛我真的会魔法一般。

有那么一段时间，我无法确定是不是自己神经出现了问题，我感受到了一种循环往复、持续不断，同时还逐渐增强的运动——这间大客厅不断起伏、震颤，就像一个人熟睡时的胸膛。这时我妻子转头对我说：“要不就是我喝醉了，要不就是海上起浪了。”

[1] 典出约翰·韦伯斯特（John Webster）的戏剧《马尔菲公爵夫人》（*The Duchess of Malfi*）。

而就在她说话的时候，我们发现自己还坐在椅子上，身子却已经歪到了一边，墙边放的刀叉餐具纷纷掉落，发出一阵叮叮当当的撞击声。我们的杯子全都被打翻，在桌子上滚来滚去。大家都竭力稳住自己的盘子和叉子，用不同的表情望着他人，外交官夫人一脸恐惧而茱莉娅却轻松自如。

在我们这与世隔绝的世界里，外面的狂风既无从听闻，更无法看到，却已经在我们头上盘旋了一个小时，现在却改变了方向，直奔船头而去。

猛烈的撞击声后是一阵沉寂，紧接着爆发出一阵紧张兮兮的尖声怪笑。侍者把餐巾铺在洒了红酒的地上，我们本想接着谈话，但现在都在等待，就像那个小个子等待天鹅嘴上的下一颗水珠一样，等待着下一次巨大的冲击。它果然来了，比上一次还要剧烈。

“我该向大家说晚安了。”外交官的夫人说着站起身。

她的丈夫带她走回自己的客舱。餐厅很快就空了，不久就只剩下茱莉娅、我妻子和我仍然坐在餐桌旁。然后像是有心灵感应一般，茱莉娅说：“就像李尔王一样。”

“只是我们每个人，都像是里面那三个人。”

“你这话是什么意思？”我妻子问道。

“李尔、肯特还有弄臣。”

“哦，亲爱的，这就像重现刚刚那场恼人的福尔纳福对话。快别解释了。”

“我觉得我也解释不清。”

又一次上浮，然后猛然下落。侍者正忙着给东西加固，把能关紧的地方都关紧，把不稳当的装饰物挪走。

“好了，我们已经吃完晚饭，树立了‘镇定的英国人’的形象。”我妻子说，“出去看看外面怎样了吧。”

去休息室的路上，我们三个人有时不得不抱紧一根柱子。当我们抵达那里时，里面几乎没什么人。乐队还在演奏，但已经没人跳舞了。桌子上摆好了摸彩[1]的器具，却没有人来买券。船上的高级船员们喜欢用下级船员编好的顺口溜来报数，“小十六呀——没人要，门上的钥匙——二十一，嘁嘁咔咔——六十八”，而此时他们正悠闲地跟同事们聊着天。有几个坐在不同角落的人正在读小说，几桌人在打桥牌，还有几个在吸烟室里喝着白兰地，但两小时前把我们的客舱塞得水泄不通的那些客人，现在已经无影无踪了。

我们三人在空无一人的舞池旁坐了一会儿。我妻子一向主意很多，她提议我们可以不失礼貌地到餐厅的其他桌子上用餐。“去外面的饭馆吃饭可就太疯狂了，”她说，“吃的东西是一样的，还要多付钱。不管怎么说，只有电影人才会去那里，我想不出我们有什么好去的。”

不一会儿她说：“我有点头痛，而且很困。我要去睡觉了。”

茱莉娅陪着她一起走了。我在船上四处转悠，在一块有顶篷的甲板处，狂风呼啸，水沫从暗处飞溅起来，在玻璃舷窗上碎成了白色和褐色的痕迹。一个人把守在那里，禁止乘客到上层甲板。然后我也下去了。

我更衣间里所有易碎的东西都被收走了，客舱的门从外面打

[1] 一种从容器中摸取奖券的抽奖游戏。

开，用钩子固定住，我的妻子在里面哀号着。

“我感觉糟透了，我没想到这么大的一艘船还会颠簸成这样。”她说着，眼睛里充满了惊惶和愤怒，就像是那些孕妇在分娩时，终于意识到不论多么豪华的私人医院和多么昂贵的大夫，都无法免去她此时的痛苦，而这艘船规律地起起落落，又像极了分娩时的阵痛。

我睡在隔壁，更确切地说，我正躺在半梦半醒之间。如果是在狭窄的床铺、坚硬的床垫上，我也许还能好好休息，但这里的床却是宽敞而蓬松的。我把所有我能找到的靠垫都拿了过来，试着把自己周围塞得牢靠一点，但这一夜里，我几乎都在随着船一起摇晃——此时它不仅起起伏伏，还在左右摇摆——而我脑海里则有声音不断地吱吱嘎嘎，砰砰作响。

黎明前一小时，我妻子像个幽灵一样出现在门口，双手撑着门边，说：“你还醒着吗？你不能做点什么吗？你不能从医生那里搞点什么过来？”

我按铃叫来晚上值班的侍者，他那里有已经备好的药，可以让她舒服一点。

在整夜的半梦半醒间，我想到了茱莉娅。在我短暂的梦里，她变换了一百种奇异、可怖又淫秽的形象，可当我醒来，她又回到了那副悲伤的样子，头上闪着光，就像我在晚餐时见到她的那副模样。

天蒙蒙亮之后，我又睡了一两个小时，醒来时头脑清楚，满心欢喜地期待着什么。

侍者告诉我风已经小一些了，但势头依旧很猛，海上的浪也很大。“没有什么比这样的惊涛骇浪更让乘客难受的了。”他说，“今天早上都没什么人想吃早餐。”

我去看了看我的妻子，发现她还在睡觉，于是我关上了我们之间的门。我吃了三文鱼鸡蛋葱豆饭和布雷顿汉姆火腿冷盘，然后打电话请理发师过来给我刮脸。

“客厅里有夫人很多东西，”侍者过来和我说，“我要暂时把它们留在那里吗？”

我去看了看，发现是从船上商店送来的第二批包裹，都用玻璃纸包着。其中一些是纽约的朋友通过无线电报订购的，因为他们的秘书没有及时提醒我们坐船离开的时间。另外一些来自昨天参加我们鸡尾酒酒会的客人们。这种天气并不适合摆放花瓶，我让他把东西放到地板上，然后突发奇想，把克拉姆先生送来的玫瑰花束里面的卡片拿掉，再把它连同我的心意一起，送给茱莉娅。

我刮脸时，她打来了电话。

“你干了件多么糟糕的事啊，查尔斯！这可不像你！”

“你不喜欢它们吗？”

“这种天气你让我拿这些玫瑰花怎么办？”

“拿来闻呗。”

一阵沉默后，传来拆包装的沙沙声。“它们根本没有气味。”

“你早饭吃了什么？”

“麝香葡萄，还有哈密瓜。”

“我什么时候能见到你？”

“午饭之前，我现在没空，有个女按摩师在我这里。”

“女按摩师？”

“是啊，是不是很奇怪？我以前从没做过按摩，除了有一回打猎时弄伤了肩膀。为什么一上船，大家就都变得像电影明星似的？”

“我可没有。”

“那这些叫人为难的玫瑰花又是怎么回事？”

理发师非常灵巧地做着自己的工作，动作很敏捷，像个芭蕾舞剧里的剑客，有时金鸡独立，轻轻擦去他刀刃上的泡沫，等船稍稍平稳就猛扑过来，刮我的下巴。换成我自己，安全剃刀我都不敢用。

电话铃又响了。

是我妻子。

“查尔斯，你还好吗？”

“我很累。”

“你不来看看我吗？”

“我看过一次了，现在就过去。”

我从客厅里拿上了她的花，这些花完美地帮她在客舱里制造了产科病房一般的氛围。侍者有着助产士的气质，正站在床边，像是一根穿了硬挺的亚麻衣服、镇定自若的柱子。我妻子把头转过来，露出惨淡的微笑。她伸出一条光溜溜的胳膊，指尖轻轻抚摸着最大一束花上面的丝带和玻璃纸。“大家多好啊。”她虚弱地说，仿佛这场暴风雨是她一个人的灾难，而全世界都要充满爱意地向她表示慰问。

“我想你还没打算起床吧。”

“哦，克拉克夫人太贴心了，”她总是能很快就记住仆人的名字，“不用担心，你只要时不时进来跟我说说外面的情况就好。”

“好，好，亲爱的，”那个女服务员说，“我们最好不要被其他人打扰。”

我妻子好像把这次晕船当成了一次庄重而神圣的仪式。

我知道茱莉娅的客舱，就在我们下面一层。我在主甲板的梯子旁边等她，她来的时候，我们围着船走了一圈。我抓着扶手，她挽着我的另一只胳膊。这条路走起来很不容易，透过还在淌着水的玻璃，我们窥探到的是一个扭曲的世界，天是灰色的，水面一片漆黑。当船剧烈摇晃的时候，我让她转过身，这样她的另一只手也可以抓住栏杆。风的怒号减弱了，但整条船还是被吹得嘎吱作响。我们转了一圈，然后茱莉娅说：“天气可真不好。那个女人快把我折腾散架了，我现在一点力气都没有，我们坐一会儿吧。”

休息室的青铜大门已经从挂钩上被扯开了，随着船的起伏一起晃动，规律而无从抗拒地开开合合。先是这一扇，然后又是另一扇。每次移动一个半圆，门扇就停顿一下，然后又开始慢慢移动，最后以一声巨大的哐当声结束。穿过它们并没有什么真正的危险，除了脚下可能不稳，以及有可能被最后那次快速的撞击夹到。人们有足够的时间从容地通过大门，但这沉重而不受控制的巨大金属门的来回摆动，还是会让胆小的人或畏缩不前或一下子蹿过去。我很高兴茱莉娅的手稳稳地抓着我的手臂，她因为走在我身边而毫无恐惧。

“太棒了！”一个坐在旁边的男人说，“我承认我是从另一条路绕过来的。不知怎的，我就是不喜欢这扇门的样子。他们一早上都在修理它。”

那里只有几个男人，他们看起来是互敬互爱的“同志”，什么都不做，只是忧郁地坐在扶手椅上，偶尔喝一杯，庆祝他们没有受晕船之苦。

“你是我今天见到的第一位女士。”那个男人说。

“我很走运。”

“我们都很走运。”他说着，做了一个动作。一开始是鞠躬，可我们站的这块吸墨纸般的地板突然倾斜，他最后以身体前倾、膝盖着地的方式收尾。这次摇晃也把我们带离了他，我们紧紧抓住彼此，才勉强站住。然后我们迅速在原地坐下，坐到了休息室的另一端，离人们都很远。休息室里的一条救生索被拉长，贯穿整个房间，而我们就像是拳击手，被绳子包围在场地里。

侍者来了，问：“还像平时那样，先生？我记得是威士忌兑温水。夫人您要什么呢？我可以推荐您一小杯香槟吗？”

“你知道吗，糟糕的是我还很爱喝香槟。”茱莉娅说，“这生活多美好啊，玫瑰花，半小时女格斗家的特别服务，现在还有香槟！”

“我希望你不要再提玫瑰花了，那一开始也不是我的主意，是有人送给西莉亚的。”

“哦，这可大不一样了。你是完全解脱了出来，我的按摩却不再那么享受了。”

“我那时正在刮脸呢。”

“我很高兴能收到那些玫瑰，”茱莉娅说，“坦白讲，它们吓了我一跳，让我觉得我们这一天一开始就是错的。”

我懂她的意思，那一刻我感觉自己抖落了这十年枯燥生涯中落在我身上的尘土和沙砾。那时，无论她对我说什么，只说半截话，说几个词，说一些当时的流行语，或者是一些几乎不可察觉的信息，来自眼睛、嘴唇或者手，无论她的想法有多么难以领会，离我多么遥远，多么转瞬即逝，多么深邃，自始至终，我依然能明白她的意思。甚至那一天，即使站在爱情最边缘的地方，我也能懂她的意思。

我们喝着各自的酒，不一会儿，我们的新朋友就沿着救生索，步履蹒跚地过来找我们了。

“我可以加入吗？没有什么比恶劣的天气更适合让人们结交了。这是我第十次渡过海峡，可我也从没见过这样的天气。看得出你是个经验丰富的乘客，夫人。”

“不，实际上这次来纽约之前，我从来没有坐过海船，当然横渡英吉利海峡除外。谢天谢地，我不晕船，但我已经很累了。起初我以为是按摩的原因，但现在我觉得是这条船的缘故。”

“我妻子现在可糟得很。她还真的没少坐船。只能说这些都是表面功夫，对吧？”

午餐的时候他也和我们在一起，我并不介意他在那里。他显然很喜欢茱莉娅，并且以为我们是一对夫妇。这个误会，加上他的殷勤，似乎在某种程度上让我们挨得更近。“昨晚我看见你们坐在船长那一桌了，”他说，“跟所有大人物在一起。”

“非常无聊的大人物。”

“你要是问我，我会告诉你所有大人物都这样。只有遇到这样的大风大浪，你才能看出一个人究竟怎么样。”

“你对不晕船的人有什么偏爱吗？”

“好吧，要是这么说，倒也不是——我的意思是暴风雨能让大家聚在一起。”

“没错。”

“就像是我们。要不是因为暴风雨，我们恐怕永远都不会认识。在海上的时候，我遇到过非常浪漫的事。要是这位夫人不介意，我很乐意讲讲我在利翁湾一次小小的猎艳经历，那时候我比现在年轻些。”

我们都疲惫不堪——缺少睡眠，嘈杂的声音没完没了，每次走动都需要用尽全力，这些都让我们难以承受。于是我们就在各自的客舱里度过了下午的时光。我睡着了，醒来时海浪依旧汹涌，漆黑的云团笼罩着我们，玻璃上仍旧淌着水，但我已经习惯了在暴风雨中入睡，习惯与它的节奏融为一体。因此当我睡醒时，既精神又自信，并且发现茱莉娅也已经醒来，和我的状态一样。

“那个男人今晚打算搞一场‘在一起’聚会，在吸烟室里，召集所有不晕船的人参加，”茱莉娅说，“你觉得怎么样？他让我带上我丈夫一起去。”

“我们去吗？”

“当然……我不知道我是否该像我们的朋友在巴塞罗那遇到的那位夫人一样。但我不像她，查尔斯，一点也不像。”

“在一起”聚会上，一共来了十八个人。除了不晕船，我们彼此没有任何交集。我们喝着香槟，过了一会儿我们的东道主说：“你们猜怎么着，我的客舱里可以玩轮盘赌。麻烦的是我的妻子还在那里，我们也不能把轮盘拿到公共场合来玩。”

于是聚会就搬到了我的客厅来进行。我们用很小的赌注玩，一直玩到了深夜。茱莉娅离开的时候，东道主先生已经喝了不少，所以并没有对我们不住在一起感到惊讶。后来所有人都走了，只剩下他自己，我就把他留在了椅子上。那是我最后一次见到他——后来侍者过来拿回轮盘赌器具的时候告诉我，他在走廊里摔断了股骨，现在已经被送到船上的医院了。

第二天，我一整天都和茱莉娅在一起，没人打扰。我们坐在椅子上，聊着天，伴着海浪的喧嚣，几乎一动不动。午餐之后，最后一位勇敢的乘客也回去休息了，只剩下我们两个，仿佛这地方是专门为我们而清空的，大家都机智异常，踮起脚尖溜出房门，不妨碍我们的好事。

休息室的青铜大门已经修好，但那之前还是有两个水手受了重伤。他们尝试过各种方法，先是用绳子捆，失败之后又找来了钢索，但都无济于事。最后他们用了木楔子，趁门大敞时那短暂的一瞬间将它塞在门下，这才把大门固定住。

晚餐前，茱莉娅回到自己的客舱换衣服（那晚没人穿礼服），我跟了过去。她没有邀请我，也没有反对，倒是有所期待。在紧闭的房门后面，我把她搂进怀里，第一次吻了她。这种心情，其实从那天下午开始就一直在持续。后来，在漫长、孤独又沉寂的夜里，当我躺在床上随着轮船的起伏辗转反侧时，我反复回味着那一刻，回想起过去那死寂般的十年间我的那些求爱经历。出门之前打好领带，把栀子花插进纽扣眼，盘算着这个夜晚，想着面对如此这般的时刻、如此这般的机遇，我必须冲出起跑线，不计成败地发起冲刺了。“这一阶段的战斗已经拖得够长的了，”我暗想，“必须做个决断了。”然而在茱莉娅这里，并没有什么阶段，没有什么起跑线，更不会有什么战略战术。

但是那天晚上，当她准备回房睡觉时，我跟在她身后，她却制止了我。

“不，查尔斯，现在还不是时候。也许永远都不可以，我不知道，我不知道自己是否还需要爱情。”

然后，有什么东西，某些在那死寂的十年间侥幸逃生的鬼魂——因为一个人不会真的死后不留下一丝一缕。那一缕鬼魂支配着我说：“爱情？我不是在索求爱情。”

“哦，不，查尔斯，你是。”她说着，伸出手抚摸我的面颊，然后关上了房门。

我往回走，先是遇到一堵墙，然后又是另一堵。那是一条无比漫长、灯光柔软、空空荡荡的走廊。暴风雨似乎是环形的，白天，我们一直航行在它静止的中心；而现在，我们又一次陷入了狂风统治的领域，并且这一夜，比之前要更加汹涌。

十小时的长谈里我们有什么要说的呢？大部分是显而易见的事实，我们两人彼此的生活记录，长时间天各一方，现在终于可以交织在一起。在这个暴风雨之夜后，我一直在回想她告诉我的点点滴滴。她不再是我前夜的幻象里，那变化多端的女妖或繁星；她已经将所有可移交的过去交由我来保管。她告诉我自己的恋爱与婚姻，正如我在前文转述过的那样。就像在天真地翻阅一本育儿书一样，她将自己的童年故事娓娓道来。于是我同她一起，在白日无尽、阳光明媚的日子里，一起坐在草地上，一旁是坐在折叠椅上的霍金斯婆婆，还有在婴儿车中酣睡的科迪莉亚；当灯火将尽，炉焰将熄时，睡在圆屋顶下已然褪色的小床上，周围是贴满宗教画作的墙壁，以及静谧的夜晚。她告诉我她和雷克斯在一起的生活，那些秘密、恶意，还有令她不得不奔赴纽约、毁灭性的出轨行径。她，也同样拥有许多年死寂的时光。她告诉我，关于要不要孩子，她和雷克斯曾展开过长时间的争斗。起初她想要一个孩子,但一年后才知道,她需要动一个手术才能实现这一心愿。那时雷克斯和她已经不再相爱，可他仍然想要他的子嗣。到最后，她只好妥协，却生下了一个死婴。

“雷克斯并没有故意刻薄于我，”她说，“只是，他根本不是一个完整的人，只是一些高度发达的能力集合体罢了，其余的根本不存在。和我度完蜜月之后两个月，他还在和布伦达·钱皮恩来往。可他不能理解，为什么这件事对我伤害很深。”

“发现西莉亚不忠倒让我很高兴。”我说，“这让我可以理所当然地不喜欢她了。”

“她不忠？你高兴？我倒挺高兴的，因为我也不喜欢她。那你为什么和她结婚呢？”

“生理上的吸引。野心。每个人都觉得她是一个画家的理想妻子。还有孤独。对塞巴斯蒂安的思念。”

“你爱过他，对吧？”

“哦，是的。他是一切的开始。”

茱莉娅懂了。

整条船嘎吱嘎吱，抖个不停，起起伏伏。我妻子从旁边的房间喊我："查尔斯，你在吗？"

"在。"

"我睡了好久。现在几点了？"

"三点半。"

"天气还没好转，是吗？"

"更糟了。"

"不过我感觉好点了。你觉得我要是按铃的话，他们会给我送茶或者其他什么东西过来吗？"

我从夜班侍者那里，给她要来了茶和饼干。

"你晚上过得有意思吗？"

"大家都在晕船。"

"可怜的查尔斯。这本来会是一次愉快的旅程。也许明天天气会好一些。"

我熄了灯，关上我们之间的门。

在又一个漫漫长夜里，半梦半醒、摇摇欲坠之时，我在床上努力伸展四肢，让后背贴得更加牢靠。我的眼睛望向黑暗的虚空，依旧想着茱莉娅。

"我们本以为，妈妈去世以后爸爸会回英国，或者可能再婚，但他的生活一如往常。雷克斯和我现在经常去看他。我倒是越来越喜欢他了……塞巴斯蒂安已经完全失去了消息……科迪莉亚在西班牙，跟一个战地救护队在一起……布赖德倒是在自己那奇妙的生活里自得其乐。妈妈去世以后，他就想着把布赖兹赫德关掉，但爸爸因为某些原因不同意，所以现在是我和雷克斯住在那里。布赖德住在屋顶的两个小房间，也就是原本的育婴室，和霍金斯婆婆紧挨着。他就像是契诃夫笔下的角色，我们有时候会碰见他从藏书室里走出来，或者在楼梯上——我永远摸不准他什么时候在家——他还会突然出现在饭桌前，就像是个幽灵，时常让人感到意外。

“雷克斯那群人啊！成天不是政治就是钱。除非是为了搞钱，不然他们什么都不会做。就算是围着池塘散步，他们也得围个圈，下个注，看看池塘里天鹅的数目是大是小……一坐就坐到半夜两点，拿雷克斯带回来的姑娘寻开心，听着她们扯闲话，双陆棋的棋盘咔咔作响，他们自己在玩牌，雪茄抽个没完。那雪茄味真让人受不了。第二天我醒过来，头发里都是那股味道，晚上我换上衣服，衣服也跟着遭殃。我身上现在还有烟味吗？你觉得那个给我按摩的女人会不会感觉到那股味道已经渗进我的皮肤里了？

“一开始，我还会跟雷克斯一起去他朋友家里住两天。现在他也不带我去了，当他发现我并不是他想要的那种女人时，他会觉得自己很丢脸，丢脸的原因是自己上了当。可我本来就不是什么他讨价还价买回来的便宜货呀。他看不出我的一点好，可每当他要下定决心认为我一无是处时，他又会得到一些惊喜——一些他很敬佩的男人，甚至是女人，会表现出对我的喜爱。他便会突然意识到，原来有那么一整个世界，我们可以乐在其中，而他自己却一无所知……我一出走，他就会变得沮丧。我回来，他就雨过天晴了。我一直都对他很忠诚，直到最后这件事发生了。教养这东西，比什么都重要。你知道吗，去年我以为自己就要有小孩了，我决定把他抚养成一个天主教徒。我以前没想过宗教的问题，后来也不想了，但就是在那时，我等着孩子降生，我开始想了：‘那是我可以给予她的一样东西。它不见得让我变得有多好，可我的孩子应该拥有它。’这很奇怪，一个人想把什么东西给别人，她自己却把那东西给弄丢了。可是后来，我也没能给成，我连生命都没能给她。我从没见过她，我病得很重，后面的事情什么都不知道。直到很久以后，直到现在，我都不想谈论她。她是个女孩，所以雷克斯对她的死倒也不怎么介意。

“在嫁给雷克斯这件事上，我多少是受到了惩罚的。你看，这一类东西我是没办法从脑袋里把它们抹掉的——死亡、审判、天堂、地狱、霍金斯婆婆，还有教义问答。如果一个人小时候早早就被灌输一些东西，那么它们就会成为他生命里的一部分。而我希望我的孩子可以拥有这些东西……现在，我觉得我会因为最近的行为再次受到惩罚。也许这正是我和你像现在这样一起在这里的原因……都是命定的一部分。”

这几乎是那天她对我说的最后的话了——“命定的一部分”——在我们下到下层、在客舱门口和她分别之前。

第二天，暴风有所减弱，但我们还得在颠簸中左摇右摆。人们谈话的主题，已经从晕船变成了摔断骨头。人们在夜里被摔来摔去，在浴室的地板上也发生了许多令人不快的事故。

那天，因为我们之前一天说了很多，又因为我们要说的话并不需要太多言语，所以我们没说几句话。我们都带了书，茱莉娅发现了一种她喜欢的游戏。长时间的沉默之后，每当我们开口说话，就发觉我们的思想仍旧步调一致。

有一次我说：“你正守护着你的悲伤。”

“这都是我应得的。你昨天说了，我的酬劳。”

“那是生活给你的一张借据。见票即付的那种。”

等到中午的时候，雨停了。傍晚乌云散去，原本在船尾的阳光突然闯进了我们的休息室，让所有人造光都黯然失色。

“太阳落山，”茱莉娅说，“一天的末尾。”

她站起身，虽然船的颠簸摇晃看起来有增无减，她还是带我来到甲板上。她挽起了我的胳膊，牵起我的手，并且把我们的手一起放进了我的大衣口袋。甲板上已经干了，空无一人，只是不时被船前进时流过的风吹拂。我们费力地向前走，同时还要避开烟囱那边飘散过来的烟尘。我们时而挤在一起，时而又几乎被扯散，我抓紧扶手，茱莉娅则抓紧我，我们的手指和胳膊纠缠在一起，紧紧相拥，然后再分开。这时，船身出现一次异常猛烈的颠簸，我感觉自己被抛到了她的身上，把她压在了栏杆上面。为了避免冲撞，我只能用胳膊在她身体两侧环抱着她。然后船的颠簸暂时平静下来，似乎在为下一次起伏积蓄能量。我们就这样相拥而立，在空旷的甲板上，面对面，她的头发在我眼前拂过。黑暗的地平线上海浪翻涌，现在散发出金色的光芒，停在我们头顶上方。紧接着，它席卷而下，而我还在透过茱莉娅的发丝注视着宽阔而金灿灿的天空。她被向前甩到我心口边，我双手撑在栏杆上托住她，她的面颊依旧贴着我。

那几分钟，她的嘴唇就在我的耳畔，呼吸温热了海风，喃喃低语，尽管我没有说话。“是的，现在。”当船终于停稳，进入平缓的水域时，茱莉娅领着我走下了甲板。

对于享用奢华的甜蜜，现在并不是理想的时刻。它们终会到来，在它们专属的季节里，伴着燕子与酸橙花。而在这波涛汹涌的水面上，仍须遵守一项礼节。而在那一刻，我仿佛拥有了一份占有她纤细腰身的契约，并且已经盖章落定。我成了这份财产持有者，正准备第一次将它签收入库，可以从容地享用和探索。

那天晚上，我们在餐厅里用餐，它位于整艘船的最高处。透过舷窗，我们可以看到外面星光熠熠，不断从夜空中滑过。我又记起以前也曾看过这样的情形，那是在牛津的塔楼和山形墙之上。侍者说，等到明天晚上，乐队就会恢复演奏，这里也会重新变得热闹。他们说，如果我们明晚想有个好座位的话，最好现在就订座。

“哦，亲爱的，”茱莉娅说，“等天气好起来，我们又该躲到哪里去呢？我们是暴风雨里的两个孤儿。”

那天晚上，我不能离开她。但第二天一早，我顺着走廊回到我的房间时，我发现行走已经不再是难题了。我知道，我们的隐匿时光也就此结束了。

我妻子满心欢喜地在她的客舱里喊我：“查尔斯，查尔斯，我现在感觉好极了。你猜我早饭正在吃什么？”

我过去看了看，她正在吃牛排。

“我已经在美发店预约了位子，你知道吗，他们今天特别忙，直到下午四点才能给我做头发。所以我今天晚上大概是不会出来见人了。但是今天上午就有好多朋友都说要过来看我们呢。我已经约了迈尔斯和珍妮特今天中午在我们的客厅里一起吃饭。过去这两天里，我怕自己已经成了你毫无用处的妻子。你这两天都干了些什么呢？”

“有一天晚上很开心，我们玩轮盘赌玩到了半夜两点，把我们的庄家都玩到神志不清了。”

“天哪，听起来可真够乱的。你过得还算老实吧，查尔斯？有没有去找那些不正经的女人？”

“这里几乎没有那种女人。大多数时间，我都和茱莉娅在一起。”

“哦，那不错，我还老是想让你们彼此多接触呢。我估计在我的朋友里面，她大概是你会喜欢的那一类。我猜你对她来说也是天赐的知己。她最近过得可是相当艰难，我觉得她应该不会提起那些事，但是……”我的妻子开始跟我讲述关于茱莉娅的纽约之行，一个众所周知的版本。“今天上午，我会请她一起来参加我们的酒会的。”她以此作为总结。

茱莉娅和其他人一起来了。现在只要是能靠近她，我就觉得很幸福。

“我听说你一直照顾我的丈夫来着。”我的妻子说。

“是的，我们已经是非常好的朋友了。他，我，还有一个我们不知道叫什么的男人一起。”

“克拉姆先生，你的胳膊怎么了？”

“都怪浴室的地板。”克拉姆先生说，随后详细解释了他是如何摔倒的。

那天晚上，船长也出来吃饭，这个圈子的人算是来齐了。还有两个日本人也加入了进来，他们对主教的世界友好计划很感兴趣，于是就坐到了他的右边。船长一直拿茱莉娅在暴风雨中的忍耐力开玩笑，邀请她到船上来工作。多年的海上生活让他养成了在每个场合都能讲笑话的习惯。我的妻子刚从美容院里出来，整个人焕然一新，丝毫不见这三天痛苦折磨留下的痕迹。在很多人看来，她似乎比茱莉娅更加光彩照人——茱莉娅身上的悲伤已经荡然无存，取而代之的是无法言传的满足和安定。她给了我难以言喻的拯救，我和她，在人群中离群索居，在众人的包围之下享受着孤独，就像我们昨晚躺在彼此的怀抱中一样。

那天晚上，整条船上都弥漫着欢乐的气氛。尽管到黎明的时候大家就要收拾行装，但每个人都决心要尽情享受被暴风雨耽搁的奢侈。这里不再有可以让人隐匿的地方了。船上的每个角落都挤满了人，人们兴致高昂的谈话和舞曲充满了整个空间。侍者们端着托盘和酒杯，在人群中来回穿梭，彩票管理员的声音不断回响——凯利之眼，一号；腿，十一号；抽奖就要开始啦——施托伊弗桑特·奥格兰德夫人戴着一顶纸帽子，克拉姆先生则守着他缠着绷带的胳膊，两个日本人彬彬有礼地扔着装饰纸带，发出鹅一样的叫声。

我没有去找茱莉娅，而是一个人度过了整个夜晚。

第二天，我们在船的右舷一侧碰面，聊了一会儿天。大家都在左舷那边挤作一团，争相看着正在登船的官员们，眺望德文郡的绿色海岸线。

“你有什么打算？”

“去伦敦待几天。”

“西莉亚打算直接回家，她想去看看孩子们。”

“你也去吗？”

“不。”

“那我们就在伦敦。”

“查尔斯，那个红头发小个子，福尔纳福，你看见了吗？两个便衣警察把他抓走了。”

“没看到，船的那一侧挤满了人。”

“我已经查了火车时刻表，还拍了封电报。我们能赶回家吃晚饭。到时候孩子们应该已经睡了，我们倒是可以把强强叫醒，就这一回。”

“你回去吧，”我说，“我得在伦敦待几天。”

“哦，但是查尔斯，你必须得回来。你都没见过卡罗琳呢。”

“一两周不见，她会变样吗？”

“亲爱的，她现在可是一天一个样。”

“那我为什么非要现在就见她呢？我很抱歉，亲爱的，但我必须尽快把我的画从行李里取出来，看看这一路颠簸之后它们的状况如何。我必须得为马上开始的画展做好准备。”

“一定要这样吗？”她说，但是我知道，只要我一提我的工作，这个对她而言的未解之谜，她的阻挠就会停止，“真叫人失望。另外，我不知道安德鲁和辛西娅有没有从我们在伦敦的公寓里离开，他们本来应该待到月底。”

“我可以去住旅店。”

“那样你多可怜啊。我可不能让你第一天回来就一个人过夜。我留下来陪你吧，明天我再回去。”

“那你会让孩子们失望的。”

“唉。”她的孩子，我的艺术，我们各自的未解之谜。

“那你能回来过周末吗？”

“我尽量。”

“所有英国游客，请迅速到吸烟室。”侍者说。

“我已经跟我们一桌吃饭那个外国官员商量好了，一会儿我们可以跟着他走，早一点下船。”我妻子说。

第二章

预展——家中的雷克斯·莫特拉姆

第二章

我妻子打算在周五为我的新作品搞一次预展。

“趁这个机会，我们可以跟那些批评家聊聊。”我妻子说，“他们也应该认真对待你了，他们自己心知肚明。这是他们的机会。要是周一做预展，他们大多数人应该都刚从乡下回来，顶多只能赶在晚饭前过来，写那么两三句话——当然，我看重的也只是那几家周刊。要是我们能给人家一个周末的时间来思考，还能让他们带着悠闲度假的好心情。他们可以在好好吃完一顿午饭之后坐下来，折好袖口，写一篇优美从容又字数可观的文章，以后还能放在一本漂亮的小书里做个再版，何乐不为呢？”

在准备预展那个月里，她忙上忙下，不断在老教区和伦敦之间奔波，重新审定客人名单，还要帮着把画挂上墙。

就在预展当天早上，我打电话给茱莉娅：“那些画我早都腻了，一点也不想再看到它们。可我觉得我还是得去露个面。”

“你希望我到场吗？”

“我希望你一定不要来。”

“西莉亚给我寄了张卡片，上面还用绿墨水写着‘可以带朋友’呢。我们什么时候见面？”

“火车上，你可以把我的行李带过来。”

“如果你能快点收拾好东西，我还能让你搭我的车呢，然后把你送到美术馆。十二点的时候我要去隔壁试衣服。”

当我抵达美术馆的时候，我妻子正在窗前向街上张望。她身后有五六个不知名的美术爱好者，正手持目录一幅画一幅画地欣赏。他们以前都在这里买过木刻版画，因此被美术馆列进了赞助人名录。

“现在还没人来。”我妻子说，“我从十点开始就在这里了，无聊得很。你坐谁的车过来的？”

“茱莉娅的。”

“茱莉娅？那你为什么不让她进来？说来也奇怪，我刚刚还和一个滑稽的小个子谈论起了布赖兹赫德的事，他好像对你很了解。他自称桑格拉斯先生，显然是科珀先生在《每日野兽报》[1]上提到的那种大龄男青年。我本来还想好好和他讲讲，但他似乎比我还要了解你。他说很多年前就在布赖兹赫德遇到过你。我还盼着茱莉娅进来，好问问她这个小个子的事情了。”

[1]《每日野兽报》(*Daily Beast*)，伊夫林·沃杜撰的一份报纸，意在讽刺 20 世纪 30 年代英国的新闻业。

“我对他印象也很深。他是个骗子。”

“是的，显而易见。他一直都在谈被他叫作‘布赖兹赫德那伙人’的事，明摆着那地方已经让雷克斯·莫特拉姆搞成了反叛分子的巢穴。你知道了吗？真不知道特蕾莎·马奇梅因知道的话会怎么想。”

“我今晚要去那里。”

“今晚别去，查尔斯。你今晚不能去那里。大家都盼着你回家呢。你保证过，只要画展这边准备妥当，就要回家的。强强和奶妈都准备好‘欢迎’的小旗子了，而且你到现在都没有见过卡罗琳呢。”

“我很抱歉，但那边已经约好了。”

“另外，爸爸也会觉得奇怪，而且博伊周日的时候会回家。你也都没看过自己的新工作室。你今晚不能去。他们没邀请我吗？”

“当然邀请了，但是我知道你不能去。”

“现在我是去不了了，但是如果你早点告诉我，我是可以去的。我倒是挺想约‘布赖兹赫德那伙人’到家里来的。你真够残忍的，但现在不是处理家庭纠纷的时候。克拉伦斯一家说午饭前会来，他们随时都可能到。”

我们的谈话戛然而止，倒不是因为什么贵族人士大驾光临，而是因为一个日报女记者要采访——画廊的老板把她引荐给我们。她并不是来看画展的，而是想要了解一下关于我惊险旅程的“人类故事”。我把她留给了我的妻子，结果第二天在她的报纸上读到了这样的叙述：查尔斯·‘宅邸画师’·赖德远渡重洋。名人艺术家查尔斯·赖德认为，满是毒蛇与吸血蝙蝠的丛林，与梅菲尔毫无交集。他放弃了一座座华美宅邸，转身探寻赤道非洲的残垣断壁……

几间展室里开始人头攒动，我很快就因为招待客人们而忙得不可开交了。我妻子则跑前跑后，招呼和介绍客人，巧妙地把分散的来访糅合成一场公共活动。我还看到她把客人一个接一个地领到一份认购名单前面，而这名单是为《赖德的拉丁美洲》而准备的。我听见她说："不，亲爱的，我一点都不惊讶，你以为我会惊讶，对吗？很显然查尔斯这个人只为了一件事情而活，那就是美。我认为，英国的生活已经让他厌倦了，所以他才要走出去，去创造属于自己的美。他希望到新世界去征服。毕竟他已经替许多乡村宅邸说出它们的临终遗言了，对吧？不，我是说，那份工作，他确实已经全都放弃了。不过为了朋友们，他还是会再画上一些的。"

一个摄影师把我们叫到一起，闪光灯在我们脸上一闪，然后又让我们走开了。

不久，人群突然安静了一下，让出了一块空地。是一些贵宾入场了。我看到我妻子行了个屈膝礼，说道："哦，阁下，您真是太好了。"然后我就被领进人们让出的空地，听见克拉伦斯公爵说："我觉得这地方太热了。"

"确实，阁下。"

"你把炎热的感觉画得栩栩如生。让我觉得穿着这件大衣浑身不舒服。"

"哈哈。"

等他们走了以后，我妻子说："哎呀，我们的午饭要晚了。

马戈家说要办一个聚会给你庆功。”在出租车里，她说：“我突然想到，我们为什么不写封信给克拉伦斯公爵夫人，请她允许你把《拉丁美洲》那本画册献给她呢？”

“我为什么要这么做？”

“她喜欢嘛。”

“我不想把它献给任何人。”

“瞧瞧，这就是你，查尔斯。为什么要错过这个让人家高兴一下的机会呢？”

午宴上有十几个人。尽管女主人和我妻子都在说这是在为我庆功，但显然这里面有一半的人都不知道我开了画展。他们过来只是因为他们收到了邀请函，并且刚好无所事事。午宴期间，他们一直就辛普森夫人[1]的事情喋喋不休。不过后来，他们全部——或者说几乎全部——跟我们一起回了画廊。

午餐后这段时间是最忙碌的。泰特美术馆和国家艺术收藏基金会的人都出现在现场。他们都答应近期和同事一起回访，同时保存一些作品以供进一步的审议。那位最有影响力的批评家也在，他过去曾用几句让人受伤的敷衍话就把我打发走了，今天却从他的宽边软帽和羊毛围巾中间凝视着我，紧紧抓着我的胳膊，说：“我知道你可以，我今天见识到了，我终于等到了。”

从时髦的和落伍的唇间，我听到了零零碎碎的对我的赞美。“如果你让我猜这些画是谁画的，”我无意间听到有人这样说，“赖德恐怕会是我想到的最后一个名字。这些画如此阳刚，如此充满

[1] 指华里丝·辛普森（Wallis Simpson，1896—1986），温莎公爵夫人。

激情。”

他们全都觉得自己发现了新大陆。我出国前不久的画展也是在这几间展室里举行的，情形却完全不同。那次开始没多久，他们就已经不耐烦了，不怎么再提到我，转而开始谈论这栋房子和房主的逸事。而那个现在回来找我的女人，现在为我的阳刚和激情鼓掌的女人，当时则凑在我身边，在我呕心沥血完成的画作面前说：“真是不用心啊。”

我对那次画展记忆犹新还有一个原因——在同一周我发现我妻子的不忠。那时的她也和现在一样，是个不知疲倦的女主人。我听见她说：“时至今日，不管我看见什么可爱的东西——一栋建筑，或者是一片好风光——我心里就想，‘那是属于查尔斯的’。我透过他的眼睛去看一切，他就是我的整个英格兰。”

我听见了这些话，那是她一贯会说的话。在我全部的婚姻生活里，一遍又一遍，我已经对她的这种陈词滥调无动于衷了。但是那一天，在这间美术馆里，我毫无感觉地听着她的言语，突然意识到，她已经没有能力再伤害我了，我自由了。因为自己短暂而隐秘的过失，她亲手解开了对我的束缚。这顶戴在头冠之上的绿帽子，竟让我成了逍遥自在的森林之王。

这一天结束时，我妻子对我说：“亲爱的，我该走了。今天很成功，不是吗？我会想办法跟家里人解释的，我不想事情变成这个样子。”

“看来她已心知肚明了，”我思忖着，“她很聪明。午宴的时候，她就已经开始警觉了，并且捕捉到了一些蛛丝马迹。”

我让她离开这里。正在我也准备离开的时候——那时展厅里几乎空无一人——我听到旋转门那边有一个我十多年未曾听过的声音，一个无法忘记的自学成才式的结巴声，正在尖锐而抑扬顿挫地抗议着。

“不，我没带请柬，我甚至不知道自己有没有收到那种东西。我不是来参加什么社交活动的，也不是来和西莉亚夫人套近乎的。我一点也不想我的照片出现在《闲话报》上，我不是来展示我自己的，我是来看那些画的。也许你都不知道这里有画吧。我只是碰巧对这位艺术家很感兴趣——如果你明白我在说什么的话。”

“安托万[1]，”我说，“进来吧。”

“我亲爱的，这里有一个蛇……蛇……蛇发女怪，她以为我是来找……找……找麻烦的呢。我昨天才到伦敦，午饭的时候这么巧听说你正在办画展。所以，当然啦，我就要紧赶慢赶地过来，来这个神殿拜一拜啦。你看我有变化吗？还认得出我吗？画在哪里？让我来给你剖析剖析。”

跟最后一次见面时相比，安东尼·布兰奇并没有什么变化，甚至从我第一次见他起，他就一直是这个模样。他轻快地穿过展厅，来到最显眼的一张油画前——一张丛林风光——驻足片刻，脑袋像一只博学的小猎狗一样抬起来，问道：“我亲爱的查尔斯，你是在哪里找到如此奢侈的绿植景观的？是在特伦特，还是在特林的哪个温室的角落呀？这是哪个放高利贷的这么够意思，竟然搞出这么一大堆绿叶子来满足你的兴趣爱好？”

[1] 安东尼的别称。

接着他又去了另外两间展室，有那么一两次，他重重地叹着气，其余时间一律保持沉默。走到尽头，他又开始叹气了，比以前每一次都要重，说："可是它们告诉我，我亲爱的，你现在爱得很幸福。就是这么回事，对吧，或者差不多是这么回事？"

"这些画有那么糟吗？"

安东尼压低声音，以一种尖锐的耳语对我说："我亲爱的，让我们不要在这些善良、清白的人面前，戳穿你小小的把戏。"他向所剩不多的观赏者们投去了狡猾的一瞥，"让我们不要打搅他们天真的快乐。我们，我还有你，都知道这些都是糟……糟……糟糕透顶的破……破……破烂玩意。在我们冒犯到那些内行以前，我们还是先走一步吧。我知道附近有家不太正经的小酒吧。我们去那儿，你跟我讲讲你这次还征……征……征服了些什么吧。"

只有这种来自过去的声音才能将我唤回。这些连续不断又无甚差别的赞美，就像是漫漫长路上接连出现的广告牌，一公里又一公里，竖立在白杨树之间，指挥着你去往某一间新开张的旅馆。于是当你来到自己行程的尽头，浑身僵硬，灰头土脸，不可避免地会把车开进那家旅馆的院子。它的名字起初让你厌烦，紧接着让你愤怒，最后却成为你满身疲惫的一部分。

安东尼带着我走出了美术馆，来到一条小巷，钻进一扇门。这扇门夹在一个破败不堪的书报亭和一个破败不堪的药店之间，招牌上写着"蓝色洞穴俱乐部，仅限会员"。

"不太是你熟悉的环境，我亲爱的，却是我的地盘，我向你保证。况且你也在你那个环境里闷了一整天了。"

他带着我下楼，从散发着猫的气息的地方，走到了混合着杜松子酒和烟蒂的味道的地方，还有隐约传来的收音机的声响。

“‘上房牛’[1]里一个脏老头给了我这地方的地址。我倒是很感激他。我离开英国这么久，这种合我心意的小酒吧变化可真大。昨晚我才第一次来这里，却已经有一种相当熟悉自在的感觉了。晚上好啊，西里尔。”

“哟，托尼，又来了？”吧台后面的一个年轻人说。

“我们拿着几杯酒，去角落那里坐坐。你一定得记住，我亲爱的，在这种地方你是多么引人瞩目、多么不正常，我亲爱的，就像我去布……布……布拉特俱乐部坐着一样。”

这个地方被油漆成了钴蓝色，地板上也铺着钴蓝色的油布。天花板和墙壁上随意贴着用银色和金色的纸做成的小鱼图案。六七个年轻人正喝着东西，玩着老虎机，一个上了年纪、衣着整洁，不过有明显酗酒迹象的男人看起来正掌控着全局。水果口香糖贩卖机那边，传来几声窃笑。一个年轻人朝我们走过来，说：“你的朋友愿意来一支伦巴吗？”

“不，汤姆，他可不愿意，而且我也不打算给你买酒喝。不管怎么着，现在不给。这是个粗鲁无礼的男孩，一个普普通通的小白脸，我亲爱的。”

“好吧，”我说，并且尽可能显得轻松自如，尽管在这个洞穴里，我一点也不自在，“你这些年都干了些什么？”

“我亲爱的，我们来这里，是要聊聊你干了些什么。我可一直盯着你呢，我亲爱的。我是个忠诚的老家伙，一直都没让自己

[1] Le Boeuf sur le Toit，巴黎曾经最为著名的卡巴莱酒馆之一。

的视线离开过你。”当他说着话的时候，整个吧台、酒保、蓝色的柳条家具、赌博机器、留声机、在油布上跳舞的年轻人、老虎机周围窃笑的男男女女，穿着紫色条纹正装在角落里喝着酒的老男人,这个邋里邋遢与鬼鬼祟祟的结合地带,似乎都已经不复存在。我好像回到了牛津，从维多利亚哥特式的窗子向外眺望基督教会学院的草坪。“我去过你的第一次画展，”安东尼说，“发觉它——很迷人。那里有一幅马奇梅因宅邸的室内画，英伦味十足，恰如其分，而且秀色可餐。‘查尔斯算是有点成就了，’我当时说，‘他还要做的不止这些，还能做的也不止这些，但毕竟已经有点成就了。’

“即使是那时候，我亲爱的，我也有点好奇。在我看来，你的画里是有一点绅士风范的。你一定要记住，我不是英国人，我理解不了这种有教养的、强烈的热情。英国人的绅士做派对我来说比他们的道德观念还要吓人。不管怎么说，我说：‘查尔斯干了点美妙的事情，他接下来会做什么呢？’

“接下来，我就看到了你那本相当漂亮的册子《乡村与外省建筑》，是这么叫的吧？又大又重啊，我亲爱的，而且你猜我又看到了什么？还是迷人的风度。‘并不是很符合我的品位，’我想，‘这太英国了。’我想要的是一些更加大胆的东西。你知道，不是雪松的树荫、黄瓜三明治、银质奶油壶，不是穿着几乎所有英国女孩都穿的网球服的英国女孩——不是那些东西，不是简·奥斯汀，不是米……米……米特福德小姐[1]。然后，坦率地说，我对你绝望了。‘我是个堕落的老拉丁佬，’我说，‘而查尔斯——我是说你的作品，亲爱的——就是牧师家穿着绣花细布衣服的千金小姐。’

“想想今天午餐之后我有多惊讶吧。大家都在议论你。我这边午宴的女主人是我妈妈的一位朋友——施托伊弗桑特·奥格兰德夫人，她也是你的朋友，我亲爱的。她真是个老古董！我完全想象不出你会和这种人来往。不过不管怎样，他们都看过你的画展，谈论的也都是你，谈论你是怎样逃走的，我亲爱的，去了热带地区，成了高更，成了兰波。你可以想象我这颗老心脏怎样怦怦直跳。

“‘可怜的西莉亚，’他们说，‘毕竟她为他做了那么多。’‘他可是什么都欠着她的，这太糟糕了。’‘还和茱莉娅，’他们说，‘在她在美国做出那种事情之后。’‘就在她要回到雷克斯那里之前。’”

“但是那些画呢？”我说，“和我说说它们吧。”

“‘哦，那些画，’他们说，‘它们都非常奇怪。’‘根本不是他自己的风格。’‘很有力量。’‘相当野蛮。’‘我觉得那些东西完全都不健康。’施托伊弗桑特·奥格兰德夫人说。

“我亲爱的，我在椅子里都快坐不住了。我就想冲出那房子，跳上出租车，然后说，‘带我到查尔斯那些不健康的画前面去’。好吧，我去了，但是午餐以后画廊里挤满了那些莫名其妙的女

[1]玛丽·拉塞尔·米特福德（Mary Russell Mitford，1787—1855），英国剧作家、诗人、散文家。

人，戴着那种她们应该自己张嘴吞掉的帽子，所以我就小憩了一会儿——就在这儿，和西里尔、汤姆，还有这些粗鲁的男孩一起。然后我在一个不合时宜的时间，也就是五点钟的时候回去了，我相当兴奋，亲爱的，可你猜我发现了什么？我发现了一个很淘气、很成功，而且很实用的把戏。这让我想起了塞巴斯蒂安，他就非常喜欢用假胡子来乔装打扮。那些画依旧迷人，简单、油头粉面的英式魅力，却要假扮成老虎。”

“你说得一点没错。”我说。

“我亲爱的，我当然是对的。当我很多年前警告你的时候，我就是对的。很高兴这么多年过去了，而我们却没有那么显老。那次我带你出去吃饭，警告你当心这种迷人的东西，告诉你关于弗莱特一家的种种情况。魅力是让大英帝国衰败的因素。它并不存在于外面那些潮湿的岛屿上。但凡是它遇上的，终究逃不过被玷污和扼杀的命运。它杀死爱情，终结艺术。我非常担心，我亲爱的查尔斯，它也会让你丧命。”

那个叫汤姆的年轻人又向我们走过来。“别开玩笑了，托尼，给我买杯酒吧。”我想起了我还要赶火车，就把安东尼和他留在酒吧了。

当我靠着餐车站在月台上时，我看到我和茱莉娅的行李正从我身前经过，茱莉娅那个苦瓜脸的女仆就跟在搬运工旁边，昂首阔步。车门即将关闭时茱莉娅才上车，不慌不忙地坐在了我的前面。我面前刚好有一张两人桌。这趟车很方便，晚餐前半小时发车，晚餐后半小时到站。我们并没有像马奇梅因夫人在世时那样，在支线换乘，而是在干线会合。火车从帕丁顿开出时，天色已晚，城镇上的灯火先是被郊外的点点微光取代，随后则是田野里死寂的黑暗。

“我们好像好久不见了。”我说。

“是啊，六个小时呢，而且我们昨天一直待在一起。你看起来很累。”

“噩梦般的一天——访客、批评家、克拉伦斯一家、马戈家的午宴，最后以在娘里娘气的酒吧听着对我的画长达半小时的合情合理的辱骂收尾……我想西莉亚已经知道我们的事了。”

“好吧，她总会知道的。”

“似乎所有人都知道了。我那位同性恋朋友，二十四小时前还不在伦敦，但现在都已经听说了。”

“该死的所有人。”

“雷克斯呢？”

“雷克斯根本不算人。”茱莉娅说，“他根本不存在。”

当我们穿过黑暗时，刀叉在桌子上叮当作响。杜松子酒和苦艾酒在杯中的液面原本是静止的小圆，在车厢的颠簸下拉长成椭圆，而后又收缩成原样，凑到唇边，又退回杯底，没有一滴飞溅出来。我要把这一天丢在身后。茱莉娅摘掉自己的帽子，把它抛到头顶的架子上，黑色的头发轻轻摇摆，同时轻轻地叹了口气——这叹息适合在枕边，在渐渐沉睡的炉火旁，在卧室敞开的窗前，屋外星光熠熠，光秃秃的树低声呓语。

“你能回来真不赖，查尔斯，就像以前一样。”

“就像以前一样？”

雷克斯刚过四十，现在已经体态臃肿、面色潮红了。他的加拿大口音已经不见踪影，取而代之的是他朋友们习以为常的那种嘶哑而吵闹的腔调，仿佛他们的声音要永远在人群里凸显出来；又好像青春之神已经不再眷顾他们，他们无法再安心等待说话的时机，也等不及去聆听和回应，而只有时间去哄堂大笑——那是一种嘶哑而低沉的笑，是人际交往的本位货币。

织锦厅里有几个类似的朋友：政治家们——都是些四十出头的"青年保守派"，头发稀疏，血压很高；一个是社会主义者，煤矿区出身，已经学会他们那种清晰的口音，雪茄在他的唇间被碾成碎片，一拿酒瓶手就抖个不停；一个是年事已高的金融业者，看做派就比在座的其他人都有钱；一个害了相思病的专栏作家，一直沉默不语，只顾贪婪地盯着聚会上唯一的一个女人；那个女人被称为"格丽泽尔"，声名狼藉，他们心里都有一点怕她。

他们也都怕茱莉娅，格丽泽尔也是。茱莉娅向他们打招呼，并且为没有欢迎他们的到来表达了歉意。她的彬彬有礼让他们一度鸦雀无声。然后她过来，和我一起坐到炉火旁边，轰轰烈烈的谈话才开始继续，在我们耳畔打转。

"他当然会娶她，明天就让她当王后。"[1]

"十月的时候，我们是有机会的。为什么我们不能把意大利的舰队搞到地中海底下去？为什么我们不把拉斯佩齐亚炸成一片火海？为什么我们不直接在潘泰莱里亚登陆？"

[1] 指爱德华八世与辛普森夫人之事。

“佛朗哥就是个德国间谍，他们想让他上台，就是为了建立一个可以轰炸法国的空军基地。不管怎么样，底牌已经亮出来了。”[1]

“这会使君主政体比都铎王朝以来的任何时期都要强大。人民是支持他的。”

“新闻界站在他一边。”

“我也站在他一边。”

“不管怎么说，除了那些还没结婚的老女佣，现在谁还会在乎离婚呢？”

“只要他跟那帮老家伙摊牌，他们立马就得滚蛋，就像……像……”

“为什么我们不把运河关掉？为什么我们不炸了罗马？”

“倒没有必要那样，一次强硬的照会就……”

“一次强硬的演说。”

“还是得摊牌。”

“不管怎样，那个佛朗哥要不了多久会逃回摩洛哥的，我今天看见那家伙刚从巴塞罗那出来。”

“那家伙刚从贝尔韦代雷堡里出来……”[2]

---

[1] 上两段指战前局势。拉斯佩齐亚（La Spezia），意大利港口城市，位于亚平宁半岛西北部，重要海军基地。潘泰莱里亚（Pantelleria），意大利南部岛屿。弗朗西斯科·佛朗哥（Francisco Franco，1892—1975），当时的西班牙国家元首，“二战”中名义上保持中立，实际与德、意亲近。这一整部分对话都是大家在七嘴八舌地交替谈论辛普森夫人和战前局势两件事。

[2] 贝尔韦代雷堡（Fort Belvedere），爱德华八世的住所之一，在温莎附近。

"那家伙刚从威尼斯宫出来……"[1]

"我们要的就是摊牌。"

"和鲍德温摊牌。"[2]

"和希特勒摊牌。"

"和老家伙们摊牌。"

"我应该活着看到我的祖国，克莱夫和纳尔逊的祖国……"[3]

"我那霍金斯与德雷克的祖国……"[4]

"我那帕默斯顿的祖国……"[5]

"请你别这样，好吗？"格丽泽尔对专栏作家说，后者一直企图伤感地抓着她的手腕，"我不喜欢这样。"

"西莉亚的艺术与时尚，雷克斯的政治与金钱，"我说，"我不知道哪个更可怕。"

"为什么要管他们呢？"

---

[1] 文艺复兴时期的著名建筑，当时被墨索里尼当作自己的司令部使用。

[2] 指斯坦利·鲍德温（Stanley Baldwin，1867—1947），英国政治家，曾出任财政大臣及三任英国首相，也是国王与辛普森夫人结合的坚定反对者。

[3] 指罗伯特·克莱夫（Robert Clive，1725—1774）和霍雷肖·纳尔逊子爵（Horatio Nelson，1758—1805）。前者为英国在印度建立殖民地立下汗马功劳，后者在特拉法尔加海战中担任英国方面的舰队司令，击败了西班牙和法国联合舰队，但他本人也光荣牺牲。

[4] 约翰·霍金斯（John Hawkins，1532—1595），英国著名航海、海盗、奴隶贩子，维多利亚时代三角贸易的开创者，伊丽莎白时代重要的海军将领；弗朗西斯·德雷克（Francis Drake，1540—1596），英国著名航海家、海盗、海军将领，继麦哲伦后第二个完成环球航行的探险家。

[5] 指帕默斯顿子爵，即亨利·坦普尔（Henry Temple，1784—1865），他曾任英国外交大臣，后成为英国首相，风格较为激进。

“哦，亲爱的，为什么爱情让我觉得全世界都面目可憎？事情本应是截然相反的。我现在觉得好像全世界，包括上帝，都在酝酿一个针对我们的大阴谋。”

“没错，他们是这样。”

“尽管这样，我们还是得到了我们的幸福。就在这里，就在现在，我们已经握紧了它。他们伤害不了我们，对吗？”

“今晚，不会。现在不会。”

“我们还有多少个这样的夜晚呢？”

第三章

喷泉

第三章

“你还记得，”在一个飘着酸橙花香气的宁静夜晚，茱莉娅问我，“还记得那场暴风雨吗？”

“青铜大门，砰砰砰响个没完。”

“包着玻璃纸的玫瑰花。”

“搞了场‘在一起’聚会的男人，之后就再没见过他。”

“你还记得最后那天傍晚太阳是怎么出来的吗，不就像今天下午一样吗？”

那天下午乌云低垂，还刮起了夏天才有的暴风，天色昏暗，我不得不几次暂停工作，把茱莉娅从令人昏昏欲睡的光线中叫醒——她常常这样坐着。给她画画从不使我感到厌倦，我总能从她身上找到新的丰饶与曼妙——直到我们早早去洗澡，下楼，换好衣服准备吃晚饭，在白天的最后半小时里，我们却发现整个世界都变了模样。太阳现身，风暴减弱了，化作轻柔的微风，吹拂着正在盛放的酸橙花，使香气飘散开来，伴随着雨后的清新，与周围黄杨以及逐渐干了的石头的甜蜜气息融合在一起。方尖石碑的影子，正好落在阳台之上。

我从柱廊下，取来两个户外用的垫子，把它们放在喷泉旁边。茱莉娅坐在上面，她穿了一件金色的束腰短上衣，搭配一件白色长外衣，一只手无所事事地伸进水里，转动手上的祖母绿戒指，来反射太阳的余晖。在她乌黑的秀发之上，各种雕刻而成的动物矗立在一堆绿色的苔藓、闪光的石头和浓密的阴影之间，四周波光粼粼，充溢着散落成碎片的光芒。

"……有这么多回忆，"她说，"从那以后，我们又有多少天没见面呢？有一百天了吧？"

"没那么多。"

"两个圣诞节。"——那些每年一次单调乏味的短途旅行已经成了一种礼节。我的老家鲍顿，现在我的堂兄贾斯珀住在那里。于是我要带着童年惨淡的回忆，重访那里的油松走廊和湿淋淋的围墙！父亲和我总是怒气冲冲地并排坐在伯父的亨伯牌小汽车里，在接近两旁生长着巨杉的林荫道时，就能看到我的伯父伯母、菲利帕姑妈、堂兄贾斯珀，还有近几年加入进来的嫂子和侄子。除了他们，就是我的妻子和孩子们，他们也许已经抵达，或者随时可能到达。这一年一度的家族仪式才让我们得以团聚。在冬青树、槲寄生和被修剪过的云杉之间，客厅里的游戏依照惯例进行，白兰地味道的黄油、卡尔斯巴德的蜜饯、油松门廊里扮作黑人的乡村唱诗班，以及金色丝线与印有花纹的包装纸充满了整个节日。

我和我的妻子仍被当作夫妇招待，尽管过去几年里流言蜚语不绝于耳，不过我们在这里仍乐于接受这种关系。“我们必须保持这样的关系，无论代价有多大，看在孩子的分上。”我妻子说。

“是啊，两个圣诞节……还有那务必得体的三天，在我跟你去卡普里岛之前。”

“我们的第一个夏天。”

“你还记得，当时我是怎么滞留在那不勒斯，我们是怎么约在山丘的小路上见面的，然后又出了什么岔子吗？”

“那时我回到别墅，说：‘爸爸，你知道谁来旅馆了吗？’然后他说：‘查尔斯·赖德，我想是他。’我说：‘你怎么会想到他呢？’爸爸回答：‘卡拉从巴黎回来就跟我说，你们两个形影不离。他好像总是喜欢我的孩子们。不管怎样，带他来这里吧，我想我们还有一间空房。’”

“后来你得了黄疸，还不让我见你。”

“再后来我得了流感，你也不敢来了。”

“雷克斯的选区，不知道去了多少回。”

“还有加冕周，你从伦敦溜走了。你肩负着使命，要去拜见岳父大人。那次你去了牛津，画了幅人家不喜欢的画。哦，没错，有一百天还多呢。”

“两年里，我们浪费了一百天……可我们从没冷落过彼此，也没有过猜疑和失望。”

“从来没有。”

我们沉默了，只有鸟儿还在酸橙树上叽叽喳喳，声音细小而清亮；只有流水潺潺，在石刻的动物之间低回婉转。

茱莉娅从我胸前的口袋里取出手帕擦了擦手，然后点燃一支烟。我唯恐回忆的曼妙会被打断，可第一次，我俩的想法没能保持一致，茱莉娅打破了沉默，伤感地说："还要多久呢？再来一百天？"

"一辈子。"

"我想嫁给你，查尔斯。"

"总有一天吧，为什么是现在呢？"

"因为战争。"她说，"今年，或者明年，战争很快就要爆发了。我想和你过一两天真正安宁的日子。"

"现在不够安宁吗？"

太阳此时已经沉到山谷那边的树林之下，山坡都已沉浸在暮色之中。但我们身前的湖水依旧鲜红如火。在即将消逝的瞬间，夕阳浓稠而显赫，在草坪上投下长长的阴影，也照在这栋宅子的石墙之上，染红了窗棂，让檐口、柱廊和圆屋顶都闪着光，让来自土地、石头和树叶的、堆积在地上的颜色与气息全都扩散开来，令我身边女人的头发与金色的双肩都变得光彩夺目。

"如果现在还算不得，那么你说的'安宁'是什么意思呢？"

"复杂得多，"然后她用一种冷淡的、就事论事的腔调继续说，"结婚可不是我们脑子一热就能办成的事。得先离婚——两次离婚。我们要有个计划。"

"计划、离婚、战争——这样一个夜晚，我们在谈论这些。"

"有时，"茱莉娅说，"我觉得'过去'与'未来'如此紧密相连，根本就没有空间给'现在'。"

然后威尔考克斯下楼来，走进我们的夕阳里，说晚餐已经准备好了。

百叶窗拉起，窗帘降下，烛光在彩绘厅里亮了起来。

“哎，这里怎么有三个人的餐具？”

“布赖兹赫德少爷半小时前回来了，小姐。不过他留了个口信，说他要晚一点过来，请你不必等他用餐。”

“他上一次在这里已经是几个月前的事情了。”茱莉娅说，“他到底在伦敦干什么？”

这是我们俩常常一起猜测的事情——从而也凭空生出许多幻想，因为布赖德这个人本身就是个谜。他仿佛生在地下，是一只身披硬甲、掘穴而居的蛰伏生物，需要避开光亮。在成年以后的岁月里，他毫无作为。之前说过他可能去军队，去议会，去修道院，可最终都没能成行。外界唯一知道的他确实做过的事——拜新闻淡季所赐，出现了一篇名为《贵族的隐秘嗜好》的文章——是他养成了收集火柴盒的爱好。他的收藏放在几个架子上，还专门编写了索引，每年都在他位于威斯敏斯特的小房间里占掉更大的空间。起初，他对这篇报道给他带来的恶名甚感羞愧，但后来却非常高兴，因为这使得他可以与世界各地的火柴盒收藏者取得联系，现在他依然和他们保持着联系，交换复制品。除此之外，没人知道他的兴趣何在。他在马奇梅因家猎狐大师的地位无可撼动，在家时仍会每周两天外出打猎。他从不和邻近的猎狐者一起行动，尽管他们的领地更好一些。他对这项运动也并没有真正的热情，整个狩猎季外出不过十几次。他有一些朋友，会拜访他的姑妈，也会参加天主教教会举行的公共宴会。在布赖兹赫德，他不可避免地肩负着家族在本地的所有责任，给讲台、宴会和委员会带去他身上淡淡缭绕着的既笨拙又超然的气质。

“上周在旺兹沃思，有个女孩被人用带刺的铁丝勒死了。”我说着，想起一个老套的幻想。

“一定是布赖德干的，他不守规矩。”

我们在餐桌前坐了一刻钟，他就过来了，步履沉重地走进房间，穿着一件深绿色的吸烟服。这件衣服他一直放在布赖兹赫德，并且一直穿着它。三十八岁的他，身体已经变得笨重，而且有些秃顶，看起来至少有四十五岁了。

“好吧，”他说，“只有你们俩。我还以为会见到雷克斯呢。”

我常常好奇他对我住在这里有什么想法。他似乎已经接受了我的存在，没有一丝好奇，就把我当成了一个家庭成员。在过去两年里，他有两次让我感到惊讶，都是他那貌似表示友谊的行为：一次是某个圣诞节时，他给我寄来了一张他身穿马耳他骑士团长袍的照片；另一次是不久之后，他邀请我和他一起去一个晚餐俱乐部。他倒是对这两次行为各有解释：照片是因为他印得太多，一时不知该如何处理；俱乐部则是因为他自己以那里为傲。那个聚会很让人惊讶，参与者都是各自行业里的精英，他们每月聚到一起，只是为了拥有一个盛大而隆重的“滑稽之夜”。每个人都有自己的绰号，布赖德的绰号是“大公老兄”。而且每个人都有一枚特制的宝石，佩戴在身上，就像象征骑士等级的勋章一般。他们的马甲上还有俱乐部的专属纽扣，同时还有一套专门为那些新入门的客人准备的考究仪式。晚饭之后，他们会读报纸，接着是一场滑稽的演讲。这里显然有一场竞争，大家需要把自己认识的社会名流带过来，而布赖德的朋友寥寥，况且我还算知名，所以他就邀请我过来了。即便是在那样一个狂欢的夜晚，我也能感受到邀请我来的这个人身上散发出的对社交活动的局促不安。这种状态宛如一个小小的磁场，创造出一潭令众人尴尬的死水，而他自己则平静地漂浮在上面，如同一截原木。

他坐在我的对面，在盘子前低下了自己头发稀疏、头皮清晰可见的脑袋。

“好吧，布赖德，有什么消息？”

“实际上，”布赖德说，“我确实有事情要讲，不过也不急。”

“现在就说了吧。”

他冲我做了个鬼脸，我明白了他的意思是“不能在仆人面前讲”。他继续说：“画画得怎么样，查尔斯？”

“哪张画？”

“你计划里的那些。”

“我在给茱莉娅画素描，但这一整天光线都忽明忽暗。”

“茱莉娅？我以为你给她画过画了。我想这和画建筑还不大一样，要更难。”

他说话时总会有一些漫长的停顿，让人感觉他的心智正在缓冲，而且他总要执意把人带回停顿之前的某个观点上。这次过了一分钟，他又接着说：“这世界上有各种各样的主题。”

“非常正确，布赖德。”

“我要是个画家，”他说，“就每次都去尝试完全不同的主题，有着丰富动感的主题，就像……”又是一次停顿，我好奇他接下来会说什么，飞翔的苏格兰人[1]，冲锋的轻骑兵，皇家赛艇会[2]？然后他出人意料地说："……就像麦克白。"把布赖德想象成一个画家，画的还是富于动感的图画，这本身就有点荒唐。他倒是一直如此荒唐，却以自身的疏离与沧桑赢得了某种尊严。虽然也快半截入土，可他有时又像半个小孩。现代生活的火花似乎从未在他身上有过闪耀。他身上笼罩着强大的正义感，拒人于千里之外，又决绝于外界，让大家不得不对他有所尊重。虽然我们常常嘲笑他，但他并不是一个绝对意义上的小丑。有时候，他甚至令人心生敬畏。

我们开始谈论欧洲大陆的新闻，直到布赖德突然打断这个类型的话题："妈妈的珠宝在哪里？"

"这个就是她的，"茱莉娅说，"还有这个。她的东西都在我和科迪莉亚那里。家族的珠宝都存在银行里。"

"我很久没见过它们了——我不知道我到底有没有见过它们。都有些什么东西？听说还有些著名的红宝石，是吗？"

"是的，一条项链。妈妈以前常戴，你不记得了吗？还有些珍珠——她总会戴出去。但它们大多都放在银行里，很多年了。我记得还有一些难看的钻石头饰，一个维多利亚时期的钻石项圈，现在没人能戴了。还有很多上乘的宝石。为什么问这个？"

"我在想什么时候去看看这些东西。"

"我说，不是爸爸想把这些东西当了吧？他又欠人家什么

[1] 一列在伦敦与爱丁堡之间往返的特快专列。
[2] 每年七月的传统赛事，在牛津的亨利河畔举行。

钱了？”

“不，不，没有的事。”

布赖德吃东西很慢，食量却很大。我和茱莉娅透过烛光，看着他。不一会儿他说：“我要是雷克斯……”他的脑子里似乎充满了这样的假设：“我要是威斯敏斯特大主教”“我要是大西部铁路公司的老板”“我要是演员”，好像是因为造化弄人，不然他就是这些人了，而且说不准某天早上醒过来，这些事情就成真了。“我要是雷克斯，我就会去我的选区住着。”

“雷克斯说，要是不住在那里，他一周可以少上四天班。”

“很遗憾他不在这里，我有一件小小的事情要宣布。”

“布赖德，别卖关子了，赶紧说吧。”

他又做了个鬼脸，意思还是“不能当着仆人的面”。

后来，葡萄酒上桌，屋子里只剩下我们三个的时候，茱莉娅说：“不听到你宣布完，我就不走了。”

“好吧，”布赖德说着，坐回到椅子上，两眼一动不动地盯着玻璃杯，“其实等周一的报纸出来你也能知道，白纸黑字。我订婚了，希望你们高兴。”

“布赖德，这……这太让人吃惊了！和谁？”

“哦，你不认识的人。”

“她漂亮吗？”

“我觉得你不会说她漂亮，‘标致’这个词放在她身上也许更合适。她个头很大。”

“胖吗？”

“不，只是大。她名叫马斯普拉特夫人，教名贝丽尔。我认识她很久了，不过直到去年她还有个丈夫。现在她成了寡妇。你们笑什么？”

“很抱歉，这一点都不好笑，只是太让人意外了。她……她大概跟你年纪差不多大吧？”

“差不多吧，我想。她有三个孩子，最大的一个刚刚去了阿穆普勒福斯。她的情况一点也不好。”

“不过，布赖德，你是怎么认识她的呢？”

“她的亡夫，海军上将马斯普拉特，也收藏火柴盒。”他非常严肃地说。

茱莉娅颤抖着身子，就快笑出声了，不过还是恢复了正常的表情，并且追问道：“你和人家结婚，不是为了那些火柴盒吧？”

“不，他的所有收藏都留给法尔茅斯的图书馆了。我对她是深感爱慕的。尽管生活窘迫，她依然开朗，也很爱演戏。她还跟天主教演员协会保持着联系呢。”

“这事爸爸知道了吗？”

“我今天早上刚收到的他的回信，说同意这件事。他一直催我找个时间把婚结了。”

这时我和茱莉娅同时意识到，我们俩表现出的全是好奇和惊讶。于是我们用温柔的语调向他表示祝贺，几乎不带一丝嘲讽。

“谢谢你们，”他说，“谢谢你们，我觉得自己非常幸运。”

“但我们什么时候能见到她呢？我很确信你会把她带到这里来。”

他一言不发，抿了口酒，紧紧盯着杯子。

“布赖德，你这个狡猾又爱卖弄的老畜生。”茱莉娅说，“为什么不把她带过来呢？”

“哦，我不能那样做，你知道的。”

“为什么不呢？我很想见到她。我们这就给她打电话，邀请她过来吧。在这样的时间让她一个人待着，她会觉得我们很奇怪的。”

“她还有孩子呢，”布赖兹赫德说，“再说，你们本来就很奇怪，不是吗？”

“你这话是什么意思？”

布赖兹赫德抬起头，神情严肃地看着他的妹妹，然后一如既往用单调的声音说着，仿佛他现在说的事情和之前没有什么不同：“现在看，我还不能叫她过来。这不太合适。毕竟，我只是这里的房客，就这里的归属权来说，这里现在还是雷克斯的家。这地方正在发生什么是他的事，但我不能带贝丽尔过来。”

“我只是不明白，”茱莉娅说，声音变得很尖。我看着她。所有温和的嘲讽都已经消失，她变得很警觉，看起来甚至有些惊恐：“我和雷克斯当然都希望她过来。”

“哦，是的，对这一点，我并不怀疑。但困难不在这里。”他喝光了杯里的酒，又给自己斟满，把瓶子推给我，“你们得清楚，贝丽尔可是个正派女人，严格信守天主教的教义。她的虔诚也因为她的中产阶级偏见而进一步加深。我不可能把她带到这里来，你乐意生活在罪孽当中，跟雷克斯，或者跟查尔斯，或者跟他们两个人一起同居，这都没关系——我对你私生活的细节一向避而不见——但贝丽尔绝不可能成为你的座上宾。”

茱莉娅站起身。“为什么，你这头自大的蠢驴……”她说着，然后停了下来，转身向门口走去。

起初我以为她是忍不住笑，才跑了出去。随后当我打开门看到她时，却惊惶地发现她泪流满面。我迟疑了一下，她就从我身边逃走了，没有回头看我一眼。

“也许我会给人这样的印象，这是一场为求方便而举行的婚礼。”布赖兹赫德继续说，平静中带着一丝满足，“我无意为贝丽尔辩护，我牢不可破的地位显然对她是有影响的。实际上，关于这一点，她也说了很多。但对我自己而言，请允许我强调一下，我对她可是十分热烈的爱慕。”

“布赖德，你对茱莉娅说了多么过分的话！”

“她应该没什么好反感的，我只是对她说了一个众所周知的事实而已。”

她不在藏书室，我上楼去她的房间，但是也没看到她的踪影。我在她那放满了衣服的桌子前站了一会儿，想知道她会不会回来。就在那时，透过敞开的窗子，房间里的光流泻出去，穿过阳台，跌进幽暗之中，也照到了喷泉那里。在这栋宅邸中，喷泉似乎总是吸引我们前去享受舒适与安宁的所在。我瞥见一袭白裙，正靠在喷泉旁的石头上。夜已经深了，我在最黑暗的避难所里找到了她，她正坐在一条木质长椅上，被喷泉旁修剪过的黄杨丛所环抱。我把她拥在怀里，她的脸紧紧贴在我胸膛上。

“你在外面不冷吗？”

她没回答我，只是贴得更紧了，然后颤抖着啜泣起来。

“亲爱的，怎么了？为什么你这么介意呢？那个老傻子说什么又有什么关系呢？”

“我不介意，那没什么。我只是有些震惊，别笑话我。”

在我们仿若一生的两年里，我从没见过她像这样激动，也不曾感到如此无能为力。

“他怎么敢这样和你说话？”我说，“那个冷血无情的老骗子……”但我并没有得到她的附和。

“不，”她说，“不是那样的。他说得很对。他们全都知道了，布赖德和他的寡妇，他们都知道我犯了什么罪，白纸黑字，写得一清二楚，花一便士就能在教堂门口买到。[1]只要花上一便士，你什么都能知道，白纸黑字，而且没人理会你是不是付过了钱，只有一个老女人拿着笤帚，在忏悔室那边扫着地，还有个年轻的女人在‘圣母七苦’像前面点上了蜡烛。放一便士到箱子里，或者不放，随你心意，你就可以拿走一本小册子。白纸黑字，然后你就什么都明白了。

“所有的话，也都能归结成一个词，一个简单的、直白的、致命的词，一生都要背负。

“‘生活在罪孽当中’，未婚同居——不只是做了错事，像我去美国时做的事，我知道那是错的，就停手了，也就忘掉了。那不是做错了事的意思，不是布赖德花一便士买回来的教义，他说的也仅仅是那白纸黑字表明的意思。

“生活在罪孽当中，或者带着罪生活，都是一个意思，就像一个天生痴呆的小孩，要在这世上被人小心照料，用心保护。‘可

[1] 指一便士售卖的《教义问答》。

怜的茱莉娅，’他们会说，‘她可不能抛头露面了。她得当心她的罪。让这样的罪孽来到人世真是个遗憾，’他们说，‘不过它也够强壮。像她那样的孩子一向如此。茱莉娅对她这小小的、疯狂的罪，也是太纵容了。’”

“一小时以前，”我想，“她还坐在夕阳下，在水里转动着戒指，数着那些幸福的日子。而现在，在第一颗星星和白天最后的灰色低语下，这一切竟成了不可言喻而无比深刻的悲伤！在彩绘厅里，我们究竟遭遇了什么？什么样的阴影，笼罩在了烛光上？两句粗暴的言语和一些陈词滥调。她手足无措，把头埋在我胸口，声音时而含糊，时而清晰又痛苦，迸出一个个支离破碎的句子。”

“过去，还有未来。那些年，在雪茄的烟雾里，伴随着双陆棋棋盘的噼啪作响，在那个给男人们倒酒的‘傻瓜’身边，我想做个好妻子；当我想给他生个孩子，却被死去的胎儿折磨得死去活来的时候，我想做个好妻子。我放弃了他，忘掉了他，找到了你，过去的两年在你身边，所有的未来都在你身上。可这未来，不论有没有你，战争都会到来，世界都会毁灭——都是罪孽。

“‘罪’这个字，很久很久以前，我就在霍金斯婆婆那里听过了。那时她坐在圣心像前，在炉火边，迎着夜灯，总是在缝缝补补。礼拜日上午，科迪莉亚和我要带着《教义问答》，去妈妈的房间。妈妈带着我的罪去礼拜，在它和黑色的面纱之下，在小教堂里鞠躬。在伦敦的火光点亮之前，她带着我的罪偷偷溜出来，带着它穿过空荡荡的街，而送奶人的小马，前蹄刚刚踏上大道。妈妈是带着我的罪死的，是我的罪蚕食了她，比她自己致命的病更加残忍。

“妈妈因它而死；基督因它而死，被钉住了手脚。他就高悬在夜晚育婴床的床头，年复一年，高悬在农场街又黑又小、铺着闪光油布的书房里，高悬在只有一个老女佣扬起尘土、只有一根蜡烛燃烧的教堂中，高悬在正午的人群和士兵头上。除了一块蘸醋的海绒和一位强盗友善的话语，再无任何安慰。[1]永远高悬在上；永远得不到清凉的坟墓和铺展在石板上的裹尸布；在黑暗的洞穴里，永无膏油和香料；永远在正午的阳光之下，静默在为一件无缝外衣而掷起筛子的啪嗒声中。

“无路可退，大门已经禁止通行，所有的圣徒与天使都守在墙边。而后，它们会被抛弃，被销毁，日渐腐朽。患有狼疮的老男人，拿着一根拐杖，在日暮时分出来翻捡垃圾，一瘸一拐，希冀着能为自己的麻布袋增添收获，收获一些可卖之物，最后却只能厌恶地走开。

“籍籍无名，然后死去，就像那个死婴，我还没来得及看她一眼，就被人包裹起来，拿去丢掉了。”

她哭着，说着，渐渐沉默不语。我什么都不能做，仿佛在陌生的海里漂浮。我的手放在她束腰外衣的金缕线上，又冷又僵，眼睛干干的。当她在黑暗中紧紧贴着我的时候，我却觉得自己离她很远，就像很多年前我在火车站前坐上她的车、在车上替她点燃香烟时那样；也如同我在老郊区枯燥而空乏的那些年，在丛林

[1] “蘸醋的海绒”，典出《圣经·新约·约翰福音》，19:28—19:30，耶稣受难的时候，兵丁用海绒蘸了醋给他饮用；“一位强盗友善的话语”，典出《圣经·新约·路加福音》，23:39—23:43，指耶稣受难时，有两个囚犯与他一同受戮，其中一个嘲笑他，另一个则宽慰他，并恳求耶稣记住他。

里的那些年，她不在我心上时一般，遥不可及。

泪水随着话语而来，在沉默中，她的泪水也戛然而止。她坐起来，从我怀里离开，拿出我的手帕，颤抖着站起身。

“好吧，”她说，声音与往常差别不大，“布赖德可真是个扔炸弹的，是吧？”

我跟着她走回宅子，进到她的房间。她坐在梳妆镜前。“既然我已经从歇斯底里中恢复过来，”她说，“我觉得事情还不算坏。”她的眼睛又大又亮，有些不自然，苍白的面颊上有两块红晕，就在她还是女孩时常涂胭脂的地方，“大多数歇斯底里的女人看起来就像是得了重感冒。下楼前你最好换一件衬衫，这件上面全是眼泪和口红。”

“我们还要下楼吗？”

“当然了，这可是可怜的布赖德宣布订婚之夜，我可不想丢下他一个人。”

当我再回来时，她说：“对于刚才吓人的状况，我很抱歉，查尔斯。我也没法解释什么。”

布赖兹赫德正坐在藏书室里，抽着烟斗，平静地读着一本侦探小说。

“外面天气好不好？要是知道你们出去了，我也会过去的。”

“相当冷。”

“我希望雷克斯从这里搬出去之后不会觉得不方便。你们知道，巴顿街的房子对我们和三个孩子来说太小了。另外贝丽尔喜欢乡下。爸爸还来信说让我赶紧交接房产呢。”

我还记得我第一次作为茱莉娅的客人来这里的时候，雷克斯是怎样热烈欢迎我的。“这安排非常让人高兴。”他那时说，“太适合我了。老伙计一直照顾着这地方，布赖德和那些佃户搞着老一套的地租那些东西，而我就负责管理这栋宅子，租金全免。所有的开销就只是食物和宅子里的仆人。再公平不过了，对吧？”

“我觉得如果要他走，他会很遗憾的。”

“哦，他会再找一个便宜地方的，”茱莉娅说，“相信他吧。”

“贝丽尔自己有一些家具，她很中意。我不知道它们放在这里是否合适。你知道，就是些橡木橱柜、棺材凳之类的东西。我想她可以把它们放在妈妈的老房间里。”

“不错，那里挺合适的。”

于是兄妹俩开始谈论宅子的安排，直到上床睡觉。“一个小时以前，”我暗想，“在黄杨树的黑色树荫里，她还在为自己的上帝之死痛哭流涕，现在却在谈论应该把贝丽尔的孩子安排在以前的吸烟室还是学习室。”我茫然不知所措。

“茱莉娅，”我后来说，这时候布赖兹赫德已经上楼去了，“你看过《觉醒的良知》这幅画吗？是霍尔曼·亨特画的。”[1]

“没有。”

前些日子，我曾在藏书室里看到一册拉斐尔前派的画册。我又去把它找出来，给她读了罗斯金的评述。她笑得相当开心。

“你这个太对了，这正是我感受到的。”

“可是，亲爱的，我不相信你哭得那么惨，只是为了布赖德

[1] 威廉·霍尔曼·亨特（William Holman Hunt，1827—1910），英国画家，拉斐尔前派创始人之一，《觉醒的良知》（*The Awakened Conscience*）是他的代表作。

那几句话。在那之前你一定也在想这些事情。”

“几乎没有，现在和过去都是。最近想得多一点，因为审判的号角越来越近了。”

“当然，心理学家可以做一点解释，这是自童年时期就准备好接受的状态，来自你婴儿时期就被灌输的废话所带来的愧疚感。你从心底就知道那都是鬼扯，不是吗？”

“我也希望如此！”

“塞巴斯蒂安有一次和我说了差不多的话。”

“他又皈依了，你知道的。当然，他从没像我这样彻底地离开宗教。我走得太远了，再回去已不可能。我明白你说的，如果那个‘鬼扯’就是这个意思的话。现在我唯一想做的，只是以正常人的方式把我的生活归入某种秩序当中，在人类的秩序走到尽头之前。这就是我要嫁给你的原因。我想生个孩子，这是我唯一能做的事情……我们再到外面去吧，现在月亮已经升起来了吧。”

满月当空高悬，我们在宅子周围散步。走到一棵酸橙树下时，茱莉娅随意地折下了一根长长的嫩枝，嫩枝是去年长的，流苏一般垂在树干旁。她一边走一边像孩子一般把嫩枝上的树皮剥下来，做成了一条鞭子，可她那暴躁的动作又分明不属于任何一个孩子。她神经质地把树叶揪下来，在指间将它们揉碎。然后她又开始剥树干上的皮，用指甲抠着。

我们又一次站到了喷泉旁。

“这好像是一部喜剧的布景，”我说，“场景：一座贵族庭院的巴洛克喷泉旁。第一幕，日落；第二幕，黄昏；第三幕，月光下。演员一直聚集在喷泉旁，原因不详。”

“喜剧？”

“戏剧。悲剧。闹剧。随你心意。这是和解的场景。”

“这里有争吵吗？”

“失和与误解在第二幕。”

“哦，别这么怪腔怪调地说话了。为什么你总要用别人的方式来看待问题呢？为什么这是一出戏剧？为什么我的良心发现要出现在一幅拉斐尔前派的画里？”

“这是我一贯的方式。”

“我讨厌这种方式。”

她此时的愠怒，就像今晚每一次忽晴忽雨的情绪变化一样，让人摸不着头脑。突然，她用她的鞭子抽了一下我的脸，用尽了全力。我的脸立刻火辣辣地疼了起来。

“现在你知道我有多讨厌了吧？”

她又打了我一下。

“好啊，”我说，“继续打啊。”

然后，尽管扬起手来，她的动作却止住了。她把被剥掉一半树皮的嫩枝丢进了水里，月光下它漂在水里，黑白分明。

“疼吗？”

“是的。”

“是吗？……我弄疼你了吗？”

她的怒气瞬间就消失了，泪水又涌了出来，流到我的脸上。我隔着一臂的距离扶着她，她低下了头，用脸庞蹭着我放在她肩膀上的手，像一只猫咪，可又不像猫咪，因为她的一滴泪流到了我的手上。

“猫在屋顶上呢。”我说。

“你浑蛋！”

她咬在我的手上，我没有躲。当她的牙齿触到我的时候，她把咬变成了吻，而吻又变成了舌头的舔舐。

“猫在月光下呢。”

这种心情我是了解的。我们转过身，朝宅子走去。当我们走进灯火通明的大厅时，她说：“你这可怜的脸，”她伸出手指，触摸着上面的鞭痕，“明天会留下痕迹吗？”

“我想会的。”

“查尔斯,我要疯了吗？今晚都发生了些什么啊？我太累了。”

她打了个哈欠，接下来又是一连串哈欠。她坐在梳妆台前，低着头，头发垂在脸上，无助地继续打哈欠。当她抬起头时，我越过她的肩膀，看到镜子里有一张茫然而疲倦的脸，犹如一个从阵地上溃逃下来的士兵，而旁边我的脸上，正挂着两条血痕。

“太累了，”她重复说，然后褪下自己的金色束腰外衣，让它落在地板上，“又累又倦，疯疯癫癫，还一无是处。”

我看着她上了床，蓝色的眼睑盖住了她的眼眸。她苍白的嘴唇在枕头上动了一下，不知是在向我说晚安，还是在低声祷告。也许是幼儿时朗朗上口的简单祷文，在此时的悲伤与困顿之间，来到了她的朦胧世界中。那古老而虔诚的韵律，从几千年前开始，一直流传到霍金斯婆婆的口中，成为她的床畔低语。它沿着驿马叮当的清教徒之路，穿越了语言的更迭——对这些，我也不甚了解。

第二天，我们和雷克斯还有他的政治伙伴们在一起。

“他们不会开战的。”[1]

“他们不会开战的，他们没钱，也没有石油。”

“他们没有钨锰铁矿，人手也不够。”

“他们也没有决心。”

“害怕的是他们。”

“害怕法国人，害怕捷克人，害怕斯洛伐克人，也害怕我们。”

“他们就是虚张声势。”

“就是虚张声势，毫无疑问。他们的钨在哪儿呢？锰又在哪儿？”

“还有铬，在哪儿呢？”

“我要告诉你们一件事……”

“听着听着，肯定是好事。雷克斯要告诉你们一件事啦。”

“就在前几天，我有个朋友在黑森林[2]里面骑摩托车，他一回来就告诉我这件事了，那时候我们一起打了一轮高尔夫。是这么回事，我这个朋友一路骑着车，从一条小路下到了高速公路上。他能看见什么呢？只能是一支军用车队啦。他停不下来了，径直冲了过去，撞上了正侧对着他的一辆坦克。这不是找死嘛……停一下，就要到最滑稽的部分了。”

“最滑稽的部分到了哦。”

“他直接穿了过去，摩托车的漆皮都没事。你们以为是怎样？坦克是用帆布做的——竹子架的框，帆布涂上色，糊的。”

[1] 结合下文，此处谈论的应当是德国人。

[2] 德国西南部一片森林茂密的山区，离法国边境不远。

“他们没有钢铁。”

“他们没有机床，他们没有劳动力，人们都饥肠辘辘。他们没有食用油，小孩子都得了佝偻病。”

“他们的女人都生不出孩子。”

“男人都阳痿。”

“他们没有医生。”

“医生都是犹太人。”

“现在他们都得了肺痨。”

“现在他们都染上了梅毒。”

“戈林跟我的一个朋友说……”

“戈培尔告诉我的一个兄弟……”

“里宾特洛普告诉我，只要那个希特勒啊，他还能空手套白狼，搞到物资，军队就能保他的位置安安稳稳。要是有人跟他对着干，他立马就完蛋。军队会亲手解决他。”[1]

“自由党人得把他吊起来。”

“共产党人会把他撕成碎片。”

“他会把自己弄死。”

“要是没有张伯伦[2]，他现在就得完蛋。”

---

[1] 赫尔曼·戈林（Hermann Goering，1893—1946），与希特勒关系极为密切，在纳粹党内有极大影响力；约瑟夫·戈培尔（Joseph Goebbels，1897—1945），纳粹德国的宣传部长；约阿希姆·冯·里宾特洛普（Joachim von Ribbentrop，1893—1946）纳粹德国的外交部长。

[2] 内维尔·张伯伦（Neville Chamberlain，1869—1940），1937—1940 年任英国首相，因推行“绥靖政策”饱受诟病。

“要是没有哈利法克斯[1]。”

“要是没有塞缪尔·霍尔爵士[2]。”

“还有1922委员会[3]。”

“和平誓言联盟[4]。”

“外交部。”

“纽约银行。”

“只需要一条强有力的统一战线。”

“由雷克斯发起的战线。”

“我们要给整个欧洲带来一条强有力的统一战线。全欧洲都在等待雷克斯的演讲。”

“还有我的演讲。”

“还有我的演讲。团结全世界热爱和平的人。德国会站起来，奥地利会站起来，捷克人和斯洛伐克人一定会站起来。”

“来听我的演讲，还有雷克斯的演讲。”

“来局桥牌怎样？再来点威士忌？你们哪个家伙要来根大雪茄？哈喽，你俩要出去吗？”

“是的，”茱莉娅说，“查尔斯和我要去月光下走走。”

我们关上身后的窗户，声音戛然而止。月光就像白霜，洒在

---

[1] 即第一任哈利法克斯伯爵（Edward Wood，1881—1959），1938—1940年任英国外交大臣，一度被认为是张伯伦的接班人。

[2] 塞缪尔·霍尔（Samuel Hoare，1880—1959），曾任外交大臣，1938年之后在张伯伦内阁中担任内政部长。

[3] 一个由下议院所有保守党普通议员组成的委员会。

[4] Peace Pledge，20世纪30年代中期英国一个非政府反战组织，对日后的“绥靖政策”起到了重要影响。

阳台上，喷泉悦耳的声音跳进我们的耳朵——阳台的石栏杆，曾几何时或许是特洛伊人的城墙，静默的院子里也许有希腊人搭过的帐篷，克瑞西达[1]正躺在里面。

“几天，几个月。”

“没有时间可以浪费了。”

“月升月落，就是一辈子。然后就是无边的黑暗。”

[1] 克瑞西达（Cressida），莎士比亚的戏剧《特洛伊罗斯和克瑞西达》中的人物。

第四章

塞巴斯蒂安与世界为敌

第四章

“西莉亚当然会拿到孩子的抚养权。”

“当然。”

“那老教区的房子怎么办？我想你和茱莉娅不会愿意住在那里，偶尔还过来找我们串串门吧？你知道，孩子们已经把那里当成自己的家了，而且罗宾也没有自己的住处，除非等到他叔叔去世。毕竟，那个工作室你也没用过，对吧？罗宾说用不了几天，那里就可以改造成给孩子们用的游戏室——打羽毛球都足够了。”

“罗宾可以住在老教区的房子里。”

“现在，我们来谈谈钱的问题。西莉亚和罗宾自然不想为自己争取什么，但孩子们教育的开销是个大问题。”

“那没问题，我会找律师来谈的。”

“好吧，我想这里面只有这一点问题，”马卡斯特说，“你知道，我这辈子见过不少离婚的，可我从没见过你们这样双方都能开开心心散伙的。几乎每次都是，不管一开始多么和和气气，只要坐下来谈细节，两人立马就变仇人了。注意了，我要冒昧地说一句，在过去这两年里，有几次我觉得你对西莉亚真的有点不像话。一个做哥哥的很难客观评价自己的妹妹，但我一直觉得西莉亚她魅力十足，是那种每个家伙都渴望拥有的女孩——还爱好艺术，跟你真的挺合适。但我得承认，你眼光是不错，我一直都对茱莉娅很有好感。不管怎样，这件事最后也算是皆大欢喜。罗宾也追了西莉亚一年，甚至更久。你认识他吗？”

“大概吧。我记得我见他的时候，他还是个毛头小子，一脸疙瘩呢。”

“哦，我完全没想说这个。他当然是相当年轻，不过重点是强强和卡罗琳都很喜欢他。你在那边还有两个漂亮的孩子呢，查尔斯。记得替我向茱莉娅问好，看在以往日子的分上，希望她一切都好。”

“所以你在办离婚，”我父亲说，“你们都高高兴兴地过了这么多年了，离婚似乎也不是很必要吧？”

“我们过得没有多高兴，你知道的。”

“没有吗？你不高兴？我记得很清楚，上个圣诞节还看见你们在一起，看起来挺美满的，我还想知道你们是怎么做到的呢。你会发现离婚挺麻烦的，你知道，一切都得从头再来。你多大岁数了——三十四了吧？这可不是什么重新做人的好年纪。你该安定下来了。接下来有什么打算吗？”

“有，等这边把婚离完，我就去结婚。”

“哦，我得说，这可有点扯。我能理解一个男人宁愿自己从没结过婚，所以费力从那里面逃出来——虽然我自己从没有过这种感觉——但刚赶走一个妻子，又立刻娶回来另一个，这可没什么道理可言。西莉亚对我一直都彬彬有礼。我在某种程度上，也是很喜欢她的。如果你跟她在一起都不觉得高兴，那你究竟凭什么觉得换一个人就能让你幸福呢？听我一句劝吧，我亲爱的孩子，赶紧放弃这个想法。”

“为什么要把我和茱莉娅卷进来？”雷克斯问，“如果西莉亚想要再结婚，那很好，随她去。那是你和她之间的事。但我本来觉得茱莉娅和我过得挺幸福的。你不能说我刻意为难你们，很多人遇到这种情况都会暴跳如雷的。我希望我是一个还算懂世故的人，我也有我自己的事业。但离婚完全是另一回事，我从没听说离婚能让人得到什么好处。”

“那是你和茱莉娅之间的问题。”

“哦，茱莉娅都盘算好了。我希望你能说服她，让她回心转意。我一直都尽可能置身事外，要是你觉得我碍眼了，尽管说，我不会介意的。但现在有太多事情同时发生，那个布赖德还想把我从宅子里清出去。这个是个大麻烦，我现在正焦头烂额。”

雷克斯的社交生活正面临危机。事情并不像他盘算的那样稳步进展。我对金融一无所知，但我听说他的交易已经被那些正统的保守党人盯上了。即便是他那些优点，诸如待人热情、办事果敢，也都成了别人说道的理由，因为他在布赖兹赫德的小团体也被议论纷纷。他在报纸上的曝光率也过高了一些，总是和那些报界大亨，以及大亨们眼神忧郁、面带微笑的随从混在一起，他的演讲往往会被舰队街[1]的人当作“编故事”的好素材。而这对他个人所在党派的领袖们而言是不利的。唯有战争爆发，雷克斯才能交上好运，将权力真正攥到手里。离婚对他而言没什么太大影响，他现在根本没工夫从自己人生的赌桌上抬起头，去处理别的事情。

“如果茱莉娅坚持要离婚，我想她肯定能办到。”他说，“但她选的时机太不好了。让她稍微再等等吧，查尔斯，你是个好心人。”

“布赖德的寡妇说：‘这么说，你正要和一个离过婚的男人离婚，再去嫁给另一个离了婚的男人。这可是相当复杂，但我亲爱的，’——她已经叫我‘我亲爱的’二十多次了——‘我常常发现，每个天主教家庭都会有一个违反教义的成员，而且通常是最漂亮的那一个。’”

茱莉娅刚从一场午宴上回来，东道主是罗丝康芒夫人。她把大家聚在一起，为的是庆祝布赖兹赫德的订婚。

“她长什么样？”

“人高马大，丰满撩人。当然，相貌平平。声音沙哑，大嘴巴，小眼睛，头发是染过的——我向你保证，关于年龄的问题，她肯定没跟布赖德说实话。她肯定四十五往上了。我看她根本就没有供养自己的孩子。布赖德根本移不开眼睛，整个午宴，他都含情

[1] 舰队街（Fleet Street），伦敦的一条街道，因当时大多重要报纸都会在该地设立办公室，而成为英国报业的代名词。

脉脉地望着自己这个未婚妻，真够恶心的。”

“她人友好吗？”

“天哪，还不错，不过是居高临下的那种。你看，我觉得她是习惯了在海军的那帮人里面发号施令了，有一群随从参谋围着她，那些年轻的军官为了升迁，也都得巴结她。好吧，她在范妮舅妈的午宴上显然没法逞威风了，结果有我这么个害群之马，倒让她舒坦了不少。她把注意力都集中在我身上，问了我对商店和其他一些事情的建议，还直截了当地说希望能常在伦敦跟我见面。我想布赖德顶多也就担心她和我会住在同一个屋檐下。去帽店，去做头发，或者去丽兹酒店吃午饭，我都不可能把她怎样。不管怎么说，顾忌只在布赖德那边，那个寡妇可是气势十足。”

“她会指使他吗？”

“现在还没，没有太严重。他现在被爱情冲昏头了，可怜的小兽，根本不知道东南西北。她呢，其实只是个心地善良的女人，一心想给自己的孩子们一个家，不允许任何事情阻碍她的计划。那套宗教的东西，都是她为达到目的搞出来的手段。我敢说只要她安稳下来，她就会容易相处得多。”

朋友们对我们的离婚议论纷纷。即便在那个大众普遍恐慌的夏天，仍会有一些人把关注他人琐事看成头等要务。我的妻子有本事让人们相信离婚对她而言值得庆幸，而我则应受到谴责。她还会让人们以为她在这段婚姻中表现完美，因为除了她以外没人能忍耐如此之久。人们私下里都议论，罗宾比她小了七岁，还有着和年龄不符的不成熟，他对可怜的西莉亚却是全心全意，而这也是她应得的，毕竟她遭遇了那样的苦难。等到了我和茱莉娅这里，就只是那种再普通不过的故事。“说句不好听的，”我堂兄贾斯珀说，“我不明白你怎么还想蹚结婚这趟浑水。”

夏天过去了；疯狂的民众欢呼着内维尔·张伯伦自慕尼黑的归来；雷克斯在下议院做了一次激烈的演讲，这次演讲决定了他的命运，但具体以何种方式，当时还无人能下判断。茱莉娅的家庭律师们开始缓慢地着手办理她的离婚手续，每个人都提着印有“马奇梅因侯爵”字样的黑色锡铁箱，似乎坐满了一个房间。我的律师事务所就在他们附近，隔着两个门面，氛围要更加活泼一些，并且在几周前就已经开始处理我的案子了。雷克斯和茱莉娅必须正式分居，布赖兹赫德暂时还是茱莉娅的住所，所以雷克斯已经把自己的行李和仆人都转移到他们之前在伦敦的房子里了。离婚的证据是在我的公寓里取得的。布赖兹赫德的婚期定在了圣诞节初，这样他的继子们才有可能悉数参加。

十一月的一个下午，我和茱莉娅站在客厅的窗前，看着寒风对酸橙树的劫掠，又把黄叶卷起，吹上阳台和草坪，吹过水洼和水草地，吹得它们团团打转，直到贴在围墙和窗格上，最后湿漉漉地堆成堆，留在外面的石质地基下。

“到春天我们就不会看到它们了。”茱莉娅说，“也许永远都看不到了。”

“有一次，”我说，“我离开这里，以为再也不会回来。”

“也许多年以后，我们会带着残躯回到这里，看这里的残迹……”

这时，这黑洞洞的房间的房门打开又合上，威尔考克斯穿过炉火的光亮，来到落地窗前的暮色之中。

“科迪莉亚小姐打电话过来留了话，小姐。”

“科迪莉亚！她在哪里呢？”

“在伦敦，小姐。”

“太好了，威尔考克斯！她要回家吗？”

“她刚动身去车站，会在晚餐以后抵达这里。”

“我已经十二年没有见过她了。”我说道——不是从我们一起吃饭、她说要当修女的那个晚上开始，而是从我在马奇梅因宅邸画客厅的那个晚上算起，“她那时就是个迷人的孩子。”

“她的生活很奇怪，一开始在女修道院，那里待不住了，她就去了西班牙的战场。战争一结束，其他战地救护队的姑娘都回来了，她却留了下来，帮那里的人们重建家园，还在监狱集中营里帮忙。一个奇怪的女孩。她长大以后就其貌不扬了，你知道。”

“她知道我们的事情了吗？”

“是的，她还给我写了一封很贴心的信呢。”

想到科迪莉亚长大以后“其貌不扬”，真是让人痛心，尤其是想到她那炙热燃烧的爱，全都消耗在了注射血清和除虱粉之上。她一到家便显露出因舟车劳顿而产生的疲态，穿得也相当破旧，举手投足间无意取悦他人，在我看来，她已经是一个丑陋的女人了。这很怪异，我想，同一个家族里，不同的际遇竟能产生出布赖兹赫德、塞巴斯蒂安、茱莉娅和她这样迥然不同的人物来。她是他们的妹妹，这一点毋庸置疑，可她身上却全无茱莉娅或塞巴斯蒂安的那种优雅，也不见布赖兹赫德的严肃庄重。她看起来活泼而干练，周身充满了军营和急救站的气息，习惯于显而易见的痛苦挣扎，不再能体会到微妙的欢愉。她看起来很成熟，比实际的二十六岁大上一些，艰苦的生活使她变得粗糙，长期沉浸在外国人的口音里，让她的口音不再婉转动听。她坐在炉火旁，两腿微微叉开，说到“能回家真是棒极了”时，我仿佛听到了某种动物回到笼子里时发出的呼噜声。

这都是我在最开始半小时产生的印象。这些印象因为与茱莉娅白皙的肌肤、丝滑而缀满珠饰的头发同我记忆中科迪莉亚孩童时的印象对比而更加鲜明了。

“我在西班牙的工作结束了。”她说，“当局很有礼貌，对我所做的一切表示了感谢，给了我一枚奖章，就让我打包回家了。不过看起来，要不了多久，这边也要有类似的工作需要人做了。”

然后她说：“现在去看婆婆是不是太晚了？”

“不，她一直抱着收音机，坐在那里呢。”

我们上楼，三个人一起，去了以前的育婴室。茱莉娅和我每天总会去那里消磨上一会儿。霍金斯婆婆和我爸爸一样，看起来似乎一成不变，并不会比我第一次见到他们时年迈上一丝一毫。现在，一台收音机已经加入霍金斯婆婆小小的爱物集会中——其它令她开心的东西，包括一串玫瑰念珠，一本用牛皮纸包着书皮的红色烫金封面《贵族年鉴》，几张照片和各式各样的节日纪念品——全都放在她的桌子上。当我和茱莉娅突然宣布要结婚的时候，她说：“好吧，亲爱的，我希望大家一切如意。”因为质疑茱莉娅的行为并非她信仰的一部分。

她从不曾对布赖兹赫德青眼以待，在听说他订婚的消息后她说：“他肯定费了不少时间才定下心意。”而当她在德布雷特的

《贵族年鉴》没有找到马斯普拉特夫人的名字时，她说：“我敢说，这个女人吃定他了。”

我们看到她时，她和往常一样，晚上守着茶壶坐在火炉旁，身边还有她正在编织的羊毛小地毯。

“我知道你们要上来，”她说，“威尔考克斯过来告诉我，你们就要过来了。”

“我给你带了点蕾丝花边。”

“亲爱的，真不错，就像是可怜的夫人过去做弥撒时常穿的那样。虽然我总是想不明白，为什么要把它们做成黑色，明明白色的蕾丝边要自然一些。这件东西会很招人喜欢的，我确信。”

“我可以把你的收音机关掉吗，婆婆？”

“哦，当然可以，我都没注意到它还开着呢，光顾着看见你们高兴了。你的头发这是怎么了？”

“我知道，它看起来有些糟。现在我回来了，得好好收拾一番，亲爱的婆婆。”

当我们坐下来说话时，我注意到科迪莉亚一直在看我们每一个人，深情款款。这时我意识到，她也有自己的美丽之处。

“上个月我见到了塞巴斯蒂安。”

“他离开多久了啊！他现在还好吗？”

“不是很好，所以我才会去见他。你们知道吧，从西班牙去突尼斯是很近的。他在那里，和一些修士在一起。”

“我希望他们能好好照看他。我猜他们会发现他是个麻烦人物。每年圣诞节他都会给我寄卡片，但总归和他待在家里不一样。

我一直想不明白，你们为什么一个个都要到国外去呢，都像爵爷一样。有阵子收音机说我们要跟什么慕尼黑打仗了，我就跟自己说：‘科迪莉亚，塞巴斯蒂安，还有爵爷都在国外，这下他们可麻烦喽。’”

“我想让他跟我回家来着，可是他不肯。他现在蓄起胡子了，你们知道吗，而且还虔诚得很。”

“这我可不信，除非我能亲眼看见他。他总是有点异教徒的性子，布赖兹赫德倒适合进教会，塞巴斯蒂安可不行。还有胡子，净瞎说，他那张脸，那么白净，就算一天不洗，也照样干干净净的。这要是换了布赖兹赫德，不管你怎么给他洗，他都干净不了。”

“多可怕啊，”茱莉娅曾经说，“一想到你已经完全把塞巴斯蒂安忘掉了，我就很害怕。”

“他是一切的开始。”

“那是你在暴风雨的时候说的。那时我就已经在想，说不定我也只是个开始呢。”

“也许吧，”我这样想着，她的话如同吐出的烟圈，在我们中间的空气中飘浮——一个如同烟圈一般即将消散得无影无踪的念头，“也许我们所有的爱，不过是暗示与符号罢了。那条无数前人走过的令人倦怠的漫漫长路上，每一处驿站和石柱都留着浪荡客们潦倒的字迹。也许我们不过是这其中的大多数，落于我们之间的悲伤源于我们在追寻过程中产生的失望。我们竭尽全力，你追我赶，时不时瞥见一个影子，而它永远在我们之前，一步两步，轻盈地消失在街角。”

我并没有忘记塞巴斯蒂安，因为有茱莉娅，他每天都和我在一起。更确切地说，在他身上，我认识了茱莉娅，在我住在阿卡狄亚的遥远的日子里。

“对女孩来说，这种安慰太冷漠了，”在我试图解释的时候，她打断了我，“我怎么知道我不会突然变成另外什么人呢？这可真是个糊弄人的简单办法。”

我并没有忘记塞巴斯蒂安。这栋宅子的每一块石头上，都有关于他的回忆。而当听到几个月前刚见过他的科迪莉亚讲起他的事情时，我这位遗失的朋友占据了我的一切心绪。我们离开育婴室时我说：“我想听你讲讲关于塞巴斯蒂安的所有事情。”

“明天吧，那可是个很长的故事。”

第二天，走在寒风呼啸的公园里，她告诉我：

“我听说他就要不行了，”她说，“一个刚从北非过来的布尔戈斯[1]的记者告诉我的。他说有一个穷困潦倒的人叫弗莱特，人们说他是个英国勋爵，他在快饿死的时候被神父们发现了，于是被送到了迦太基的一个修道院里安顿下来。这就是我听到的故事。我知道这不太可能——不管我们少为他做了多少事，可他至少能拿到我们寄给他的钱——所以我完全没耽搁就出发了。

“事情说起来也容易。我先去了领事馆，他们对塞巴斯蒂安的事情一清二楚，他在传教士驻地的医院里。领事说塞巴斯蒂安是有一天坐着公共汽车，从阿尔及尔来到突尼斯的。他申请要去

[1] 布尔戈斯（Burgos），西班牙北部城市。

修道院做一个庶务修士[1]。神父们打量了他一眼，拒绝了他。于是他又开始喝酒，住在阿拉伯地区边缘的一个小酒店里。后来我去那个地方看了，那原来就是个酒吧，上面有几个房间，一些希腊人在打理，里面飘荡着热油、大蒜、腐败的葡萄酒和旧衣服的味道。一些希腊小商贩会来这里，玩玩跳棋，听听收音机。他在那里住了一个月，喝希腊苦艾酒，偶尔出去转转。没人知道他去了哪里，反正回来还是接着喝酒。他们害怕有人会伤害他，所以偶尔跟着他一起出门，但他只是去教堂，或者叫一辆车去镇子外边的修道院。那里的人们都爱他。你看，无论他去哪里，在什么样的条件下，他仍然被人们爱着。这就是他永远都不会丢掉的东西。你该听听那个老板和他的家人们是怎样议论他的，一说起他，眼泪就会顺着他们的脸颊流下来。那些人分明是在洗劫他，但他们毕竟也在照顾他，让他吃下了东西。他们震惊之处也在于此：他不愿意吃饭，身上有那么多钱却仍然骨瘦如柴。在我们用双方都听不大明白的法语说话的时候，一些当地人也加入进来。他们的说法是一致的，说一个这么好的人，却如此消沉，他们看着也会很难过。让他变成这个样子，他们觉得他的家人一定很坏。他们这边就不会发生这样的事，而且我敢说他们说得没错。

“不管怎样，现在都为时已晚。在去过领事馆之后，我直接去了修道院见了院长。他是个丹麦老人，在非洲腹地待了五十年，不怎么好说话。他跟我讲了他知道的所有关于塞巴斯蒂安的事，

[1] 在修道院中修行，但不参与整个礼拜过程的修士，主要负责手工劳动。

关于塞巴斯蒂安是如何出现的，就像是领事说的，他蓄着胡子，带着手提箱，要求成为一名庶务修士。‘他很认真，’院长说——”科迪莉亚模仿着他严肃的口吻，我还记得，她天生就善于模仿，上学时便是如此，“‘请不要怀疑这一点。他完全清醒，而且相当认真。’他想要走进丛林当中，尽可能走得远一些，到最单纯的人们中去，去和食人族为伍。院长说：‘我们的教区里可没有食人族。’他说，好吧，那么俾格米人也可以，或者河流旁边的原始村子，或者麻风病人，麻风病人是最好的。院长说：‘我们倒有很多麻风病人，不过他们是和医生还有护士一起住在我们的居民点里。那里一切都秩序井然。’他又想了想，说麻风病人也不是他最想要的，不知道这里有没有建在河边的小教堂——你看，他总是想要一条河——当神父走了以后，他可以代为照看那里。院长说：‘是有一些这样的教堂，现在跟我说说你自己吧。’‘哦，我没什么好说的。’他说。‘我们看出了他是个怪人，’”科迪莉亚又开始模仿院长的口音，“‘他是个怪人，但也相当认真。’院长给他讲了见习和训练的事情，然后说：‘你也不年轻了，身子骨好像也没我壮。’他说：‘不，我不想接受训练，我不想做需要训练才能做的事情。’院长说：‘我的朋友，你自己倒是需要一个传教士。’然后他说：‘是的，当然了。’于是院长就把他打发走了。

“第二天，他又回来了。他喝了酒，说自己准备从头开始，并且愿意受训。‘好吧，’院长说，‘有些事情是去丛林里工作的人一定不能做的，其中之一就是喝酒。喝酒不是最糟的事情，但相当致命。所以我又把他打发走了。’后来他每周都坚持来两三次，总是醉醺醺的，直到院长给门卫下了命令，不允许他再进来。我说：‘哦，亲爱的，他在你这里一定十分碍眼吧。’那里的人当然无法理解塞巴斯蒂安的行为。院长只是说：‘除了祈祷，我再无法为他做什么了。’他是个圣洁的老人，并且也能看出其他人的圣洁。”

“圣洁？”

“哦，是的，查尔斯，要理解塞巴斯蒂安，你们得先理解这个。

“终于有一天，他们发现塞巴斯蒂安躺在大门外面，不省人事。他是走到那里的——通常他都会叫一辆车——结果他摔倒了，在那里躺了一整夜。起先他们以为他只是又喝醉了，后来才得知他病得很重，于是就把他送到了医院，他一直在那里住到现在。

“我在那里住了两周，直到他熬过最难的一段时间。他的样子很可怕，已经看不出年纪，头发快掉光了，胡子也一团糟，虽然举手投足间一如既往地甜美可爱。他们单独给他安排了一间房，不过也只比修士住的斗室好一点点，里面有一张床，一个十字架，四周都是白墙。一开始他不能说太多话，见到我也一点都不惊讶。后来他才感到惊讶，但仍不愿意多说话，直到我离开之前，他才跟我讲了他一直以来的经历。大部分是关于他那个德国朋友库尔特的。你见过他，所以应该很清楚。那个人听起来很可怕，但只要可以照顾这个人，塞巴斯蒂安就会很开心。他告诉我，他和库尔特在一起的时候，有段时间已经戒了酒。库尔特生病了，身上有处伤口一直不愈合，但塞巴斯蒂安却一直照料着他，直到他痊愈。库尔特一恢复健康，他们就去了希腊。你知道，德国人只要一去比较传统的国家，身上就会表现出一种正派的感觉，库尔特就是如此。塞巴斯蒂安说，在雅典，他变得很有人情味。可这之后，他进了监狱。我没搞懂是什么原因，表面上看并不完全是他的错——他们和一个政府官员发生了一些口角。他一被收押，德国当局就逮捕了他。那时他们正在全世界范围内抓捕自己的侨民，把他们遣送回国，好为纳粹效劳。库尔特不想离开希腊，可希腊绝不会让他在这里逗留。于是他就从监狱直接被押上了驶向德国的船，跟其他许多恶棍一起回到了祖国。

"塞巴斯蒂安去找他，却整整一年都毫无收获。到最后，他终于在一个外省城镇，得知了库尔特的下落，那时他已经是纳粹突击队的一员了。起先，他不愿意和塞巴斯蒂安有任何瓜葛，用各种官方术语讲述着祖国的复兴大业，而他显然是属于祖国的，并且只有在这样种族净化的条件下，他才能完成自我实现的目标。不过那也只是人家给他的一副皮相罢了，塞巴斯蒂安六年里教给他的东西，可比希特勒一年教的多多了。所以最后他放弃了，承认自己憎恨德国，想要逃走。我不知道这多大程度上只是因为那种安逸生活的召唤，可以靠着塞巴斯蒂安过活，在地中海泡海水澡，坐在咖啡馆里，找人把他的皮鞋擦得光可鉴人。塞巴斯蒂安说并不完全是这样，库尔特在雅典的时候已经变好了。说不定他是对的。不管怎样，他决定要逃跑，但没能跑成。不管做什么，他总会陷入麻烦当中，塞巴斯蒂安说。他被人家抓住，送到集中营里去了。塞巴斯蒂安再也没办法接近他或者听到他的什么消息了，甚至连他关在哪一座集中营都无从知晓。塞巴斯蒂安在德国游荡了差不多一年，又开始酗酒，直到有一天喝酒时，他遇到了一个刚从集中营被释放的男人，那男人刚巧跟库尔特在一个营房。就这样塞巴斯蒂安才知道，库尔特被关进去不到一周就上吊死了。

“这就是塞巴斯蒂安在欧洲待的最后一段日子。他回到摩洛哥，在那里他曾经得到过快乐。然后他又沿着海岸，一路漂漂停停，四处游荡，直到有一天，他酒醒的时候——那时他酗酒的问题已经相当严重了——冒出了一个念头，要逃到野蛮人的地界里去，然后他就到那里了。

“我没有提议让他回家，我知道他不愿意回来，而且他的身体仍然很虚弱。我走的时候，他看起来相当开心。他永远都没办法走进丛林，当然，同样没办法融入人世的秩序，但院长大人以后都会照看他。他们准备让他做一个下等杂役，你知道，宗教场所里，总会有一些这样那样的奇怪门客。他们既无法融于世俗生活，也没办法皈依在清规戒律之下。我想我和这种人有点类似，不过刚好我不喝酒，所以我的选择余地更多一点。”

我们已经走到了路的拐角，最后也是最小的一座池塘的石桥边。桥下的水流汇成瀑布，注入下面的溪流当中。远处，小路两度折返，又通向宅邸所在的地方。我们在桥上凭栏而立，注视着下面黑色的水波。

“我过去有位女老师，就是在这里跳桥自杀的。”

“是的，我知道。”

“你怎么知道的？”

“那是我第一次听说你的事——那时我还没见过你。”

“好奇怪……”

“塞巴斯蒂安的这些事，你告诉茱莉娅了吗？”

“说了个大概，不像对你说得那么详细。她没有——你知道的，像我们这样爱着他。”

“爱着他”，这个说法让我感到羞愧。科迪莉亚说的并不是“爱过”。

“可怜的塞巴斯蒂安！”我说，“这太可怜了，他最后会怎样收场呢？”

“我想我可以很确切地告诉你，查尔斯，我见过其他像塞巴斯蒂安这样的人，我相信他们距离上帝很近，也和上帝很亲。他的生活会一半入世，一半出世，成为我们都熟悉的那种人物：手里拿着一把扫帚，腰间挂着一串钥匙，终日游荡。他会得到老神父们的偏爱，也会成为新人们的笑柄。人人都知道他酗酒，每个月他都会消失那么一两天，大家对此心照不宣，用各种各样的口吻议论着，‘老塞巴斯蒂安又犯浑啦’。然后当他蓬头垢面、一脸羞愧地回来时，会直接到小教堂里，在一两天内显得无比虔诚。他也许会找到自己的隐匿之所，可能是花园的某个角落，在里面藏上一瓶美酒，时不时过来痛饮一番。要是来了个说英语的游客，他们会拉他去做导游，而他则会一如既往地可爱迷人，客人离开之前，也许会向他打听他的家事，而他说不定也会给那客人一个暗示，表明自己也曾家门显赫呢。如果他活得足够久，一代代身在僻乡的传教士会把他当成一个古怪的老家伙，但不知怎的，他也成了他们做学生时那个故乡的一部分，在做弥撒时还会想起他。他会养成一些虔诚的小怪癖，还会有强烈的个人信仰。他会在古怪的时间出现在小教堂里，而如果他缺席了，人们又会想念他。然后，在某个清晨，当他再一次酒瘾发作，酩酊大醉之后，人们会发现他倒在大门口，奄奄一息。等人们为他做临终告解的时候，他只能动动眼皮，表明他还有一点点意识。对一个人而言，用这种方式过完一生，并不是一件糟糕的事。”

我想起了当年那个拿着泰迪熊、站在繁花似锦的栗树下的年轻人。“真是世事难料，”我说，“我想他没有受苦吧。”

“哦，不，我想他是受了苦的。旁人恐怕无从知晓他的苦难，像废人一样——没有了尊严，丧失了意志力。不受难而成圣却也不可能。这就是他所经受的那种苦难……在最近这些年，我见过太多受难的人了，很快每个人也都要面临更多的厄运。可既然凛冬将至，那么爱的春天，也即将到来……”然后她似是为了迁就我不信仰宗教的立场，补充说，“他住在一个很漂亮的地方，你知道，紧邻大海——有白色的修道院，有钟楼，有一排排绿色的植物，每天太阳落山，都会有一个修士来浇灌它们。”

我笑了。“你以为我不明白你的话吗？”

“你和茱莉娅……”这时，我们已经朝宅子的方向走去，“你昨晚见到我的时候，有没有在想‘可怜的科迪莉亚，那么一个迷人的女孩，现在却成了个其貌不扬、满心虔诚的老姑娘，天天只知道善事’？你有没有想到‘挫败’这个词？”

支吾搪塞在此时并不合适。“是的，”我说，“我是那么想过，不过现在已经不这么想了，没想得那么多。”

“很有意思，”她说，“想到你和茱莉娅，我心里也是这个词。我们上楼去育婴室找婆婆的时候，我就想，‘充满挫败的爱情’。”

她温柔又微妙的语调变化透出了嘲讽，这是从她母亲那里继承而来的。那天晚上晚些时候，我想起她的话，不禁感到心酸。

茱莉娅穿了一件带刺绣的中式长袍，我们单独在布赖兹赫德吃晚饭时，她就常常会穿这件衣服。它沉甸甸的分量和僵硬的褶皱突出了她的宁静泰然。她带着样式简单的金项圈，脖子优雅地挺起，双手平静地放在膝盖上绣的群龙图案之间。在无数个夜晚，我都为见到这样的她而心情愉悦。而那一晚，注视着端坐在炉火和灯光中的她，因为沉醉于她的美貌而目不转睛，我忽然想："还有什么时刻，我曾见过她的这一副模样呢？我为什么回想起另一个时刻的光景呢？"我想起的是暴风雨之前，她在轮船上坐着的样子。这正是她那时的样子，我意识到，她又重新获得了我认为她已经永远失去的东西，那种让我对她全神贯注的、富于魔力的悲伤，那种挫败的神情仿佛在说："除去这个，我生来还是有其他目的的吧？"

那个晚上，我在黑夜中醒着，躺在床上，反复思索着和科迪莉亚的谈话。我怎么会说，"你以为我不明白你的话"。看上去，我多么像一匹全速奔跑的马，在遇到障碍时突然停住，不顾马刺的踢扎执意后退，甚至因为胆怯，而拒绝去嗅一嗅、看一看那障碍究竟为何。

另一幅幻象此时也出现在我脑海中：一座北极小屋，一个猎人身披毛皮，支着煤油灯，烤着火；所有东西都很干燥，井井有条，屋子里十分温暖；而在屋外，冬季的最后一场暴风雪正在肆虐，雪堆高高耸起，堵住了门。在一片寂静之中，整扇木门承受着越发巨大的压力，螺丝钉开始在螺孔中变形。时间一分一分地流逝，黑暗中的白色物质彻底封锁了整个出口，直到风势锐减，太阳在冰封的斜坡上冒头，雪开始融化，巨大的冰块松动、滑落，从高处崩塌，积蓄着重力，直到整个山坡全然陷落。而那个小小的、亮着光的屋子会被砸碎，四分五裂，随着崩塌的雪一道跌进峡谷，彻底不见踪影。

第五章

家中的马奇梅因勋爵——死于中国客厅——尘埃落定

第五章

我的离婚案，更确切来说是我妻子的离婚案，预计和布赖兹赫德的婚礼在同一时间进行。茱莉娅的案子，则要等到下一个审判期才会被提交审理。同时，“大搬家”游戏——把我的家当从老教区搬到我的公寓，我妻子从我的公寓搬到老教区；把茱莉娅的家当从雷克斯的房子和布赖兹赫德搬到我的公寓，雷克斯从布赖兹赫德搬到他的房子，还有马斯普拉特夫人要从法尔茅斯搬到布赖兹赫德——已经全面展开，而我们所有人，在不同程度上，都无家可归了。就在此时，有人喊了暂停。马奇梅因勋爵突然宣布，鉴于当前的国际形势，他决定返回英国，在家乡安度晚年。看这颇为戏剧化的非时举动，他根本就是他长子的人物原型。

在家里，唯一一个因为这个变化而受益就是科迪莉亚了，她原本还因为在“大搬家”中受到冷落而伤心难过。实际上，布赖兹赫德曾正式邀请过她，允许她把他的宅子当作自己的家，想住多久就住多久。但当她听说她的嫂子准备婚礼一结束，在圣诞假期里就把自己的孩子安顿在庄园里，还让她姐姐和姐姐的朋友来看孩子时，科迪莉亚也打定主意要搬出去了，说自己要一个人住在伦敦。但现在科迪莉亚却发现，自己原本如同灰姑娘一般，现在却晋升为女主人。而她之前几天还即将成为庄园主人的哥哥和嫂子，现在却无立足之地了。只等最后签字的房产转让契约现在只好重新卷起，打上捆，放回林肯律师事务所的黑色铁皮箱子里了。这对马斯普拉特夫人而言显然有些痛苦。她不是什么野心勃勃的女人，即便是不及布赖兹赫德庄园的地方，也能够满足她的心意。但她确实希望可以在圣诞节期间，为孩子们找到一个安宁的处所。法尔茅斯的房子已经搬空，正准备出售；此外，马斯普拉特夫人还在跟邻里告别时，言之凿凿地向他们夸耀了一番自己的新居是如何阔气，她们显然不能再回去了。她不得不手忙脚乱地把自己的家具从马奇梅因夫人的房间里搬走，搬到一间废弃不用的马车房里去，然后在托基[1]租下一栋装修过的郊区住宅。就像我刚刚说过的，她并不是一个野心勃勃的女人，但由于之前的胃口被吊得太高，现在希望完全破碎，难免会有些惊慌失措。村子里，前来帮忙的人们原本已经布置好了欢迎新娘到家的装饰，现在却要把旗帜上代表布赖兹赫德伯爵的“Bs”，更换成代表马奇梅因勋爵的“Ms”，同时清除掉代表伯爵的锥形物，换成象征勋爵的花

[1] 托基（Torquay），英国西南部海滨城镇。

球和草莓叶子，以欢迎马奇梅因勋爵的归来。

关于他要回来的计划，首先通知到的是律师，然后是科迪莉亚，最后则是我和茱莉娅，却是通过一连串彼此矛盾的电报：马奇梅因勋爵会按时参加婚礼；他会在婚礼之后抵达，因为他们在巴黎时已经和他见过面了；他会在罗马和他们见面。他的身体不足以支持他完成旅行；他即将动身了；他在布赖兹赫德的冬天一向不愉快，所以要等到春天，而且暖气设备都检修完毕之后再回来；他会一个人来；他会携自己在意大利的家眷一同回来；他希望他这次回来不被外人知晓，可以过上一段完全隐居的生活；他会开一场舞会。最后他把自己的归期定在了一月的某一天，而最后事实证明，他真的在那个日子回家了。

普伦德在他之前几天到达，不过出了一点麻烦。普伦德并不是之前布赖兹赫德庄园里的仆人，他是马奇梅因勋爵在骑兵队里的仆从，只是在马奇梅因勋爵决定不再回家、他来搬东西时，才和威尔考克斯尴尬地见过一面。普伦德以前一直是贴身男仆，从正式的层面上讲，他现在依然如此，不过在过去几年里，他曾引荐了一位瑞士男仆做“助理”，负责掌管勋爵的衣柜。每当家里有事的时候，这个瑞士人还理所应当要搭把手，来做一些不体面的工作。而此时的普伦德，俨然已经成了这个动荡不安、四处漂泊的家庭的总管。有时，他甚至还会在电话里自称是“秘书”。他跟威尔考克斯差异很大。

幸运的是，这两个人本身倒还算投缘，而事情也基本是通过跟科迪莉亚一起的“三方会谈”得到解决的。威尔考克斯和普伦德成了家里的“联合侍从”，就像“皇家近卫骑兵团”和“禁卫兵骑兵团”一样，拥有同等地位。普伦德专门负责爵爷的私人房间，而威尔考克斯则把公共房间划定为自己的势力范围。年长的资深男仆将会得到一件黑色上衣，并被提升为主管；等到那位身份不明的瑞士人来到庄园上时，将会穿着普通衣服，同时享有贴身男仆的地位。大家的薪水也都普遍得到了提升，以便与各自新近获得的要职相匹配，这样的结果自然是皆大欢喜。

茱莉娅和我，在一个月前就已经离开了布赖兹赫德庄园。当时我们认为不会再回到那里，现在却又回去给马奇梅因勋爵接风洗尘。他回来的那天，科迪莉亚去火车站迎接，而我们则在宅子里恭候。那天的天气十分阴冷，寒风阵阵。村舍和棚屋都已经装饰一新，不过当晚的篝火晚会，以及请村子里的铜管乐队在阳台上奏乐的计划都取消了。但过去的二十五年从未曾出现过的庄园的旗帜，今天则升到了围墙之上，在铅灰色的天空下迎风飘扬。无论欧洲大陆的话筒中传出怎样尖厉恼人的声响，无论军工厂的车床怎样不眠不休，马奇梅因勋爵的归来，都是他故里乡邻间的头等大事。

他预计在三点时到达。我和茱莉娅都在客厅里等着，直到已经跟车站站长打过招呼的威尔考克斯过来告诉我们“火车即将进站”。几分钟后他又来说：“火车已经进站，他已经在回来的路上。”于是我们去了门廊，和管家们一起等着他回来。不久之后劳斯莱斯就驶过了拐角，后面不远处还跟着几辆行李车。车停了下来，先下车的是科迪莉亚，然后是卡拉，停顿了一会儿，有人递给司机一条小毛毯，接着递给男仆一根手杖，然后一条腿小心翼翼地伸出车外。普伦德此时正站在车门前，另一位仆人——那个瑞士男仆，则从行李车上下来。他们一起搀扶马奇梅因勋爵出来，让他站稳脚跟。他摸索着他的手杖，抓住了它，在原地站了一分钟，才攒足力量，攀上通往前门的那几级低矮台阶。

茱莉娅轻轻地惊叹了一声，碰了碰我的手。九个月前，我们还在蒙特卡洛见过他，那时他还器宇轩昂、气度非凡，几乎和我第一次在威尼斯见到他时没什么两样。现在他却已是老态龙钟了。虽然普伦德已经跟我们打过招呼，说他的主人最近身体有恙，可我们完全没有料想到他会是这般模样。

马奇梅因勋爵弓着腰，缩成一团站在原地，厚厚的大衣成了他身上的重负，一条白色的围巾胡乱地缠在脖子上，头上戴着一顶布帽子，帽檐拉得很低。他的脸很苍白，皱纹清晰可见，鼻子冻得通红。他的泪水在眼眶里集聚，倒不是因为回家的感动，而仅仅是因为东风的凛冽。他重重地喘息着，卡拉替他把围巾整理好，顺便同他耳语了几句。他举起一只手，手上戴着手套——用灰羊毛织成，还是学生戴的款式——有气无力地比画了一下，算是跟在前门迎接他的众人打了招呼。然后，他走进了宅子，动作迟缓，眼睛一直盯着脚下。

他们替他脱下大衣、帽子和围巾，还有一件穿在大衣下面的紧身皮衣。脱完衣服，他整个人更显瘦骨嶙峋，不过倒也精神了一些，不再因极度疲惫而显得狼狈寒酸。卡拉拉直了他的领带，他用一块印花大手帕擦了擦眼睛，拄着拐杖，步履蹒跚地走到大厅的壁炉前。

壁炉架旁有一把雕有纹章的椅子，是靠墙摆放的一排椅子中的一把。那是把平座的小椅子，向来不适合招待客人，仅仅因为椅背上面装饰了精致的家徽，于是即便是疲惫至极的仆人，也从未企图染指。马奇梅因勋爵坐在了上面，继续擦拭着他的眼睛。

“太冷了，”他说，“我都忘了英国的冬天有多冷，真是冻死人了。”

“您需要什么东西吗，老爷？”

“不需要，谢谢。卡拉，那些讨厌的药片在哪儿？”

“亚历克斯，医生说这药一天不能吃超过三次的。”

“该死的医生，我都快难受死了。”

卡拉从她的包里拿出一个蓝色的瓶子，马奇梅因勋爵服下了一片药。不知道具体是什么，不过那药确实让他恢复了精神。他仍然坐在那里，两条长腿伸在身前，手杖放在两腿中间，下巴抵在手杖的象牙把手上。这时他终于想起了我们大家，开始向我们打招呼，并且发布指令。

“我恐怕我今天一点也不舒服。这一趟把我折腾得快散架了。当时应该在多佛尔不住上一晚的。威尔考克斯，你给我准备了哪个房间？”

“您的老房间，老爷。”

“不要那个，等我调养过来再说。去那里楼梯太多了，我得住在一楼。普伦德，给我在楼下铺一张床。”

“好的，老爷。您要住在哪个房间呢？”马奇梅因勋爵思考了片刻，“中国客厅吧，还有，威尔考克斯，给我‘皇后睡床’。”

“中国客厅，老爷，还有‘皇后睡床’？”

“对，对，接下来几周，我大概要一直待在那儿。”

中国客厅是我一直也没见人使用过的房间，实际上，除了门前用绳子围出来的那一块区域，谁也不能走进去一步。当宅邸对公众开放时，游客们也只能在围栏外远远地看上一眼。那是一间金碧辉煌却不适合居住的博物馆，里面放满了奇彭代尔式的木刻家具、瓷器、漆器，还有各式各样的彩绘挂饰。至于“皇后睡床”，同样也是一件收藏品，上面有一顶巨大的丝绒帐子，像极了圣彼得大教堂祭坛上的华盖。我很好奇，马奇梅因勋爵是在离开意大利的温暖阳光之前，就计划好以这样的方式让人们来瞻仰他的遗容了吗？抑或是在他那漫长又令人烦躁的旅程中，在没完没了的冷雨中想到了这些呢？又或者是源于苏醒了的童年回忆，早在育婴室里就滋生的梦想——“等我长大了，我要睡在中国客厅，睡在‘皇后睡床’上面”——一种对成年人的显赫的向往？

显然，整个家都因此陷入前所未有的鸡犬不宁之中。原本以为是普通的礼数繁多的一天，现在却上演了一场激烈的骚动。女仆们开始生火，取走床罩，换上亚麻床单。此前从不露面的围着围裙的男仆们开始搬动家具，附近的木匠们则被召唤过来拆卸那张床。一个下午的时间里，被拆解的床一块一块地从主楼梯上运下来。覆盖着天鹅绒的洛可可式床檐；同样盖着天鹅绒的扭曲镀金床柱组成了床帐的支架；用尚未抛光的原木制成的床梁，在装饰物的覆盖之下、别人看不到的地方支撑着整张床；彩色的羽毛装饰从镀了金的鸵鸟蛋中伸了出来，遮住了华盖的顶端；最后，四张床垫每张都穷尽了四个工人的力气才搬下楼来。马奇梅因勋爵似乎因为自己的突发奇想而得到了慰藉。他端坐在炉火旁，看着周遭的兵荒马乱。与此同时，我们大家——卡拉、科迪莉亚、茱莉娅和我，围坐成一个半圆，陪着他说话。

他的面颊恢复了血色，眼神中也重新有了光彩。“布赖兹赫德和他的妻子在罗马和我一起吃了晚饭，”他说，“既然我们都是一家人，”——他的眼神从卡拉移到了我的身上，略带讥讽——“我也没什么不能说的。那个女人很可悲。据我了解，她的前夫是个航海的男人，我猜，他不会很苛刻。可是我的儿子，正值三十八岁的壮年，除非这世道发生什么翻天覆地的变化，不然完全可以在全英国的女人中间随意挑选，怎么就选了——我想我大概是得这样叫她——贝丽尔呢……”他故意不把话说完，显得意味深长。

马奇梅因勋爵完全没有挪地方的意思，所以过了一会儿我们就把那些椅子——那些带有纹饰的小椅子——拖过来，围坐在他身边。毕竟与它们相比，客厅里其他的家具都太过沉重了。

“我敢说，我得等到夏天才能恢复健康，”他说，“我还指着你们四个给我解闷儿呢。”

但是我们对于当下这种相当沉郁的气氛似乎什么都做不了。实际上，他才是我们中间最快乐的一个。“跟我说说，”他说，“布赖兹赫德是怎么跟人家求婚的？”

我们就把知道的情况都告诉了他。

“火柴盒，”他说，“火柴盒。我想她已经过了能生孩子的年纪了吧？”

茶被端到了客厅的壁炉前。

“在意大利，”他说，“没人相信会有战争，人们觉得一切都可以‘安排好’。我想，茱莉娅，你已经没法再得知政治方面的消息了吧？在这儿，卡拉，因为婚姻幸运地成了大英帝国的子民，她还不习惯提及此事，不过以后或许会证明，这个身份很有价值。在法律的意义上说，她是希克斯夫人，希克斯是谁，我们都不清楚，不过要是真的打起仗来，我们或多或少得感激他。还有你，”他说着，把矛头转向我，“毫无疑问，你要去做官方艺术家了吧？”

“不，实际上我正准备在特别预备队中申请一个职位。”

“哦，但你应该做个艺术家的。上次打仗的时候，我们骑兵中队就有一个，一起待了好几周，我们直到上前线才跟他分开。”

这样的尖酸刻薄是之前不曾有过的。以前我总能从他的温文尔雅中感受到恶意，而现在，这种恶意却如同轮廓明显的骨头一般，在他凹陷的皮肤下一览无余。

天已经黑了，可是床还没有弄好。我们都过去查看进度，这时马奇梅因勋爵步履轻快地穿过中庭，走了过来。

“祝贺你，他看起来很引人瞩目，威尔考克斯。我记得我们还有一个银水盆、一只银水壶，就在上面那个我们叫作‘主教更衣室’的房间里。我想，把它们摆在这里的小桌子上怎么样。还有，请你把普伦德和加斯顿叫过来，行李什么的可以等到明天再整理——只留下我装衣服的箱子和今晚要用的东西。普伦德会清楚的。等他们两个过来，我就准备睡一会儿了。我们过会儿再见，希望你们留下来吃晚饭，陪我解闷儿。”

我们转身走了，当我走到门口时，他叫住了我。

“这看起来很棒，对吗？”

“非常不错。”

“你可以把它画下来，呃——叫它‘临终病榻’如何？”

“是的，”卡拉说，“他回家就是为了等死的。”

“但刚回来的时候，他还很自信地说要恢复健康。”

“那是因为他病得太严重了。当他清醒的时候，他知道自己就快死了，也接受这个事实。他的病情时有起伏，有时一连几天他都生龙活虎，那时他做好了离开的准备，可之后情况又会恶化，他也开始害怕。他的病情越来越糟，我不知道最后会变成什么样子，但那个时候应该也不远了。罗马的医生说他活不过一年，会有大夫从伦敦过来，我想明天就会到，他会告诉我们更多信息。”

“他得了什么病？”

“心脏的问题，那个词很长，关于心脏的。他因为那个名字很长的病快要死掉了。”

那天晚上，马奇梅因勋爵的精神很好。整个房间有一种贺加斯式的风格，在一个造型奇特而颇具中国风格的壁炉架旁，摆了一张供我们四个人吃饭的餐桌。老人的身子陷在几个枕头中间，啜着香槟，一边品尝，一边赞叹，却对一整桌为欢迎他回家而准备的菜品毫无兴趣。为了这个时刻，威尔考克斯特意把金盘子拿出来使用，那些盘子我先前从未见过。金盘子、镀金的镜子、漆器、带有帷帐的大床，再加上茱莉娅的中式旗袍，整个情形像极了哑剧《阿拉丁》里的一幕——藏宝洞中的即景。

直到最后，我们应该离席的时候，他的精神又低落下来。

“我还不想睡，”他说，“谁打算陪我再坐一会儿？卡拉，亲爱的，你已经累了。科迪莉亚，你能在这个蒙难之地再守候一个小时吗？”

第二天早上，我问她那一夜是怎样过的。

“他几乎立刻就睡着了。我两点的时候又去看了他，替他添了火。灯还亮着，但他又睡着了。中途他一定醒过一次，才把灯打开了。我想也许是因为，他害怕黑暗。”

由于在医院里的经历，科迪莉亚理所当然地承担了照顾她父亲的责任。等到给他诊病的那一天，医生们也理所当然地向她交代病情和注意事项。

“在他情况恶化之前，”她说，“我和那个男仆还可以照顾他。我们会尽可能不从外面请护士过来。”

到了这个阶段，医生也没有多少好交代的，只是告诉他们尽可能让病人舒适一些，还留下了一些药物，以备发作时使用。

“还有多长时间？”

“科迪莉亚小姐，曾有医生说病人活不过一周，可人家却很长寿，还能四处走动。在医学方面我学到了这样一个道理，那就是不去预言事情。”

这两个人大费周章，最后只告诉了她这么多。而本地医生那里，给出的也不过是用医学术语表达的相同内容。

那天晚上，马奇梅因勋爵的兴趣又回到了他的新儿媳这个话题。这件事一直盘桓在他的脑海，一整天下来，总会以各种各样狡猾的方式进行暗示和表达。现在他倚靠在枕头上，终于又说起她。

“在这之前，我从没在乎过家庭伦理孝道这些东西，”他说，“但老实说，我很害怕这样的将来——贝丽尔在这栋宅子里继承我母亲曾经的位置。为什么这样一对没有教养又生不出孩子的夫妇要坐在这里，听着这个地方慢慢垮掉的声响呢？不瞒你们说，我就是很不喜欢贝丽尔。

“也许不幸的地方就在于，我和她是在罗马见的面。要是换成其他地方，她也许能博得我更多的同情。可是如果一个人上来就是抱着这样的打算，那么在哪里见面会不让我心生厌恶呢？我们在拉涅里吃的晚餐，那是我这些年经常光顾的一间小店——毫无疑问，你们都知道那里。而这个贝丽尔一坐进去，就把人家整个店都塞满了。当然，我是主人，可是听见她逼着我儿子吃东西的那些话，人家恐怕会误认为她才是主人。布赖兹赫德一直都是个贪心的孩子，一个真正牵挂他的妻子应该想办法来约束他。不过无论如何，这种事倒无伤大雅。

“毫无疑问，她听人说过，我是个生活不检点的人。我只能用下流无耻来形容她在我面前的举止。她觉得我是个不守规矩的老男人。我估计她以前总是跟一些下流的海军老家伙打交道，很知道怎么取悦那种人……谈话我就不跟你们在这里复述了，我举一个例子。

“当天早上，他们去梵蒂冈听了布道。那大概是为他们的婚礼做的祝福吧——我没有太用心去听，毕竟这种事情以前也发生过，我记得，无非就是一些以前的丈夫，还有几个教皇的事情。但她讲得相当愉快，关于她早先是如何跟一群人一起参加仪式的——都是新婚夫妇，大部分是意大利人，来自各个阶级，一些单纯的女孩，穿着婚纱，彼此寒暄恭维，新郎们则看着女孩，比较自己和其他人的小新娘，诸如此类。然后她说：‘我们当然是私下说，但你知道吗，马奇梅因勋爵，这一次，我觉得我可成了那次那些新娘里最厉害的一个。’

“这话可是相当粗俗、相当没有教养的。我还不是很明白她的意思。她是拿我儿子的名字开玩笑，还是暗示我儿子毫无疑问是个处男，你们觉得呢？我猜她说的是后者。不管怎样，那一个晚上，我们就是客客气气，开着这种玩笑过完的。

“我想她住在这栋宅子里一定是不适合的，你们觉得呢？我应该把它留给谁？你们知道，限定继承权[1]这事，到我这里算是结束了。塞巴斯蒂安，唉，自然就不用考虑了。谁想要这栋宅子？谁？你想要吗，卡拉？不，你当然不愿意要。科迪莉亚？我想我愿意把它留给茱莉娅和查尔斯。”

“当然不行，爸爸，这是布赖德的。”

“还有……贝丽尔的？我最近会把格雷格森请过来，解决这个麻烦事。我也得抓紧点时间了。这里充满了异常又脱离时代的人物……我很喜欢让茱莉娅安顿在这里这个想法。今晚多美啊，我亲爱的，总是如此美丽，总是如此……如此……如此相宜。”

不久之后，他就派人去伦敦找他的律师。可是等到律师来的那一天，他的心脏病却发作了，因此没能见到他。“时间还足够，”在痛苦的喘息之间，他费劲地说，“下次，等我身体好一些了再让他过来。”但他仍在思索继承人的选择问题，还经常谈到我与茱莉娅结婚和继承庄园的时机。

“你觉得他真的打算把这里留给我们吗？”我问茱莉娅。

“是的，我想他是这么打算的。”

“但这对布赖德就太荒谬了。”

[1] 限定继承权是旧时英国财产继承的一种形式，规定财产所有人死后，其全部财产由法定继承人继承；法定继承人死亡，由确定的遗产继承人依次继承。

“是吗？我倒觉得他对这地方不怎么上心。而我很在乎这里，你知道的。他和贝丽尔，住在其他什么地方的小房子里应该也很满足。”

“你打算接受这里吗？”

“当然，这是爸爸依照他的心意留给我们的，我想我们在这里会很开心的。”

这使我有了某种期待。它就在林荫路的拐角，当我和塞巴斯蒂安看到它时，它在山谷之间隐匿着，湖泊渐次低沉，深入谷底，这栋老宅就在眼前，世界上的一切都被遗忘，被抛到脑后。眼前这个世界有着自己的平静、爱与美丽。一个驻扎在异国的士兵，他的梦想也不过如此。这样的期待，宛如在沙漠的无数日夜，忍受过饥饿与豺狗伴行的恐惧后，在山巅所观看到的荣耀[1]。倘若有时我因这样的幻觉而倾心沉醉，我需要为此而自责吗？

病重的几天渐渐过去，整栋宅子上上下下的状态，也随着这个病人坎坷蹒跚的精力状况起起伏伏。也有几天，马奇梅因勋爵可以穿好衣服，站在窗前，或者由男仆搀扶着从一个火炉走到另一个，在一楼的房间之间闲逛。偶尔还有游客来访，也有邻居、佃户和从伦敦过来的商人登门。一包包新书被拆开，被人们评头论足，还有一架钢琴被抬进了中国客厅。到了二月底，突然有一天阳光出人意料地明媚，他叫了一辆车，让人家以最快速度来到

[1] 典出《圣经·新约·马太福音》4:1—4:11，魔鬼在沙漠中对耶稣进行诱惑，其中第三次诱惑即引领耶稣登上山巅，指给他看世间的荣耀，并且对他说：“你若俯伏拜我，我就把这一切都赐给你。”而耶稣拒绝了：“撒但退去吧！因为经上记着说：‘当拜主你的上帝，单要侍奉他。’”

大厅前，同时自己穿上了毛皮大衣，走到了大门口。但突然间，他就失去了乘车出去兜风的兴趣，说道：“不是现在，以后吧，等夏天的时候。”然后又搭着仆人的胳膊，坐回到了椅子上。有一次，他心血来潮，打算换换房间，并且点名要换到彩绘厅里去。他说那些中式的东西影响了他的休息——他需要整夜都开着灯——但随后他又一次改变心意，收回了这个指令，继续住在他本来的房间里。

其余的日子，整栋宅子都很安静，他高高地坐在床上，用枕头撑着身子，费力地呼吸着。即使这样，他也希望我们能陪在他身边，或日或夜，他都无法忍受孤独。没法说话时，他的眼睛会跟随着我们，一旦有人离开房间，他就会露出紧张的神色，而在他身边一坐就是几小时、靠在枕头上、挽着他一只胳膊的卡拉则会说：“没事没事，亚历克斯，她就快回来了。”

布赖兹赫德和他的妻子度完蜜月回来，也在庄园里住了几晚。那段时间很难熬，马奇梅因勋爵禁止他们靠近。这是贝丽尔第一次造访，对这个一度唾手可得、现在看起来再度即将成为她家的地方表现出好奇也实属正常，而贝丽尔又是个再正常不过的女人。待在这里的这些天，她把整个庄园里里外外看了个遍。这里正饱受马奇梅因勋爵患病所引起的奇怪混乱之苦，有许多地方看上去亟待改善。白天的时候，布赖兹赫德会带着她在佃户们之间走动，到了夜晚，她则会和我谈论绘画，和科迪莉亚讨论医院，或者和茱莉娅就服装时尚高谈阔论一番，总是愉快而自信。我们心头笼罩着背叛的阴影，因为只有我们这边清楚，他们合理的期待即将落空。我和他们相处起来并不自在，但这对布赖兹赫德而言已经见怪不怪了。他之前就经常和一小群害羞的人打交道，因而我的愧疚并没有被发现。

最后，情况越发明显，马奇梅因勋爵拒绝多看他们一眼。在布赖兹赫德得到应允、用了一分钟时间单独与马奇梅因勋爵告别之后，他们就离开了。

“我们在这里也无济于事。”布赖兹赫德说，“而且这也让贝丽尔很痛苦。如果病情恶化了，我们会再回来的。”

病情发作的时间越来越长，也越来越频繁，最后他们雇用了一个护士。“我从没见过这样的房间，”她说，“什么设施都没有，一点也不方便。”她曾努力想把病人搬到楼上去，那里有自来水，有可以给她的更衣室，还有一张她可以“掌握全局”的——她习惯于此——“尺寸合适”的小床。但马奇梅因勋爵丝毫不肯让步。不久之后，他已经无法区分白天与黑夜了，所以第二名护士也被安排进来。专科医生又从伦敦赶了过来，他们推荐了一种全新而大胆的方法，但此时病人的身体似乎已经对药物完全倦怠，没有一点反应。不久之后，他便不再有状态转好的时候了，只是身体衰败的速度时快时慢。

布赖兹赫德又被叫了回来。此时已是复活节假期，贝丽尔正在忙于照顾孩子。他一个人回来，在他父亲床前静静地站了好几分钟，而他的父亲也只是坐在那里，看着他，一言不发。他走出房间，在藏书室找到了我们其他人，对我们说：“该找个神父过来了。”

这个话题也不是第一次被提及了。在早些日子，当马奇梅因勋爵第一次抵达时，那位教区神父——因为关掉了小教堂，现在在梅尔斯蒂德有了新的教堂和神父宅邸——曾礼节性地登门。科迪莉亚大费周章，又是道歉，又是找借口，才把他敷衍了过去。而等他一走，她就说："现在还不行，爸爸还不想见他呢。"

那时在场的有我、茱莉娅和卡拉，我们都有话想说，但全都欲言又止。我们四个从没谈论过这件事，但私下里，只有我和茱莉娅时，她曾说："查尔斯，我觉得教会那边会是个大问题。"

"就不能让他安安静静地走吗？"

"他们说的'安安静静'，是另外的意思。"

"这么做太粗暴了。没有人能搞清楚，他这一辈子里，究竟把宗教看成一种怎样的存在。现在他神志不清，教会的人乘虚而入，他连反抗的力量都没有，他们就要求他临终忏悔了。直到现在，我仍然对所谓教会抱有真挚的敬意，可他们要是真这么做了，那我完全可以对那些愚蠢的人所说的关于教会的种种罪状信以为真——那确实是一种迷信，而且阴险狡诈。"茱莉娅一言不发，"你不同意吗？"

"我不知道，查尔斯，我只是不知道。"

尽管，我们几个谁都没再提起这件事，可随着马奇梅因勋爵的病情恶化，这个问题似乎越发急迫。科迪莉亚早上坐车出去做弥撒时如此；当卡拉也跟着她一起去时，问题更明显了。这块本来巴掌大小的乌云，现在却越发膨胀，即将在我们中间掀起一场暴风雨。

现在布赖兹赫德以他一贯笨重而残忍的方式，把这个问题抛在了我们面前。

"哦，布赖德，你觉得他需要吗？"科迪莉亚问道。

“在我看来，他是需要的。”布赖兹赫德说，“明天我会带着麦凯神父来见他。”

乌云仍在集聚，并没有消散的迹象，我们仍旧沉默不语。卡拉和科迪莉亚回到了病人的房间，布赖兹赫德开始找书，找到之后便离开了我们。

“茱莉娅，”我说，“我们该怎样才能制止这愚蠢的举动啊？”

她没有立即回答我的问题：“我们为什么要制止呢？”

“你和我一样清楚。这件事——很不像话。”

“我有什么资格反对‘不像话’的事呢？”她悲伤地诘问道，“不论如何，这又会伤害到谁呢？我们问问医生吧。”

我们问了医生，他说：“这很难讲。这么做当然有可能惊扰到他，但从另一方面来说，我也听说过不少病人因此获得安宁和平静。我甚至还了解到，这种仪式有可能成为一种积极的兴奋剂。它通常会给病人带来莫大的安慰。说真的，我觉得此事应当由布赖兹赫德伯爵来定夺。不过也不必现在就开始焦虑此事，马奇梅因勋爵今天很虚弱，但明天他的情况就有可能好转。再等一等不是很平常的事情吗？”

“好吧，他说的也没什么用。”我们离开医生时，我对茱莉娅说。

“有用？我真是搞不明白，你为什么打心底不想让我父亲接受临终圣事呢？”

“那只是巫术，是一大套伪善的戏法罢了。”

“是吗？不管怎样，这套戏法已经持续了两千多年。我不知道你为什么现在才决定站出来戳穿它。”她的声音拔得很高，这几个月她很容易发火，“看在基督的分上，你去写信给《泰晤士报》

吧，然后再去海德公园搞一次演讲，发动一次暴乱，标语就写‘打倒罗马天主教’，但不要在我面前讲你的这些真理。我父亲见不见教区神父，这件事跟你跟我又有什么关系？”

我能理解茱莉娅这种激烈的情绪，与在喷泉旁的那个夜晚让她突然失常的东西如出一辙。我隐约能推测出这种情绪的来源，而单靠言语，显然无力使其平静下来。我也无话可说，因为我并不知道她这个问题的确切答案。我意识到，不止一个人的命运正在等待审判。雪，正在高高的斜坡上，蠢蠢欲动。

第二天早上，我和布赖兹赫德一起吃了早饭。和我们一起的还有值夜班的护士，她刚刚才下班。

“他今天状况好多了。”她说，“他睡了将近三个小时，而且很安稳。加斯顿来给他刮胡子的时候，他还挺爱说话的。”

“不错，”布赖兹赫德说，“科迪莉亚去做弥撒了。她会接麦凯神父过来吃早餐。”

我见过麦凯神父几次，他年届不惑，是个矮壮、亲切的格拉斯哥-爱尔兰人。我们见面时，他总喜欢选择这样的问题来问我：“赖德先生，现在你是不是会说，那个画家提香，要比画家拉斐尔更富于艺术性呢？”更令人窘迫的是，他还会记住我的回答：“赖德先生，上次你给我的答案，我还记着呢，那么我们现在是不是可以说，这个画家提香……”我们的谈话通常以这种反思来收尾：“啊哈，赖德先生，一个人有你这样的才能，还可以有时间来施展这种才能，真是件幸事啊。”科迪莉亚的模仿，自然也不会跳过他。

这天早上，他吃了顿丰盛的早餐，扫了一眼报纸的标题，然后用专业的轻快口吻说："那么现在，布赖兹赫德伯爵，你觉得那个可怜人已经做好准备来见我了吗？"

布赖兹赫德带着他出去，科迪莉亚跟在后面，我则还在早餐桌上坐着。不到一分钟，门外就传来三个人说话的声音。

"只能抱歉了。"

"可怜人。你们得知道，他这是见到了一张陌生的面孔。因为这个，来了一个他不想见到的陌生人。我能理解这种情况。"

"神父，我很抱歉……这么远请您过来……"

"别这么想，科迪莉亚小姐。唉，我在戈巴尔斯[1]还被瓶子砸过呢……给他时间，我见到过几个情况更糟糕的病人，最后走得却很安详。为他祈祷吧……我还会再来的……现在如果可以的话，我要失陪一会儿，去看看霍金斯太太。是的，事实上，我认识路。"

然后科迪莉亚和布赖兹赫德走进房间。

"我想这次拜访不算成功。"

"是的。科迪莉亚，等神父从婆婆那里回来，你能开车把他送回去吗？我要给贝丽尔打个电话，看看家里那边需不需要我回去看一下。"

"布赖德，这太糟了。我们接下来怎么办？"

"现在我们能做的就只有这些。"他走出房间。

科迪莉亚面如死灰。她从盘子里取了一片火腿，蘸了一下芥末酱，吃了下去。"该死的布赖德，"她说，"我就知道这事不成。"

"发生了什么？"

---

[1] 戈巴尔斯（Gorbals），位于格拉斯哥市中心的一个贫民区。

“你想知道吗？我们排着队走进去，卡拉正在给爸爸大声念报纸，布赖德过去说：‘我带麦凯神父来见你了。’爸爸说：‘麦凯神父，我想带你来这里是个误会，我还没到弥留之时呢，而且我离开你们教会已经有二十五年之久了。布赖兹赫德，带麦凯神父出去吧。’然后我们就转身出去了，我听见屋子里，卡拉又开始给他读报纸。就是这样，查尔斯，就这些。”

我把消息告诉了茱莉娅，她正躺在床上，床头桌上摆着一堆报纸和电报。“胡言乱语结束了，”我说，“巫医已经离开了。”

“可怜的爸爸。”

“布赖德可算是糗大了。”

我得意扬扬。我是对的，其他人都错了，真理得胜。从喷泉之夜就高悬在我们头上的威胁，现在已经不复存在了，也许一劳永逸地被解决掉了。而且还有——我现在可以直言不讳了——其他不曾表达也无法表达的不够得体的小小胜利，还让我暗自庆幸了一番。我猜今天早上的事情，让布赖兹赫德与他的合法继承权愈加渐行渐远了。

在这一点上，我猜得一点不差。伦敦的律师们派了个代表过来，一两天之后，全家上下都知道了，马奇梅因勋爵又立了一份新遗嘱。但有关宗教争论已经尘埃落定的这一结论，我却失算了。在布赖兹赫德待在这里的最后一晚，吃过晚饭后，这个问题又一次爆发了。

“爸爸当时说的是：‘我还没到弥留之时，而且我离开教会已经有二十五年之久了。’”

“不是‘教会’，他说的是‘你们教会’。”

“我看不出这里面有什么分别。”

“分别大着呢。”

“布赖德，他的意思再明白不过了。”

“我相信他的意思正如他所表达的那样。他的意思是，他一直不习惯于接受各种圣礼，而且他还没到将死之时，他还不想改变他的方式——目前还不想。”

“这简直就是在狡辩。”

“为什么一个人想要严谨地谈论一件事，别人就会觉得他是在狡辩呢？他说的意思显然就是那一天他还不想见神父，但等到‘弥留之时’，他会愿意见神父的。”

“我希望有人能给我解释一下，”我说，“这些圣礼的意义究竟是什么。你们的意思是如果他一个人孤零零地死，那他就得下地狱。而如果神父给他涂了油……”

“哦，那可不是油，”科迪莉亚说，“那是为了治愈他。”

“那就更奇怪啦——好吧，不管神父他干了什么——然后他就上天堂了。那就是你们相信的东西？”

然后卡拉插进话来：“我想我的护士告诉过我，不管怎样别人也有讲过，就是只要神父是在尸体变凉之前到场，一切就没问题了，是这样的，不是吗？”

其他人转向她。

“不，卡拉，不是这样的。”

“当然不是。”

“你完全搞错了，卡拉。”

“好吧，可我记得阿方斯·德格雷内特去世的时候，德格雷内特夫人请了个神父藏在门后——那个人见不得神父——然后在身体变凉之前把神父带了出来。她自己告诉我的，他们还给他做了一场完整的追思弥撒，我还去了呢。”

“做了追思弥撒，也不意味着你一定能去天堂。”

“德格雷内特夫人是这么以为的。”

“好吧，那是她搞错了。”

“你们这些天主教徒知道神父到底能有什么用处吗？”我问，“你们只是想通过这样安排，让你们的父亲能有一场基督教的葬礼？还是说你们不想让你们的父亲下地狱？我只是想有人能给我解释一下。”

布赖兹赫德稍微详细地跟我说了说。他话音刚落，卡拉就提出了一个简单的小疑问，让这里的天主教阵线受到了打击：“我以前可从没听说过这些事。”

“我们得搞清楚，”我说，“他必须心有诚意，必须有意悔罪，并且希望求得和解，是这样吧？但只有上帝知道，他是不是怀有诚意，神父是不知道的。即便没有神父在场，他心怀诚意，孤零零地死，那和有神父在场是没有区别的。而且极有可能的是，当一个人极度虚弱，无法再向外界表达什么，他的诚意本身也仍在起作用，是这样吧？他也许躺在那里，仿佛将死，但内心仍在向往着上帝，一直在希求着和解，上帝会宽恕他的，没错吧？”

“或多或少吧。”布赖兹赫德说。

“那么，看在老天的分上，神父有什么用？”

大家都沉默了。茱莉娅叹了口气，布赖兹赫德深呼吸，仿佛要对这个命题做进一步的阐述。这时卡拉打破了沉默：“我只知道，请神父这种事，应当格外小心才对。”

“保佑你，”科迪莉亚说，“我想这是最好的回答了。”

我们让争论搁置了下来。人人各有理由，不过一致认定再说下去也不会有结果。

后来茱莉娅对我说：“我希望你不要再挑起这种宗教争论了。”

“不会了。”

“你说服不了别人，你连你自己都说服不了。”

“我只是想知道这些人相信的是什么。他们说这一切都是符合逻辑的。”

“如果你愿意听布赖德把话说完，他能让这一切都符合逻辑。”

“你们有四个人，”我说，“卡拉什么都不懂，可能信，也可能不信；你稍微知道一点，并且完全不信；科迪莉亚懂的也就那么多，但她虔诚得很；只有可怜的布赖兹赫德，他既了解，又深信，但当他解释的时候，他又表现得很差劲。人们通常会说：‘至少人家天主教徒知道，自己相信的是什么。’我今晚算是看到了很有代表性的例证。”

“哦，查尔斯，别再说大话了。我倒觉得你越来越怀疑自己了。”

又过了几周，马奇梅因勋爵依然健在。六月的时候，我的离婚案尘埃落定，我的前妻随即再婚了。茱莉娅到九月时也将获得自由。随着我们的婚期将近，我发觉茱莉娅越发不满足似的谈论着我们的婚事。同时，战争也临近了。我们谁都不怀疑这一点，但茱莉娅时而温柔，时而疏远，有时还有近乎绝望的渴求，且并非来自任何外在事物。而当她如同一头困兽、意欲冲破因对我的爱而形成的牢笼时，这种渴望瞬间变得阴暗，甚至在短时间内变成了仇恨。

我被传唤到了战争办公室，接受面试，然后被登记在紧急征募人员的名册中。科迪莉亚也一样，她的名字在另一份名册中。仿佛中学时一般，名册又一次成了我们生活的一部分。一切事物都在为“紧急状态”紧锣密鼓地准备着。在黑黢黢的办公室里，没人提及“战争”这个词，它成了禁忌。我们被召集起来，是因为一种“紧急状态”——那并不是一种冲突，因为冲突是出于人类意志的行为。它也不像复仇，或是报应那样清楚而简单。一种“紧急状态”——就像是某种从水下露出来的东西，一只面目不清的怪兽，扑打着尾巴，自深渊而来。

马奇梅因勋爵对自己房间以外的事情并不关心。我们每天都为他带去报纸，并打算为他读一读，但他总会把头扭到枕头一边，眼睛随着周遭复杂的图案而转动。“还要继续吗？”“接着念吧，如果你不觉得烦的话。”但他并没有在听，只在偶尔听到熟悉的名字时，嘴里会嘟囔几句“欧文[1]……我认识他，一个平庸之辈”；偶尔也会不着边际地评论两句：“捷克人可是当马车夫的好手，再就没什么可说的了。”但他的心思远在世界局势之外，他的所思所想，全在此地，全在他的内心之中。除了为生存而孤独地挣扎以外，他再也没有余力去干涉其他纷争了。

我曾和每天都在他身边的医生说：“他求生的意志真是了不起，对吧？”

“你愿意这样来解释？我倒觉得这是一种对死亡极端恐惧的

[1] 即前文提到的“哈利法克斯伯爵”。

表现。”

“有什么区别吗？”

“哦亲爱的，是的。他不会从恐惧中得到任何力量，你知道的。他就快精疲力竭了。”

比邻死亡，他害怕黑暗与孤独，也许是因为它们与死亡有几分相像。他喜欢让我们坐在他的房间里，让灯火在几尊镀金的雕像之间彻夜通明。他不想让我们说太多话，而只想自己一个人说，声音又很轻，所以我们常常听不到他在说什么。我想，对他来说，自言自语也许是他唯一可以信任的声响，这声音可以让他确保自己还活着。他说的话与我们无关，他不为任何听众，除了他自己。

“今天好点了，今天好点了。我现在能看见壁炉的角落那边，那个清朝人偶拿着他的金铃铛，还有他脚底下，那棵弯弯曲曲的树，正开着花呢。我昨天还看不清楚，以为那个小塔楼也是个人。过不了多久我应该就能看见那桥，还有那三只鹳鸟了。大概还能分清楚，哪一条小路可以通向山顶。

“明天会更好的。我们家人都很长寿，结婚却很晚。七十三岁的年纪不算大。我的茱莉娅姑奶奶，也就是我爸爸的姑姑，活到了八十八岁，在这里生，从这里走，一辈子没结婚，看过特拉法尔加海战以后山上燃起的烽火[1]，还总是叫这个地方‘新房子’——他们在育婴室和田地里总是这么叫，不识字的

[1] 特拉法尔加海战是发生在1805年10月21日英法之间的一场海战。这场海战打破了拿破仑入侵英国的企图，从而确立了英国海军的优势。

人也能很好地记住。你们现在还能看见那栋旧房子，就在村子的教堂旁边。他们把那块地方叫作‘城堡山’，那块地是霍利克家的，坑洼不平，有一半都荒废了。地里都是荨麻和野蔷薇，把地都耗空了，没法再种。他们把房子的地基挖出来，石头运过来，就盖了这栋新宅子。茱莉娅姑奶奶刚出生的时候，这宅子也都有一百个年头了。所以我们的根就在城堡山的荒地里，在那些荨麻和野蔷薇中间，也在老教堂的坟墓里面，在没有人来唱赞美诗的小教堂里面。

“茱莉娅姑奶奶知道那些坟墓，盘腿坐着的骑士啦，穿着马甲的伯爵啦，长得像罗马元老院议员的侯爵啦，都是石灰石、雪花石膏，还有意大利大理石雕出来的。她还用她的乌木手杖敲打过那些带花纹的盾牌，同时老罗杰爵士的头盔就会叮当作响。那时我们家还是骑士，阿让库尔战役[1]之后就被封了男爵，到乔治王朝时更声名显赫。盛名迟来，他却先走一步，男爵的称号倒是可以保留下来。等你们都死了，茱莉娅的儿子就要以这些全盛时代生活的祖先的名号来称呼自己了。[2]那是剪羊毛和种大片麦田的好时候，也是大兴土木的好时候。沼泽都被排干了，荒地也复耕了。等到房子建起来之后，儿子辈在上面填了个圆屋顶，儿子的儿子又在两侧添上了别馆，还在河上建起了水坝。茱莉娅姑奶奶亲眼看着他们筑起了喷泉。喷泉装置运过来时就已经很古老了，在那不勒斯的阳光下晒了两百年，是在纳尔逊时代用军舰运回来

[1] 阿让库尔战役发生于1415年，是英法百年战争中的重要一战。
[2] 根据英国的爵位制度，侯爵与伯爵只能由男性继承人继承，女性继承人只能继承男爵。

的。用不了多久这个喷泉就会干涸，直到雨水再次把它填满，让落叶在池子里漂浮，在湖面之上，芦苇时而伸展，时而紧缩。今天好点了。

“今天好点了。我生活得很小心，远离寒风，有节制地食用当季的食物，喝上好的波尔多红葡萄酒，只睡自己的床单。我应该长寿的。我五十岁的时候，他们还叫我从马上下来，要送我到壕沟里。老人留在驻地，命令上这么说，但我的指挥官，同时也是我的邻居沃尔特·维纳布尔斯却说：‘你跟他们中最年轻的小伙子一样壮，亚历克斯。’那时候我确实这样，现在我也是，只要我还能喘上气来。

“没有空气，这天鹅绒的帐子下面一丝风都没有。等夏天来临的时候，”马奇梅因勋爵说，忘记了繁茂的玉米地和日渐长大的果实，还有饱食终日的蜜蜂，在他窗外炽烈的阳光下，慢慢寻回自己的蜂巢，“等夏天一来，我就下床，坐在屋子外面，这样呼吸也能轻松一点。

“谁能想到，这些小金人[1]，他们自己国家的绅士，不用喘气都可以活这么久？他们就像是煤层里的蟾蜍，深居煤矿之下，无人惊扰。天晓得，为什么人们非要大费周章，给我打一个洞？为什么人总要在自己家的地窖里被活活憋死？普伦德，加斯顿，快把窗子打开。”

“窗子全都是开着的，老爷。”

一只氧气瓶在他身边安装好，有一根长长的管子，一个面罩，

[1] 前文中的“清朝人偶”。

还有一个小小的活塞，可以方便他自己来操作。他经常会说："它是空的，看哪护士——什么东西也没出来。"

"不，马奇梅因勋爵，它完全是满的，看这个玻璃球里面的泡沫就知道了。压力也很足，听，有没有听到嗞嗞声？试着慢慢呼吸，马奇梅因勋爵，轻轻地吸气，呼气，不一会儿您就会舒服了。"

"像空气一般自由，人家常说什么'像空气一般自由'。现在他们把空气装在一个铁桶里拿给我。"

有一次他说："科迪莉亚，那个小教堂现在怎么样了？"

"妈妈去世的时候，他们就把它关掉了，爸爸。"

"小教堂是她的，是我给她的。我们一直是家族里的建筑者。我建了小教堂给她，就在亭子背阴的地方，用的是老墙后面的那些旧石料。那是这栋宅子里最后一座新建筑了，却头一个被关掉了。直到战争爆发以前，这里还有个教士，你还记得吗？"

"我那时太小了。"

"后来我走了——留下她在小教堂里祈祷。小教堂是她的，是属于她的地方。我从没有回去打扰她的祷告。他们说，我们是为自由而战，我得到了我的胜利。这能算一种罪过吗？"

"我想是的，爸爸。"

"为了报复，就要向上天哭喊吗？你觉得，就是因为这个，他们才把我锁在这洞窟里面，用一根黑色的管子给我送气，还在墙边放上一些不用喘气的黄色小人吗？你是这么想的吗，孩子？但是风就要来了，也许明天就会来，我们就可以重新呼吸了。讨厌的风，现在倒能让我好转。明天会更好。"

于是，到了七月中旬，马奇梅因勋爵生命垂危，为活命而进行的挣扎已经耗尽了他的全部心力。由于暂时还没有发生巨大变化的迹象，科迪莉亚去了伦敦，找到她那个为“紧急状况”而建立的妇女组织。就在那一天，马奇梅因勋爵的病情突然恶化了。他静静地躺着，一动不动，喘息非常吃力。只有在他偶尔睁开的眼睛扫视房间的时候，我们才能知道他还没有失去意识。

“到时候了吗？”茱莉娅问。

“这很难说，”医生回答，“他要死的时候可能会是这个样子，但他也可能会从现在的情况中恢复过来。唯一要做的就是不要打扰到他。一点点风吹草动也是致命的。”

“我要去找麦凯神父。”

我并不吃惊。我看得出来，整个夏天，她想的就是这个。当她出发之后我对医生说：“我们必须制止这种胡闹。”

他说：“我的责任在于病人的躯体。至于病人究竟是活着好还是死了更好，或者死后发生什么，这都跟我没有关系。我只能尽力让他们活下去。”

“但你刚才说，任何惊动都有可能杀死他。还有什么会比像他这样怕死的人，看到有人把神父带进来更糟呢？何况这个神父还是他有力气的时候赶走过的。”

“我想这也许会杀死他。”

“那你会阻止吗？”

“我没有权力阻止任何事情的发生。我只能给出我的观点。”

“卡拉，你觉得呢？”

“我不想让他不开心。现在我唯一期望的，就是他能毫无知觉地死去。但我也希望这里能有个神父在场。”

“那么你能劝劝茱莉娅，让她等到最后，再让神父进去吗？等到他不会再对马奇梅因勋爵造成伤害？”

“我会让她尽可能保证亚历克斯开心的。我会的。”

过了半小时，茱莉娅带着麦凯神父回来了。我们在藏书室里集合。

“我已经给布赖德和科迪莉亚拍了电报，”我说，“我希望在他们回来之前，你们什么都不要做。”

“真希望他们在这里。”茱莉娅说。

“你不能独自承担这些责任。”我说，“我们其他人都不同意。格兰特医生，告诉她你刚才跟我说过的话。”

“我刚才说的是见到神父所带来的影响，有可能置他于死地。倘若不见神父，他还有可能从这次发作中恢复过来。作为他的医生，我反对一切可能对我的病人产生惊扰的行为。”

“卡拉？”

“茱莉娅，亲爱的，我知道你是尽全力为他好，但你也知道，亚历克斯已经不再是信徒了。他总是在嘲笑那些东西。他现在已经这么虚弱了，我们不能利用他来让我们自己心安理得。如果麦凯神父在他丧失意识的时候再去看他，那他还能够以恰当的方式得到安葬，这样可以吧，神父？”

“我再去看看他的情况。”医生说着离开了我们。

“麦凯神父，”我说，“你知道上次你来的时候马奇梅因勋爵是怎么问候你的。你觉得他的态度现在有可能转变吗？”

“感谢上帝，有赖于神的恩典，这依旧可能。”

“或许，”卡拉说，“你可以趁他睡着的时候偷偷溜进去，给他念念赦免文，他不会察觉的。”

“我见过许多男人和女人的临终之时，”神父说，“在最后，从没有人不希望我在他们身边。”

“但他们都是天主教徒，而除了名义上，马奇梅因勋爵从来都不是真正的教徒——不管怎么说，他已经很多年都不是了。他是个嘲笑天主教的人，卡拉是这么说的。”

医生回来了。“没有什么变化。”他说。

“唉，医生，”神父说，“我怎么会惊扰到什么人呢？”他转过他那张温和、无辜、平静的脸，先是望向医生，然后又朝我们看过来，“你们知道我要做什么吗？那件事很简单，完全没有表演的成分。我没有穿特别的衣服，你们能看到。我只是这个样子走进去，他看过我的样子。没有什么好害怕的，我只是去问问，他是否对自己的罪感到遗憾，我希望他能发出一点点信号，表示肯定。不管怎样，我希望他不要抗拒我。然后，我就会祈求上帝宽恕他。再往后——虽然不是必需的——我会给他涂油。这没什么，只是用手指碰一下，就是从这个小盒子里取的油，看吧，没什么会伤害到他的。”

“哦，茱莉娅，”卡拉说，“我们该怎么说呢？我去和他谈谈吧。”

她去了中国客厅，我们默默地等着。我和茱莉娅之间，仿佛隔着一堵灼人的墙。过了一会儿，卡拉回来了。

“我想他没有听到。”她说，“我想我知道该怎么和他说。我说：‘亚历克斯，你记得那个从梅尔斯蒂德来的神父吗，他之前来见你的时候，你太不守规矩了。你让他觉得很难过，现在呢，他又来了。我希望你能看在我的面子上，见一见他，和他交个朋友。’

但他没回应我，如果他已经没有知觉了，见一见神父也不会有什么影响，对吧，医生？”

茱莉娅一直默默地站着，这时候却走上前来。

“感谢您的建议，医生，”她说，“无论发生什么，责任全部由我来承担。麦凯神父，请你现在去看看我的父亲吧。”然后她领着神父走进房间，没有再看我一眼。

我们全都跟在后面。马奇梅因勋爵和我今天早上见他时一样，躺在床上，但现在眼睛已经闭上了。他双手摊开，掌心朝上，放在被单上面。护士的手指放在他的手腕上，摸着他的脉搏。“进来吧，”她轻快地说，“你们现在不会打扰到他。”

“你是说……”

“不，不，他只是什么都察觉不到了。”

她把氧气设备凑到了他的面前，床畔只剩下气体逸出时发出的嗞嗞声。

神父向马奇梅因勋爵俯下身，为他祈福。茱莉娅和卡拉跪在床脚，医生、护士还有我则站在他们身后。

“现在，”神父说，“我知道你对自己一生的罪恶都充满悔意，对吗？如果可以，请示意一下，你后悔了，对吗？”但是病人并没有任何表示，“试着记起你的罪，去告诉上帝你的悔意，我会为你乞求宽恕。当我向上帝乞求的时候，告诉上帝你对自己的冒犯深感悔恨。”他开始说拉丁语，我听出他说的是“我以天父的名义赦免你……”，然后看到神父画了一个十字架，这时我也跪了下来，祷告道：“哦上帝，如果真的有上帝，请你原谅他的罪过，如果世间真的有罪过。”这时床上的人睁开了眼睛，叹了口气，那正是我想象中人之将死时会发出的叹息。但他的眼睛还在转动，表明他依然活着。

这时我突然渴望他有所表示，仅仅是出于礼貌，或仅仅是为了我爱的那个女人，她跪在我的前面，不停祷告，我知道她也只是为了一个表示。人们祈求的东西似乎微不足道，仅仅是对一份礼物的确认，在人群中轻轻点点头。我的祈祷更简单："请上帝宽恕他吧。"还有，"请上帝让他接受你对他的宽恕。"

祈求的只是这样的小事。

神父从口袋里取出小银盒，然后又开始说拉丁语，并且用一团蘸了油的东西碰了碰这个将死之人。他完成了他要做的事，随即把盒子收好，开始为他做最后的祷告。突然，马奇梅因勋爵把自己的手移向前额，我以为他感受到了圣油的存在，想把它擦掉。"哦，上帝啊，"我祈祷道，"别让他那么做。"但没有必要担心，他的手又慢慢移到胸前，移到肩膀，慢慢地画了个十字。然后我明白了，我所祈求的并非微不足道的东西，并不是人群中的点头致意，我想起了童年时曾听过的一句话："殿里的幔子从上到下裂为两半。"[1]

结束了。我们站起身，护士走回到氧气瓶跟前，医生俯下身查看患者。茱莉娅小声对我说："你能替我送麦凯神父出去吗？我要在这里待一会儿。"

到门外，麦凯神父又变回了那个单纯而友好的人，和往常并无二致。"好吧，现在，这对我来说是件美好的事。我一次次地

[1] 典出《圣经·新约·马太福音》，27:51，此为耶稣受难时的场景。

见证这样的事情发生，魔鬼总是会负隅顽抗到最后一刻，但上帝的恩典始终是浩荡无边的。我想你不是个天主教徒，赖德先生，但至少你会对女士们得到了宽慰而感到高兴吧。”

在我们等待司机的时候，我突然意识到神父应该为他提供的服务得到报酬，于是只好狼狈地询问他。“哦，不必为此烦恼，赖德先生。这是一种荣幸。”他说，“但你赠予的任何东西，都会令我们这样的教区为之受益的。”我发现我的钱包里还有三英镑，于是都给了他。“哦，这太慷慨了。上帝保佑你，赖德先生。我会再来拜访的，不过我觉得那个可怜人应该不久于人世了。”

茱莉娅一直守在中国客厅，直到傍晚五点，他的父亲去世。这也证明了那场在医生与神父之间展开的辩论，两人都是正确的。

接下来，我来说说我和茱莉娅之间最后的只言片语，也是我们之间最后的记忆。

她父亲去世时，她在遗体旁边停留了几分钟。护士来到隔壁，向我们宣布这个消息。我透过敞开的房门看到她正跪在床脚，卡拉坐在她身旁。过了一会儿，两个女人一起走出来，茱莉娅对我说：“不是现在，我要送卡拉回她的房间，我们稍后再谈。”

当她还在楼上的时候，布赖兹赫德和科迪莉亚从伦敦赶了回来。最后我们悄悄地见了一面，就像是一对年轻的恋人。

茱莉娅说：“就在这阴影里，在这个楼梯的拐角——我们用一分钟来说再见吧。”

“过了那么久，只说这一句话吗？”

“你知道了？”

“从今天早上，在今早之前，今年一整年，我就知道了。”

“直到今天我才知道。哦，我亲爱的，我只希望你能明白。这样我就能忍受分别，或者说，可以更好地和你分开了。我的心已经碎了，如果我相信有心碎这回事的话。我不能和你结婚了，查尔斯，我不能再和你在一起了。”

“我知道。”

“你怎么知道的？”

“你打算怎么办？”

“就继续吧——一个人。我怎么知道该怎么办呢？你对我的一切都了如指掌。你知道，我不是一个会哀伤一生的人。我总是很坏，也许我还会继续坏下去，再接受惩罚。但我越是坏，就越需要上帝。我没办法拒绝他的怜悯。如果我要和你生活，我就要抛弃他。一个人只能看得清眼前的一步，可今天我看到的事情，是无法得到原谅的——就像小孩子在教室里犯了大错，老师拿他没办法，只能让妈妈来处理——而我正在做的，正是那样的坏事，可我还没有那么坏，去在上帝面前，树立一个对手与他匹敌。为什么是我要来承担着一切，而不是你呢，查尔斯？也许是因为妈妈、婆婆、科迪莉亚、塞巴斯蒂安——也许还有布赖德和马斯普拉特夫人——还在祈祷的时候保留着我的名字。也许是因为，我早已和上帝之间订下了契约，如果我能放弃一件我朝思暮想的事情，那么无论我有多坏，他都不会在最后赐予我绝望。

“现在我们都是孤身一人，我也没办法，求得你理解。”

“我不想让你轻巧地活着，”我说，“我希望你心碎，但我能理解这一切。”

雪峰已经崩塌，山坡上空无一物。最后的回音消失在白色的坡上，新的土丘闪着光，留在静默的山谷之中。

尾声
故园风雨后

“这可是我们驻扎过的，最糟糕的地方了。”那位指挥官说，“没什么设施，连可玩的东西都没有。旅部还驻扎在我们上头。弗莱特家的圣玛丽教堂有个小酒吧，顶多能装二十个人——不用说啦，军官肯定是不能去的。营区里倒是有个海陆空三军合作社[1]。我希望每周可以去梅尔斯蒂德·卡布里那边跑一趟运输。马奇梅因宅邸离这边有十英里远，去了那边可就什么都没了。所以连队长官的当务之急，就是给他的士兵们准备些活动，好让他们解解乏。军医，你先去看看，那个地方的池子都怎么样，能不能洗澡。”

[1] 海陆空三军合作社（NAAFI），1921 年起在英国各地建立的合作机构，业务范围包括基地内的俱乐部、酒吧、超市、自助洗衣店、餐厅、咖啡店，为军方提供服务。

“好的，长官。”

“旅部希望我们能先把他们的房子打扫干净，我本来以为那些胡子拉碴、成天在指挥部里外转悠的文官能帮咱们免了这差事……赖德，你找五十个人，十点四十五的时候去那边找军需指挥官报到，他会给你分配任务的。”

“好的，长官。”

“我们的前任看起来没什么干劲。这山谷可是个不错的地方，能搞搞野战训练，还能练练迫击炮。武器训练官，上午去侦察一下，在旅部的人到达以前把东西布置好。”

“好的，长官。”

“我要和副官一起，去侦察一下训练区域。有人碰巧熟悉这个地方吗？”

我什么也没说。

“那就这样，分头行动。”

“这老宅子可真不错。”军需指挥官说，“可惜被毁得太厉害了。”

他岁数不小，是个退了休之后又被返聘的中校，从几英里以外赶过来。我们在以前是正门的地方见了面，我带着半个连队的人站在空地上，等待着命令。“进来吧，我带你在这里转转。这地方有很多间房，不过我们只征用了这一层，还有五六间卧室。楼上的地方仍旧是私有财产，大部分地方都堆满了家具。你肯定没见过那些东西，有些可是无价之宝。

“顶楼住着一个看门人，还有一对老仆人，他们不会惹什么麻烦。还有一个受到闪电战打击的老神父，无家可归又神志不清，茱莉娅小姐也给他安排了一间房，也不会有什么麻烦的。他把那个小教堂打开了，可以让部队进去。没想到去的人还挺多的。

“这地方属于茱莉娅·弗莱特小姐，她现在是这样称呼自己的。她跟莫特拉姆结过婚，就是不知道什么部的部长。她现在去了国外，在一个妇女服务部门工作，我尽力替她照看好这些东西。奇怪的是，那个老侯爵把所有东西都留给了她——对儿子们可是一点不留情面。

“这是最后一处安顿办事员们的地方了，不管怎么说，房间倒很充足。我已经叫人把这里的墙壁和壁炉都封住了，这下面可都是很有价值的东西。唉，好像有人在这里搞过破坏，真是群要饭还砸饭碗的穷鬼，这群浑蛋！还好我们发现了这地方，不然就落到你们这帮家伙手里了。

“这是另一间相当大的房间，以前里面全是挂毯和织锦。我建议你们用它当会议室。”

“我只是来这里打扫卫生的，长官。旅部的人会过来安排房间。”

“哦，好吧，你这工作可挺轻松。最后来这里的人倒还不错，不过他们不应该把壁炉搞成那个样子。他们是怎么做到的？这东西看起来挺牢靠的。不知道还能不能修好。

“我期望旅长能把这里当成办公室，之前的人就是这么办的。这里面有很多画，没法挪动，都镶在墙上了。你都看见了，我尽可能把它们全都盖起来了，但那些士兵可什么都干得出来——就像之前的旅长把角落糟蹋的那个样子。另外还有两个画了画的房间，在外面的柱廊底下，都是现代画，但如果你让我说，那可是这栋宅子里最漂亮的地方。那些人把它们当成了通信室，搞得一团糟，真是太丢人了。

“这个难看的地方被他们当饭厅用了，所以我也没遮盖这个地方，即便是有人搞破坏也没多大关系。这地方总让我想起那种高档的妓院，你知道的——‘霓虹之家’……还有这里是前厅……”

没用多少时间，我们就把这些空荡荡的房间走了个遍。然后来到了屋子外面的阳台上。

“这些是其他军官的卫生间和洗衣房。真想不明白为什么要把它们建在这里。这些是我接管这里之前建成的。这里原本是和前面隔断的，我们在树林中间开了一条小路，才把它和主路打通，虽然不雅观，但是很实用。进进出出的运输车辆非常之多，也把这个地方搞得不像样子。看那儿，不知道哪个冒失鬼从黄杨树篱中间穿了过去，把所有栏杆都连带着毁了。是辆载重三吨的卡车干的，不知道的还以为是丘吉尔型坦克呢。

“那个喷泉是我们的女主人相当喜爱的地方，有客人的晚上，年轻的军官经常在里面玩闹。喷泉装置好像有点不牢靠了，所以我用铁丝把它围了起来，把水关掉了。这地方看起来有点脏，司机都把烟头跟吃剩的三明治扔在里面，再加上我把它围起来了，所以你也没办法打扫。真是个漂亮的东西，对吧……

“好了，带你看过所有这些，我就该走了。祝你今天顺利。”

他的司机把烟头扔进了喷泉干涸的池子里，敬了个礼，然后打开车门。我向他和军需指挥官回了礼，然后他们就沿着新开出的小路，从酸橙树林的裂缝中离开了。

“胡珀，”我说道，这时我的人已经开始行动了，“我先离开一会儿，你能替我管一下这伙人，让他们在半个小时里好好干活吗？”

“我刚刚在想，我们能从哪里搞一点茶叶。”

“看在上帝的分上，”我说，“他们才开工半个小时。”

“他们都烦透了。”

“让他们好好干。”

“好——嘞。”

我并没有在荒弃颓圮的一楼房间里待太久，而是上了楼，穿过熟悉的走廊，试了试锁着的门，有些门可以打开，里面的家具一直堆到天花板。后来我碰到了一位老女佣，端着一杯茶。“哎，”她说，“这不是赖德先生吗？”

“是我，我还好奇什么时候能遇上一个熟人呢。”

“霍金斯太太就在上面，在她的老房间里。我正准备给她送点茶过去。”

“我替你端过去吧。”我说。然后我穿过了挂着羊毛毡的门，走上没铺地毯的台阶，去了育婴室。

直到我开口说话，霍金斯婆婆才认出我。我的到来让她有些发蒙。直到我在火炉边陪她坐了一会儿，她才恢复往日的平静。从我认识她开始，这么多年她始终没有太大改变，而近些年却也显出了老态。最近几年发生的种种变故显然让她难以承受。她告诉我，她已经看不清东西了，只能做一些最简单的针线活。而经过多年温柔交谈的改变，她的言语现在也恢复到原本那种轻柔的、乡下人的腔调。

“……这里只剩下我、两个丫头，还有可怜的莫布雷神父了。

他的家被炸掉了，什么都没有了，所以好心的茱莉娅才把他接过来，但他的神经受了些刺激……布赖兹赫德夫人也一样，她现在是马奇梅因夫人，按道理我该叫她夫人，但怎么也不习惯，她的情况也差不多。一开始，茱莉娅和科迪莉亚上前线去了，她带着两个男孩住了进来，然后军队来了，把他们赶走了。所以他们去了伦敦，但他们在家里没住上一个月，布赖德就跟爵爷一样，也跟着骑兵队走了。后来他们家也被炸了，什么都没了，之前搬到这里马车房里的那些家具也都没了。后来她去了伦敦外面的一栋房子，可那里也被部队接管了。我最后听说，她住在海边的一家宾馆里，可那到底不是自己的家，对吧？一点也不好。

“……你听到莫特拉姆先生昨晚的演讲了吗？他骂起希特勒来可真是痛快。我跟那个服侍我的丫头艾菲说：‘要是希特勒听见了——当然我怀疑他能不能听懂——那他肯定就没脸见人啦。’谁能想到莫特拉姆先生干得这么漂亮呢？还有他那些朋友，以前一直在这边转悠的那些，也都不错。我跟威尔考克斯先生说，他现在在梅尔斯蒂德，每个月都会坐公交车过来看我，他可好了，我很感激他。我跟他说：‘真是想不到，我们还招待过这帮天使呢。’威尔考克斯先生一直不喜欢他们。我倒没见过，不过我总听你们说起，而茱莉娅也不喜欢他们，可他们干得不错，对吗？”

最后我问她：“茱莉娅给你写过信了吗？”

“只有一次，是科迪莉亚上周寄回来的，她们现在在一起，就和以前一样。茱莉娅在最底下给我问了好。她们都很好，虽然她们不能说自己在哪里，但莫布雷神父念那些字儿，就知道她们是在巴勒斯坦。布赖德的骑兵队也在那里，这对他们来说可太好了。科迪莉亚说她们盼着能打完仗，好回家。我相信大家都盼着呢，虽然我说不好能不能活到那个时候，那就是另一回事啦。”

我在她身边坐了半个小时，离开时许诺我还会再回来。回到大厅时，我发现没人在干活，而胡珀正一脸愧疚。

“他们都去拉铺床用的干草了，布洛克中士告诉我的时候我才知道。我不知道他们什么时候能回来。”

“你不知道？你是怎么给他们下命令的？”

“嗯，我告诉布洛克中士，要是还来得及，就把他们带回来干活。我指的是如果吃饭之前能回来。”

现在已经快十二点了。“你又犯糊涂了，胡珀。今晚六点之前，什么时候去拉干草不行？”

“哦，老天，抱歉，赖德，布洛克中士……”

“是我的错，是我走开了。吃过饭让他们赶紧集合，带回来干活，直到把活干完。”

“好——嘞，我说，你说你对这地方很熟？”

“是的，相当熟。这地方是我一位朋友的。”当我说出这句话时，它听起来就像塞巴斯蒂安说的话一样奇怪。那时他没有说“这是我的家”，而是“这是我家人住的地方”。

“我看不懂了——一家人住这么大的地方。它是用来干什么的？”

“好吧，我想旅部的人会发现这里大有用处。”

“但一开始它并不是为了这个才建出来的，对吧？”

“不，”我说，“当然不是为了这个。也许盖房子只是为了某种建筑方面的乐趣吧，就像是生儿子，没人知道他会怎样长大。

我不知道，我没建造过什么东西，我也没权利看着我的儿子长大。我无家无子，人到中年，也没有爱情，胡珀，”他看着我，想搞清楚我是不是在说笑，确定我的确是在说笑之后，才哈哈大笑起来，“现在我要回营房了，如果指挥官侦察完回来，机灵点，别让任何人发现我们这一上午干的蠢事。”

“好嘞，赖德。”

整栋宅子，我还有一个地方没有去过，而我现在就要去那里。小教堂并没有因为长时间无人问津而显得凌乱凋敝。“新艺术”的装饰画依旧崭新如初，而“新艺术”的吊灯则又一次在祭坛前被点亮了。我念了一句祷文，那是我新学会的一句古老祷文，然后转身离开，朝营房走去。在我回去的路上，我听到炊房的号角在前方响起。这时我想：

“建筑者们不知道自己的建筑日后会有怎样的命运。他们用旧城堡的石头，建了一栋新宅子，年复一年，世世代代，他们不断丰富它，扩张它。年复一年，郁郁葱葱的林木长大成材，直到一场突如其来的冰霜，在胡珀的年代降临。这个地方被废弃，变得荒凉，一切都化为虚无，城市为何如此。虚空的虚空，凡事都是虚空。[1]”

“但是，”我想着，步履更加轻快地走向营房，在那边，军号停顿了片刻之后又再次吹响，仿佛在喊着，嘀嘀嗒嘀嘀，嘀嘀嗒嘀嘀，新出锅的土豆哟，“但是那并不是最后的话语，甚至不是恰当的说法。那是十年前就已经死掉的东西。

[1] 引自《圣经·旧约·传道书》，1:2。

“一些建筑者们远未料到的东西，从他们的杰作中生发出来，在我曾活跃于其中的一出激烈却微不足道的人类悲剧中生发出来。那些我们先前没人想到的东西。一团小小的红色火焰——在神龛的铜门前，在一盏锈蚀不堪、模样凄凉的铜灯之上重新燃起。这火光，正是年迈的骑士从自己的坟墓里亲眼所见，眼看着被灭掉的火光；这火光又为其他的士兵燃起，在那些背井离乡、远在阿科和耶路撒冷之外的战士心底熊熊燃起。倘若没有建筑者和悲剧演员，它绝不可能再度燃烧。而在今天早上，在古老的石块中，我亲眼见证了它的重生。”

我加快步伐，来到了被当成接待室的小屋。

“你今天看起来高兴得有点不寻常。”副指挥官对我说。

于查格福德

1944 年 2 月—6 月

图书在版编目（CIP）数据

故园风雨后 /（英）伊夫林·沃（Evelyn Waugh）著；
王扬译 . —长沙：湖南文艺出版社，2018.8
书名原文：Brideshead Revisited
ISBN 978-7-5404-8534-4

Ⅰ . ①故… Ⅱ . ①伊… ②王… Ⅲ . ①长篇小说－英
国－现代 Ⅳ . ①I561.45

中国版本图书馆 CIP 数据核字（2018）第 016412 号

上架建议：外国文学·经典

GUYUAN FENGYU HOU
故园风雨后

作　　者：[英] 伊夫林·沃
译　　者：王　扬
出 版 人：曾赛丰
责任编辑：薛　健　刘诗哲
监　　制：吴文娟
策划编辑：王叵咄
特约编辑：李甜甜
营销编辑：徐　燧
版式设计：李　洁
封面设计：棱角视觉
出版发行：湖南文艺出版社
（长沙市雨花区东二环一段 508 号　邮编：410014）
网　　址：www.hnwy.net
印　　刷：三河市天润建兴印务有限公司
经　　销：新华书店
开　　本：875mm × 1270mm　1/32
字　　数：310 千字
印　　张：14
版　　次：2018 年 8 月第 1 版
印　　次：2018 年 8 月第 1 次印刷
书　　号：ISBN 978-7-5404-8534-4
定　　价：49.80 元

若有质量问题，请致电质量监督电话：010-59096394
团购电话：010-59320018